beleza perdida

AMY HARMON

beleza perdida

Tradução
Monique D'Orazio

8ª edição
Rio de Janeiro-RJ / São Paulo-SP, 2024

VERUS
EDITORA

Editora
Raïssa Castro

Coordenadora editorial
Ana Paula Gomes

Copidesque
Cleide Salme

Revisão
Raquel de Sena Rodrigues Tersi

Capa, projeto gráfico e diagramação
André S. Tavares da Silva

Fotos da capa
© Lisa S./Shutterstock.com (homem)
© RWLinder/Rgbstock.com (banco)

Título original
Making Faces

ISBN: 978-85-7686-374-8

Copyright © Amy Harmon, 2013
Todos os direitos reservados.

Tradução © Verus Editora, 2015
Direitos reservados em língua portuguesa, no Brasil, por Verus Editora. Nenhuma parte desta obra pode ser reproduzida ou transmitida por qualquer forma e/ou quaisquer meios (eletrônico ou mecânico, incluindo fotocópia e gravação) ou arquivada em qualquer sistema ou banco de dados sem permissão escrita da editora.

Verus Editora Ltda.
Rua Argentina, 171, São Cristóvão, Rio de Janeiro/RJ, 20921-380
www.veruseditora.com.br

CIP-BRASIL. CATALOGAÇÃO NA FONTE
SINDICATO NACIONAL DOS EDITORES DE LIVROS, RJ

H251b

Harmon, Amy
  Beleza perdida / Amy Harmon ; tradução Monique d'Orazio. - 8. ed. - Rio de Janeiro, RJ : Verus, 2024.
  23 cm.

  Tradução de: Making Faces
  ISBN 978-85-7686-374-8

  1. Ficção americana. I. D'Orazio, Monique. II. Título.

15-21415
CDD: 813
CDU: 821.111(73)-3

Revisado conforme o novo acordo ortográfico

Para a família Roos:
David, Angie, Aaron, Garrett e Cameron

Sou apenas um,
Mas ainda sou um.
Não posso fazer tudo,
Mas ainda posso fazer algo;
E, porque não posso fazer tudo,
Não vou me recusar a fazer aquilo que posso.
— Edward Everett Hale

prólogo

— Os gregos antigos acreditavam que, após a morte, todas as almas, quer fossem boas ou más, desceriam ao mundo inferior, o reino de Hades, nas profundezas da terra, e lá habitariam pela eternidade — Bailey leu em voz alta, seus olhos voando pela página. — O mundo inferior era guardado do mundo dos vivos por Cérbero, um cão enorme, cruel, de três cabeças, com cauda de dragão e cabeças de serpente nas costas.

Bailey estremeceu com a imagem que se formou em sua mente, imaginando como Hércules se sentiria quando visse a besta pela primeira vez, sabendo que teria de dominar o animal com nada além das mãos.

— Era a tarefa final de Hércules, o último trabalho a ser realizado, e seria a missão mais difícil de todas. Hércules sabia que, uma vez no submundo, enfrentando monstros e fantasmas, lutando contra demônios e criaturas míticas de todo tipo ao longo do caminho, poderia nunca mais retornar para a terra dos vivos. Porém a morte não o assustava. Hércules a enfrentara muitas vezes e ansiava pelo dia em que seria liberto de sua servidão interminável. Então Hércules seguiu, secretamente desejando ver no reino de Hades a alma dos entes queridos que havia perdido e pelos quais agora pagava penitência.

1
ser uma superestrela ou um super-herói

PRIMEIRO DIA DE AULA — SETEMBRO DE 2001

O ginásio do colégio estava tão barulhento que Fern precisou se inclinar até perto da orelha de Bailey e gritar para ser ouvida. Bailey era mais que capaz de manobrar a cadeira de rodas através do grupo agitado de alunos, mas Fern o empurrou para que pudessem ficar juntos com mais facilidade.

— Está vendo a Rita? — gritou Fern, os olhos percorrendo o lugar. Rita sabia que tinham de se sentar na parte de baixo da arquibancada, para que Bailey pudesse ficar perto delas. Bailey apontou com o dedo, e Fern seguiu com o olhar na direção até onde Rita acenava freneticamente, fazendo seus seios pularem e o volumoso cabelo loiro se agitar loucamente em volta dos ombros. Seguiram o caminho até ela, e Fern deixou Bailey assumir o controle da cadeira enquanto ela subia até a segunda fileira, sentando-se logo atrás de Rita, para que ele pudesse posicionar a cadeira no final do banco.

Fern odiava as reuniões de alunos na quadra antes de eventos esportivos. Ela era pequena e costumava ser empurrada e espremida, não importava onde se sentasse, além de ter pouco interesse em torcer e bater os pés. Suspirou, acomodando-se para a meia hora de gritaria, música alta e jogadores de futebol americano levantando a galera num frenesi.

— Por favor, levantem-se para o hino nacional — anunciou uma voz, e o microfone protestou com um ruído agudo, fazendo as pessoas se encolherem e cobrirem as orelhas, mas tendo sucesso em deixar o ginásio silencioso. — Meninos e meninas, hoje temos uma surpresa especial. — Connor O'Toole, também conhecido como Beans, estava segurando o microfone com um sorriso malicioso no rosto. Ele estava aprontando alguma e imediatamente teve a atenção de todos.

Beans era descendente de irlandeses e hispânicos, e seu nariz arrebitado, os olhos brilhantes cor de amêndoas e o sorriso brincalhão não combinavam com sua pele mais morena. E ele era bom de papo; era óbvio que adorava seu tempo no microfone.

— Meu amigo e também amigo de vocês, Ambrose Young, perdeu uma aposta. Ele disse que, se ganhássemos nosso primeiro jogo, cantaria o hino nacional nessa reunião aqui no ginásio.

Suspiros de surpresa foram ouvidos, e o volume nas arquibancadas subiu no mesmo instante.

— Mas não apenas ganhamos nosso primeiro jogo, como ganhamos o segundo também! — O público rugiu e bateu os pés. — Então, sendo um homem de palavra, aqui está Ambrose Young, cantando o hino nacional — disse Beans e acenou com o microfone na direção do amigo.

Beans era pequeno. Embora estivesse no último ano, era um dos jogadores mais baixos do time e era mais adequado à luta livre que ao futebol americano.

Ambrose também estava no último ano. Mas ele não era pequeno. Era bem mais alto que Beans — seu bíceps era quase do tamanho da cabeça do amigo — e parecia um daqueles caras de capa de romance. Até seu nome parecia pertencer a algum personagem de literatura picante. E Fern saberia. Havia lido milhares desses livros. Machos alfa, abdomes tanquinho, olhares poderosos, finais felizes. Mas ninguém nunca se compararia a Ambrose Young. Nem na ficção, nem na vida real.

Para Fern, Ambrose Young era absolutamente lindo, um deus grego entre os mortais, um ser de contos de fadas e de telas de cinema. Diferente dos outros garotos, ele usava o cabelo escuro em ondas que chegavam aos ombros, de vez em quando o jogando para trás, para que não caísse nos olhos castanhos de cílios espessos. O formato quadrado de seu queixo talhado o impedia de ser bonitinho demais; isso e o fato de que tinha 1,90 metro de altura — sem sapatos —, pesava robustos noventa e sete quilos aos dezoito anos e tinha um corpo repleto de músculos, dos ombros até as panturrilhas definidas.

Rumores diziam que a mãe de Ambrose, Lily Grafton, durante sua busca pela fama, havia se envolvido com um modelo italiano de cuecas em Nova York. O envolvimento rapidamente acabou quando ele descobriu que Lily estava grávida. Abandonada e esperando um filho, ela voltou mancando para casa e foi recebida pelos braços confortáveis do velho amigo, Elliott Young, que se casou com ela de bom grado e acolheu o bebê seis meses depois.

A cidade prestou atenção especial no lindo bebê enquanto ele crescia, especialmente quando o pequeno e loiro Elliott Young acabou tendo um filho musculoso, com cabelos e olhos escuros e um físico digno de, bem, de um modelo de cuecas. Catorze anos depois, quando Lily largou Elliott Young e se mudou para Nova York, ninguém ficou surpreso que ela fosse voltar a procurar o pai biológico de Ambrose. A surpresa veio quando o garoto de catorze anos permaneceu em Hannah Lake, com Elliott.

Na época, Ambrose já era figurinha carimbada na cidade pequena, e as pessoas especulavam sobre a razão de ele ter ficado. O rapaz lançava dardos como um guerreiro mítico e derrubava adversários no campo de futebol como se eles fossem feitos de papel. Quando tinha quinze anos, Ambrose levou seu time mirim de basquete para o campeonato regional e conseguia arremessos incríveis com a bola. Todas essas coisas eram notáveis; mas, em Hannah Lake, Pensilvânia, uma cidade que fechava o comércio para duelos locais e seguia as pontuações esportivas do estado como se fossem números vencedores da loteria, onde a luta livre era uma obsessão que rivalizava com a posição do futebol americano no Texas, era a habilidade de Ambrose Young na arena de luta que o havia tornado uma celebridade.

A multidão ficou silenciosa no instante em que Ambrose pegou o microfone, esperando pelo que seria um massacre altamente divertido do hino. Ambrose era conhecido por sua força, pela aparência bonita e destreza atlética, mas ninguém nunca o tinha ouvido cantar. O silêncio estava saturado de expectativa boba. Ambrose colocou o cabelo para trás e enfiou a mão no bolso, como se estivesse pouco à vontade. Depois fixou os olhos na bandeira e começou a cantar.

— Ó, dizei, podeis ver, na primeira luz do amanhecer... — Mais uma vez era possível ouvir o espanto da plateia. Não porque fosse ruim, mas porque era maravilhoso. Ambrose Young tinha uma voz que fazia jus ao corpo do qual ela saía. Era macia e grave, impossivelmente poderosa. Se chocolate amargo pudesse cantar, cantaria como Ambrose Young.

Fern estremeceu quando a voz dele a envolveu como uma âncora, alojando-se fundo em sua barriga, puxando-a para baixo. Quando deu por si, seus olhos estavam se fechando por trás dos óculos grossos, e ela deixou o som inundá-la. Era incrível.

— Sobre a terra dos livros... — a voz de Ambrose chegou ao ápice e Fern sentiu como se tivesse escalado o Everest, sem fôlego, agitada e triunfante. — E o lar dos valentes! — A multidão rugiu em volta dela, mas Fern ainda estava presa àquela nota final.

— Fern! — a voz de Rita ecoou. Ela empurrou a perna da amiga, que a ignorou. Fern estava no meio de um momento. Um momento, na opinião dela, com a voz mais linda do planeta.

— A Fern está tendo o primeiro orgasmo. — Uma das amigas de Rita deu uma risadinha. Os olhos de Fern se abriram de repente para ver Rita, Bailey e Cindy Miller olhando para ela com um grande sorriso estampado no rosto. Felizmente, os aplausos e a resposta animada dos presentes impediram que outros ouvissem o comentário humilhante de Cindy.

Pequena e pálida, com cabelo ruivo vivo e feições esquecíveis, Fern sabia que era o tipo de garota que passava despercebida, era facilmente ignorada e com quem ninguém sonhava. Havia flutuado pela infância sem dramas e com pouco alarde, ancorada na perfeita consciência da própria mediocridade.

Como Zacarias e Isabel, pais do bíblico João Batista, os pais de Fern já estavam bem além da idade de ter filhos quando, de repente, se viram com uma adição à família a caminho. Joshua Taylor, de cinquenta anos, pastor popular na cidadezinha de Hannah Lake, ficou sem ação quando a esposa, com quem estava casado havia quinze anos, disse, chorosa, que ia ter um bebê. O queixo dele caiu, as mãos tremeram. Não fosse pela alegria serena estampada no rosto da esposa de quarenta e cinco anos, Rachel, ele teria pensado que ela estava pregando uma peça pela primeira vez na vida. Fern nasceu sete meses depois, um milagre inesperado, e a cidade toda celebrou com o amado casal. Fern achava irônico que um dia tivesse sido considerada um milagre, quando sua vida não havia sido nada milagrosa.

Fern tirou os óculos e começou a limpá-los na barra da camiseta, conseguindo, com eficiência, deixar-se cega para os rostos divertidos ao redor. Que rissem. Porque a verdade era que ela se sentia ao mesmo tempo zonza e eufórica, como costumava se sentir depois de uma cena de amor especialmente gratificante em um de seus romances favoritos. Fern Taylor amava Ambrose Young; amava-o desde que tinha dez anos e ouvira a voz dele se erguer em um tipo muito diferente de música; porém agora ele alcançava um nível inteiramente novo de beleza, e Fern estava admirada e inebriada que um garoto pudesse ter recebido tanto da natureza.

AGOSTO DE 1994

Fern caminhava entediada para a casa de Bailey, depois de ter terminado cada um dos livros emprestados da biblioteca na semana anterior. Encontrou Bailey sentado como uma estátua nos degraus de concreto que levavam à porta da frente de sua casa, os olhos concentrados em algo na calçada logo adiante. Ele foi retirado de seu devaneio somente quando o pé de Fern por pouco não pisou no objeto de seu fascínio. Bailey deu um berro, e Fern soltou um gritinho quando viu a enorme aranha marrom a poucos centímetros de seus pés.

A aranha continuou seu caminho, atravessando lentamente o longo trecho de concreto. Bailey disse que a estava seguindo havia meia hora, nunca ficando perto demais, porque, afinal de contas, era uma aranha e era nojenta. Era a maior aranha que Fern já tinha visto. O corpo era do tamanho de uma moeda de cinco centavos, mas, com as pernas finas e compridas, chegava facilmente ao tamanho de uma moeda de cinquenta centavos, e Bailey parecia fascinado por ela. Afinal, ele era menino, e a aranha era nojenta.

Fern se sentou ao lado dele, observando a aranha atravessar a calçada da casa de Bailey com toda a calma. A aranha percorria uma linha tortuosa, como se fosse um velho passeando, sem pressa, sem medo, sem nenhum objetivo aparente na cabeça, um cidadão vivido, membros delgados e longos, desdobrando cuidadosamente cada perna a cada passo. Assistiam à aranha fascinados pela beleza aterrorizante. O pensamento pegou Fern de surpresa. Ela era bonita, embora a assustasse.

— Ela é legal — Fern disse, admirada.

— Dã! Ela é incrível — disse Bailey, sem nunca desviar os olhos. — Eu gostaria de ter oito pernas. Fico me perguntando por que o Homem-Aranha não ganhou oito pernas quando foi mordido por aquela aranha radioativa. Ele ganhou uma visão ótima e muita força, além da capacidade de fazer teias. Por que não as pernas extras? Ei! Talvez o veneno da aranha cure distrofia muscular e, se eu deixar esse bicho me morder, vou ficar grande e forte — Bailey refletiu, coçando o queixo como se estivesse realmente considerando a hipótese.

— Humm. Eu não me arriscaria. — Fern estremeceu. Eles voltaram a ficar compenetrados e nenhum dos dois percebeu o menino andando de bicicleta pela calçada.

O garoto viu Bailey e Fern sentados e tão parados, tão silenciosos, que seu interesse foi despertado imediatamente. Ele desceu da bicicleta, colocou-a sobre a grama e seguiu o olhar de Fern e Bailey até onde a aranha marrom enorme se arrastava pela calçada na frente da casa. A mãe do menino morria de medo de aranhas. Ela sempre o fazia matá-las na mesma hora. O garoto tinha matado tantas que nem tinha mais medo delas. Talvez Bailey e Fern estivessem com medo. Talvez estivessem morrendo de medo, tão assustados que nem conseguissem se mexer. Ele podia ajudar. Correu até a calçada e esmagou a aranha sob o grande tênis branco. Pronto.

Dois pares de olhos horrorizados dispararam para ele.

— Ambrose! — Bailey gritou, estarrecido.

— Você matou a aranha! — Fern sussurrou, chocada.

— Você matou a aranha! — Bailey berrou, colocando-se de pé para em seguida sair cambaleando pela calçada. Ele olhou para a sujeira marrom que tinha ocupado a última hora de sua vida. — Eu precisava do veneno dela! — Bailey ainda estava tomado pelas próprias fantasias de curas de aranha e super-heróis. Então surpreendeu a todos ao cair no choro.

Ambrose ficou olhando para Bailey, boquiaberto, e depois observou o garoto subir os degraus com pernas não muito firmes e entrar em casa, batendo a porta atrás de si. Ambrose fechou a boca e enfiou as mãos nos bolsos da bermuda.

— Desculpa — ele disse a Fern. — Pensei... Pensei que vocês estivessem com medo. Vocês estavam sentados aí, olhando para ela sem fazer nada. Eu não tenho medo de aranhas. Só estava tentando ajudar.

— Será que devemos enterrar? — perguntou Fern, os olhos tristes por trás dos óculos grandes.

— Enterrar a aranha? — Ambrose perguntou, espantado. — Era de estimação?

— Não. A gente acabou de conhecer — disse Fern, séria. — Mas talvez isso faça o Bailey se sentir melhor.

— Por que ele ficou tão triste?

— Porque a aranha morreu.

— E daí? — Ambrose não estava tentando ser um idiota, apenas não entendia. E a cabecinha ruiva com cabelo rebelde e cacheado estava meio que o assustando. Ele já a tinha visto na escola e sabia seu nome, mas não tinham contato. Ele se perguntou se ela era especial. Seu pai dizia que ele tinha de ser bom com as crianças especiais, porque elas não tinham escolhido ser daquele jeito.

— O Bailey tem uma doença que faz os músculos dele ficarem fracos. Ele pode morrer, então não gosta quando as coisas morrem. É difícil pra ele — explicou Fern, de forma simples e honesta. Na verdade, ela parecia ser inteligente. De repente os acontecimentos anteriores no acampamento de luta livre naquele verão fizeram sentido para Ambrose. Não era para Bailey lutar, porque ele tinha uma doença. Ambrose se sentiu mal de novo.

Ele se sentou ao lado de Fern.

— Vou te ajudar a enterrar a aranha.

Ela levantou e saiu correndo pela grama em direção à própria casa, antes que Ambrose tivesse terminado de dizer as palavras.

— Tenho uma caixinha perfeita! Veja se você consegue tirar a aranha da calçada — ela gritou por cima do ombro.

Ambrose usou um pedaço de casca de árvore da floreira dos Sheen para recolher os restos mortais da aranha. Fern estava de volta em trinta segundos. Ela segurou aberta a caixinha de anel branca, e Ambrose colocou as tripas da aranha no tecido imaculado de algodão. Fern colocou a tampa e fez um gesto solene. O garoto a seguiu até o quintal da casa dela e então, juntos, abriram um pequeno buraco tirando punhados de terra de um canto do jardim.

— Esse tamanho deve dar — disse Ambrose, pegando a caixa da mão de Fern e colocando-a no buraco. Eles olharam para a caixa branca.

— A gente precisa cantar? — perguntou Fern.
— Só conheço uma música de aranha.
— A da Dona Aranha?
— É.
— Também só conheço essa.

Juntos, Fern e Ambrose cantaram a canção sobre a aranha que era derrubada da parede pela chuva forte. Depois, quando passava a chuva e o sol voltava a surgir, a aranha teimava em subir outra vez.

Quando a música terminou, Fern colocou a mão na de Ambrose.

— A gente deveria fazer uma pequena oração. Meu pai é pastor. Eu sei orar, então eu falo.

Ele se sentiu estranho por segurar a mão dela. Estava úmida e suja por cavar a sepultura e era muito pequena. Mas, antes que ele pudesse protestar, Fern já estava falando, com os olhos fechados apertados e o rosto franzido com a concentração.

— Pai Celestial, somos gratos por tudo o que o Senhor criou. Adoramos observar essa aranha. Ela era legal e fez a gente feliz por um minuto antes que o Ambrose a esmagasse. Obrigada por tornar bonitas até as coisas feias. Amém.

Ambrose não tinha fechado os olhos. Ficara observando Fern. Ela abriu os olhos e sorriu para ele docemente, soltando sua mão. Então começou a empurrar a terra por cima da caixa branca, cobrindo-a completamente e dando tapinhas por cima. Ambrose encontrou umas pedrinhas e as arrumou formando um A, de aranha. Fern acrescentou algumas pedras em forma de B, ao lado do A de Ambrose.

— Por que o B? — Ambrose perguntou. Pensou que talvez a aranha tivesse um nome que ele não conhecia.

— Aranha Bonita — ela disse simplesmente. — É assim que vou me lembrar dela.

2
ter coragem

SETEMBRO DE 2001

Fern adorava o verão, os dias preguiçosos e as longas horas com Bailey e com seus livros, mas o outono na Pensilvânia era absolutamente de tirar o fôlego. Ainda estavam no início da estação, nem eram meados de setembro, mas as folhas já tinham começado a mudar de cor, e Hannah Lake mostrava-se coberta de toques coloridos, misturados ao verde profundo do verão que minguava. As aulas haviam recomeçado. Agora eles estavam no último ano, no topo da pirâmide; restava um ano até a vida real começar.

Entretanto, para Bailey, a vida real era o agora, o instante presente, pois todos os dias eram uma ladeira que descia. Ele não ficava mais forte, ficava mais fraco. Não se aproximava da vida adulta, ficava mais perto do fim. Por isso, Bailey não enxergava a vida da maneira como todos os outros enxergavam. Tinha se tornado muito bom em viver o momento, sem olhar muito longe para o que poderia vir.

A doença de Bailey havia lhe tirado a capacidade de levantar os braços até mesmo à altura do peito, o que tornava impossível fazer todas as pequenas coisas que as pessoas faziam todos os dias sem pensar duas vezes. Sua mãe ficara preocupada por ele continuar na escola. A maioria das crianças com distrofia muscular de Duchenne não passava dos vinte e um anos, e os dias de Bailey estavam contados. Estar exposto à doença diariamente era uma preocupação, mas a incapacidade de tocar o rosto, na verdade, o protegia de germes que o resto das crianças passava pelo corpo todo, por isso Bailey raramente perdia um dia de aula. Se segurasse uma prancheta no colo, conseguia escrever, mas segurar a prancheta era desajeitado e, se ela escorregasse e caísse, Bailey não conseguia se abaixar para pegá-la. Era muito mais fácil usar um computador ou deslizar a cadeira de rodas para perto de uma mesa e apoiar as mãos em cima. A Escola de Ensino Médio de Hannah Lake era pequena e não tinha muitos recursos, mas, com um pouco de ajuda e alguns ajustes na rotina normal, Bailey terminaria o ensino médio, provavelmente entre os melhores da classe.

A segunda aula era de pré-cálculo e estava cheia de alunos do último ano. Bailey e Fern se sentavam no fundo da sala, numa mesa alta o bastante para Bailey poder usar, e Fern havia sido designada sua ajudante, embora ele a ajudasse mais nas aulas do que ela a ele. Ambrose Young e Grant Nielson também se sentavam no fundo da sala. Fern estava feliz da vida por ficar tão perto de Ambrose — mesmo que ele não soubesse que ela existia —, a mais ou menos um metro de distância de onde ele estava sentado, enfiado numa carteira pequena demais para alguém do seu tamanho.

O sr. Hildy estava atrasado. Ele normalmente se atrasava para a segunda aula, e ninguém se importava de verdade. Ele não tinha a primeira aula, e era comum encontrá-lo de manhã com uma xícara de café na sala dos professores, na frente da TV. Mas, naquela terça-feira, ele entrou na sala e ligou o aparelho que ficava pendurado no canto da classe, logo à esquerda da lousa. Os televisores eram novos, as lousas eram velhas, e o professor mais velho ainda, por isso ninguém prestou muita atenção quando ele ficou parado olhando fixo para a tela, assistindo ao noticiário sobre uma queda de avião. Eram nove horas da manhã.

— Silêncio, por favor! — o sr. Hildy rosnou, e a classe obedeceu relutante. A imagem na tela enfocava dois edifícios altos. Um tinha fumaça negra e fogo tremulando pela lateral.

— É Nova York, sr. Hildy? — alguém perguntou da primeira fila.

— Ei, o Knudsen não está em Nova York?

— É o World Trade Center — disse o sr. Hildy. — Aquilo não era um avião de passageiros, não me interessa o que estão dizendo.

— Olha! Tem outro!

— Outro avião?

Houve um suspiro coletivo.

— Caralh...! — A voz de Bailey sumiu e Fern apertou a mão sobre a boca, enquanto todos assistiam a outro avião se chocar contra a lateral da segunda torre, a que ainda não estava em chamas.

Os repórteres estavam reagindo de maneira muito parecida com a dos alunos da classe: chocados, confusos, esforçando-se para encontrar algo inteligente para dizer, enquanto fitavam, com horror crescente, o que claramente não era um acidente.

Naquele dia não houve atividade de cálculo. Em vez disso, a classe de matemática do sr. Hildy assistiu à história se desenrolar. Talvez o professor considerasse que os alunos do último ano tinham idade suficiente para ver as imagens que passavam diante deles, para ouvir as especulações.

O sr. Hildy era um velho veterano do Vietnã, não media as palavras e não tolerava política. Estava assistindo, com os alunos, aos Estados Unidos serem atacados, sem piscar, mas tremia por dentro. Ele sabia, talvez melhor do que ninguém, qual seria o custo. Vidas jovens. A guerra estava a caminho. Não tinha como não estar depois de algo assim. Não tinha como.

— O Knudsen não estava em Nova York? — perguntou alguém.

— Ele disse que a família ia ver a Estátua da Liberdade e um monte de outras coisas. — Landon Knudsen era vice-presidente do grêmio estudantil, membro do time de futebol americano e alguém querido e bem conhecido por toda a escola.

— Brosey, a sua mãe não mora em Nova York? — perguntou Grant de repente, os olhos arregalados com a lembrança súbita.

Os olhos de Ambrose estavam fixos na TV, o rosto tenso. Ele fez que sim com a cabeça uma vez. Seu estômago estava quente de pavor. Sua mãe não só morava em Nova York como era secretária numa agência de publicidade que ficava na Torre Norte do World Trade Center. Ambrose ficou repetindo para si mesmo que ela estava bem; seu escritório ficava em um dos andares inferiores.

— Acho bom você ligar para ela. — Grant parecia preocupado.

— Estou tentando. — Ambrose ergueu o celular, que não era para estar com ele na sala de aula, mas o sr. Hildy não reclamou.

Todos os colegas observaram Ambrose tentar de novo.

— Ocupado. Provavelmente todo mundo está tentando ligar. — Ele desligou o telefone. Ninguém disse nada. O sinal tocou, mas todos permaneceram no lugar. Alguns alunos saíram para a terceira aula, mas a notícia percorria os corredores da escola e o horário normal de aulas não era páreo para o drama que se apresentava. Os alunos que chegavam se sentavam sobre as carteiras ou ficavam de pé, encostados nas paredes, assistindo às imagens com todos os outros.

E então a Torre Sul desabou. Num minuto estava lá, e no outro não estava mais. Foi dissolvida numa nuvem que descia e se espalhava, branco-suja, grossa e gorda, jogando estilhaços, densa com a devastação. Alguém gritou e todos estavam falando e apontando. Fern estendeu a mão e pegou a de Bailey. Duas meninas começaram a chorar.

O rosto do sr. Hildy estava branco como o quadro sobre o qual ele escrevia para ganhar a vida. Ele olhou para os alunos amontoados em sua sala de aula e desejou que nunca tivesse ligado a TV. Não precisavam ver aquilo. Jovens, inexperientes, inocentes. Sua boca se abriu para tranquilizá-los, mas sua intolerância a baboseiras lhe roubou a fala. Não havia nada que ele pudesse dizer que não fosse uma mentira deslavada ou que não fosse assustá-los ainda mais. Não era real. Não podia ser. Era uma ilusão, um truque de mágica, apenas fumaça e espelhos. Mas a torre tinha desaparecido. A segunda torre a ser atingida, a primeira a ir abaixo. Passaram-se apenas cinquenta e seis minutos entre o impacto e o desabamento.

Fern se agarrou à mão de Bailey. A nuvem ondulante de fumaça e poeira parecia o enchimento de seu velho urso de pelúcia. Ela o ganhara como prêmio numa feira na escola, cheio de algodão barato, um emaranhado sintético. Havia acertado Bailey na cabeça com ele, e o braço direito tinha rasgado e caído, vomitando o enchimento branco emaranhado em todas as direções. Mas aquilo não era uma feira escolar. Era um beco do medo, incluindo ruas labirínticas, cheias de pessoas cobertas de cinzas. Como zumbis. Mas aqueles zumbis choravam e gritavam por socorro.

Quando ouviram a notícia de que um avião caíra nos arredores de Shanksville, a pouco mais de cem quilômetros de Hannah Lake, os alunos começaram a sair da sala de aula, incapazes de suportar mais. Correram para fora da escola em massa, precisando ter a garantia de que o mundo não estava acabado em Hannah Lake, precisando da família. Ambrose Young ficou na sala do sr. Hildy e viu a Torre Norte vir abaixo uma hora depois de a Torre Sul desabar. Sua mãe ainda não estava atendendo o telefone. E como poderia, quando ele não conseguia nada mais que um zumbido estranho na linha quando tentava ligar? Ele foi para a sala de luta livre. Lá, no canto, no lugar onde se sentia mais seguro, sentado no tatame estendido frouxamente, fez uma oração estranha. Ele não estava à vontade para pedir nada a Deus, quando este obviamente tinha tanta coisa para fazer. Com um "amém" sufocado, Ambrose tentou ligar para a mãe mais uma vez.

JULHO DE 1994

No alto das instáveis arquibancadas marrons, Fern e Bailey estavam sentados, chupando o picolé roxo que tinham surrupiado do freezer na sala dos professores e olhando para os corpos se contorcendo e lutando no tatame, com o fascínio dos excluídos. O pai de Bailey, que era treinador de luta do ensino médio, estava fazendo o acampamento juvenil anual de luta livre, e nenhum dos dois participava; meninas não eram encorajadas a lutar, e a doença de Bailey tinha começado a enfraquecer seus membros de modo significativo.

Basicamente, Bailey tinha nascido com toda a força que teria para o resto da vida, por isso seus pais tiveram de considerar cuidadosamente o quanto de esforço ele poderia fazer. Se fosse muito, seus músculos distenderiam. Em uma pessoa normal, os músculos distendidos se reparam e ficam mais fortes que antes, o que vai formando músculos maiores. Os músculos de Bailey não conseguiam se reconstruir, mas, se ele não fizesse atividade física suficiente, eles enfraqueceriam mais depressa. Desde os quatro anos, quando ele fora diagnosticado com distrofia muscular de Duchenne, a mãe de Bailey vinha monitorando o esforço físico do filho como um sargento, fazendo-o nadar com um colete salva-vidas, mesmo que Bailey conseguisse nadar como um peixe, determinando sonecas, descanso e caminhadas calmas na vida atarefada do filhinho, para que ele mantivesse a capacidade de evitar uma cadeira de rodas durante o maior tempo possível. E até então estavam derrotando as circunstâncias. Aos dez anos, a maioria das crianças com Duchenne já estava presa à cadeira de rodas, mas Bailey ainda estava andando.

— Posso não ser tão forte como o Ambrose, mas ainda acho que poderia vencê-lo — disse Bailey, seus olhos se estreitando para a luta que acontecia lá abaixo. Ambrose Young se destacava como ninguém. Estava na mesma classe de Bailey e Fern, mas já tinha onze anos, o que o tornava velho para a série, além de ser vários centímetros mais alto que todos os meninos de sua idade. Agora ele enfrentava alguns dos garotos da equipe de luta livre do ensino médio que ajudavam no acampamento, e estava segurando a bronca. O treinador Sheen o observava de fora, gritando instruções e parando a ação de vez em quando para demonstrar uma maneira de segurar o adversário ou de se mover.

Fern bufou e lambeu o picolé roxo, desejando que tivesse um livro para ler. Se não fosse o picolé, teria ido embora havia muito tempo. Meninos suados não lhe interessavam muito.

— Você não conseguiria derrotar o Ambrose, Bailey, mas não se sinta mal. Eu também não conseguiria.

Bailey olhou para Fern indignado, girando tão rápido que o picolé pingando escorregou de sua mão, bateu em seu joelho magro e caiu.

— Posso não ser musculoso, mas sou muito inteligente e conheço todas as técnicas. Meu pai me mostrou todos os movimentos, e ele diz que eu tenho uma ótima cabeça para luta livre! — Bailey se gabou com a boca voltada para baixo, numa careta irritada, o picolé agora esquecido.

Fern bateu no joelho dele e continuou lambendo o seu picolé.

— Seu pai diz isso porque te ama. Assim como a minha mãe diz que eu sou bonita, porque ela me ama. Eu não sou bonita... e você não pode vencer o Ambrose, amigo.

Bailey se levantou de repente, oscilando um pouco, fazendo o estômago de Fern dar uma cambalhota de medo quando ela imaginou o amigo caindo da arquibancada.

— Você não é bonita! — Bailey gritou, fazendo Fern ferver de raiva instantaneamente. — Mas meu pai nunca mentiria para mim como a sua mãe faz. É só esperar! Quando eu for adulto, vou ser o mais forte, o melhor lutador do universo!

— Minha mãe disse que você vai morrer antes de ficar adulto! — Fern gritou de volta, repetindo as palavras que tinha ouvido seus pais dizerem quando achavam que ela não estava prestando atenção.

O rosto de Bailey se contorceu, e ele começou a descer as arquibancadas, agarrando o corrimão ao sair balançando e cambaleando até embaixo. Fern sentiu as lágrimas surgirem nos olhos e depois seu rosto se contorcer, assim como o de Bailey. Ela o seguiu, embora ele se recusasse a olhar para ela novamente. Ambos foram chorando por todo o caminho até em casa, Bailey pedalando a bicicleta o mais rápido que conseguia, nunca olhando para Fern, nunca reconhecendo sua presença. Fern pedalava ao lado dele, limpando o nariz com as mãos grudentas.

O rosto dela era uma confusão de ranho e picolé roxo quando confessou para a mãe, com a voz entrecortada, o que tinha dito. A mãe de Fern a pegou pela mão em silêncio e elas caminharam até a casa vizinha, de Bailey.

Angie, mãe de Bailey e tia de Fern, estava abraçando o garoto no colo e falava baixinho com ele na varanda da frente quando Fern e a mãe subiram os degraus. Rachel Taylor se sentou na cadeira de balanço ao lado e também colocou Fern no colo. Angie olhou para Fern e deu um pequeno sorriso, vendo as bochechas manchadas de lágrimas listradas de roxo. O rosto de Bailey estava escondido no ombro de Angie. Tanto Fern quanto Bailey eram um pouco velhos demais para se sentar no colo da mãe, mas a ocasião parecia exigir aquela atitude.

— Fern — tia Angie disse suavemente. — Eu estava dizendo ao Bailey que é verdade. Ele vai morrer.

Na mesma hora, a menina começou a chorar de novo, e sua mãe a puxou contra o peito. Fern podia sentir o coração da mãe batendo sob sua bochecha, mas o rosto da tia continuava sereno, sem chorar. Ela parecia ter chegado a uma conclusão que Fern levaria anos para aceitar. Bailey passou os braços ao redor de sua mãe e choramingou.

Tia Angie esfregou as costas do filho e beijou-lhe a cabeça.

— Bailey? Você pode me ouvir por um instante, filho?

Ele ainda estava chorando quando levantou o rosto e olhou para a mãe. Em seguida, virou-se para Fern, olhando feio, como se ela tivesse provocado tudo aquilo.

— Você vai morrer, eu vou morrer e a Fern vai morrer. Sabia disso, Bailey? A tia Rachel vai morrer também. — Angie olhou para a mãe de Fern e sorriu, desculpando-se por incluí-la na previsão sombria.

Bailey e Fern se entreolharam horrorizados, de repente chocados além das lágrimas.

— Todos os seres vivos morrem, Bailey. Algumas pessoas vivem mais que outras. Sabemos que a sua doença provavelmente vai deixar a sua vida mais curta do que a de algumas pessoas, mas nenhum de nós nunca sabe quanto tempo vai durar a própria vida.

Bailey olhou para ela, e um pouco do horror e do desespero foi suavizado em sua expressão.

— Como o vovô Sheen?

Angie assentiu, dando um beijo em sua testa.

— Sim. O vovô não tinha distrofia muscular, mas sofreu um acidente de carro, não foi? Ele nos deixou mais cedo do que queríamos, mas a vida é assim. Não podemos escolher quando ou como vamos partir. Ninguém pode. — Angie olhou bem no rosto do filho e repetiu com firmeza: — Está me ouvindo, Bailey? Ninguém pode.

— Então a Fern pode morrer antes de mim? — ele perguntou esperançoso.

Fern sentiu um ruído de risos no peito de sua mãe e olhou para ela com espanto. Rachel Taylor estava sorrindo e mordendo o lábio. De repente Fern entendeu o que a tia Angie estava fazendo.

— Sim! — a menina entrou na conversa, afirmando com a cabeça, os cachos elásticos pulando com entusiasmo. — Posso me afogar na banheira hoje à noite quando estiver tomando banho. Ou talvez cair da escada e quebrar o pescoço, Bailey. Posso até ser atropelada por um carro quando estiver andando de bicicleta amanhã. Está vendo? Não precisa ficar triste. Todos nós vamos bater as botas mais cedo ou mais tarde!

Angie e Rachel estavam rindo, e Bailey tinha um sorriso que começava a se espalhar por seu rosto quando se juntou à conversa.

— Ou talvez você caia de uma árvore no quintal, Fern. Ou quem sabe você leia tantos livros que a sua cabeça vai explodir!

Angie envolveu os braços firmemente em torno do filho e deu uma risadinha.

— *Acho que já chega, Bailey. Não queremos que a cabeça da Fern exploda, não é?*

Bailey olhou para Fern, e todo mundo podia ver que ele tinha considerado aquilo a sério.

— Não. Acho que não, mas ainda espero que ela bata as botas antes de mim.

Então ele desafiou Fern para uma luta no gramado da frente, onde tranquilamente a imobilizou em cerca de cinco segundos. Quem diria? Talvez ele realmente pudesse vencer Ambrose Young.

2001

Nos dias e semanas que se seguiram após os atentados de 11 de setembro, a vida voltou ao normal, mas parecia errada, como uma camiseta favorita vestida do avesso — ainda era a sua camiseta, ainda era reconhecível, mas pinicava em todos os lugares, com as costuras à mostra, a etiqueta para fora, as cores mais fracas, as palavras de trás para frente. Só que, diferente da camiseta, a sensação de algo errado não podia ser corrigida. Era permanente, era o novo normal.

Bailey assistia ao noticiário com partes iguais de fascínio e horror, digitando no computador, enchendo páginas com suas observações, registrando a história, documentando as filmagens e as tragédias infinitas com suas próprias palavras.

Enquanto Fern sempre se perdia em romances, Bailey se perdia em história. Mesmo quando criança, ele mergulhava nas histórias do passado e se envolvia no conforto da atemporalidade, da longevidade delas. Ler sobre o rei Artur, que vivera e morrera mais de mil anos antes, era ler a imortalidade, e, para um garoto que sentia as areias do tempo escorregando numa infinita contagem regressiva, a imortalidade era um conceito inebriante.

Bailey mantinha um diário religiosamente desde que aprendera a escrever. Seus diários enchiam uma prateleira na estante de seu quarto, alinhados entre as histórias de outros homens, revestindo a parede com os destaques de uma vida jovem, os pensamentos e os sonhos de uma mente ativa. Mas, apesar de sua obsessão pela captura da história, Bailey era o único que parecia levar tudo na esportiva. Não tinha mais medo, nem se sentia mais emotivo do que sempre tinha se sentido. Continuava a gostar das coisas que sempre tinha gostado, de provocar Fern, como sempre, e, quando ela não aguentava mais ver a história se desdobrando na tela da televisão, ele foi o único a criticá-la a respeito do precipício emocional sobre qual todo mundo parecia estar oscilando.

Era Fern quem se encontrava mais perto das lágrimas, mais temerosa, mais afetuosa, e não era a única. Um sentimento envolvente de indignação e tristeza se intrometeu na vida diária das pessoas. A morte se tornou muito real e, na classe do último ano na Escola de Hannah Lake, havia ressentimento misturado com o medo. Era o último ano! Era para ser a melhor fase da vida. Eles não queriam ter medo.

— Eu só queria que a vida fosse mais parecida com as histórias dos meus livros — Fern reclamou, tentando levantar a mochila de Bailey e a sua nos ombros estreitos quando saíram da escola naquele dia. — Os protagonistas nunca morrem nos livros. Se morressem, a história estaria arruinada, ou acabaria.

— Todo mundo é protagonista para alguém — teorizou Bailey, seguindo caminho pelo corredor cheio, passando pela saída mais próxima e saindo para a tarde de novembro. — Não existem personagens secundários. Imagine como o Ambrose deve ter se sentido assistindo ao noticiário na aula do sr. Hildy, sabendo que a mãe dele trabalhava em uma daquelas torres. Ele estava lá, sentado, assistindo a tudo na TV, provavelmente querendo saber se estava assistindo à morte da própria mãe. Ela pode ser uma personagem secundária para nós, mas para ele é a atriz principal.

Fern meditou, sacudindo a cabeça com a lembrança. Nenhum deles ficara sabendo até mais tarde como o 11 de Setembro tinha sido algo próximo e pessoal para Ambrose Young. Ele estava tão sério, tão quieto, sentado na aula de matemática, discando sem parar um número que nunca foi atendido. Nenhum deles sequer suspeitava. O treinador Sheen o encontrou na sala de luta livre mais de cinco horas após as torres terem desabado, depois que todo mundo já tinha ido para casa fazia tempo.

— *Não consigo falar com ela, treinador* — Ambrose sussurrou, como se o esforço necessário para falar mais alto fosse acabar com seu controle. — *Não sei o que fazer. Ela trabalhava na Torre Norte, que agora já se foi. E se ela também se foi?*

— *Seu pai deve estar se perguntando onde você está. Já falou com ele?*

— *Não. Ele também deve estar desesperado. Ele finge que não ama mais a minha mãe, mas eu sei que ama. Não quero falar com ele até ter boas notícias.*

O treinador Sheen se sentou ao lado do garoto, que o fazia parecer um anão, e colocou o braço em volta de seus ombros. Se Ambrose não estava pronto para ir para casa, Sheen esperaria com ele. O treinador falou sobre coisas aleatórias: a próxima temporada, os lutadores na faixa de peso de Ambrose, os pontos fortes das equipes no distrito deles. Traçou estratégias com o garoto sobre os companheiros de equipe, distraindo-o com coisas sem importância, enquanto os minutos se passavam. E Ambrose manteve os sentimentos sob controle até seu telefone disparar um alarme estridente, fazendo os dois darem um salto e ele procurar o aparelho nos bolsos.

— *Filho?* — *A voz de Elliott era alta o suficiente para que o treinador Sheen conseguisse ouvi-la pelo telefone, e seu coração se apertou, com medo das palavras que seriam ditas.* — *Ela está bem, Brosey. Ela está bem. Ela está vindo para cá.*

Ambrose tentou falar, agradecer ao pai pela boa notícia, mas não foi capaz. Ficando de pé, entregou o telefone para o treinador. Depois, con-

trolado, andou vários passos e se sentou outra vez. Mike Sheen disse a Elliott que estavam a caminho de casa, desligou o telefone e passou o braço em volta dos ombros trêmulos de seu lutador estrela. Não houve lágrimas, mas Ambrose tremia como se estivesse tomado por uma febre, como se tivesse sido acometido por uma paralisia, fazendo Mike Sheen se preocupar por um segundo que a emoção e o estresse do dia o tivessem deixado doente de verdade. Depois de um tempo, o tremor doentio aliviou e juntos eles saíram da sala, apagando as luzes atrás deles e fechando a porta de uma tarde agonizante, agradecidos por, num dia de tragédia sem precedentes, terem recebido uma trégua.

— Meu pai está preocupado com o Ambrose — falou Bailey. — Disse que ele parece diferente, está distraído. E eu tenho notado que, apesar de ele se esforçar muito nos treinos, como sempre fez, alguma coisa parece estranha.

— A temporada de luta livre começou faz só duas semanas. — Fern defendeu Ambrose, mesmo que não precisasse. Ambrose não tinha fã maior que Bailey Sheen.

— Mas o 11 de Setembro foi há dois meses, Fern. E ele ainda não superou.

Ela olhou para o céu pesado e riscado de cinza acima da cabeça deles, tumultuado com uma tempestade prevista. As nuvens estavam se revirando, e os ventos tinham acabado de começar a ganhar força. Estava chegando.

— Nenhum de nós superou, Bailey. E acho que nunca vamos superar.

3
criar um disfarce

Querido Ambrose,
Você é muito gostoso, e é um lutador incrível.
Estou tãããão a fim de você.
Queria saber se você topa sair um dia desses.
Beijos,
Rita

Fern torceu o nariz para o recado infantil e olhou para o rosto esperançoso de Rita. Fern não era a única que tinha notado Ambrose. Talvez porque estivesse tão envolvido com a luta livre, viajando constantemente e sempre treinando, com pouco tempo livre, ele não tivesse tido muitas namoradas. O fato de estar indisponível fazia dele um produto ainda mais atraente, e Rita tinha decidido partir para cima. Ela mostrou a Fern o bilhete que tinha escrito para ele, incluindo papel rosa, corações e um monte de perfume.

— Hum, ficou bom, Rita. Mas você não quer ser original?
Ela deu de ombros e pareceu confusa.
— Só quero que ele goste de mim.

— Mas você escreveu um bilhete porque queria chamar a atenção dele, certo?

Rita concordou com a cabeça enfaticamente. Fern olhou para seu rosto angelical, para a maneira como seu longo cabelo loiro dançava em torno dos ombros magros e dos seios perfeitos, e sentiu uma pontada de desespero. Tinha certeza de que Rita já tinha a atenção de Ambrose.

— Ela é uma criança tão bonita — Fern ouviu sua mãe falar da cozinha, conversando com tia Angie, que estava sentada ao lado da porta de tela para observar Bailey e Rita sentados nos balanços no quintal da casa.

Fern precisava usar o banheiro, mas entrara pela garagem, em vez de pela porta de tela, para dar uma olhada na tartaruga que ela e Bailey tinham capturado perto do riacho naquela manhã. Ela estava numa caixa cheia de folhas e tudo o mais que uma tartaruga pudesse querer. Não tinha se mexido, e Fern se perguntou se talvez haviam cometido um erro ao tirá-la de seu lar.

— Ela quase não parece real — a mãe de Fern falou balançando a cabeça, tirando a atenção da garota da tartaruga. — Aqueles olhos azuis brilhantes e as feições perfeitas de boneca.

— E o cabelo! É branco da raiz às pontas. Acho que nunca vi algo parecido — disse Angie. — E ainda assim ela é morena. Tem aquela rara combinação de cabelos brancos e pele dourada.

Fern ficou parada no corredor, sem jeito, ouvindo as duas mulheres falarem sobre Rita, sabendo que sua mãe e sua tia achavam que ela ainda estava no quintal. Rita havia se mudado para Hannah Lake naquele verão com a mãe, e Rachel Taylor, esposa de pastor até o último fio de cabelo, foi a primeira a dar as boas-vindas à jovem mãe e à filha de dez anos. Em pouco tempo, já estava marcando almoços e convidando Rita para vir brincar com Fern. E Fern gostava da menina. Ela era doce, feliz e disposta a fazer qualquer coisa que Fern estivesse fazendo. Não tinha uma imaginação muito fértil, mas Fern tinha o suficiente para as duas.

— Acho que o Bailey está apaixonado. — Angie riu. — Ele não piscou uma só vez depois que colocou os olhos nela. É engraçado como as crianças são atraídas pela beleza, assim como nós, adultos. Antes que a gente se dê conta, ele vai começar a demonstrar suas habilidades de luta e eu vou ter que encontrar uma maneira de distraí-lo. Deus o abençoe. Ele implorou que o Mike o deixasse participar do acampamento de luta livre outra vez. Todo ano é a mesma coisa. Ele implora, chora, e temos que tentar explicar por que ele não pode.

Houve um silêncio na cozinha, enquanto Angie parecia perdida em pensamentos e Rachel preparava sanduíches para as crianças, sem ter sucesso em proteger Angie da realidade da doença de Bailey.

— A Fern parece gostar da Rita, não é? — Angie mudou de assunto com um suspiro, mas seus olhos se mantiveram fixos no filho, que ia de um lado para o outro, falando sem parar para a loirinha ao lado dele. — É bom para ela ter uma amiga. A Fern passa o tempo todo com o Bailey, mas vai precisar de uma amiga conforme for ficando mais velha.

Foi a vez de Rachel suspirar.

— Pobre Fernie.

Fern tinha se virado para voltar pelo corredor, em direção ao banheiro, mas, de súbito, parou. Pobre Fernie? Com uma onda de choque, ela ficou se perguntando se tinha alguma doença, uma doença como a de Bailey, sobre a qual sua mãe não lhe tinha contado. "Pobre Fernie" parecia sério. Ficou ouvindo com atenção.

— Ela não é bonita como a Rita. Os dentes vão precisar de uma bela correção, mas ela ainda é muito pequena e não perdeu a maioria dos dentes de leite. Talvez, quando todos os dentes permanentes crescerem, não vá ficar tão ruim. No ritmo em que ela está crescendo, vai usar aparelho quando tiver vinte e cinco anos. — A mãe de Fern riu. — Será que ela está com ciúme da Rita? Até agora ela parece não ter consciência das diferenças físicas entre as duas.

— Nossa pequena e engraçada Fernie — disse Angie, com um sorriso na voz. — É impossível encontrar uma criança melhor do que a Fern.

Agradeço todos os dias por ela. É uma bênção para o Bailey. Deus sabia o que estava fazendo quando colocou os dois na mesma família, Rachel. Deu um ao outro. É uma doce misericórdia.

Mas Fern estava plantada no lugar. Não ouviu a palavra "bênção". Não parou para refletir sobre o que significava ser uma das doces misericórdias de Deus. Ela não é bonita. As palavras ressoaram em sua cabeça como panelas e frigideiras sendo jogadas e batidas umas nas outras. Ela não é bonita. Pequena e engraçada Fernie. Ela não é bonita. Pobre Fernie.

— Fern! — Rita gritou e acenou na frente do rosto dela. — Ei! Aonde você foi? O que eu devo escrever então?

Fern espantou a lembrança antiga. Engraçado como algumas coisas não nos abandonam.

— E se você escrever algo do tipo: "Mesmo quando não está por perto, você é tudo o que eu vejo. Só penso em você. Será que o seu coração é tão bonito quanto o seu rosto? Sua mente é tão fascinante quanto os músculos que brincam debaixo da sua pele? Será que você também pensa em mim?" — Fern parou e olhou para a amiga.

Os olhos de Rita estavam arregalados.

— Ah, isso é muito bom. Você escreveu essas coisas em algum dos seus romances? — Rita era uma das únicas pessoas que sabiam que Fern escrevia histórias de amor e sonhava em publicá-las.

— Não sei. Provavelmente. — Fern deu um sorriso tímido.

— Aqui! Anota — Rita disse com um gritinho, pegando papel e lápis e os empurrando para as mãos de Fern.

Ela tentou lembrar o que havia dito. E ficou ainda melhor da segunda vez. Rita deu um risinho, dançando de um lado para o outro, enquanto Fern terminava a cartinha de amor com um floreio. Assinou o nome de Rita de forma dramática. Em seguida, entregou o bilhete para a amiga, que pegou um perfume de dentro da mochila, deu uma borrifada no papel e o dobrou, endereçando-o a Ambrose.

Ele, por sua vez, não respondeu de imediato. Na verdade, levou alguns dias. No quarto dia, havia um envelope no armário de Rita. Ela o abriu com as mãos trêmulas. Leu em silêncio, com as sobrancelhas franzidas. Depois agarrou o braço de Fern, como se estivesse lendo um bilhete de loteria premiado.

— Fern! Escuta! — ela confidenciou.

Ela caminha em beleza como a noite
De climas sem nuvens e céus estrelados;
E o que há de melhor na escuridão e na luz
Encontra-se em seu semblante e em seus olhos.

As sobrancelhas de Fern se ergueram e desapareceram sob a franja longa demais.

— Ele é quase tão bom escritor quanto você, Fern!

— Ele é melhor — ela respondeu irônica, soprando um cacho que caía em seus olhos. — Pelo menos o cara que escreveu isso é melhor.

— Ele assinou só com um A — Rita sussurrou. — Ele me escreveu um poema! Nem consigo acreditar!

— Hãã, Rita? Isso é do Lord Byron. É muito famoso.

O rosto de Rita ficou decepcionado, e Fern se apressou a consolá-la.

— Mas é incrível o Ambrose citar... Lord Byron... numa carta... para você, quero dizer — hesitante, ela tranquilizou a amiga. Na verdade, era muito legal *mesmo*. Fern não achava que muitos garotos de dezoito anos citassem regularmente poemas famosos para meninas bonitas. De repente estava muito impressionada. E Rita também.

— Precisamos responder! A gente também escreve um poema famoso?

— Talvez — Fern ponderou, inclinando a cabeça para o lado.

— Eu poderia escrever o meu próprio poema. — Rita pareceu em dúvida por alguns segundos. Então seu rosto se iluminou e ela abriu a boca para falar.

— Não comece com "rosas são vermelhas, violetas são azuis"! — Fern advertiu, sabendo intuitivamente o que estava por vir.

— Droga. — Rita fez beicinho, fechando a boca novamente. — Eu não ia dizer que violetas são azuis! Eu ia dizer: "Rosas são vermelhas e podem despetalar. Sabe, eu queria muito te beijar".

Fern riu e deu um tapinha na amiga.

— Você não pode dizer isso depois que ele acabou de te enviar "Ela caminha em beleza".

— O sinal vai tocar. — Rita bateu a porta do armário com uma pancada. — Por favor, você pode escrever alguma coisa pra mim, Fern? Por favooor? Você sabe que eu não vou ser capaz de chegar a nada que preste! — Rita viu a hesitação da amiga e pediu docemente até que ela cedesse. E foi assim que Fern Taylor começou a escrever cartas de amor para Ambrose Young.

1994

— O que você tá fazendo? — perguntou Fern, estatelando-se na cama de Bailey e olhando ao redor do quarto dele. Já fazia um tempo que tinha estado ali. Geralmente eles brincavam lá fora ou na sala. O quarto tinha uma parafernália de luta livre distribuída por toda parte nas paredes, principalmente da Universidade Estadual da Pensilvânia. Intercaladas com o azul e o branco, havia fotos dos atletas favoritos de Bailey, imagens da família fazendo uma coisa ou outra e pilhas de livros infantis sobre tudo, de história a esportes e mitologia grega e romana.

— Estou fazendo uma lista — disse Bailey brevemente, sem erguer os olhos de sua tarefa.

— Que tipo de lista?

— Uma lista de todas as coisas que eu quero fazer.

— O que você tem até agora?

— Não vou falar.

— Por quê?

— Porque algumas coisas são particulares — disse Bailey, sem rancor.

— Tudo bem. Talvez eu também faça uma lista e não vou te dizer o que está escrito nela.

— Vá em frente. — Bailey riu. — Mas é provável que eu adivinhe tudo o que você vai escrever.

Fern pegou um pedaço de papel da mesa de Bailey e encontrou uma caneta da Universidade da Pensilvânia dentro de um vidro de moedas, pedras e coisas aleatórias que ficava na mesa de cabeceira dele. Fern escreveu "LISTA" na parte de cima e ficou olhando.

— Você não vai me dizer nada da sua lista? — ela perguntou humildemente, depois de olhar para o papel por vários minutos, sem pensar em nada que fosse empolgante.

Bailey suspirou, uma rajada enorme que soou mais como um pai preocupado do que como um menino de dez anos.

— Tá bom. Mas algumas coisas da minha lista provavelmente eu não vou fazer logo de cara. Podem ser coisas que eu vou fazer quando for mais velho... mas quero fazer mesmo assim. Eu vou fazer! — ele disse, enfático.

— Tudo bem. Só me conta uma — Fern implorou. Mesmo dona de uma imaginação tão fértil, ela não conseguia pensar em nada que quisesse fazer, talvez porque vivesse novas aventuras todos os dias com os livros que lia e com os personagens das histórias que escrevia.

— Quero ser um herói — Bailey olhou para Fern com um olhar solene, como se estivesse revelando informações altamente confidenciais. — Ainda não sei de que tipo. Talvez como Hércules ou Bruce Baumgartner.

Fern sabia quem era Hércules. Também sabia quem era Bruce Baumgartner, simplesmente porque era um dos lutadores favoritos de Bailey e, de acordo com o garoto, um dos melhores pesos-pesados de todos os tempos. Ela olhou para o primo, em dúvida, mas não expressou sua opinião. Hércules não era real, e Bailey nunca seria tão grande e forte como Bruce Baumgartner.

— E, se eu não puder ser um herói desse tipo, talvez possa salvar alguém — continuou Bailey, inconsciente do descrédito de Fern. — Aí eu poderia colocar minha foto no jornal, e todo mundo ia saber quem eu sou.

— Eu não ia querer que todo mundo soubesse quem eu sou — disse Fern, depois de pensar um pouco. — Quero ser uma escritora famosa, mas acho que vou usar um pseudônimo. Um pseudônimo é um nome que a gente usa quando não quer que todo mundo fique sabendo quem a gente realmente é — explicou, só para o caso de Bailey não saber.

— Então você vai poder manter a sua identidade em segredo, que nem o Super-Homem — ele sussurrou, como se a narrativa de Fern tivesse acabado de alcançar um novo patamar de atração.

— E ninguém nunca vai saber que sou eu — disse Fern suavemente.

⁂

Não eram bilhetes de amor típicos. Eram bilhetes de amor porque Fern havia colocado neles toda a sua alma e o seu coração, e Ambrose parecia fazer o mesmo, respondendo com uma honestidade e uma vulnerabilidade que ela não tinha previsto. Fern não enumerava todas as coisas que ela (Rita) amava nele, não ficava rasgando seda sobre a aparência, o cabelo, a força e o talento dele. Poderia ter feito isso, mas estava mais interessada em todas as coisas que ela não sabia. Então escolhia cuidadosamente as palavras e construía perguntas que permitiriam acesso aos pensamentos mais íntimos de Ambrose. Ela sabia que era uma farsa, mas era mais forte que ela.

Começou com perguntas simples. Coisas fáceis, como doce ou azedo, outono ou inverno, pizza ou tacos. Mas então desviou para o profundo, o pessoal, o revelador. As mensagens iam e voltavam, perguntas e respostas, e pareciam um pouco como se despir, eliminando primeiro as coisas menos importantes, a jaqueta, os brincos, o boné. Em pouco tempo, os botões foram sendo abertos, os zíperes deslizando para baixo e as roupas caindo ao chão. O coração de Fern vibrava e sua respiração ficava rasa com cada barreira cruzada, cada peça de roupa metafórica sendo descartada.

PERDIDO OU SOZINHO? Ambrose disse "sozinho", e Fern respondeu: "Eu prefiro ficar perdida com você do que sozinha sem você, por isso escolho perdida com uma ressalva". Ambrose escreveu: "Nada de ressalvas", ao que Fern respondeu: "Então perdida, porque sozinha parece algo permanente, e o que é perdido pode ser encontrado".

POSTES DE LUZ OU SEMÁFOROS? Fern: "Postes de luz me fazem sentir segura". Ambrose: "Semáforos me deixam inquieto".

NINGUÉM OU LUGAR NENHUM? Fern: "Prefiro ser ninguém em casa do que alguém em outro lugar". Ambrose: "Prefiro estar em lugar nenhum. Ser ninguém quando se espera que a gente seja alguém, fica chato". Fern: "Como você sabe? Já foi ninguém?" Ambrose: "Todo mundo que é alguém se torna ninguém quando fracassa".

INTELIGENTE OU BONITA? Ambrose disse "inteligente", mas depois passou a dizer quanto ela (Rita) era bonita. Fern disse "bonito" e passou a dizer como Ambrose era inteligente.

ANTES OU DEPOIS? Fern: "Antes; a expectativa costuma ser melhor que a coisa real". Ambrose: "Depois. A coisa real, quando bem feita, é sempre melhor que sonhar acordado". Fern não saberia, não é? Ela deixou essa passar.

CANÇÕES DE AMOR OU POESIA? Ambrose: "Canções de amor, porque a gente consegue o melhor das duas coisas: poesia musicada. E não dá para dançar com poesia". Ele então fez uma lista de suas baladas favoritas. Era uma lista impressionante, e Fern passou a noite inteira fazendo um CD que compilava todas elas. Ela disse "poesia" e mandou alguns dos poemas que tinha escrito. Era arriscado, bobo, e ela já estava completamente nua àquela altura do campeonato, mas mesmo assim continuava jogando.

ADESIVOS OU GIZ DE CERA? VELAS OU LÂMPADAS? IGREJA OU ESCOLA? SINOS OU ASSOBIOS? VELHO OU NOVO? As perguntas continuavam, as respostas voavam, e Fern lia cada carta muito devagar, empoleirada no vaso sanitário do banheiro das meninas, depois passava o resto do dia na escola entretida em elaborar uma resposta.

Ela pedia para Rita ler cada bilhete e, com cada um deles, Rita ficava mais e mais confusa, tanto pelas coisas que Ambrose dizia como pelas respostas de Fern. Mais de uma vez ela protestou:

— Não sei do que vocês dois estão falando! Não dá para simplesmente falar sobre o abdome dele? O Ambrose tem um abdome incrível, Fern.

Em pouco tempo, Rita estava entregando os bilhetes para Fern com um encolher de ombros e os devolvia para Ambrose com total desinteresse.

Fern tentava não pensar no abdome de Ambrose ou no fato de que Rita conhecesse muito bem tal abdome. Cerca de três semanas depois da primeira carta de amor, Fern dobrou num corredor, entre as aulas, precisando ir buscar uma tarefa no armário, só para ver Rita encostada nesse mesmo armário, com os braços em volta de Ambrose. Ele a beijava como se eles tivessem acabado de descobrir que tinham lábios... e língua. Fern engasgou e deu meia-volta no mesmo instante, voltando por onde tinha vindo. Por um momento pensou que ia vomitar e engoliu a náusea que subia pela garganta, mas não era um estômago perturbado que dava náusea. Era um coração perturbado. E ela só tinha a si mesma para culpar. Ficou se perguntando se suas cartas simplesmente tinham feito Ambrose amar mais ainda Rita, zombando de tudo o que ela havia revelado sobre si mesma.

4
conhecer hércules

Só levou pouco mais de um mês até a farsa ser descoberta. Rita estava agindo de maneira esquisita. Não olhou nos olhos da amiga quando Fern lhe entregou uma carta de amor para Ambrose, uma que ela tinha adorado escrever.

O olhar de Rita mirou a mão estendida de Fern e o papel dobrado com cuidado, como se fosse algo a ser temido. E não fez nenhum movimento para pegá-lo.

— Hum... Na verdade eu não preciso disso, Fern. Nós terminamos. Acabou.

— Vocês terminaram? — Fern perguntou, horrorizada. — O que aconteceu? Você está... bem?

— É, estou. Não é nada de mais. Quer dizer, sério. Ele estava ficando estranho.

— Estranho? Como? — Fern de repente sentiu que ia chorar, como se também tivesse sido dispensada, e fez esforço para manter a voz firme. Mas Rita devia ter ouvido alguma coisa, porque suas sobrancelhas se ergueram sob a franja pesada.

— Não tem problema mesmo, Fern. Ele é meio chato. Gato, mas chato.

— Chato ou estranho? Estranho não costuma ser chato, Rita. — Fern estava completamente confusa e um pouco irritada que Rita tivesse deixado Ambrose escapar delas.

Rita suspirou e deu de ombros, mas dessa vez encontrou os olhos de Fern, e havia um pedido de desculpas em seu olhar.

— Ele descobriu que não era eu quem escrevia os bilhetes, Fern. Na verdade, não parecia mesmo que era eu. — Foi a vez de Rita olhá-la de maneira acusatória. — Não sou tão inteligente quanto você, Fern.

— Você falou que era eu? — Fern guinchou, alarmada.

— Bom... — Rita enrolou, desviando outra vez o olhar.

— Ai, meu Deus! Você falou. — Fern parecia que ia desmaiar ali mesmo no corredor cheio de gente. Ela pressionou a testa no metal frio do armário e se obrigou a ter calma.

— Ele não deixava o assunto de lado, Fern. Ele ficou tão irritado! Foi meio assustador.

— Você precisa me contar tudo. Que cara ele fez quando você disse que era eu? — Fern sentiu a bile subir.

— Ele pareceu um pouco... surpreso. — Rita mordeu o lábio e brincou com o anel em seu dedo, pouco à vontade. Fern imaginava que "surpreso" fosse um eufemismo. — Desculpa, Fern. Ele queria que eu devolvesse todos os bilhetes que ele escreveu para você... é, para mim... sei lá, mas não estou com eles, Fern. Eu te dei todos.

— Você contou isso também? — Fern choramingou, horrorizada, com as mãos pairando em torno da boca.

— Hum, contei. — Agora Rita estava tremendo, e o sofrimento era evidente em seu rosto bonito. A confusão com Ambrose devia tê-la perturbado mais do que estava disposta a admitir. — Eu não sabia mais o que fazer.

Fern se virou e correu para o banheiro das meninas, fechando-se num cubículo, a mochila no colo, a cabeça na mochila. Fechou os olhos com força, desejando que as lágrimas fossem embora, repreendendo-se por ter se metido naquela situação. Tinha dezoito anos! Era velha demais para se esconder no banheiro. Mas agora não poderia enfrentar a aula de pré-cálculo. Ambrose estaria lá, e ela não achava que fosse continuar tão invisível como antes.

A pior parte era que cada palavra tinha sido real. Cada palavra tinha sido verdade. Mas Fern tinha escrito as cartas como se tivesse um rosto feito o de Rita e um corpo feito o dela também, como se fosse uma mulher que poderia atrair um homem usando a silhueta e o sorriso, respaldados por um cérebro à altura. E essa parte era mentira. Ela era pequena e comum. Feia. Ambrose devia se sentir um idiota depois das palavras que tinha escrito para ela. Suas palavras tinham sido destinadas a uma garota bonita. Não a Fern.

&

Fern esperava do lado de fora da sala de luta livre. Tinha colocado os bilhetes escritos por Ambrose em um envelope grande de papel pardo. Bailey tinha se oferecido para entregar durante o treino. O tempo todo ele sabia sobre o joguinho de Fern e Rita. Ele disse que seria discreto e que apenas entregaria o envelope a Ambrose depois do treino. Bailey era membro honorário da equipe, o estatístico e o braço direito do treinador, e participava do treino de luta livre todos os dias, mas tinha dificuldade com a parte "discreto", e Fern não queria piorar a situação e deixar Ambrose constrangido na frente dos companheiros de equipe. Então ela ficou encolhida num corredor ali perto, observando a porta da sala de luta livre, esperando que os alunos fossem dispensados.

Um por um, os garotos foram saindo em diferentes estados de vestimenta, ou "desvestimenta", sapatilhas de luta penduradas nos ombros, sem camisa, mesmo que estivesse um gelo lá fora. Nem notaram Fern. E pela primeira vez ela estava feliz por sofrer de invisibilidade. Então Ambrose saiu, obviamente acabando de vir do banho, porque o cabelo comprido estava molhado, embora ele o tivesse penteado para trás para afastá-lo do rosto. Felizmente vinha caminhando com Paul Kimball e Grant Nielson. Paulie era doce e sempre fora legal com Fern, e Grant fazia várias das mesmas aulas que ela. Era um pouco mais nerd que os amigos. Não ia dar muita importância ao fato de ela querer conversar com Ambrose.

Ambrose congelou no lugar ao vê-la ali, e o sorriso que estava brincando em seus lábios se dissolveu e formou uma linha dura. Os amigos pararam quando ele parou, olhando em volta, confusos, obviamente sem acreditar, nem por um segundo, que era por Fern que ele havia parado.

— Ambrose? Posso falar com você um minuto? — perguntou Fern com a voz fraca, até mesmo para seus próprios ouvidos. Esperava que não precisasse repetir.

Bastou uma breve erguida de queixo e os amigos de Ambrose entenderam a mensagem, continuando sem ele, lançando olhares curiosos para Fern.

— Vou pegar carona com o Grant então, Brosey — Paulie disse de longe. — Até amanhã.

Ambrose dispensou os amigos com um aceno, mas seus olhos pairaram logo acima da cabeça de Fern, como se ele estivesse ansioso para ficar longe dela. Fern se viu desejando que aquele confronto acontecesse no fim da semana seguinte. Ela tiraria o aparelho dos dentes na segunda-feira. Havia usado a correção por três longos anos. Se soubesse que aquilo ia acontecer, poderia ter tentado domar o cabelo. E teria colocado as lentes de contato. Naquele momento, estava com os cabelos encaracolados despontando em todas as direções, os óculos empoleirados no nariz, vestia um suéter que usava havia anos, mas não porque fosse bonito, e sim porque era confortável. Era de lã grossa, num tom claro de azul que não valorizava em nada a cor de sua pele ou sua silhueta magrinha. Tudo aquilo passou por sua cabeça enquanto ela respirava fundo e estendia o grande envelope na frente do corpo.

— Aqui. Todos os bilhetes que você escreveu para a Rita. Estão todos aqui.

Ambrose estendeu a mão e o pegou, a raiva reluzindo no rosto. E seus olhos encontraram os dela, prendendo-a na parede.

— Então vocês deram boas risadas, hein?

— Não. — Fern estremeceu ao ouvir o som infantil da própria voz. Combinava com sua aparência insignificante e sua cabeça baixa.

— Por que vocês fizeram isso?

— Eu fiz uma sugestão, só isso. Pensei que estava ajudando a Rita. Ela gostava de você. Só que depois saiu de controle, eu acho. Eu... sinto muito. — E sentia. Desesperadamente. Pois nunca mais ia ver a caligrafia dele no papel, ler seus pensamentos, conhecê-lo melhor a cada linha.

— Tá. Tanto faz — disse ele. Ela e Rita o haviam magoado e envergonhado. E Fern sentiu uma dor no coração. Não tinha a intenção de magoá-lo. Não tinha a intenção de envergonhá-lo. Ambrose foi andando em direção à saída, sem dizer outra palavra.

— Você gostou? — ela falou de repente.

Ambrose deu meia-volta, o rosto incrédulo.

— Quer dizer, até você descobrir que fui eu quem escrevi. Gostou deles? Dos bilhetes? — Ele já a desprezava. Ela poderia muito bem arriscar as últimas fichas. E precisava saber.

Ambrose balançou a cabeça, perplexo, como se não pudesse acreditar que ela tivera a ousadia de perguntar. Passou a mão pelo cabelo molhado e mudou o peso do corpo de uma perna para a outra, pouco à vontade.

— Eu adorei os seus — Fern se apressou em dizer, as palavras se derramando como se um dique tivesse se rompido. — Sei que não eram para mim, mas adorei. Você é engraçado. E inteligente. E me fez rir. Até me fez chorar uma vez. Queria que tivessem sido para mim. Por isso fiquei curiosa para saber se você gostou das coisas que eu escrevi.

Os olhos dele se suavizaram, atenuando um pouco o olhar tenso e envergonhado que ele exibia desde que vira Fern parada no corredor.

— Por que isso importa? — ele perguntou com a voz baixa.

Fern se esforçou para encontrar as palavras. E importava, sim. Querendo ou não, ele sabia que tinha sido ela quem escrevera os bilhetes, e, se ele tivesse gostado, significava que gostava dela. Em alguma medida. Não era?

— Porque... fui eu que escrevi. E fui sincera. — Ali estava. Suas palavras encheram o corredor vazio, repicando nos armários vazios e no piso de linóleo como uma centena de bolas saltitantes, impossíveis de ignorar ou de evitar. Fern se sentiu nua e fraca, completamente exposta na frente do garoto por quem tinha se apaixonado.

A expressão dele era tão surpresa como a dela devia estar.

— Ambrose! Brosey! Cara, você ainda está aqui? — Beans se aproximou ao virar o corredor, como se tivesse acabado de se materializar na frente deles, mas Fern soube imediatamente que ele tinha ouvido cada palavra. Dava para ver em seu sorriso. Ele devia pensar que estava salvando o amigo de ser atacado, ou pior, de ser convidado para o baile em que as garotas escolhiam o parceiro, só que, no caso, uma garota feia.

— Oi, Fern. — Beans agia como se estivesse surpreso ao vê-la ali. E Fern ficou espantada que ele soubesse seu nome. — Preciso de uma carga na bateria, Brose. Minha caminhonete não dá partida.

— Tá. Claro — Ambrose assentiu, e Beans o agarrou pela manga, conduzindo-o porta afora. O rosto de Fern estava pegando fogo de vergonha. Ela podia ser sem graça, mas não era idiota.

Ambrose se deixou ser puxado dali, mas depois parou. De repente ele voltou até onde Fern estava e devolveu o envelope que ela havia lhe entregado apenas alguns minutos antes. Beans esperou, a curiosidade perpassando seu rosto.

— Aqui. São seus. Só... não mostre pra ninguém, tá bom? — Ambrose sorriu brevemente, apenas uma torção envergonhada de seus lábios bem formados. E então ele se virou e saiu do prédio, com Beans em seus calcanhares. Fern segurou o envelope contra o peito e se perguntou o que aquilo significava.

∽∾

— Cubra o cabelo com uma rede, filho — Elliott Young lembrou pacientemente, enquanto Ambrose largava suas coisas na porta dos fundos da padaria e ia até a pia para se lavar.

Ambrose puxou o cabelo para trás com as duas mãos e passou um elástico em torno dele para evitar que ficasse grudando no rosto ou, o que seria pior, que caísse numa tigela de massa de bolo ou de biscoito. Seu cabelo ainda estava úmido do banho depois do treino. Ele colocou uma rede sobre o rabo de cavalo escuro e vestiu o avental, amarrando-o em volta do tronco, da maneira como Elliott ensinara havia muito tempo.

— Onde você quer que eu fique, pai?

— Comece com os pãezinhos. A massa já está pronta. Preciso terminar de decorar esse bolo. Eu disse a Daphne Nielson que estaria pronto às seis e meia, e já são seis horas.

— O Grant disse algo sobre o bolo no treino. Ele acha que está perto o bastante do peso para poder roubar uma fatia.

O bolo era para o irmão mais novo de Grant, Charlie. Um bolo de aniversário com os personagens do desenho animado *Hércules* no topo de três camadas de chocolate. Era bonito e criativo, com cor e caos suficientes para agradar um menino de seis anos. Elliott Young era bom com detalhes. Seus bolos sempre ficavam melhores que as imagens que as pessoas podiam ver no grande livro que ficava na entrada da confeitaria, sobre um pedestal. Até as crianças gostavam de folhear as páginas laminadas, apontando o bolo que queriam para o seu próximo grande dia.

Ambrose havia testado as próprias mãos para decorar algumas vezes, mas elas eram grandes, e as ferramentas, pequenas; embora

Elliott fosse um professor paciente, Ambrose simplesmente não tinha o dom. Sabia fazer decorações bem básicas, mas era muito melhor assando, sua força e tamanho eram mais adequados para o trabalho duro do que para o requinte.

Ele atacou a massa em crescimento com competência, amassando, enrolando e dobrando cada montinho num pão perfeito, sem pensar e numa velocidade considerável. Nas confeitarias maiores, havia máquinas que faziam o que ele estava fazendo, mas Ambrose não se importava com o ritmo da operação, enchendo as enormes chapas com pães feitos à mão. Entretanto, o cheiro da primeira fornada assando o estava matando. Trabalhar na padaria durante a temporada de luta livre era um saco.

— Pronto. — Elliott se afastou do bolo e olhou no relógio.

— Ficou legal — disse Ambrose, os olhos sobre os músculos salientes do herói mítico no topo do bolo, com os braços erguidos. — Só que o verdadeiro Hércules usava uma pele de leão.

— Ah, é? — Elliott riu. — Como você sabe?

Ambrose deu de ombros.

— Bailey Sheen me disse uma vez. Ele tinha uma queda pelo Hércules.

Bailey tinha um livro apoiado no colo. Quando Ambrose olhou por cima do ombro para saber do que se tratava, viu várias fotos de um guerreiro nu combatendo o que pareciam ser monstros míticos. Algumas daquelas imagens poderiam ter sido enquadradas e colocadas na sala de luta livre. O guerreiro parecia lutar contra um leão com uma das mãos e com um javali com a outra. Devia ser o motivo por Sheen estar lendo aquilo; Ambrose não conhecia ninguém que soubesse mais sobre luta livre do que Bailey Sheen.

Ambrose se sentou no tatame ao lado da cadeira de Bailey e começou a amarrar as sapatilhas de treino.

— O que você tá lendo, Sheen?

Bailey ergueu os olhos, alarmado. Estava tão absorto em seu livro que nem havia notado Ambrose. Bailey então o olhou fixo por um minuto, os olhos se demorando nos longos cabelos e na camiseta, que estava do avesso. Garotos de catorze anos eram conhecidos por não se preocuparem com roupas ou cabelo, mas a mãe de Bailey não o teria deixado sair de casa daquele jeito. Em seguida, Bailey lembrou que Lily Young não morava mais com Ambrose e percebeu que era a primeira vez que o via no verão. Mesmo assim, Ambrose tinha aparecido para o acampamento de luta livre do treinador Sheen, como fazia todos os verões.

— Estou lendo um livro sobre Hércules — disse Bailey algum tempo depois.

— Já ouvi falar dele. — Ambrose terminou de amarrar os sapatos e ficou de pé no momento em que Bailey virava a página.

— Hércules era filho do deus grego Zeus — disse Bailey. — Mas a mãe dele era humana. Ele era conhecido pela força incrível. Foi enviado em um monte de missões para matar vários monstros diferentes. Derrotou o touro de Creta. Matou um leão dourado que tinha a pele imune a armas mortais. Matou uma hidra de nove cabeças, capturou cavalos comedores de carne e destruiu pássaros comedores de gente com bico de bronze, penas metálicas e cocô tóxico.

Ambrose gargalhou e Bailey deu um sorriso radiante.

— Isso é o que a história diz! O Hércules era incrível, cara! Meio deus, meio mortal, todo herói. A arma favorita dele era uma clava, e ele sempre usava a pele do leão; o leão dourado que ele matou na primeira missão.

Bailey estreitou os olhos, estudando Ambrose.

— Você meio que parece com ele, agora que o seu cabelo está comprido. Devia usar sempre assim, ou deixar crescer um pouco mais. Talvez ele te deixe ainda mais forte, como o Hércules. Além disso, faz você parecer mais malvado. Os caras com quem você luta vão fazer xixi nas calças quando te virem chegando.

Ambrose puxou o cabelo que tinha negligenciado desde a última primavera. Depois que a mãe foi embora e sobraram dois solteiros na casa, ele tinha ficado sem um monte de coisas que costumava tomar como certas. O cabelo era a menor de suas preocupações.

— Você sabe muito, não sabe, Sheen?

— É, eu sei. Quando a gente não pode fazer muito além de ler e estudar, acaba aprendendo algumas coisas. Gosto de ler sobre caras que sabiam uma coisa ou outra sobre luta. Está vendo essa imagem aqui? — Bailey apontou para a página. — É o Hércules em sua primeira missão. Parece que ele está trabalhando arremesso com o leão, não parece?

Ambrose concordou com a cabeça, mas seus olhos foram atraídos para outra imagem. Era a foto de uma outra estátua, mas mostrava apenas o rosto e o busto do herói. Hércules parecia sério, até mesmo triste, e sua mão tocava o coração, quase como se estivesse sentindo dor.

— E essa outra imagem?

Bailey fez uma careta e contemplou a foto como se não tivesse certeza.

— Se chama A face de um herói — Bailey leu a legenda e depois olhou para Ambrose. — Acho que ser campeão não era só brincadeira e diversão.

Ambrose leu em voz alta sobre o ombro de Bailey:

— Hércules foi o mais famoso de todos os antigos heróis, e o mais amado, mas muitos esquecem que seus doze trabalhos foram realizados como penitência. A deusa Hera o fez perder a sanidade e, em seu estado enlouquecido, ele matou a esposa e os filhos. De luto e repleto de culpa, Hércules buscou maneiras de manter o equilíbrio e aliviar sua alma atormentada.

Bailey resmungou:

— Isso é idiota. Se eu fizesse uma escultura chamada A face de um herói, não faria triste. Eu daria a ele uma cara como esta. — Bailey arreganhou os dentes e lançou um olhar de louco para Ambrose. Com os cachos castanho-claros rebeldes, os olhos azuis e as bochechas rosadas, Bailey não conseguia fazer uma cara feia muito bem. Ambrose riu e, com um aceno rápido para Bailey, correu para se juntar aos outros lutadores que já se alongavam nos colchonetes. No entanto não conseguia tirar da cabeça a imagem do rosto enlutado do Hércules de bronze.

— Bom, é tarde demais para fazer uma pele de leão de fondant, mas acho que dá para o gasto. — Elliott sorriu. — Tenho outro bolo para terminar, depois vamos embora. Você precisa ir para casa. Não quero que se canse demais.

— É você quem precisa voltar pra casa hoje — disse Ambrose de forma amigável. Elliott Young organizava suas horas para que pudesse estar em casa durante a noite, o que significava que estaria de volta à padaria por volta das duas da manhã. Depois ele sairia às sete horas, quando começava o turno da sra. Luebke, e estaria de volta lá pelas três da tarde, quando o turno dela acabava, trabalhando de novo até as sete ou oito da noite. Na maioria dos dias, Ambrose se juntava a ele depois do treino, fazendo o trabalho ir um pouco mais rápido.

— Sim, mas eu não estou tentando manter minhas notas e ir para o treino de luta antes e depois da aula. Você nem tem tempo para aquela namorada bonita.

— A namorada bonita já era — Ambrose murmurou.

— Ah, é? — Elliott Young analisou o rosto do filho, procurando sinais de sofrimento, mas não achou. — O que aconteceu?

Ambrose deu de ombros.

— Vamos dizer que ela não era a garota que eu achava que fosse.

— Ah — Elliott suspirou. — Sinto muito, Brosey.

— Bonita ou inteligente? — Ambrose perguntou ao pai depois de uma longa pausa, em nenhum momento diminuindo o ritmo com os pães.

— Inteligente — Elliott respondeu imediatamente.

— Ah, tá. Foi por isso que você escolheu a minha mãe, né? Porque ela era *tão* feia.

Elliott Young pareceu chocado por um instante, e Ambrose pediu desculpas na mesma hora.

— Desculpa, pai. Eu não quis dizer isso.

Elliott balançou a cabeça e tentou sorrir, mas Ambrose percebeu que o pai ficara magoado. Ele estava com sorte naquele dia. Primeiro

Fern Taylor, agora o pai. Talvez tivesse de começar a fazer penitência, como Hércules. Imagens do campeão em sofrimento surgiram em sua cabeça. Durante anos, Ambrose não havia pensado no herói, mas as palavras de Bailey ecoaram em sua mente como se tivessem sido ditas no dia anterior.

Acho que ser campeão não é só brincadeira e diversão.

— Pai?

— Sim, Brosey?

— Você vai ficar bem quando eu for embora?

— Quer dizer, para a faculdade? Claro, claro. A sra. Luebke vai me ajudar, e a mãe do Paul Kimball, a Jamie, veio hoje e preencheu uma ficha para trabalhar meio período. Acho que vou contratá-la. Dinheiro é sempre um problema, mas, com a bolsa de estudos de luta livre e um pouco de aperto aqui e ali, acho que vai dar certo.

Ambrose não disse nada. Não sabia se "ir embora" significava faculdade. Só significava ir embora.

5
domar um leão

Faixas nas marquises dos escritórios da cidade, bem na esquina da Main com a Center, diziam: "Rumo ao tetra!", "Conquiste o estadual, Ambrose!" Não diziam: "Vamos lá, lutadores!" ou "Vai, Lakers!" Apenas: "Conquiste o estadual, Ambrose!" Jesse imediatamente se incomodou com elas, mas os outros garotos no ônibus não pareciam se importar. Ambrose era um deles. Era o capitão do time. Todos pensavam que ele ia levá-los a outro campeonato estadual, e isso era tudo o que importava.

Mas Ambrose estava tão incomodado com as faixas quanto Jesse. Ele tentou não dar importância, como sempre fazia. Estavam a caminho de Hershey, Pensilvânia, para o torneio estadual, e Ambrose mal podia esperar para que aquilo acabasse. Então talvez ele pudesse respirar por um tempo, pensar por um tempo, ter um pouco de paz, apenas por um tempo.

Se luta livre fosse apenas o que acontecia no tatame e na sala de treino, ele amaria o esporte. Ele *de fato* amava o esporte. Amava a técnica, a história, a sensação de estar no controle do resultado, de como era aplicar um golpe perfeito e derrotar o oponente. Amava a simplicidade do esporte. Amava a batalha. Só não gostava dos fãs gritando, dos elogios ou do fato de que as pessoas estivessem sempre falando de Ambrose Young como se ele fosse algum tipo de máquina.

Elliott Young levara Ambrose para lutar por todo o país. Desde que Ambrose tinha cerca de oito anos, Elliott investia até o último centavo para fazer do filho um campeão, não porque Elliott precisasse que ele fosse um, e sim porque o talento de seu filho merecia aquele tipo de apoio. E Ambrose também adorava esta parte: estar com o pai, ser apenas mais um entre os milhares de grandes lutadores disputando o primeiro lugar no pódio, as medalhas, não importava o fim de semana. Mas nos últimos anos, chamando atenção em nível nacional e com a prefeitura de Hannah Lake percebendo que tinha uma estrela nas mãos, tudo aquilo tinha deixado de ser divertido. O amor tinha desaparecido.

Sua mente voltou de mansinho ao recrutador do exército que fora à escola no mês anterior. Não conseguia tirar aquela visita da cabeça. Assim como todo o país, ele queria que alguém pagasse pela morte de três mil pessoas no dia 11 de setembro. Queria justiça para as crianças que haviam perdido a mãe ou o pai. Lembrou-se do sentimento de não saber se sua mãe estava bem. O voo 93 caíra não muito longe, apenas pouco mais de uma hora de carro de Hannah Lake, trazendo a realidade do ataque para muito perto de casa.

Os Estados Unidos estavam no Afeganistão, mas alguns pensavam que o Iraque seria o próximo. Alguém tinha de ir. Alguém tinha de lutar. Se não ele, quem? E se ninguém fosse? Será que aquilo aconteceria de novo? Na maioria das vezes, Ambrose não se permitia pensar sobre aquilo, mas agora estava ansioso e nervoso, com o estômago vazio e a mente cheia.

Comeria depois da pesagem. Tivera dificuldade para conseguir manter os oitenta e nove quilos, e foi preciso perder peso para chegar lá. Seu peso normal, fora de temporada, era mais próximo de cem. Mas a luta lhe dava uma vantagem. Com oitenta e nove quilos, Ambrose estava dentro de sua classe de peso obrigatório e contava puramente com energia, massa magra e não muito mais que isso. Sua altura era incomum no mundo da luta. A envergadura e o comprimento de seu tronco e suas pernas criavam alavancagem, enquanto seus adversários precisavam contar com a força. Mas isso também ele tinha, de sobra. E era imbatível havia quatro temporadas.

Sua mãe queria que ele fosse jogador de futebol americano, pois era muito grande para a idade. Porém o futebol tornou-se um coadjuvante na primeira vez em que o menino assistiu aos Jogos Olímpicos. Era agosto de 1992, Ambrose tinha sete anos, e John Smith ganhava a segunda medalha de ouro em Barcelona, derrotando um lutador do Irã nas finais. Elliott Young saiu dançando pela sala, um pequeno homem que havia encontrado o próprio consolo no tatame. Era um esporte que acolhia homens grandes e pequenos do mesmo jeito, e, embora nunca tivesse sido um competidor sério, Elliott amava o esporte e compartilhava esse amor com o filho. Naquela noite, eles lutaram no tapete da sala de TV, Elliott mostrando o básico a Ambrose e prometendo que o inscreveria no acampamento de luta livre do treinador Sheen na semana seguinte.

O ônibus sacudiu e deu um tranco, atingindo um buraco na pista antes de se arrastar para a rodovia, deixando Hannah Lake para trás. Quando voltasse para casa, a missão estaria cumprida, fim. No entanto, a loucura começaria de verdade, e seria esperado que ele tomasse uma decisão a respeito de qual faculdade defenderia na luta, o que estudaria e se aguentaria ou não a pressão. No momento ele apenas se sentia cansado. Pensou em perder. Se perdesse, tudo simplesmente passaria?

Sacudiu a cabeça com firmeza. Beans captou o movimento e franziu a testa em confusão, pensando que Ambrose estava tentando lhe dizer alguma coisa. Ambrose olhou pela janela, dispensando-o. Não perderia. Aquilo não iria acontecer. Ele não iria deixar.

Sempre que Ambrose ficava tentado a lutar sem vontade, o apito tocava e ele começava a luta, e o competidor que havia dentro dele não podia — não conseguia — entregar o jogo sem dar tudo de si no tatame. O esporte merecia isso. Seu pai, seu treinador, sua equipe, sua cidade. Eles também mereciam isso. Ambrose só queria que existisse um jeito de deixar tudo para trás... apenas por um tempo.

◈

— Bem-vindos a Hershey, Pensilvânia, o lugar mais doce da Terra, e bem-vindos ao Giants Center. Estamos assistindo ao primeiro dia do campeonato de luta livre de ensino médio de 2002 — a voz do locutor ecoou na arena enorme e cheia de pais e lutadores, amigos e fãs, todos vestidos com as cores de seu colégio, cartazes no alto, esperanças mais altas ainda. Bailey e Fern estavam posicionados em lugares VIPs, no mesmo piso da arena onde o tatame se estendia de uma ponta a outra.

De acordo com Bailey, às vezes usar cadeira de rodas tinha suas vantagens. Além disso, ser filho do treinador e o principal responsável pelas estatísticas das lutas lhe dava um trabalho a fazer, algo que Bailey adorava. A tarefa de Fern era ajudar Bailey com os registros — além de se certificar de que ele tivesse comida e um conjunto de pernas e mãos — e fazer o treinador Sheen saber quando Bailey precisava de uma pausa para ir ao banheiro ou algo que ela não pudesse providenciar. A parceria deles funcionava nos mínimos detalhes.

Planejavam intervalos entre os rounds, mapeando cada dia antes de tudo começar. Ocasionalmente, era Angie quem dava uma de assistente, ou uma das irmãs mais velhas de Bailey, mas era Fern quem ficava ao seu lado na maioria das vezes. Nas pausas para o banheiro, Bailey atualizava o pai sobre a reputação da equipe, a distância entre as pontuações, as marcações individuais, enquanto o pai o ajudava a fazer as coisas que ele não podia fazer por si mesmo.

Entre todos eles, com o treinador Sheen fazendo o trabalho pesado quando era necessário, Bailey nunca tinha perdido um torneio. O treinador Sheen havia conquistado um pouco de notoriedade e mais que um pouco de respeito em toda a comunidade de luta, devido à forma como equilibrava as responsabilidades da equipe com as necessidades do filho. Mike Sheen sempre dizia que tinha ficado com a melhor parte no acordo. Afinal, Bailey tinha uma mente incrível para fatos e números e havia se tornado indispensável.

Bailey tinha testemunhado cada uma das disputas de Ambrose Young em cada um dos torneios estaduais. Bailey gostava de ver Ambrose lutar mais do que todos na equipe, e gritou quando o lutador entrou no tatame para a primeira luta do torneio. De acordo com Bailey, não era para ser uma competição. Ambrose era muito superior em todos os sentidos, mas as primeiras rodadas eram sempre as mais assustadoras, e todos estavam ansiosos para tirá-lo do caminho.

Na primeira rodada, Ambrose foi sorteado para lutar com um garoto de Altoona que era muito melhor que o seu histórico. Havia conquistado o terceiro lugar em seu distrito, conseguindo ir para os estaduais por um triz, numa disputa que já havia passado do tempo regulamentar. Era aluno do último ano, tinha fome de vitória, e todos sempre queriam derrubar o campeão do pedestal. Para piorar as coisas, Ambrose não estava em seu estado normal. Parecia cansado, distraído, até mesmo doente.

Quando a luta começou, mais de metade dos olhos na arena estavam fixos na ação que acontecia no canto esquerdo, embora houvesse quase uma dúzia de outras lutas acontecendo ao mesmo tempo. Ambrose assumiu a postura de sempre, ofensiva, atacando primeiro, movimentando-se mais, fazendo contatos constantes. Apesar disso, seu desempenho era inferior ao normal. Estava começando os ataques muito para trás e depois não os concluía quando poderia marcar pontos. O garoto grande de Altoona ganhou confiança ao fim dos primeiros dois minutos, com o placar ainda 0 a 0. Dois minutos com Ambrose Young mantendo o empate era algo para se orgulhar. Ambrose devia estar fazendo estrago, mas não estava, e todo mundo ali sabia disso.

O apito deu início ao segundo round e foi mais do mesmo, talvez até pior. Ambrose continuou tentando fazer algo acontecer, mas suas tentativas não tinham entusiasmo e, quando seu oponente se abaixou e conseguiu fugir, foi Ambrose 0, Altoona Lion 1. Bailey gritou e gemeu do banco, e então, ao final do segundo período, com o placar ainda 0 a 1, ele começou a fazer esforços para chamar a atenção de Ambrose.

Bailey começou a entoar:

— Hércules! Hércules! Hércules! — E depois insistiu para a amiga: — Me ajude, Fern. — Ela não era muito de torcer ou gritar, mas estava começando a se sentir enjoada, como se algo estivesse errado com Ambrose. Não queria que ele perdesse daquela maneira. Então ela se juntou a Bailey na torcida. Alguns dos fãs sentados perto do canto se juntaram a eles, sem muita insistência.

— Hércules! Hércules! Hércules! — rugiram, entendendo que o semideus de Hannah Lake estava prestes a ser destronado. Ambrose Young estava perdendo.

Faltando vinte segundos para o fim da luta, o árbitro parou a disputa pela segunda vez, pois o leão de Altoona, de oitenta e nove quilos, precisava ajustar a fita nos dedos. Como era a segunda vez que a ação havia sido interrompida, Ambrose poderia escolher sua posição — superior, inferior ou neutra — para terminar a luta.

Bailey tinha manobrado sua cadeira de rodas até a borda do tatame, ao lado das duas cadeiras designadas para os treinadores de Hannah Lake. Ninguém o desafiou. Eram as vantagens de andar em cadeira de rodas. Dava para se safar de muito mais coisas do que se fosse de outra maneira.

— Hércules! — ele gritou para Ambrose, que balançou a cabeça em descrença. Estava ouvindo os treinadores, mas não estava escutando. Quando Bailey interrompeu, as instruções frenéticas pararam e três pares de olhos frustrados se voltaram para ele.

— O que você está gritando, Sheen? — Ambrose estava fora do ar. Em vinte segundos, sua chance do tetra viraria fumaça. E ele não parecia capaz de se livrar da letargia, da sensação de que nada daquilo era real.

— Lembra do Hércules? — Bailey exigiu saber. Realmente não era uma pergunta, tendo em vista a maneira como ele jogava as palavras para cima de Ambrose.

Ambrose parecia incrédulo e mais que um pouco confuso.

— Lembra da história sobre o leão? — Bailey insistiu, impaciente.

— Não... — Ambrose ajustou a proteção de cabeça e olhou para o adversário, que ainda estava passando a fita nos dedos enquanto os treinadores despejavam instruções sobre ele e tentavam não parecer eufóricos com a virada dos acontecimentos.

— Esse cara também é um leão. Um leão da montanha de Altoona, não é? As flechas do Hércules não estavam funcionando contra o leão. Seus ataques não estão funcionando.

— Valeu, cara — Ambrose murmurou irônico e se virou para voltar ao centro da arena.

— Sabe como Hércules venceu o leão? — Bailey levantou a voz para ser ouvido.

— Não, não sei — respondeu Ambrose por cima do ombro.

— Ele era mais forte que o leão. Ele segurou nas costas do animal e apertou com toda a força! — Bailey gritou nas costas do amigo.

Ambrose olhou para trás, na direção de Bailey, e algo cintilou em seu rosto. Quando o árbitro perguntou a Ambrose que posição assumiria, ele escolheu superior. Os fãs prenderam a respiração, toda a cidade de Hannah Lake prendeu a respiração, Elliott Young xingou e os técnicos de Ambrose Young ficaram boquiabertos, o estômago revirado, sem esperança de outro título para a equipe. Era como se Ambrose quisesse perder. Ninguém escolhia ficar por cima quando estava perdendo por um ponto, e faltavam vinte segundos para o fim da luta. Tudo o que o lutador de Altoona tinha de fazer era não ser girado — ou, ainda pior, fugir e conseguir outro ponto —, e assim seria o vencedor.

Quando o apito soou, era como se alguém tivesse colocado tudo em câmera lenta. Até os movimentos de Ambrose pareciam lentos e precisos. Seu adversário se contorceu, tentando empurrar para cima e para fora, mas, em vez disso, encontrou-se num aperto tão forte que se esqueceu por um momento dos vinte segundos no relógio, da luta que era para ele ganhar e da glória que viria com isso. O adversário prendeu a respiração ao ser empurrado de cara no tatame, quando seu braço esquerdo foi arrancado de seu apoio debaixo dele. O aperto ficou ainda mais forte, e ele pensou em bater no tatame com a mão direita, como os caras do UFC faziam como gesto de segurança. Suas pernas se levantaram, numa tentativa de alavancagem, quando o braço esquerdo foi trazido além da axila direita. Ele sabia o que estava acontecendo. E não havia absolutamente nada que pudesse fazer a respeito.

Devagar, preciso, Ambrose envolveu o oponente e imobilizou suas pernas, derrubando o leão de costas, sem nunca libertar a pressão. Na verdade, os braços de Ambrose tremiam com a força que ele fazia. E então começou a contagem, um, dois, três, quatro, cinco. Três pontos de costas. Ambrose pensou em Hércules e no leão com a pelagem dourada, esticou-se e inclinou o leão de Altoona um pouco mais. Com dois segundos restantes no relógio, o árbitro bateu no tatame.

Imobilizado.

Os espectadores foram à loucura, e toda a cidade de Hannah Lake alegou que tinha acreditado nele o tempo inteiro. O treinador Sheen olhou para o filho e sorriu, Elliott Young lutou contra as lágrimas, Fern descobriu que suas unhas estavam roídas, e Ambrose ajudou o adversário a se levantar. Ele não gritou ou saltou nos braços de seu treinador, mas, quando olhou para Bailey, havia alívio em seu rosto e um pequeno sorriso brincava em seus lábios.

A história de sua primeira luta se espalhou como fogo descontrolado, e o grito de "Hércules" acompanhou Ambrose num volume cada vez mais alto, de uma luta para a outra, fornecendo alimento para seus fãs de longa data e incendiando uma nova legião de seguidores. Ambrose não vacilou durante o restante do torneio. Era como se tivesse flertado com o precipício e decidisse que aquilo não era para ele. Quando subiu no tatame para a final, sua última partida numa carreira de luta livre juvenil sem precedentes, toda a arena rugiu o nome Hércules.

Porém, depois de dominar a última luta e de o árbitro levantar seu braço direito anunciando a vitória, depois de os locutores irem à loucura com especulações sobre o que viria em seguida para o incrível Ambrose Young, o tetracampeão estadual encontrou um lugar tranquilo e sem alarde, baixou o uniforme de lycra até a cintura, vestiu uma camiseta azul da equipe de luta de Hannah Lake e cobriu a cabeça com a toalha. Seus amigos o encontraram lá quando tudo tinha acabado e as medalhas estavam sendo entregues.

6
conhecer o mundo

Ficava no meio do nada, apenas uma grande cratera no chão. Mas os destroços haviam sido removidos. As pessoas diziam que papel carbonizado, escombros, pedaços de roupas e bagagem, estruturas de assentos e metal retorcido tinham se espalhado ao redor do local do acidente, num raio de doze quilômetros e na área arborizada ao sul da cratera. Algumas pessoas diziam que havia pedaços de destroços na copa das árvores e no fundo de um lago próximo. Um agricultor ainda encontrou um pedaço da fuselagem em seu terreno.

Mas agora não havia mais destroços. Tudo tinha sido removido. Nada mais de câmeras, equipes forenses e fitas amarelas. Os cinco rapazes pensaram que acabariam encontrando problemas para chegar perto, mas ninguém estava lá para impedi-los de sair com o carro velho de Grant da estrada e seguir até onde sabiam que iriam encontrar o lugar onde o voo 93 colidira com o solo da Pensilvânia.

Havia uma cerca aramada de doze metros ao redor da área, com flores secas enfiadas nos elos, cartazes e bichos de pelúcia aqui e ali. Fazia seis meses desde o 11 de Setembro, e a maior parte dos cartazes e das velas, os presentes e os bilhetes tinham sido removidos por voluntários, mas havia algo tão sombrio a respeito do lugar que fazia até cinco rapazes de dezoito anos terem um choque de realidade ao ouvir os sussurros do vento através das árvores próximas.

Era março e, embora o sol tivesse espiado brevemente no início do dia, a primavera não havia encontrado o sul da Pensilvânia, e os dedos frágeis de inverno encontravam caminho, atravessando as roupas até a pele jovem já arrepiada com a memória da morte que pairava no ar.

Eles ficaram ao lado da cerca, dedos enganchados nos elos, espiando através das aberturas para tentar ver a cratera na terra, marcando o local de descanso de quarenta pessoas que nenhum deles jamais havia conhecido. Mas sabiam alguns nomes, algumas histórias, e foram respeitosos, ficaram em silêncio, cada um envolto nos próprios pensamentos.

— Não consigo ver droga nenhuma — Jesse finalmente admitiu depois de um longo silêncio. Ele tinha planos com a namorada, Marley, e, embora sempre estivesse disposto a uma noite com os garotos, de repente se viu desejando ter ficado em casa daquela vez. Estava com frio e dar uns amassos era infinitamente mais divertido do que ficar olhando para o campo escuro onde um bando de gente tinha morrido.

— Shhh! — Grant sibilou, nervoso com a possibilidade de serem pegos e interrogados. Ele sabia desde o início que ir até Shanksville por capricho era uma ideia idiota. Tinha falado e advertido, mas acabou indo do mesmo jeito, como sempre fazia.

— Você pode não estar vendo nada... mas... está sentindo isso? — Paulie tinha os olhos fechados, o rosto erguido para o ar, como se estivesse realmente ouvindo algo que o restante deles não conseguia. Paulie era o sonhador, o sensível, mas naquele momento ninguém discutiu. Havia algo ali, algo quase sagrado brilhando na quietude, mas que não era assustador. Dava uma sensação estranha de paz, mesmo na escuridão fria.

— Alguém precisa de uma bebida? Eu preciso — Beans sussurrou depois de um longo instante de silêncio. Ele procurou por algo na jaqueta e tirou um frasco, erguendo-o com júbilo em memória. — Não se preocupem comigo.

— Achei que você não ia mais beber! — Grant franziu a testa.

— A temporada acabou, cara, e estou oficialmente bebendo de novo — declarou Beans alegremente, tomando um longo gole e limpando seu sorriso com as costas da mão. Ofereceu a Jesse, que tomou um gole de bom grado, estremecendo quando o líquido de fogo queimou pelo caminho até o estômago.

O único que parecia não ter nada a dizer era Ambrose, mas isso não era incomum. Ambrose raramente falava e, quando o fazia, a maioria das pessoas o ouvia. Na verdade, ele era o motivo de estarem ali, no meio do nada, num sábado à noite. Desde que o recrutador do exército tinha ido à escola, Ambrose não fora capaz de pensar em mais nada. Os cinco amigos tinham se sentado na última fila do auditório, rindo, fazendo piadas sobre o acampamento militar ser um passeio no parque em comparação com os treinos de luta livre do treinador Sheen. Menos Ambrose. Ele não riu nem fez piadas. Ouviu em silêncio, os olhos escuros fixos no recrutador, a postura tensa, as mãos cruzadas no colo.

Estavam todos no último ano e se formariam dentro de alguns meses. A temporada de luta tinha chegado ao fim havia duas semanas, e eles já estavam inquietos, talvez mais do que nunca, porque não haveria mais temporadas, nada de treinos, nada de lutas para sonhar, nada de vitórias para desfrutar. Tinham chegado ao fim. Ao fim... exceto Ambrose, que havia sido recrutado por várias faculdades e tinha um histórico acadêmico e atlético bom o suficiente para ir para a Universidade Estadual da Pensilvânia com bolsa de estudos integral. Era o único que tinha uma saída.

Eles estavam à beira de um precipício de enormes mudanças, e nenhum deles, nem mesmo Ambrose — especialmente Ambrose —, estava animado com a perspectiva. Mas, quer escolhessem ou não dar um passo rumo ao desconhecido, o desconhecido ainda assim viria, o precipício aberto ainda os engoliria inteiros, e a vida como conheciam chegaria ao fim. E todos tinham grande consciência do fim.

— O que estamos fazendo aqui, Brosey? — Jesse finalmente disse o que todos estavam pensando. Como resultado, quatro pares de olhos se estreitaram em direção ao rosto de Ambrose. Era um rosto forte, mais propenso à introspecção que a brincadeiras. Era um rosto que atraía as garotas e que os rapazes secretamente cobiçavam. No entanto Ambrose Young ficava mais à vontade entre outros homens, e seus amigos sempre se sentiam seguros em sua presença, como se, apenas por estarem por perto, um pouco de seu brilho passasse para eles. E não era somente seu tamanho, a boa aparência ou o cabelo de Sansão, chegando aos ombros, desafiando a moda ou o fato de incomodar o treinador Sheen. Era o fato de que a vida estava nos eixos para Ambrose Young, desde o início, e, vendo-o, a gente acreditava que sempre estaria. Havia algo de reconfortante nisso.

— Eu me inscrevi — disse Ambrose, as palavras súbitas e definitivas.

— Para quê? A faculdade? É, a gente sabe, Brosey. Não precisa esfregar na nossa cara — Grant riu, mas o som era de tristeza. Nada de bolsas de estudo para Grant Nielson, embora ele tivesse terminado no topo da turma. Grant era um bom lutador, não ótimo, e a Pensilvânia era conhecida por seus ótimos lutadores. Era preciso ser excelente para conseguir uma bolsa de estudos. E não havia dinheiro na poupança para a faculdade. Grant ficaria ali e teria de trabalhar para construir seu caminho... lentamente.

— Não. Não para a faculdade. — Ambrose suspirou, e o rosto de Grant se torceu em confusão.

— Pooorra, cara — Beans arrastou as palavras num longo sussurro. Ele podia estar a caminho da embriaguez, mas não era lento. — Aquele recrutador! Eu vi você falando com ele. Você quer ser soldado?

Houve uma inspiração de ar chocada quando Ambrose Young encontrou o olhar atônito de seus quatro melhores amigos.

— Eu ainda nem contei para o Elliott. Mas eu vou. Só queria saber se algum de vocês quer ir comigo.

— O quê? Você trouxe a gente aqui para nos amolecer? Fazer a gente se sentir patriota ou algo do tipo? — disse Jesse. — Porque isso aqui não é suficiente, Brosey. Droga, o que você tá pensando, cara? Podem arrancar a sua perna ou coisa pior. E aí, como você vai lutar? Aí acabou! Você conseguiu! Você conseguiu entrar na porra da Universidade da Pensilvânia. O quê, você quer entrar para os Hawkeyes? Eles te aceitariam, você sabe disso. Um cara grande que se movimenta como um pequeno. Um cara de noventa quilos que se movimenta como um de setenta. Quantos quilos você levanta agora, Brose? Não é qualquer um que é páreo pra você, cara! Você tem que ir pra faculdade!

Jesse não parou de falar enquanto deixavam o memorial improvisado e pegavam de novo a rodovia. Jesse também tinha sido campeão estadual, como Ambrose. Mas Ambrose não tinha feito isso apenas uma vez. Quatro vezes campeão estadual, invicto nos últimos três anos, o primeiro lutador da Pensilvânia a ganhar um campeonato estadual como calouro nos pesos superiores. Ele tinha setenta e dois quilos quando começou. Sua única derrota acontecera no início da temporada, pelas mãos do então campeão estadual, que cursava o último ano do colégio. E depois Ambrose o imobilizou no campeonato estadual. Essa vitória o tinha colocado no livro dos recordes.

Jesse jogou as mãos para o alto e xingou, disparando uma sequência de obscenidades que fizeram até mesmo Beans, o próprio sr. Boca Suja, sentir-se um pouco desconfortável. Jesse mataria para estar no lugar de Ambrose.

— Você conseguiu, cara! — disse de novo, balançando a cabeça. Beans entregou a Jesse o frasco de bebida e bateu de leve nas costas dele, tentando acalmar o amigo incrédulo.

Eles continuaram a viagem em silêncio. Grant estava ao volante por força do hábito. Nunca bebia e ele mesmo tinha se designado o motorista do grupo, o que tomava conta dos outros desde que tinham começado a dirigir, apesar de Paulie e Ambrose não terem partilhado do conforto que Beans tinha a oferecer naquela noite.

— Tô dentro — disse Grant em voz baixa.

— O quê? — Jesse guinchou, derramando o líquido do frasco na camisa.

— Tô dentro — Grant repetiu. — Eles vão me ajudar a pagar a faculdade, não vão? Foi isso que o recrutador disse. Preciso fazer alguma coisa. Eu com certeza não quero ser uma merda de fazendeiro pelo resto da vida. No ritmo em que estou guardando dinheiro, vou terminar a faculdade quando tiver quarenta e cinco anos.

— Você acabou de falar palavrão, Grant — Paulie murmurou. Ele nunca tinha ouvido Grant falar algo assim. Nunca. Nenhum deles tinha.

— Já era hora, porra — Beans uivou, rindo. — Agora a gente precisa levar o Grant pra trepar! Ele não pode ir para a guerra sem conhecer o prazer de um corpo feminino — Beans disse em sua melhor voz de amante latino, estilo Don Juan. Grant apenas suspirou e balançou a cabeça.

— E você, Beans? — Ambrose perguntou com um sorriso.

— Eu? Ah, eu sei tudo sobre o prazer de um corpo feminino — Beans continuou num inglês com sotaque, balançando as sobrancelhas.

— O exército, Beans. O exército. O que você diz?

— Claro. Pode crer. Tanto faz. — Beans aquiesceu com um encolher de ombros. — Não tenho nada melhor pra fazer.

Jesse gemeu alto e colocou a cabeça entre as mãos.

— Paulie? — perguntou Ambrose, ignorando o sofrimento de Jesse. — Você está dentro?

Paulie parecia um pouco abatido, sua lealdade aos amigos entrando em conflito com a autopreservação.

— Brose... Eu sou do amor. Não sou um lutador — disse ele com seriedade. — Eu só lutava para estar com vocês, e vocês sabem como eu detestava. Nem consigo imaginar um combate.

— Paulie? — Beans interrompeu.

— Fala, Beans.

— Você pode não ser um lutador, mas também não é do amor. Você também precisa transar. Caras de uniforme transam. Muito.

— Assim como estrelas do rock, e eu sou muito melhor com uma guitarra do que com uma arma — Paulie rebateu. — Além disso, você sabe que a minha mãe nunca me deixaria ir. — O pai de Paul morrera em um acidente de mineração quando ele tinha nove anos e sua irmã mais nova era um bebê. A mãe havia se mudado de volta para a casa dos pais, em Hannah Lake, com os dois filhos pequenos, para estar mais perto da família, e acabou ficando.

— Você podia detestar lutar, Paulie, mas era bom nisso. E também vai ser um bom soldado.

Paulie mordeu o lábio, mas não respondeu, e o carro ficou em silêncio, cada um perdido em pensamentos.

— A Marley quer casar — disse Jesse depois de um longo tempo de calma. — Eu amo minha namorada, mas... tudo está acontecendo rápido demais. Eu só quero lutar. Com certeza alguma faculdade do Oeste vai querer um garoto negro que gosta de gente branca, não vai?

— Ela quer casar? — Beans estava atordoado. — Temos só dezoito anos! É melhor você vir com a gente, Jess. Você tem que esperar um pouco antes de deixar a Marley colocar uma coleira em você. Além disso, você conhece o ditado. Amigos em primeiro lugar — ele brincou.

Jesse suspirou em sinal de rendição.

— Ah, droga. Os Estados Unidos precisam de mim. Como posso dizer não?

Risos e gemidos se seguiram. Jesse sempre tivera um ego muito inflado.

— Ei, o exército tem uma equipe de luta livre? — Jesse soava quase alegre com o pensamento.

— Paulie? — perguntou Ambrose novamente. Paulie era o único faltando e, de todos, seria o mais difícil de deixar para trás. Ambrose esperava que não fosse preciso.

— Não sei, cara. Acho que vou precisar crescer em algum momento. Aposto que o meu pai ficaria orgulhoso de mim se eu fosse. Meu bisavô serviu na Segunda Guerra. Mas sei lá... — Ele suspirou. — Me alistar no exército parece uma boa maneira de me matar.

7
dançar com uma garota

Não havia hotel de luxo nem algum lugar elegante perto de Hannah Lake para o baile de formatura, por isso a Escola de Hannah Lake dava um jeito, decorando o ginásio com centenas de balões, luzes piscantes, fardos de feno, árvores cenográficas, gazebos ou o que quer que fosse o tema do baile.

E o tema daquele ano era "Espero que você dance", o nome de uma música inspiradora que não oferecia nenhuma inspiração no que dizia respeito às ideias de decoração. Assim, as luzes brilhantes, os balões e os gazebos fizeram outra aparição em mais um baile de formatura da Escola de Hannah Lake. Fern se sentou ao lado de Bailey e, olhando para o chão do ginásio cheio de casais girando, se perguntou se a única coisa que havia mudado em cinquenta anos era o estilo dos vestidos.

Ela brincou com o decote do próprio vestido, passando a mão sobre as dobras cor de creme, balançando as pernas para frente e para trás, observando a maneira como a saia roçava o chão, emocionada com o brilho dourado cada vez que o tecido captava a luz. Ela e a mãe haviam encontrado o vestido em uma arara de liquidação na Dillard's, em Pittsburgh. Havia sido remarcado várias vezes, muito provavelmente porque era um vestido feito para uma garota pequena, em uma cor que não era moda entre as garotas pequenas. Porém marrom-acinzentado parecia ficar bem em ruivas, e o vestido estava maravilhoso em Fern.

Ela posou para fotos com Bailey na sala de estar dos Taylor, com o corpete puxado quase até o queixo, do jeito que sua mãe gostava, mas, dois segundos depois de sair de casa, puxou o decote de babados para baixo dos ombros e se sentiu quase bonita pela primeira vez na vida.

Fern não tinha sido convidada para a grande festa por nenhum garoto. Bailey não havia convidado ninguém e brincou dizendo que não queria fazer nenhuma garota temer ir ao baile. Disse isso com um sorriso, mas havia um lampejo de tristeza em seu rosto. Autopiedade não era o estilo dele, e o comentário surpreendeu Fern. Então ela perguntou se ele iria com ela. Era o baile de formatura de ambos, e eles poderiam ficar em casa, de mau humor por não ter companhia, ou poderiam ir juntos. Eram primos, aquilo era patético, mas não ser descolado era melhor do que não ir. E ir juntos ao baile também não ia arranhar a imagem pessoal de nenhum dos dois. Ambos eram a epítome da deficiência — literalmente, no caso de Bailey; socialmente, no de Fern. Não seria uma noite de romance, mas Fern tinha um vestido para o baile de formatura e também uma companhia, mesmo que não fosse uma do tipo convencional.

Bailey vestia smoking preto com uma camisa branca preguejada e gravata-borboleta preta. Seus cachos estavam cheios de mousse e arrumados de um jeito sofisticado, parecendo um pouco o Justin do 'N Sync... pelo menos era o que Fern achava. Casais dançavam de um lado para o outro, os pés mal se movendo, braços envoltos no parceiro.

Fern tentou não imaginar qual seria a sensação de ser pressionada contra o corpo de alguém especial, dançando no seu baile de formatura. Desejou por um instante que estivesse ali com alguém que pudesse abraçá-la. Ela sentiu uma pontada de remorso e olhou para Bailey com culpa, mas os olhos dele estavam fixos em uma garota de cabelos loiros que caíam em cascata e vestido pink cintilante. Rita.

Becker Garth a abraçava apertado e esfregava o rosto em seu pescoço, sussurrando-lhe algo enquanto se movimentavam, o cabelo escuro dele formando um intenso contraste com os cabelos pálidos de Rita. Becker, que tinha mais confiança do que merecia e a arrogância que alguns homens mais baixos desenvolviam pela necessidade de tentar parecer maiores, tinha vinte e um anos e era velho demais para um baile de ensino médio. Mas Rita estava nos primeiros estágios da paixão, e o olhar sonhador em seu rosto, enquanto olhava para ele, a deixava ainda mais bonita.

— A Rita está tão bonita. — Fern sorriu, feliz pela amiga.

— A Rita sempre está bonita — disse Bailey, seus olhos ainda reféns daquela visão. Algo em seu tom de voz fez o coração de Fern se apertar. Talvez fosse o fato de que ela, Fern, nunca se sentira bonita. Talvez o fato de que Bailey tivesse notado e sido capturado por algo ao qual Fern achava que ele era imune, algo ao qual ela achava que ele dava pouco valor. No entanto, ali estava ele, seu primo, seu melhor amigo, seu parceiro no crime, seduzido como todos os outros. E, se Bailey Sheen se apaixonava por um rosto bonito, não havia esperança para Fern. Ambrose Young certamente nunca olharia para uma pessoa tão sem graça.

Tudo sempre voltava para Ambrose.

Ele estava ali, cercado por seus amigos. Ambrose, Grant e Paulie pareciam ter chegado sem acompanhantes, para desespero das garotas do último ano que ficaram em casa, sem ser convidadas para o próprio baile de formatura. Resplandecentes de smoking preto, jovens e bonitos, penteados e barbeados, eles comemoravam com todos e com ninguém em particular.

— Vou convidar a Rita pra dançar — disse Bailey de repente, sua cadeira de rodas balançando, como se ele tivesse acabado de tropeçar na decisão e tomado uma atitude antes que perdesse a coragem.

— O q-quê? — Fern gaguejou. Ela sinceramente esperava que Becker Garth não fosse dar uma de babaca. Ela assistiu, com partes iguais de fascínio e medo, enquanto Bailey se movimentava em direção a Rita, ao mesmo tempo em que ela e Becker se preparavam para sair da pista de dança de mãos dadas.

Rita sorriu para Bailey e riu de algo que ele disse. Ele definitivamente não tinha problemas de charme. Becker fez uma careta e passou direto por ele, como se não valesse a pena parar, mas Rita baixou a mão e, sem esperar a permissão de Becker, sentou cautelosamente no colo de Bailey e passou os braços ao redor dos ombros dele. Uma nova música pulsou dos alto-falantes, Missy Elliott exigindo que todos caíssem na pista, e Bailey fez a cadeira de rodas girar várias vezes, até que Rita estivesse rindo e se agarrando a ele, seus cabelos uma onda loira no peito magro de Bailey.

Fern balançava a cabeça acompanhando a música, sacudindo-se no lugar, rindo do amigo audacioso. Bailey era destemido. Especialmente considerando que Becker Garth ainda estava parado na pista de dança, os braços cruzados, descontente, esperando que a música acabasse. Se Fern fosse bonita, poderia ousar ir até ele, tentar distraí-lo, talvez convidá-lo para dançar, para que Bailey pudesse ter o seu momento sem Becker vigiando. Mas ela não era. Assim, ficou roendo as unhas, torcendo pelo melhor.

— Oi, Fern.

— Ah... Oi, Grant. — Fern endireitou a postura, escondendo as unhas irregulares no colo. Grant Nielsen tinha as mãos enfiadas nos bolsos, como se estivesse tão confortável de smoking quanto de calça jeans. Ele sorriu para ela e indicou a pista de dança com a cabeça.

— Quer dançar? O Bailey não vai se importar, vai? Já que ele está dançando com a Rita...?

— Claro! Vamos lá! — Fern se levantou um pouco rápido demais e vacilou nos saltos que lhe davam quase oito centímetros a mais e faziam dela uma garota de espantosos 1,65 metro de altura. Grant sorriu de novo, e sua mão disparou para apoiá-la.

— Você está bonita, Fern. — Ele parecia surpreso. Seus olhos a percorreram de cima a baixo e se instalaram no rosto dela, estreitados como se estivessem tentando descobrir o que estava diferente.

A música mudou cerca de vinte segundos depois que eles começaram a dançar, e Fern pensou que isso era tudo o que ia conseguir, mas Grant envolveu sua cintura com os braços quando uma balada começou, e pareceu feliz de se juntar a ela para outra canção. Fern girou a cabeça para ver se Bailey tinha abandonado Rita, apenas para descobrir que não. Ele estava percorrendo a pista em oitos preguiçosos em volta dos outros dançarinos. A cabeça de Rita estava apoiada em seu ombro; eles tentavam imitar uma dança lenta da melhor maneira possível. Becker estava parado perto de uma tigela de ponche, com a boca torcida e o rosto vermelho.

— O Sheen vai apanhar se não tomar cuidado. — Grant riu, seguindo o olhar de Fern.

— Estou mais preocupada com a Rita — respondeu Fern, percebendo o sentimento de repente. Becker a deixava nervosa.

— É. Talvez você tenha razão. Tem que ser alguém muito zoado pra bater num garoto de cadeira de rodas. Além disso, se o Garth tocar nele, as portas do inferno vão se abrir. Nenhum lutador aqui ia permitir isso.

— Por causa do treinador Sheen?

— É. E por causa do Bailey também. Ele é um de nós.

Fern deu um sorriso luminoso, feliz por saber que o sentimento era mútuo. Bailey adorava cada membro da equipe de luta livre e se considerava o assistente técnico da equipe, o mascote, o personal trainer, o principal estatístico e o verdadeiro guru da luta livre.

Depois Paulie convidou Fern para dançar. Ele estava como sempre, doce e distraído, e Fern gostou de dançar com ele, mas, quando Beans se aproximou e a convidou para a pista de dança, ela começou a se perguntar se talvez não estava sendo alvo de uma piada interna, ou pior, de uma aposta. Talvez Ambrose fosse o próximo, depois todos fossem pedir para ela posar com eles numa foto, rindo ruidosamente em sua farsa de baile. Como se ela fosse um espetáculo de circo.

Mas Ambrose não chegou a convidá-la. Não chegou a convidar ninguém. Ele se destacava no salão, com a cabeça e os ombros acima dos presentes. Seu cabelo puxado para trás num elegante rabo de cavalo na nuca, acentuando as curvas e as reentrâncias de seu belo rosto, o amplo conjunto de seus olhos escuros, sobrancelhas retas e a mandíbula forte. Na única vez em que pegou Fern olhando para ele, Ambrose franziu a testa e olhou para o lado, fazendo-a se perguntar o que é que tinha feito.

No caminho para casa, Bailey estava quieto de um jeito estranho. Ele alegou cansaço, mas Fern o conhecia.

— Você está bem, B?

Bailey suspirou e Fern encontrou seu olhar no espelho retrovisor. Ele nunca seria capaz de dirigir, e nunca sentava no banco da frente. Sempre que ele e Fern estavam andando pela cidade, ela pegava emprestada a van do treinador Sheen, porque era adaptada para o uso de cadeira de rodas. O assento do meio fora retirado, de modo que Bailey pudesse conduzir a cadeira de rodas por uma rampa e entrar no veículo. Então as rodas eram travadas e ele era preso com o cinto de segurança ancorado no chão, para que não tombasse na cadeira. Arrastar-se pela Main Street não era muito divertido com Bailey no banco de trás, mas Fern e ele estavam acostumados, e às vezes Rita vinha junto para que Fern não se sentisse a chofer.

— Não é nada. Hoje é uma daquelas noites, Fernie.

— Realidade demais?

— Realidade demais, demais.

— Pra mim também — Fern disse baixinho e sentiu a garganta se estreitar com a emoção que subia em seu peito. Às vezes a vida parecia particularmente injusta, dura demais, além do suportável.

— Você parecia estar se divertindo. Vários caras te convidaram para dançar, não foi?

— Você pediu para eles me convidarem, Bailey? — Aquilo fez sentido de repente.

— É... pedi. Tudo bem? — Bailey parecia aflito, e Fern suspirou, perdoando-o no mesmo instante.

— Claro. Foi divertido.

— Mas o Ambrose não convidou, né?

— Não.

— Sinto muito, Fern. — Bailey tinha plena consciência dos sentimentos da amiga por Ambrose Young e de seu desespero depois do fracasso com as cartas de amor.

— Você acha que existe alguma chance de alguém como o Ambrose se apaixonar por alguém como eu? — Fern captou o olhar de Bailey no espelho mais uma vez, sabendo que ele ia entender.

— Só se ele tiver sorte.

— Ah, Bailey. — Fern negou com a cabeça, mas o amou por ter dito aquilo... e ainda mais por ter sido a sério. Ela e Bailey haviam concordado que não estavam prontos para ir para casa, por isso estavam dirigindo a esmo para cima e para baixo pela Main Street, as vitrines escuras do comércio refletindo os faróis brilhantes da van azul antiga e a silhueta escura da dupla solitária lá dentro. Depois de um tempo, Fern saiu da monotonia da rua e foi para casa, de repente cansada e pronta para o conforto de sua cama.

— Às vezes é difícil aceitar — disse Bailey abruptamente.

Fern esperou que ele continuasse.

— É difícil aceitar que você nunca vai ser amado do jeito que quer ser amado.

Por um momento, Fern pensou que Bailey estivesse falando sobre ela e Ambrose, mas então percebeu que ele não estava falando sobre amor não correspondido... Não de verdade. Estava falando sobre sua doença. Estava falando sobre Rita. Estava falando sobre as coisas que nunca poderia dar a ela, e sobre as que ela nunca ia querer dele. Porque ele estava doente. E não melhoraria.

— Tem horas que eu acho que não aguento mais. — A voz de Bailey falhou. Ele parou de falar tão repentinamente quanto tinha começado.

Os olhos de Fern se encheram de lágrimas de compreensão. Ela as enxugou ao entrar com a van na garagem escura da casa dos Sheen, a luz automática acendendo logo acima, dando-lhes as boas-vindas sonolentas. Ela deslizou com o carro e parou, destravou o cinto de segurança e se virou no assento, olhando para o primo. O rosto de Bailey parecia abatido na penumbra, e Fern sentiu uma pontada de medo. Lembrou que ele não estaria ao seu lado para sempre; na verdade, nem estaria ao seu lado por muito tempo. Ela estendeu o braço e agarrou a mão dele.

— Existem momentos assim, Bailey. Momentos em que você acha que não vai mais aguentar. Mas aí descobre que consegue. Sempre consegue. Você é durão. Vai respirar fundo, engolir só um pouco mais, aguentar só um pouco mais, e depois vai conseguir fôlego novo — disse Fern, o sorriso vacilante e os olhos marejados, contradizendo suas palavras encorajadoras.

Bailey fez um movimento de cabeça, concordando com ela, mas também havia lágrimas em seus olhos.

— Mas tem horas que a gente só precisa reconhecer a merda, Fern, sabe?

Ela assentiu, apertando a mão dele com um pouco mais de força.

— Sim. E isso também é bom.

— A gente só precisa reconhecer. Enfrentar a merda. — A voz de Bailey ficou mais forte, até mesmo estridente. — Aceitar a verdade que existe. Ser dono dela, chafurdar nela, se unir à merda. — Bailey suspirou, o clima pesado se dissipando com sua insistência em xingar. Palavrões podiam ser algo muito terapêutico.

Fern deu um sorriso fraco.

— Se unir à merda?

— Sim! Se for preciso.

— Eu tenho sorvete Rocky Road. Parece um pouco cocô. Em vez disso, podemos nos unir ao Rocky Road?

— Parece um pouco com merda, mesmo. Amendoins e tudo. Conta comigo.

— Que nojento, Bailey!

Ele gargalhou enquanto Fern subia na parte traseira do carro, soltava os cintos que prendiam a cadeira e abria a porta de correr.

— Bailey?

— Oi.

— Eu te amo.

— Eu também te amo, Fern.

⁂

Naquela noite, depois que o vestido cintilante foi colocado de lado, os cachos foram soltos do penteado complicado e o rosto esfregado para se livrar da maquiagem, Fern ficou nua na frente do espelho e se olhou numa franca avaliação. Tinha crescido um pouco, não tinha? Estava com quase 1,57 metro. Não tão baixa assim. Ainda estava mais para o lado franzino da coisa, mas não parecia mais ter doze anos.

Ela sorriu para si mesma, admirando os dentes brancos e retos, pelos quais havia sofrido por tanto tempo. Seu cabelo estava se recuperando do desastre capilar do último verão. Convencida de que um comprimento mais curto seria mais fácil de controlar, Fern havia pedido a Connie, do salão Hair She Blows, um corte estilo joãozinho. Talvez não tivesse ficado curto o suficiente, pois havia despontado para todas as direções como um black power dos anos 70. Então ela passou a maior parte do último ano de colégio parecendo Annie, do musical da Broadway, o que acentuou ainda mais sua imagem de menininha. Agora os fios quase tocavam os ombros, e ela podia forçá-los num rabo de cavalo. Prometeu a si mesma que não ia cortá-los novamente. Ia deixá-los crescer até atingir a cintura, esperando que o peso de um cabelo mais longo relaxasse um pouco os cachos. Tipo Nicole Kidman em *Dias de trovão*. Nicole Kidman era uma ruiva linda. Mas também era alta. Fern suspirou e vestiu o pijama. Elmo a encarou da estampa da blusa.

— Elmo te ama! — ela disse para si mesma, em sua melhor imitação estridente da voz do boneco. Talvez fosse hora de comprar umas roupas novas, talvez um novo estilo. Talvez parecesse mais velha se não usasse pijamas com estampa do Elmo. Devia comprar jeans que servissem direito e camisetas que revelassem que seu busto não era inexistente... não mais.

Mas ela ainda era feia? Ou será que tinha sido feia por tanto tempo que todo mundo já havia formado opinião? "Todo mundo" significava os garotos da escola. "Todo mundo" significava Ambrose.

Fern se sentou à pequena escrivaninha e ligou o computador. Estava trabalhando em um novo romance. Um novo romance com o mesmo enredo. Em todas as suas histórias, ou o príncipe se apaixonava por uma plebeia, o rock star perdia o coração para uma fã, o presidente se apaixonava pela professora humilde, ou o bilionário ficava obcecado pela balconista. Havia um tema em tudo aquilo, um padrão que Fern não queria examinar muito de perto. E normalmente ela podia se imaginar com facilidade no papel da mocinha. Sempre escrevia na primeira pessoa e dava à protagonista braços e pernas longas, cachos soltos, seios grandes e olhos azuis. Porém, naquela noite, seus olhos se desviavam para o espelho, para o próprio rosto pálido com um punhado de sardas.

Durante muito tempo, Fern ficou sentada olhando para a tela do computador. Pensou no baile, em como Ambrose a havia ignorado. Pensou na conversa depois e em Bailey se entregando à "merda", mesmo que fosse apenas uma entrega temporária. Pensou sobre as coisas que não entendia e como se sentia em relação a si mesma. E então começou a digitar, a colocar na página tudo o que tinha no coração.

Se Deus faz todos os rostos, Ele riu quando me fez?
Ele faz pernas que não podem andar e olhos que não podem ver?

Ondula os cabelos na minha cabeça numa rebelde insensatez?
Fecha os ouvidos do surdo para que ele precise depender?

Minha aparência é coincidência ou ironia do destino?
Se Ele me fez assim, posso culpá-Lo pelo que odeio?
Pelos defeitos que parecem piorar a cada vez que olho no espelho,
Pela feiura que vejo em mim, pelo ódio e pelo medo.

Ele nos esculpe para o Seu prazer, por uma razão que não posso ver?
Se Deus faz todos os rostos, Ele riu quando me fez?

Fern suspirou e mandou imprimir. Quando a impressora barata cuspiu o poema, ela o prendeu no mural, enfiando uma tachinha na folha branca comum. Depois se arrastou para a cama e tentou desligar as palavras que se repetiam em sua mente. *Se Deus faz todos os rostos, se Deus faz todos os rostos, se Deus faz todos os rostos...*

8
festejar muito

Ambrose não gostava de álcool. Não gostava da cabeça confusa ou do medo de que pudesse fazer alguma besteira monumental e passar vergonha, ou envergonhar seu pai ou sua cidade. O treinador Sheen não permitia nenhum tipo de bebida alcoólica durante a temporada. Sem desculpas. Quem fosse pego bebendo estaria fora da equipe, ponto-final. Nenhum deles arriscaria a luta livre por uma bebida.

Para Ambrose, a luta livre era uma atividade do ano todo. Ele estava sempre treinando, sempre competindo. Lutava durante as temporadas de futebol americano e corrida, mesmo que estivesse na equipe juvenil dos dois esportes. E, porque estava sempre treinando, nunca bebia.

Porém Ambrose não treinava mais, pois não ia mais lutar. Tinha parado. E a cidade estava num pânico silencioso. Cinco de seus garotos indo para a guerra. A notícia se espalhou como fogo e, embora as pessoas declarassem orgulho e dessem tapinhas nas costas, dizendo-lhes que apreciavam o sacrifício e o serviço ao país, o sentimento latente era de horror. Elliott abaixou a cabeça quando Ambrose lhe deu a notícia.

— É isso o que você quer de verdade, filho? — ele perguntou em voz baixa. Quando Ambrose disse que sim, Elliott deu tapinhas em seu rosto e disse: — Eu te amo, Brosey. E vou te apoiar em tudo que você fizer. — Mas Ambrose o tinha flagrado de joelhos várias vezes, rezando entre lágrimas. Tinha a sensação de que seu pai estava fazendo todos os tipos de acordos com Deus.

O treinador Sanders, da Universidade da Pensilvânia, havia dito que respeitava a escolha de Ambrose.

— Deus, pátria, família, luta — declarou a Ambrose. Disse que, se ele sentia o chamado para servir o país, era o que devia fazer.

Depois da formatura, o sr. Hildy, o professor de matemática, puxara Ambrose de canto e pedira para dar uma palavra. Ele era veterano do Vietnã. Ambrose sempre tivera respeito por ele, admiração pela maneira como ele se comportava e como conduzia as aulas.

— Ouvi dizer que você se alistou. Você sabe que vai ser chamado, não sabe? Vai ser enviado para lá mais rápido do que consegue dizer Saddam Hussein. Você compreende? — perguntou o sr. Hildy, os braços cruzados, as espessas sobrancelhas grisalhas levantadas em questionamento.

— Eu sei.

— Por que você vai?

— Por que o senhor foi?

— Fui recrutado — disse Hildy, sem rodeios.

— Então o senhor não teria ido se tivesse escolha?

— Não. Mas também não mudaria o que aconteceu. As coisas pelas quais eu lutei? Lutaria por elas novamente. Lutaria pela minha família, pela liberdade de dizer o que diabos eu quiser e pelos caras que estavam lá comigo. Isso, acima de tudo. A gente luta pelos caras que estão servindo ao nosso lado. No meio de um tiroteio, é a única coisa em que a gente pensa.

Ambrose balançou a cabeça como se entendesse.

— Mas eu vou lhe dizer uma coisa. Os sortudos são aqueles que não voltam. Está me ouvindo?

Ambrose confirmou com a cabeça novamente, chocado. Sem outra palavra, o sr. Hildy foi embora, mas deixou para trás a dúvida, e Ambrose experimentou seus primeiros receios. Talvez estivesse cometendo um grande erro. A dúvida o deixava com raiva e inquieto. Tinha se comprometido. E não havia como voltar atrás.

Os Estados Unidos e seus aliados estavam no Afeganistão. O Iraque era o próximo. Todo mundo sabia disso. Ambrose e seus amigos começariam o treinamento básico em setembro. Ele desejava que fosse no dia seguinte, mas era com aquilo que todos eles tinham concordado.

Aquele verão foi um inferno. Beans parecia decidido a se embebedar até cair, e Jesse poderia muito bem estar casado, considerando a quantidade de tempo que passava com os amigos. Grant estava trabalhando na fazenda; Paulie, escrevendo canções intermináveis sobre sair de casa e se tornando uma pilha de nervos chorona. Ambrose passava todo o tempo na padaria ou levantando peso. E o verão se arrastou.

E então ali estavam eles. Era noite de sábado, dois dias antes de partirem para o treinamento militar em Fort Sill, Oklahoma, e estavam no lago comemorando com toda a juventude da região. Havia refrigerante e cerveja, balões, caminhonetes com a tampa traseira aberta e comida por toda parte. Algumas pessoas estavam nadando, outras dançando às margens da água, mas a maioria só estava conversando e rindo, sentada em volta da fogueira, relembrando e tentando guardar uma última memória do verão para vê-la nos anos que viriam.

Bailey Sheen estava lá. Ambrose tinha ajudado Jesse a içar a cadeira de rodas e levá-lo até o lago, onde poderia se misturar e socializar. Fern estava com ele, como de costume. Não estava usando óculos e seu cabelo encaracolado havia sido domado em uma trança com algumas mechas soltas em volta do rosto. Não chegava aos pés de Rita, mas era bonitinha, Ambrose tinha de admitir. Ela estava usando um vestido de verão florido e chinelo de dedo, e, por mais que tentasse não fazê-lo, Ambrose se pegou olhando para ela ao longo de toda a noite. Não sabia o que Fern tinha. Ele poderia ter começado algo com qualquer uma das garotas que chamava de amigas e que gostariam de se despedir dele de um jeito especial. Mas transas casuais nunca tinham sido a sua praia, e não pretendia começar naquele momento. Continuou olhando para Fern.

Ambrose acabou bebendo mais cerveja do que devia e foi puxado para dentro do lago por um bando de rapazes da equipe de luta, o que o fez perder o momento em que Fern foi embora. Ele viu a velha van azul dos Sheen se afastar, esmigalhando o cascalho, e sentiu uma pontada de arrependimento o ferir.

Molhado, com raiva e um pouco bêbado, ele não estava se divertindo nem um pouco. Ao lado da fogueira, tentando espremer a água das roupas, Ambrose se perguntava se o arrependimento que sentia em relação a Fern era apenas sua maneira de bater o pé a respeito de suas convicções até o último momento, agarrando-se a alguma coisa enquanto sua vida escorregava por entre os dedos e o futuro se descortinava, assustador e novo.

Ele esperou o fogo secar o pior da umidade da calça jeans e da camiseta e deixou a conversa fluir ao seu redor. As chamas pareciam o cabelo de Fern. Ele xingou em voz alta, fazendo com que Beans desse uma pausa no meio da explicação de um novo jogo. Ambrose se levantou abruptamente, derrubando a frágil cadeira dobrável, e se afastou da fogueira, sabendo apenas que devia ir embora, que aquele não era o seu "eu" normal. Era um grande idiota. Havia passado tempo ocioso demais durante todo o verão, sem uma maldita coisa para fazer. Agora ali estava ele, na véspera de seu último dia na cidade, e tinha acabado de descobrir que poderia estar gostando de uma garota que praticamente se jogara em cima dele havia mais de seis meses.

Ele tinha estacionado no topo da colina, e os carros parados perto do dele estavam vazios. Ótimo. Poderia simplesmente sair de fininho. Estava se sentindo péssimo, com a virilha molhada, o tecido da camiseta áspero, e se sentia cansado daquilo tudo. Ambrose estava indo para o morro e parou de repente no caminho. Fern vinha descendo pela trilha até o lago. Estava de volta. Ela sorriu ao se aproximar dele e brincou com uma mecha de cabelo que tinha se soltado e estava se enrolando em seu pescoço.

— O Bailey esqueceu o boné, e eu me ofereci para voltar e buscar depois de deixá-lo em casa. E eu queria me despedir. Consegui falar com o Paulie e o Grant, mas não com você. Espero que não tenha problema se eu te escrever de vez em quando. Eu ia querer que as pessoas me escrevessem... se eu estivesse de partida... o que provavelmente nunca vou estar, mas você sabe... — Ela foi ficando cada vez mais nervosa enquanto falava, e Ambrose percebeu que não tinha dito uma única palavra. Ele apenas a encarava.

— Sim. É, eu ia gostar — ele se apressou em deixá-la à vontade. Ambrose passou os dedos pelo cabelo úmido e comprido. No dia seguinte ia cortá-lo. Seu pai disse que rasparia para ele. Não adiantava esperar até segunda-feira. Não usava o cabelo curto desde que Bailey Sheen havia dito que ele se parecia com Hércules.

— Você está todo molhado. — Ela sorriu. — Devia voltar para a fogueira.

— Você não quer ficar por aqui? Talvez conversar um pouco? — perguntou Ambrose. Ele sorriu como se não fosse grande coisa, mas seu coração batia como se ele estivesse conversando com uma garota pela primeira vez. Desejou de repente ter tomado mais algumas cervejas, para aliviar a tensão.

— Você está bêbado? — Fern estreitou os olhos para ele, lendo seus pensamentos. Ambrose ficou triste por ela pensar que ele não a ia querer por perto a menos que estivesse mamado.

— Ei, Ambrose! Fern! Venham aqui! Vamos começar um jogo novo. Precisamos de mais pessoas — Beans chamou de onde estava agachado, perto da fogueira.

Fern se adiantou, animada por ter sido incluída. Beans não tinha sido exatamente agradável com Fern ao longo dos anos. Ele costumava ignorar as garotas que não achava bonitas. Ambrose seguiu um pouco mais devagar. Não estava a fim de jogos idiotas, e, se Beans estava comandando o espetáculo, era certeza de ser maldoso ou idiota.

No fim das contas, o jogo novo não tinha nada de novo. Era a mesma versão antiga da brincadeira de girar a garrafa, algo que eles faziam desde que tinham treze anos e precisavam de uma desculpa para beijar a garota ao lado. Mas Fern parecia concentrada na coisa toda, com os olhos castanhos arregalados e as mãos apertadas sobre o colo. Ambrose percebeu que ela talvez nunca tivesse brincado de girar a garrafa. Não era como se ela tivesse ido a todas as festas deles. Não havia sido convidada. Além disso, era a filha do pastor. Provavelmente nunca tinha feito metade das coisas que todos os outros ali sentados em volta da fogueira tinham feito, várias vezes. Ambrose colocou a cabeça entre as mãos, esperando que Beans não fizesse algo que pudesse deixar Fern envergonhada e tornasse necessário enchê-lo de pancada. Realmente não queria prejudicar a relação deles antes de irem para o acampamento militar.

Quando a garrafa parou em Fern, Ambrose prendeu a respiração. Beans sussurrou algo para a garota ao lado, a que tinha girado a garrafa. Ambrose encarou Beans e esperou o bater do martelo.

— Verdade ou desafio, Fern? — Beans provocou. Ela parecia estar morrendo de medo de qualquer um dos dois. E deveria estar mesmo. Ela mordeu o lábio enquanto doze pares de olhos a viam lutar com a resposta.

— Verdade! — ela despejou. Ambrose relaxou. Verdade era mais fácil. Além do mais, sempre dava para mentir.

Beans sussurrou novamente, e a menina deu um risinho.

— Você escreveu ou não cartas de amor para o Ambrose, no ano passado, fingindo que eram da Rita?

Ambrose sentiu náusea. Fern engasgou ao lado dele, e seus olhos dispararam até os dele, a escuridão e as chamas bruxuleantes fazendo-os parecer pretos em seu rosto pálido.

— Hora de ir pra casa, Fern. — Ambrose se levantou e a puxou para o seu lado. — Estamos fora. Vejo vocês, perdedores, daqui a seis meses. Não sintam muito a minha falta. — Ambrose se virou, apertando a mão de Fern, puxando-a consigo. Sem virar a cabeça, ele ergueu a mão esquerda e fez um grande gesto obsceno para o amigo. Podia ouvir o riso atrás dele. Beans ia pagar. Ambrose não sabia quando, não sabia como, mas ele ia pagar.

Quando as árvores se fecharam em torno deles, escondendo-os da vista da praia, Fern puxou a mão que ele segurava e correu na frente.

— Fern! Espera.

Ela continuou correndo em direção aos carros estacionados, e Ambrose se perguntou por que ela não diminuía o ritmo, só por um instante. Ele correu para alcançá-la, conseguindo quando ela agarrou a maçaneta da van azul dos Sheen.

— Fern! — Ele agarrou seu braço e ela lutou para se libertar. Ambrose então agarrou os dois braços e a puxou contra ele, com raiva, querendo que ela o olhasse. Os ombros dela estavam tremendo, e ele percebeu que ela estava chorando. Ela havia fugido correndo para que ele não a visse chorar. — Fern — ele sussurrou, desamparado.

— Me solta! Não acredito que você contou para eles. Eu me sinto uma idiota.

— Eu contei para o Beans, naquela noite, quando ele viu a gente conversando no corredor da escola. Eu não devia ter contado. Eu é que sou o idiota.

— Não importa. A escola acabou. Você está indo embora. O Beans está indo. Não vou me importar se nunca mais vir vocês dois. — Fern enxugou as lágrimas que escorriam pelo rosto. Ambrose deu um passo para trás, chocado com a veemência na voz dela, o ar definitivo em seus olhos. Aquilo o assustava.

Então ele a beijou.

Foi duro, e definitivamente não foi consensual. Ele segurou o rosto de Fern entre as mãos e apertou as costas dela contra a porta da velha van azul que ela usava para levar Bailey por aí. Ela era o tipo de garota que não ligava de aparecer numa festa com uma minivan adaptada para cadeira de rodas. O tipo de garota que tinha ficado animada só por ter sido convidada para uma brincadeira idiota. O tipo de garota que tinha voltado para se despedir dele, um cara que a havia tratado como lixo. E ele desejava, mais desesperadamente do que nunca, poder mudar a situação.

Ele tentou suavizar o toque de sua boca contra a dela, tentou dizer que estava arrependido, mas ela ficou congelada em seus braços, como se não pudesse acreditar que, depois de todo o acontecido, ele pensava que podia deixá-la de coração partido e ainda roubar um beijo.

— Me desculpa, Fern — Ambrose sussurrou contra sua boca. — Me desculpa.

De alguma maneira, as palavras derreteram o gelo que o beijo não havia conseguido, e Ambrose sentiu o suspiro de rendição tocar seus lábios. As mãos de Fern subiram até seus bíceps, abraçando-o enquanto ele a apertava, e ela abriu a boca, permitindo a entrada. Gentilmente, com medo de destruir a frágil segunda chance que ela concedia, ele moveu os lábios nos dela, tocando sua língua suavemente, deixando que ela o explorasse. Ele nunca tinha agido com tanto cuidado, ou tentado com tanto esforço fazer as coisas do jeito certo. E, quando ela se afastou, ele deixou. Os olhos de Fern estavam fechados, mas havia rastros de lágrimas em seu rosto, e seus lábios pareciam machucados onde ele tinha pressionado forte demais no início, desesperado para apagar a vergonha.

Então ela abriu os olhos. Dor e confusão passaram por seu rosto apenas por um instante, e seu olhar se voltou para baixo. Seu maxilar se apertou, e Fern deu as costas para ele. Sem dizer uma única palavra, ela entrou na van e foi embora.

9
ser um bom amigo

A campainha soou às oito horas da manhã de sábado e se encaixou tão bem no sonho de Fern que ela sorriu dormindo, erguendo o rosto para o homem bonito de uniforme que tinha acabado de dizer "sim". Ele ergueu seu véu e pressionou os lábios nos dela.

— Me desculpa, Fern — sussurrou ele, exatamente como tinha feito no lago. — Me desculpa — repetiu.

Fern o beijou freneticamente, não querendo desculpas. Ela queria beijos. Muitos, e abraços também, mas, em algum lugar no seu subconsciente, ela sabia que era tudo um sonho, que acordaria num instante e que todas as oportunidades para beijos iam se derreter na Terra do Não Vai Acontecer Nunca.

— Me desculpa, Fern!

Ela suspirou, a impaciência desfocando o fato de que não era mais a voz de Ambrose.

— Desculpa te acordar, Fern, mas preciso te mostrar uma coisa. Você está acordada?

Ela abriu os olhos, ainda sonolenta, aceitando a contragosto o fato de que não estava numa igreja, que nenhum sino de casamento tinha soado e que Ambrose estava a centenas de quilômetros de distância, em Fort Sill.

— Fern? — Rita estava em pé a cerca de trinta centímetros de sua cama e, sem aviso, abriu o zíper da calça e a sacudiu em torno dos quadris. Em seguida, levantou a blusa e a prendeu no elástico do sutiã para que a barriga ficasse exposta. Rita pôs as mãos nos quadris e gritou: — Está vendo?

Fern olhou as curvas esbeltas e a extensão da pele nua sob os seios fartos de Rita, desejando que a amiga tivesse esperado pelo menos mais alguns minutos para invadir seu quarto e começar a tirar a roupa. Seus olhos estavam pesados, e garotas curvilíneas não eram a sua praia. Ela desejava um homem de uniforme.

Ela ergueu as sobrancelhas questionadoras para Rita e murmurou:
— Hã?

— Olha, Fern! — Rita apontou a parte inferior da barriga com as duas mãos, logo abaixo do umbigo. — Está enorme! Não vou mais poder esconder. O que eu faço?

Não estava enorme. Era uma barriguinha levemente arredondada que se projetava acima de uma calcinha de renda preta bem pequena. Fern tinha uma calcinha igual escondida no fundo da gaveta, e só usava quando tinha de escrever uma cena de amor, como a que havia escrito na noite anterior... o que fora apenas algumas horas antes. Mas Rita não iria embora para que ela pudesse voltar à terra dos sonhos, por isso Fern levantou um braço cansado, afastando os cachos desgrenhados dos olhos, para ter uma perspectiva melhor sobre o problema de Rita. Ela inclinou a cabeça de um lado para o outro, os olhos fixos na barriga da amiga.

— Você está grávida, Rita? — Ela prendeu a respiração, a névoa de ter sido acordada subitamente de um sono profundo fazendo-a demorar para chegar àquela conclusão.

Rita soltou a blusa do sutiã e fechou a calça depressa, como se, agora que Fern adivinhara seu segredo, estivesse ansiosa para escondê-lo de novo.

— Rita?

— É, estou. — Ela desabou sobre a cama de Fern, sentando-se em cima dos pés da amiga. Ela se desculpou quando Fern puxou os dedos de sob o seu corpo e caiu em prantos no mesmo instante.

— Vocês vão se casar? — Fern alisava as costas da amiga enquanto falava com a voz mansa, como sua mãe fazia sempre que Fern chorava.

— O Becker não sabe. Ninguém sabe! Eu ia terminar com ele, Fern. Agora não posso.

— Por quê? Pensei que você fosse louca pelo Becker.

— Eu era. Eu sou. Mais ou menos. Foi tudo tão rápido. Sinto que não consigo acompanhar. Eu só queria um tempo. Talvez fazer faculdade em outro lugar, ou algo do tipo. Até pensei em ser babá... Talvez até na Europa... uma *au pair*. É assim que eles chamam. Não é legal? Eu queria ser uma *au pair*. Agora não posso — Rita repetiu e chorou com mais força.

— Você sempre foi muito boa com crianças. — Fern lutou para encontrar palavras que confortassem a amiga. — E agora vai ter a sua. Você não pode ir para a Europa agora, mas talvez possa abrir uma pequena creche... ou ir para a faculdade e virar professora. Você seria uma ótima professora de jardim de infância. Você é tão bonita, tão legal, todas as crianças iam te amar.

Fern também tinha pensado em deixar a cidade, talvez ir para a faculdade, para algum lugar onde pudesse começar uma vida nova, livre dos velhos estereótipos. No entanto, não tinha coragem de deixar Bailey. E queria ser escritora, escritora de romances, o que poderia fazer vivendo ali mesmo em Hannah Lake, vizinha de Bailey, tão facilmente quanto em Veneza ou em Paris.

— Como isso foi acontecer? — Rita lamentou.

Fern olhou para ela, inexpressiva.

— Eu sei a letra inteira da música do *Grease 2* sobre reprodução. Quer que eu cante devagar? — perguntou Fern, tentando fazer com que Rita risse em vez de chorar.

— Muito engraçado, Fern — disse Rita, mas sorriu um pouco quando a amiga começou a cantar sobre flores e estames num timbre muito claro de soprano. Rita até fez dueto em alguns versos; a atração das músicas de filmes bregas era irresistível demais, mesmo diante de tamanho drama.

— Não conte para o Bailey, tá bom? — pediu Rita quando a música acabou e Fern acariciou seus cabelos.

— Rita! Por quê? Ele é nosso melhor amigo. Ele vai acabar sabendo, mais cedo ou mais tarde, e depois vai ficar se perguntando por que você mesma não contou.

— Ele sempre me fez sentir especial... sabe? Então, quando eu faço algo idiota e estrago tudo, sinto que vou decepcionar o Bailey. Ou talvez eu só esteja decepcionada comigo mesma e culpando o Bailey — respondeu Rita, enxugando as lágrimas do rosto e respirando fundo, como se estivesse se preparando para pular na piscina.

— Mas isso é que é legal na amizade. Não se trata de ser perfeito nem de ser merecedor. A gente te ama e você ama a gente, por isso vamos estar do seu lado. Eu e o Bailey.

— Eu te amo mesmo, Fern. Demais. E o Bailey também. Só espero que eu não dê uma mancada tão grande que acabe perdendo vocês dois.

Rita a abraçou ferozmente, segurando-a com tanta força que Fern não poderia duvidar de sua gratidão ou de seu afeto. Fern retribuiu o abraço e sussurrou no ouvido dela:

— Isso nunca vai acontecer, Rita.

1994

— Por que você não tem mais bebês, mãe? O Bailey tem irmãs mais velhas. Eu gostaria de ter uma irmã mais velha.

— Não sei, Fern. Eu tentei ter mais filhos, mas às vezes recebemos algo tão especial, tão maravilhoso, que um só é suficiente.

— Hum. Então uma de mim é suficiente?

— É. Você sempre foi suficiente. — Rachel Taylor riu de sua filha de dez anos, tão miúda, com os cabelos vermelhos rebeldes e os dentes tortos que eram grandes demais para sua boca, o que a fazia parecer como se estivesse prestes a sair saltando por uma clareira na floresta.

— Mas eu preciso de um irmão ou uma irmã, mãe. Preciso de alguém pra cuidar e ensinar as coisas.

— Você tem o Bailey.

— É, eu tenho. Mas ele me ensina muito mais coisas do que eu ensino pra ele. E ele é meu primo, não meu irmão.

— Ele não só é da família como é um amigo especial. Quando a tia Angie e eu descobrimos que estávamos grávidas, ficamos muito felizes. Eu achei que não podia ter filhos, e a Angie já tinha duas meninas mais velhas e sempre quis ter um menininho. O Bailey nasceu antes de você, mas apenas alguns dias. E depois você nasceu. Eram dois bebezinhos milagrosos, presentes preciosos de Deus.

— Acho que ter o Bailey é quase tão bom quanto ter um irmão. — Fern enrugou o nariz, pensativa.

— Sabia que Jesus também tinha um amigo muito especial? O nome dele era João. A mãe de João, Isabel, já tinha certa idade, como eu. Ela também não achava que podia engravidar. Depois que Isabel descobriu que ia ter um bebê, Maria, a mãe de Jesus, foi fazer uma visita para ela. E as duas também eram parentes, assim como a Angie e eu. Quando Isabel viu Maria, ela sentiu o bebê chutar bem forte na barriga. Maria estava grávida de Jesus e, mesmo naquele momento, antes de nascerem, os bebês tinham um vínculo especial, assim como você e o Bailey.

— O João Batista, não é? — perguntou Fern. Ela era bem versada em todas as histórias da Bíblia. O pastor Joshua e Rachel se asseguravam de que ela soubesse.

— É.

— Ele não foi decapitado? — perguntou Fern, na dúvida. Rachel gaguejou, rindo. Aquilo sim era um anticlímax para sua história.

— Sim, ele foi. Mas essa não era a parte mais importante da minha história.

— E Jesus também foi morto.

— Sim, foi.

— Que bom que eu sou menina, e não um cara chamado João. E que bom que Jesus já veio, assim o Bailey não precisa salvar o mundo. Caso contrário, ter amigos especiais poderia não ser uma coisa tão boa assim.

Rachel suspirou. Tinha que ser a Fern para virar o ensinamento de cabeça para baixo. Como uma última tentativa de salvar o momento de aprendizado, Rachel disse:

— Às vezes, ter amigos especiais pode ser difícil. Às vezes você vai sofrer por seus amigos. A vida nem sempre é fácil, e as pessoas podem ser cruéis.

— Como os homens que cortaram a cabeça de João Batista?

— Sim. Como eles — disse Rachel, engasgando com a graça inadequada enroscada em sua garganta. Ela recuperou o controle e tentou novamente, desejando um grande final, amarrando tudo com um bom lembrete do sacrifício do Salvador. — Bons amigos são muito difíceis de encontrar. Eles cuidam uns dos outros e ficam atentos pelo outro. Às vezes, amigos especiais até morrem pelo outro, como Jesus morreu por todos nós.

Fern assentiu solenemente, e Rachel deu um suspiro de alívio. Não tinha certeza de quem tinha ganhado aquela rodada, ou se Fern tinha aprendido alguma coisa com ela. Rachel pegou o cesto de roupa e se dirigiu para a relativa segurança e tranquilidade da máquina de lavar. Fern disse atrás dela:

— Então, você acha que eu vou morrer pelo Bailey... ou o Bailey vai morrer por mim?

10
ser um soldado

A banda do colégio tocou uma compilação de músicas patrióticas que o sr. Morgan, professor responsável pela banda marcial, certamente os tinha feito repetir à exaustão. Fern conhecia todas. Desejava ainda estar no ensino médio para poder tocar clarinete com o pessoal, o que lhe daria alguma coisa para fazer além de tremer e tentar se aquecer junto dos pais, acompanhando as canções curtas com palmas, observando a tentativa patética de um desfile que se arrastava de forma desorganizada pela Main Street. A cidade inteira estava ali, mas o mês de março na Pensilvânia era uma época terrível para um desfile. As ruas haviam sido limpas, e o tempo tinha ficado firme até então, mas a tempestade de neve que ameaçava cair deixava o dia cinzento, o que combinava com a grande despedida. Os rapazes haviam terminado o treinamento básico e o treinamento individual avançado, e a unidade havia sido convocada, simples assim. Eles estariam entre os primeiros soldados a ir para o Iraque.

Fern soprou os dedos gelados. Suas bochechas estavam vermelhas como o cabelo flamejante. E então vieram os soldados. Estavam vestidos com farda para deserto, coturnos amarrados e bonés enterrados na cabeça raspada. Fern se viu aos pulos, tentando captar um vislumbre de Ambrose. A unidade era formada por recrutas de toda a região sudoeste da Pensilvânia. Os soldados estavam percorrendo várias cidadezinhas em comboios formados por uma longa série de veículos militares, Humvees e um tanque de guerra apenas para compor o teatro. Os soldados pareciam ter todos a mesma cara, um enxame de elementos idênticos, e Fern então se perguntou se, de algum modo, aquilo não era um ato de misericórdia, tirar-lhes a individualidade para que o adeus não fosse tão pessoal.

E lá estava Ambrose, passando por ela enquanto marchava, ao alcance do toque. Seu cabelo tinha ido embora. Seu lindo cabelo. Mas o rosto permanecia inalterado: o queixo forte, os lábios perfeitos, a pele lisa, os olhos escuros. Depois daquela última noite no lago, Fern havia passado por todas as etapas: raiva, humilhação, raiva de novo. E depois, quando se lembrou de como fora ter a boca pressionada à dele, a raiva desvaneceu.

Ambrose a tinha beijado. Ela não entendia por que ele tinha feito aquilo. Não se permitia acreditar que era porque, de repente, ele tinha se apaixonado por ela. Não era o que parecia. Não tinha parecido amor. Fern sentiu mais como um pedido de desculpas. E, depois de semanas indo e vindo entre o constrangimento e a fúria, ela decidiu que podia aceitar um pedido de desculpas. Com a aceitação veio o perdão, e com o perdão vieram todos os velhos sentimentos que ela havia alimentado por tanto tempo, arrastando-se de volta para os lugares familiares que ocupavam em seu coração. A raiva então se dissipou como um sonho desagradável.

Fern tentou chamar por ele, tentou ser corajosa ao menos daquela vez, mas sua voz saiu apenas como um guinchado tímido. O nome de Ambrose foi levado de seus lábios assim que foi lançado. Ele continuou com os olhos voltados para frente, sem saber que ela estava olhando para o seu rosto e tentava chamar sua atenção. Ele era mais alto que os homens ao redor, o que tornava fácil acompanhá-lo durante a marcha pela rua.

Ela não viu Paulie, Grant, Beans ou Jesse, embora mais tarde, na sorveteria Frosty Freeze, tivesse encontrado Marley, a namorada grávida de Jesse, com o rosto manchado de lágrimas e a barriga saliente despontando pela jaqueta sintética entreaberta, que não fechava mais. Fern sentiu um breve lampejo de ciúme. O drama de ser deixada para trás por um soldado bonito era quase delicioso em sua tragédia, tanto que ela foi para casa e esboçou uma história totalmente nova sobre dois amantes separados pela guerra.

E então eles se foram, através do mar, para um mundo de calor e areia, um mundo que não existia de verdade, pelo menos não para Fern. E talvez não existisse para o povo de Hannah Lake, simplesmente porque era longe demais, desconectado demais de qualquer coisa que eles conheciam. E a vida continuou como antes. A cidade fez orações, amou, sofreu e viveu. As fitas amarelas que Fern havia ajudado a amarrar nas árvores ficaram com aparência pomposa e firmes por cerca de duas semanas. Porém o granizo da primavera era como um arado, continuamente revolvendo os laços alegres com garras afiadas e gélidas. E, em pouco tempo, as fitas se renderam, diláceradas pelo vento, desgastadas. E o relógio continuou a correr calmamente.

⁂

Seis meses se passaram. Nesse meio-tempo, Rita ganhou um menino e Marley Davis também teve o seu bebê, um garotinho que chamou de Jesse, em homenagem ao pai. Fern adicionou um novo capítulo ao seu romance sobre amantes devastados pela guerra e lhes deu uma filha, uma menina chamada Jessie. Tinha sido mais forte que ela. Sempre que Marley entrava na loja, Fern morria de vontade de abraçar o bebê e só podia imaginar como Jesse devia estar se sentindo, a milhares de quilômetros de distância. Ela escreveu cartas a Ambrose, escreveu sobre os acontecimentos em Hannah Lake, as coisas engraçadas que via, as estatísticas das equipes de esportes do ensino médio, os livros que havia lido, sua promoção no supermercado a gerente noturna, as coisas divertidas que queria dizer, mas que nunca tivera coragem de pronunciar. E assinava: "Sua, Fern".

Era possível pertencer a alguém que não nos queria? Fern decidiu que sim, pois seu coração era dele, e, se Ambrose o queria ou não, não parecia fazer muita diferença. Quando terminava de escrever, ela enfiava a carta na gaveta. Fern se perguntava o que Ambrose pensaria se, de repente, ela enviasse uma. Ele provavelmente pensaria que ela era maluca e lamentaria ter finalizado o pedido de desculpas com um beijo. Ele ficaria preocupado que Fern pensasse que o beijo havia significado mais do que era. Ele pensaria que ela estava delirando.

Fern não estava delirando, apenas tinha a imaginação fértil. Porém, mesmo com seu dom para sonhar acordada e contar histórias, ela não conseguia se convencer a acreditar que ele nunca corresponderia a seus sentimentos.

Ela havia lhe perguntado se poderia escrever. Até dissera que escreveria, mas, no fundo, não acreditava realmente que ele quisesse suas cartas, e seu orgulho era muito frágil para suportar outro baque. As cartas foram formando pilhas, e Fern não conseguia se convencer a enviá-las.

IRAQUE

— A Fern Taylor te mandou mais alguma carta de amor, Brosey? — Beans perguntou na escuridão da barraca de dormir.

— Eu acho a Fern bonitinha — disse Paulie de sua cama dobrável. — Ela estava bonita no baile. Você viu? Ela pode me escrever quando quiser.

— A Fern não é bonita! — disse Beans. — Ela parece a Píppi Meialonga.

— Quem diabos é Píppi Calçalonga? — Jesse resmungou, tentando dormir.

— Minha irmã costumava assistir a um seriado chamado *Píppi Meialonga*. Depois ela pegou o livro emprestado da biblioteca e nunca mais devolveu. A Píppi era dentuça e tinha cabelo ruivo preso em duas tranças duras. Ela era magra, desajeitada e burra. Igualzinho a Fern. — Beans estava exagerando, cutucando Ambrose.

— A Fern não é burra — disse Ambrose. Ele ficou surpreso com a maneira como aquilo o incomodava, Beans tirar sarro de Fern.

— Tuuudo bem. — Beans riu. — Como se fizesse diferença.

— E faz. — Grant tinha de se manifestar. — Quem quer uma garota com quem não dá pra conversar?

— Eu quero! — Beans riu. — Não fala nada, só tira a roupa.

— Você é meio que um porco nojento, Beans. — Paulie suspirou. — Que bom que a gente gosta de presunto.

— Eu odeio presunto — Jesse rosnou. — E odeio quando vocês ficam de papo-furado na hora de dormir. Calem a maldita boca.

— Jesse, você realmente é a Bruxa Malvada do Leste. — Paulie riu. — Ou melhor, a Bruxa Malvada do Oriente Médio. — Paulie tinha escrito uma canção engraçada sobre o Iraque ser como a Terra de Oz e, em pouco tempo, todos em sua unidade tinham um apelido retirado de *O mágico de Oz*.

— E você é o Espantalho, idiota. Ele não era o único que não tinha cérebro?

— É isso aí. Espantalho é um nome irado, não acha, Grant?

— É melhor que Dorothy — Grant riu. Ele havia cometido o erro de usar suas sapatilhas vermelhas de luta certo dia no local de treino, e o resto era história. Quando não estavam em patrulha ou dormindo, estavam malhando. Simplesmente não havia muito mais o que fazer durante o tempo livre.

— Dorothy, por que você não bate os calcanhares e leva a gente de volta pra casa? — perguntou Paulie. — Ei, por que você ficou sem apelido, Beans?

— Há... meu nome é Connor. Acho que você acabou de se contradizer. — Beans estava começando a cochilar.

— A gente devia te chamar de Munchkin... ou talvez de Totó. Afinal de contas, ele é apenas um cachorrinho que late alto — disse Jesse.

Beans ficou alerta imediatamente.

— Experimenta, Jess, e eu conto pra Marley sobre aquela vez que você ficou com a Lori Stringham na sala de luta. — Beans sempre fora sensível a respeito de sua estatura. Servia para ser um ótimo lutador de cinquenta e sete quilos, mas não era muito útil para mais nada. — O Brosey é o Homem de Lata, porque ele não tem coração. A coitadinha da Fern Taylor descobriu isso do jeito mais difícil. — Beans tentou direcionar a atenção para Ambrose, cutucando-o mais uma vez nas costelas.

— O Brosey é o Homem de Lata porque ele é feito de metal. Porra, quanto peso você levantou hoje, Brosey? — intrometeu-se outro integrante da unidade. — Você é um maldito monstro! A gente devia te chamar de Homem de Ferro.

— E lá vamos nós de novo — gemeu Jesse. — Primeiro Hércules, agora Homem de Ferro. — Ele se ressentia da atenção que Ambrose sempre ganhava, e não tentava esconder o fato.

Ambrose riu.

— Vou deixar você me derrotar numa queda de braço amanhã, pode ser, Bruxinha Camarada?

Jesse deu risada. Sua irritabilidade era encenação, mais do que ele gostaria de admitir.

A barraca se acalmou até que um ronco ou suspiro ocasionais fossem tudo o que se ouvia na escuridão. Porém Ambrose não conseguia dormir. Não parava de pensar no que Beans dissera. Rita Marsden era linda. De tirar o fôlego. Ambrose achara que estava apaixonado por ela, até descobrir que não a conhecia de verdade, de forma alguma. Rita não era inteligente. Não da maneira que ele queria que ela fosse. Ele não tinha sido capaz de descobrir por que ela parecia tão envolvente nas cartas, mas, quando estavam juntos, era tão diferente.

Ela era linda, mas depois de um tempo ele já não a achava mais nem um pouco atraente. Ambrose queria a garota das cartas.

Seus olhos se abriram no escuro. A garota das cartas era Fern Taylor. Ele queria mesmo Fern Taylor? Deu um risinho. Fern era minúscula. Eles ficariam ridículos juntos. E ela não era gostosa. Embora estivesse *bem* bonita no baile de formatura. Ao vê-la no ginásio em seu vestido dourado, dançando com os amigos idiotas dele, Ambrose se sentira surpreso e irritado. Talvez não a tivesse perdoado por completo, depois da farsa encenada com Rita.

Ele tentara não pensar em Fern, naquela noite no lago, e praticamente se convencera de que havia sido apenas insanidade temporária, um último ato de desespero antes de partir. E ela não havia escrito, como disse que faria. Ele não podia culpá-la, depois de tudo o que tinha acontecido. Mas teria gostado de receber uma carta. Ela escrevia boas cartas.

A saudade de casa o invadiu. Sem dúvida não estavam mais no Kansas. Em que ele havia se metido? Em que tinha envolvido todos eles? E, sendo honesto consigo mesmo, ele não era Hércules e também não era o Homem de Lata. Era o Leão covarde. Havia fugido de casa e trazido os amigos junto, seu cobertor de segurança, sua própria torcida. Ele se perguntava que diabos estava fazendo em Oz.

11
derrotar um valentão

IRAQUE

— A Marley disse que a Rita vai casar — relatou Jesse, com os olhos em Ambrose. — A sua ex vai se amarrar, Brosey. Como você se sente?

— Ela é uma tonta.

— Uou! — Jesse gritou, surpreso com a veemência do amigo. Pensou que Ambrose já tinha esquecido Rita. Talvez estivesse errado.

— Você não gosta dela ainda, gosta, Brose? — perguntou Grant, surpreso.

— Não. Não gosto. Mas ela é louca de casar com o Becker Garth.

Beans deu de ombros.

— Nunca tive problema com o Garth.

— Lembra quando eu fui suspenso no nono ano?

Beans balançou a cabeça para mostrar que não lembrava, mas Paulie se iluminou com a memória.

— Você quebrou a cara bonita do Becker! Eu lembro. Mas você nunca contou o motivo daquilo.

Ambrose ajeitou os óculos de sol e mudou o peso do corpo. Eles, e cerca de uma centena de outros soldados e fuzileiros navais, estavam de guarda do lado de fora de uma reunião de alta segurança do Governo Provisório iraquiano. Era legal pensar que talvez as diferentes facções pudessem se unir para formar um corpo de governo, que eles estavam fazendo progresso, embora, em alguns dias, Ambrose duvidasse. Não era a primeira vez que dava uma de guarda-costas, se bem que, no caso de Bailey Sheen, tinha sido depois do fato.

— Eu tinha esquecido disso! — Grant comentou. — Você não pôde lutar contra Loch Haven. O treinador ficou louco da vida.

— Ele não teria ficado tão louco se soubesse por que eu bati no Becker — Ambrose disse ironicamente. Supunha que bastante tempo e distância já tinham se passado para poder compartilhar a história sem violar confidências.

JANEIRO DE 1999

Ambrose conhecia Becker Garth. Becker estava no último ano e todas as garotas pareciam gostar dele e achá-lo bonito. Isso sempre fazia os outros caras ajustarem a postura e prestarem atenção. Ambrose o notara porque Becker tinha começado a usar o cabelo como o seu, o que Ambrose não gostava. Becker também tinha cabelo escuro na altura do queixo e, quando o jogava para afastá-lo dos olhos castanhos, se parecia demais com Ambrose para que este se sentisse à vontade.

Mas era aí que as semelhanças entre os dois terminavam. Becker era magro e não muito alto. Seus músculos eram definidos e esguios, como um jóquei ou um corredor. Tinha por volta de 1,73 metro de altura, o suficiente para que as garotas ainda o rodeassem, mas Ambrose era muito mais alto, até mesmo quando era calouro.

Talvez porque Becker fosse menor que o calouro, ou talvez porque estivesse com inveja, gostava de provocar Ambrose. Apenas tapinhas, insinuações, comentários de lado que faziam seu grupo de amigos dar risada e desviar os olhos. Ambrose ignorava na maior parte do tempo. Tinha muito pouco a provar e não se incomodava demais com as coisas. Seu tamanho e força o faziam se intimidar menos e também ser menos vulnerável às provocações dos outros garotos de sua idade. E encontrava conforto em imaginar Becker na sala de luta, tentando fazer amizade com ele ou com qualquer um de seus amigos. Entretanto, Ambrose não era o único que Becker gostava de atormentar.

Era a quarta aula, antes do almoço, e Ambrose havia pedido para sair da aula de inglês sob o pretexto de usar o banheiro. Na verdade, ele precisava verificar seu peso. Tinha pesagem às três da tarde para o duelo contra Loch Haven. Ele estava lutando na categoria de setenta e dois quilos, mas naquela manhã estava com 72,9. Poderia suar os novecentos gramas, mas chegar a 72,9 já tinha sido difícil. Tinha começado a temporada com setenta e oito, e não havia muito que ele pudesse perder, em sua grande estatura. E ainda estava crescendo. Tinha um mês até os campeonatos distritais e mais duas semanas até o estadual. As seis semanas seguintes seriam brutais, e ele passaria fome na maior parte do tempo. Barriga vazia era o mesmo que mau humor, e Ambrose estava muito mal-humorado. Quando entrou no vestiário e foi saudado pela escuridão, ele soltou um palavrão, esperando que algo não estivesse errado. Precisava ver a balança. Foi tateando a parede, tentando encontrar os interruptores. Uma voz soou no escuro, fazendo-o pular.

— Becker? — disse a voz, nervosa.

Ambrose encontrou os interruptores e os acionou, inundando de luz os armários e os bancos. O que o fez praguejar novamente. No meio do piso de cerâmica, a cadeira de rodas de Bailey Sheen tinha sido derrubada de costas, e Bailey estava caído, impotente, com as pernas finas para o ar, incapaz de se endireitar ou fazer qualquer coisa a não ser pedir ajuda na escuridão.

— Que merda é essa? — disse Ambrose. — Sheen, você está bem?

Ambrose correu até Bailey, levantou a cadeira e o colocou sentado. O rosto de Bailey estava corado, seus ombros tremiam, e Ambrose quis bater em alguém. Forte.

— O que aconteceu, Sheen?

— Não conte pra ninguém. Está bem, Ambrose? — Bailey implorou.

— Por que não?! — Ambrose estava com tanta raiva que conseguia sentir seu pulso soar nas têmporas.

— Só... não conte, tá bom? É constrangedor demais. — Bailey engoliu em seco, e Ambrose podia perceber que ele estava morrendo de vergonha.

— Quem fez isso? — Ambrose exigiu saber.

Bailey sacudiu a cabeça e não quis dizer. Então Ambrose lembrou como Bailey o tinha assustado, chamando-o por um nome enquanto ele procurava pela luz.

— Foi o Becker? — perguntou Ambrose, elevando a voz com indignação.

— Ele simplesmente fingiu que ia me ajudar e depois me derrubou. Não me machuquei! — Bailey acrescentou, como se ficar machucado o tornasse mais fraco. — Depois ele apagou as luzes e saiu. Eu teria ficado bem. Alguém teria vindo. Você veio, não veio? — Bailey tentou sorrir, mas o sorriso vacilou e ele olhou para as mãos. — Fico feliz que tenha sido você e não uma turma inteira de educação física. Teria sido humilhante demais.

Ambrose estava sem palavras. Apenas meneou a cabeça. A balança estava esquecida.

— Eu não venho aqui sozinho porque não consigo abrir a porta sem ajuda — disse Bailey, a título de explicação. — Mas o Becker me deixou entrar, e eu pensei que o meu pai estava aqui. Consigo sair sozinho porque a porta abre para fora e posso empurrar com a cadeira de rodas.

— Menos quando alguém derruba a sua cadeira e te deixa de cabeça pra baixo — disse Ambrose, a raiva escorrendo de seu comentário.

— É, menos quando acontece isso — disse Bailey em voz baixa. — Por que você acha que ele fez isso? — Ele olhou para Ambrose, o rosto perturbado.

— Não sei, Sheen. Porque ele é um babaca com pinto pequeno — Ambrose resmungou. — Ele acha que descontar nas pessoas que não podem ou não querem revidar vai deixar o pinto dele maior, mas isso só faz o pinto ficar cada vez menor, e aí o Becker fica cada vez mais malvado.

Bailey deu gargalhadas e Ambrose sorriu, feliz que o amigo não estivesse mais tremendo.

— Promete que não vai contar pra ninguém? — Bailey insistiu de novo.

Ambrose confirmou, mas não prometeu que não ia fazer Becker pagar.

Quando Ambrose entrou no refeitório, encontrou Becker sentado a uma mesa de canto, cercado por um grupo de alunos do último ano e várias garotas bonitas com quem Ambrose não se importaria de conversar em circunstâncias diferentes. Ambrose cerrou os dentes e caminhou até a mesa. Não tinha dito a seus amigos o que estava acontecendo. Eles eram lutadores, e Ambrose provavelmente seria suspenso pelo que estava prestes a fazer. Não queria que eles se metessem em confusão com ele, prejudicando as chances do time contra Loch Haven. Era provável que ele não fosse lutar naquela noite. Talvez não houvesse problema em estar um pouco acima do peso.

Ambrose bateu os punhos na mesa o mais forte que pôde, derramando as bebidas das pessoas e fazendo uma bandeja vazia cair no chão com um estrondo. Becker ergueu os olhos com surpresa, seu palavrão ecoando acima do ruído no refeitório quando leite espirrou em seu colo.

— Levanta — Ambrose exigiu calmamente.

— Cai fora, seu gorila — Becker zombou, limpando o leite. — A menos que queira tomar porrada.

Ambrose se inclinou sobre a mesa e disparou a mão direita na direção do rosto de Becker. A mão espalmada se conectou diretamente com a testa dele, fazendo-o bater a cabeça na parede atrás.

— Levanta! — Ambrose não estava mais falando em voz baixa.

Becker deu a volta na mesa e se lançou, descontrolado, para cima de Ambrose, e seu punho certeiro o atingiu na ponte do nariz, fazendo seus olhos arderem e o sangue fluir pela narina esquerda. Ambrose se esquivou para trás e acertou Becker primeiro na boca, depois no olho direito.

Becker uivou e caiu num amontoado rosnante. Ambrose o agarrou pela gola da camisa e pela parte de trás da calça jeans para colocá-lo em pé outra vez. Becker cambaleou. Ambrose tinha caprichado.

— Isso é pelo Bailey Sheen — ele sussurrou no ouvido de Becker, honrando a promessa feita ao garoto de que ninguém saberia o que Becker tinha feito. Então Ambrose o soltou e deu meia-volta, limpando o nariz na camisa branca arruinada.

O treinador Sheen estava caminhando em direção a ele, com o rosto vermelho de raiva. Aparentemente era o seu turno no refeitório. Maldito azar de Ambrose. O rapaz seguiu o treinador mansamente, disposto a aceitar qualquer punição que merecesse, e, fiel à sua palavra, não pronunciou o nome de Bailey uma vez sequer.

❦

— Vou me casar, Fern. — Rita ergueu a mão debaixo do nariz da amiga, mostrando um diamante impressionante no dedo anelar esquerdo.

— É lindo — disse Fern com sinceridade e tentou sorrir. Tentou mostrar à amiga a reação que ela com certeza queria receber, mas, no íntimo, Fern se sentia um pouco enjoada. Becker era muito bonito, e ele e Rita formavam um belo casal. E Ty, o bebê deles, teria os pais sob o mesmo teto. No entanto, Becker assustava Fern. Ela se perguntava por que ele não assustava Rita. Ou talvez assustasse. Algumas garotas se sentiam atraídas por isso.

— A gente quer casar no mês que vem. Eu sei que é um pouco em cima da hora, mas você acha que o seu pai faria a cerimônia? Ele sempre foi muito bom pra mim. E a sua mãe também. Vamos fazer uma pequena festa depois. Talvez eu consiga um DJ e aí vamos poder dançar. O Becker dança muito bem.

Fern se lembrou de Rita e Becker dançando no baile de formatura, Rita radiante com um novo amor, Becker tentando controlar a irritação quando Bailey o interrompeu e roubou duas danças.

— Claro. Meu pai vai adorar. Pastores adoram casamentos. Talvez você possa fazer a festa no pavilhão da igreja. Tem eletricidade e mesas. A gente pode levar flores, bebidas e aperitivos, e você pode usar um vestido bonito. Eu te ajudo.

E ela ajudou. Planejaram freneticamente durante um mês e encontraram um vestido para Rita que fez Sarah Marsden, sua mãe, gritar e dançar ao redor da linda filha. Elas enviaram convites, contrataram um fotógrafo, encomendaram flores, fizeram docinhos, profiteroles e bombons e encheram o congelador da garagem dos Taylor até transbordar.

Na manhã do grande dia, envolveram cada uma das colunas do pavilhão com luzes brancas brilhantes e colocaram as mesas, cobertas de renda branca, no gramado ao redor, para que o piso de concreto sob a cobertura pudesse servir como pista de dança. Encheram vasos amarelos com margaridas para fazer arranjos e enfeitar as mesas e amarraram balões amarelos em todas as cadeiras.

Também colocaram margaridas na igreja. Fern foi a dama de honra, e Rita havia deixado que ela escolhesse um vestido no tom de amarelo que desejasse. Fern encontrou uma gravata amarela combinando para Bailey, e ele a levou ao altar na cadeira de rodas. Fern carregou um alegre buquê de flores, e Bailey tinha uma margarida presa ao paletó preto.

Becker também se vestiu de preto, com uma flor amarela presa na lapela, combinando com as rosas no buquê de Rita. Seu cabelo estava penteado para trás, expondo as maçãs do rosto salientes, lembrando Fern de Ambrose e da forma como o cabelo dele caía até os ombros como um jovem Adônis. Agora os cabelos longos de Ambrose não estavam mais lá. Ambrose também não.

Fern ainda pensava nele mais do que devia. Fazia um ano que ele estava no Iraque. Na verdade, haviam se passado dezoito meses desde a primeira despedida para o treinamento básico. Marley Davis, namorada de Jesse, foi ao casamento e disse a Fern que os rapazes tinham apenas mais seis meses de serviço. Ela contou que Jesse havia proposto que eles se casassem quando ele voltasse para casa. Marley parecia feliz com a perspectiva. Jesse Jr. tinha a mesma idade que o bebê de Rita, Tyler. Mas, se Ty havia puxado à mãe, o bebê Jesse se parecia com o pai. O cabelinho preto e crespo e a pele morena o tornavam uma pequena réplica de Jesse. Ele era adorável, feliz e saudável, e já dava trabalho para a jovem mãe.

Quando Rita percorreu o caminho até o altar e fez os votos solenes a Becker Garth, e este os repetiu de forma tanto sagrada quanto doce, Fern sentiu o coração se encher de esperança pela amiga. Talvez tudo fosse dar certo. Talvez Becker a amasse como dizia que amava. E talvez amor fosse suficiente. Talvez as promessas que ele estava fazendo o inspirassem a ser um homem melhor.

Bailey, pelo olhar, não parecia ter tanta esperança assim. Estava sentado ao lado de Fern na primeira fila, a cadeira de rodas parada no fim de um longo banco, sua expressão tão rígida quanto o assento. Afinal de contas, ele e Rita também eram amigos, e ele estava tão preocupado quanto Fern. Bailey andava quieto desde o anúncio de Rita. E Fern sabia que ele nutria sentimentos por ela, mas pensou que tivesse partido para outra, do mesmo jeito que ela havia superado a paixão por Ambrose Young. E talvez esse fosse o problema de Bailey... pois Fern não tinha realmente superado nada. Mas Rita havia se tornado mãe, amarrando-se a Becker de maneira permanente e definitiva. Ainda assim, sentimentos antigos encontravam um jeito de ressurgir quando a gente achava que eles tinham desaparecido para sempre.

— Até que a morte nos separe — Rita prometeu, o rosto adorável em sua sinceridade.

Quando Becker beijou os lábios sorridentes de Rita, selando o compromisso, Bailey fechou os olhos e Fern pegou a mão dele.

12
construir um esconderijo

Passaram-se apenas uns três meses antes que Rita sumisse de vista. Nas ocasiões em que era notada em público com o marido, mantinha os olhos cuidadosamente distantes e, outras vezes, usava óculos de sol mesmo quando estava chovendo. Fern ligava regularmente e até mesmo chegou a visitá-la algumas vezes no apartamento. No entanto, suas visitas pareciam deixar a amiga apreensiva. Uma vez Fern jurou tê-la visto entrar na garagem de casa pouco antes de Fern chegar, mas Rita não atendeu a porta quando ela bateu.

As coisas melhoraram um pouco quando Becker arranjou um emprego que o fazia viajar por vários dias seguidos. Rita até ligou e levou Fern para almoçar no dia de seu aniversário. Comeram enchiladas no Mi Cocina, e Rita abriu um grande sorriso, reafirmando que estava tudo bem, quando Fern perguntou de maneira delicada. De acordo com Rita, tudo estava simplesmente maravilhoso, perfeito. Porém Fern não acreditava.

Ela não compartilhava com Bailey os receios que tinha por Rita. Não queria perturbá-lo, e o que ele poderia fazer? Fern via Becker de vez em quando no supermercado e, embora fosse educado e sempre a cumprimentasse com um sorriso, Fern não gostava dele. E ele parecia saber. Estava sempre perfeitamente arrumado, cada fio de cabelo escuro no lugar, o belo rosto bem barbeado, as roupas impecáveis e elegantes. Mas era tudo embalagem. E Fern se lembrou da analogia da gordura que seu pai uma vez havia compartilhado com Elliott Young. Fern não devia ter mais que catorze anos, mas a lição ficara gravada.

Elliott Young não se parecia em nada com o filho. Ele era baixo, talvez 1,73 metro de altura, no máximo. Seu cabelo loiro havia rareado até que finalmente ele o raspara de vez. Seus olhos eram de um azul suave, o nariz um pouco achatado, o sorriso sempre pronto. Naquele dia, ele não estava sorrindo, e seus olhos tinham olheiras profundas, como se não dormisse bem havia um longo tempo.

— Oi, sr. Young — disse Fern, uma pergunta em sua voz.

— Oi, Fern. Seu pai está em casa? — Elliott não fez nenhum movimento para entrar, mesmo que Fern segurasse aberta a porta de tela, dando as boas-vindas.

— Pai? — Ela chamou em direção ao escritório. — Elliott Young está aqui para ver o senhor.

— Convide-o para entrar, Fern! — Joshua Taylor disse de longe, dos recônditos do cômodo.

— Por favor, entre, sr. Young — disse Fern.

Elliott Young enfiou as mãos nos bolsos e deixou Fern conduzi-lo até o escritório do pai. Existiam várias igrejas e denominações religiosas na Pensilvânia. Alguns diziam que era um estado no qual Deus ainda tinha uma base sólida. Existiam muitos católicos, muitos metodistas, muitos presbiterianos, muitos batistas, muitos de todos. E, em Hannah Lake, Joshua Taylor conduzia sua pequena igreja com tanto cuidado e compromisso para com a comunidade que não lhe importava o que a pessoa se intitulava, ele ainda era o pastor. Se a pessoa não se sentava nos bancos de sua igreja todo domingo, para Joshua Taylor isso não fazia diferença.

Ele pregava a Bíblia, mantinha a mensagem simples, os sermões universais e, por quarenta anos, vinha trabalhado arduamente com um objetivo: amar e servir. O resto se ajeitaria sozinho. Toda a gente o chamava de pastor Joshua, quer ele fosse seu pastor ou não. E, na maioria das vezes, quando alguém estava à procura da própria alma, acabava se encontrando na igreja do pastor Joshua.

— Elliott! — Joshua Taylor se levantou de sua mesa assim que ele entrou no cômodo com Fern. — Como vai? Não te vejo faz algum tempo. O que posso fazer por você?

Fern fechou as portas francesas atrás de si e entrou na cozinha, desejando desesperadamente ouvir o resto da conversa. Elliott era pai de Ambrose. Havia rumores de que ele e a mãe de Ambrose estavam se separando, que Lily Young deixaria a cidade. Fern se perguntava se aquele fato significava que Ambrose também iria embora.

Fern sabia que não devia fazer aquilo, mas fez. Ela se esgueirou para dentro da despensa e se posicionou em cima de um saco de farinha. Ficar sentada na despensa era quase tão bom quanto estar sentada no escritório de seu pai. Quem quer que tivesse construído a casa devia ter economizado na parede que dividia o fundo da despensa e o pequeno cômodo que seu pai usava como escritório, porque, se Fern se espremesse no canto, não só conseguia ouvir perfeitamente como podia até ver dentro da sala, através de um vão, onde a parede de gesso não chegava direitinho até o fim. Sua mãe estava no supermercado. Fern estava segura para ouvir sem ser pega e, se a mãe chegasse em casa de repente, ela podia pegar o lixo cheio e fingir que estava simplesmente fazendo suas tarefas.

— ... ela nunca foi feliz. Ela tentou, eu acho. Mas nesses últimos anos... estava apenas se escondendo — Elliott Young falava. — Eu amo tanto a Lily. Achei que, se eu apenas continuasse amando, ela ia retribuir o meu amor. Achei que tinha amor suficiente para nós dois. Para nós três.

— Ela está decidida a ir embora? — perguntou o pai de Fern com a voz branda.

— Está. E quer levar o Ambrose junto. Eu não disse nada, mas essa é a parte mais difícil, porque eu amo aquele menino. Se ela levar o Ambrose, pastor, acho que não vou sobreviver. Acho que não sou forte o bastante. — Elliott Young chorava abertamente, e Fern sentiu lágrimas de solidariedade brotando em seus olhos. — Sei que ele não é meu, pelo menos não biologicamente. Mas ele é meu filho, pastor. Ele é meu filho!

— O Ambrose sabe?

— Não tudo. Mas ele tem catorze anos, não cinco. Ele sabe o suficiente.

— A Lily sabe que você quer que o menino fique, mesmo que ela vá embora?

— Legalmente, ele é meu filho. Eu o adotei. Dei o meu nome a ele. Tenho direitos, como qualquer outro pai teria. Não acho que ela vá brigar se o Ambrose quiser ficar, mas eu não disse nada para o Brosey. Acho que continuo tendo esperanças de que a Lily mude de ideia.

— Fale com o seu filho. Diga a ele o que está acontecendo. Apenas os fatos, sem culpar, sem condenar, apenas o fato de que a mãe dele vai embora. Diga que você o ama. Diga que ele é seu filho e que nada vai mudar isso. Não o deixe pensar, nem por um segundo, que ele não tem escolha por causa dos laços de sangue. Deixe-o saber que ele pode ir com a mãe, se desejar, mas que você o ama e quer que ele fique com você, se for a vontade dele.

Elliott ficou em silêncio por longos minutos, Joshua Taylor também, e Fern se perguntou se aquilo era tudo o que seria dito. Então Joshua Taylor perguntou em voz baixa:

— Isso é tudo o que está te incomodando, Elliott? Tem mais alguma coisa que queira falar?

— Fico pensando que, se eu fosse diferente, se eu me parecesse mais com ele, nada disso estaria acontecendo. Sei que eu não sou o cara mais bonito do mundo. Sei que sou mais do tipo comum. Mas eu me exercito e me mantenho em forma, me visto bem, uso perfume... — Elliott Young parecia envergonhado, e sua voz sumiu.

— Se parecesse mais com quem? — perguntou Joshua Taylor com delicadeza.

— Com o pai do Ambrose. O homem que a Lily parece não conseguir tirar da cabeça. Ele não foi bom para ela, pastor. Ele foi egoísta e mesquinho. Ele rejeitou a Lily quando descobriu que ela estava grávida. Disse que não queria nada com ela. Mas era bonito. Já vi fotos. Igualzinho ao Brosey. — A voz de Elliott falhou quando ele disse o nome do filho.

— Sempre achei que a beleza pode ser um impedimento para o amor — ponderou o pai de Fern.

— Por quê?

— Porque às vezes nos apaixonamos por um rosto, não pelo que está atrás dele. Quando cozinhava, minha mãe costumava tirar a gordura da carne da panela e guardar em uma lata no armário. Por algum tempo, ela usou uma lata que tinha vindo com aqueles biscoitos compridos cobertos de praliné e recheados de creme de avelã. Os mais caros, sabe? Mais de uma vez eu peguei aquela lata pensando que tinha encontrado o estoque secreto da minha mãe. Só que, quando tirava a tampa, via um monte de gordura malcheirosa.

Elliott riu, entendendo a analogia.

— O recipiente não servia para muita coisa, não é?

— Isso mesmo. Ele me fazia querer os biscoitos, mas a lata era uma grande propaganda enganosa. Acho que às vezes um rosto bonito também é uma propaganda enganosa, e muitos de nós não chegamos a olhar o que tem debaixo da tampa. Engraçado, isso me lembra um sermão que eu dei algumas semanas atrás. Você ouviu?

— Desculpe, pastor. Trabalho à noite na padaria, o senhor sabe. Às vezes, no domingo de manhã, estou muito cansado — disse Elliott, sua culpa por ter perdido o culto evidente, mesmo através da parede da despensa.

— Não tem problema, Elliott. — Joshua riu. — Não estou te repreendendo. Só queria saber se tinha ouvido, para não te aborrecer com a repetição.

Fern ouviu seu pai virando páginas e sorriu um pouco. Ele sempre trazia tudo de volta para as Escrituras.

— Isaías 53,2 diz: "Pois foi crescendo como renovo perante ele, como raiz que sai de terra seca; não tinha aparência nem beleza para atrair o nosso olhar, para que pudéssemos apreciá-lo".

— Eu me lembro desse versículo — disse Elliott em voz baixa. — Sempre me pareceu dizer que Jesus não era bonito. Por que Deus não faria a aparência de Jesus equivalente a como ele era por dentro?

— Pela mesma razão pela qual ele nasceu em uma manjedoura humilde, em meio a um povo oprimido. Se ele tivesse sido bonito ou poderoso, as pessoas o teriam seguido apenas por isso. Teriam sido atraídas pelas razões erradas.

— Faz sentido — disse Elliott.

Fern se percebeu concordando com a cabeça, sentada em cima de um saco de farinha no canto da despensa. Fazia sentido para ela também. E se perguntava como é que tinha perdido aquele sermão. Devia ter sido quando ela, furtivamente, havia colocado seu romance entre as páginas do hinário algumas semanas antes. Sentiu uma pontada de remorso. Seu pai era muito sábio. Talvez ela devesse prestar mais atenção.

— Não há nada de errado com o seu rosto, Elliott — disse Joshua, gentilmente. — Não há nada de errado com você. Você é um bom homem, com um belo coração. E Deus olha para o coração, não olha?

— Sim. — Elliott Young soava quase como se estivesse à beira das lágrimas mais uma vez. — Ele olha. Obrigado, pastor.

Depois que Elliott Young saiu, Fern ficou sentada na despensa em estado de contemplação profunda, as mãos envolvendo os joelhos. Então subiu as escadas e começou a escrever uma história de amor entre uma garota cega à procura de um companheiro de alma e um príncipe feio com um coração de ouro.

IRAQUE

— De verdade, eu queria ver uma mulher que não estivesse usando uma tenda em cima da cabeça. Só uma vez! E gostaria que ela fosse loira ou, ainda melhor, ruiva! — Beans resmungou numa tarde, depois de ter guardado um solitário posto de controle durante várias horas, com apenas um punhado de mulheres vestidas com burcas e crianças que vinham para fazê-los se sentir úteis. Talvez fosse irônico que Beans ansiasse por uma loira quando era hispânico. Mas também era americano, e os Estados Unidos tinham a população mais diversificada do mundo. Um pouco de diversidade naquele momento seria bem-vinda.

— Eu ficaria feliz se nunca mais visse uma burca. — Grant limpou o suor e a poeira do nariz e olhou para o sol, apertando os olhos, desejando que ele desse uma trégua.

— Ouvi dizer que alguns caras, principalmente em lugares como o Afeganistão, não chegam nem a ver a esposa até depois do casamento. Dá pra imaginar? Surpresa, querido! — Jesse piscou várias vezes, fazendo uma cara horrorosa. — O que foi? Não acha que eu sou bonita? — disse ele num falsete e contorceu o rosto ainda mais.

— Então como é que eles sabem com quem vão casar? — perguntou Paulie, desconcertado.

— Pela letra — disse Beans, sério, mas suas narinas se dilataram um pouco e Ambrose revirou os olhos, sabendo que ele estava contando história.

— Sério? — Paulie exclamou, caindo como um patinho. Não era culpa dele ser tão ingênuo. Vinha de brinde com o temperamento doce.

— É. Eles ficam trocando cartas por um ano ou mais. Depois, na cerimônia, ela assina o nome com a promessa de que vai sempre usar a burca na frente de outros homens. Ele reconhece a letra dela, e é assim que o cara sabe que é a noiva debaixo do véu.

Grant estava olhando feio.

— Nunca ouvi nada parecido. Letra?

Jesse tinha pegado a piada e estava tentando não rir.

— Isso. Pensa só, se o Ambrose e a Fern vivessem no Iraque, ele nunca teria descoberto que era ela que escrevia aquelas cartas em vez da Rita. A Fern poderia ter amarrado ele. O Ambrose ia ver a letra dela no dia do casamento e ia dizer: "Sim, é a Rita, tudo bem!"

Os amigos de Ambrose gargalharam, até mesmo Paulie, que finalmente havia entendido que era apenas uma história para perturbar Ambrose a respeito de Fern. De novo.

Ambrose suspirou, os lábios se contraindo. Foi muito engraçado. Beans ria tanto que estava ofegante. E ele e Jesse estavam fazendo os outros rirem ainda mais à medida que encenavam o momento em que a burca era removida e Fern aparecia embaixo dela, em vez de Rita, loira e de seios fartos.

Ambrose se perguntava o que seus amigos pensariam se soubessem que ele tinha beijado Fern. Beijado de verdade. Sabendo muito bem quem estava beijando. Sem necessidade de subterfúgios. Ou de burcas. Ele ficou se perguntando, distraído, se a burca era uma ideia tão ruim assim. Talvez mais caras tomassem decisões melhores se não estivessem distraídos pela embalagem. Aliás, talvez os homens também devessem usar. Claro, sua própria embalagem sempre tinha trabalhado a seu favor.

Ambrose ponderou se Fern ia desejá-lo se ele fosse embalado de forma diferente. Ele sabia que Rita não ia. Não que ela não fosse uma boa moça, mas eles não tinham nada em comum. Bastava tirar a atração física mútua e não sobrava nada.

Com Fern, havia a possibilidade de muito mais. Pelo menos as cartas o faziam pensar que sim. Sua temporada de serviço no exército terminaria em dois meses. Ele decidiu que, quando chegasse em casa, ia descobrir. Mas seus amigos nunca esqueceriam aquela história. Eles o atormentariam para o resto da vida. Ele suspirou e verificou a arma pela enésima vez, desejando que o dia acabasse.

13
Viver

Era apenas uma patrulha de rotina, cinco veículos do exército fazendo ronda pela parte sul da cidade. Ambrose estava ao volante do último Humvee, com Paulie no banco do passageiro, ao lado dele. Grant estava dirigindo o veículo da frente, com Jesse como copiloto e Beans na torre de tiro. Eram os dois últimos carros no comboio.

Apenas para uma patrulha de rotina. Ficariam fora por uma hora e voltariam à base. Para cima e para baixo, pelas ruínas das ruas de Bagdá, seguindo uma rota predeterminada. Paulie estava cantando a música que tinha inventado sobre Oz:

— O Iraque pode não ter munchkins, mas tem muita areia em grãos. Estou sem a minha namorada, mas pelo menos ainda tenho as mãos...

De repente, um grupo de crianças estava acompanhando o comboio, correndo pela lateral da estrada, gritando e passando os dedos na garganta na horizontal. Meninos e meninas pequenos, de várias idades, descalços, braços e pernas finos e morenos, roupas desbotadas sob o calor feroz. Correndo, gritando. Pelo menos seis.

— O que eles estão fazendo? — Ambrose resmungou, confuso. — É o que eu acho que eles estão fazendo? Será que odeiam a gente tanto assim? Querem que cortem a nossa garganta? Eles são apenas crianças!

— Acho que não é isso que eles estão querendo dizer. — Paulie se virou, observando as crianças ficarem para trás conforme o comboio passava. — Acho que estavam nos avisando. — Ele havia parado de cantar, e seu rosto estava imóvel, contemplativo.

Ambrose olhou pelo espelho retrovisor. As crianças tinham parado de correr e estavam imóveis na estrada. Elas diminuíam conforme o comboio continuava percorrendo a estrada, mas permaneciam na rua, observando. Ambrose voltou a atenção para a estrada adiante. Exceto pelos carros de patrulha, estava tudo completamente vazio, abandonado. Nem uma única alma à vista. Eles dobrariam a esquina na próxima rua, dariam a volta no quarteirão e retornariam à base.

— Brosey... Está sentindo isso?

O rosto de Paulie estava erguido, como se ele estivesse ouvindo algo a distância, algo que Ambrose não conseguia ouvir, algo que ele definitivamente não conseguia sentir. Ele se lembrou de como Paulie ficara quando eles fizeram a visita clandestina ao local da queda do voo 93, quando ele havia feito a mesma pergunta. Tudo estava quieto demais naquela noite no memorial, como se o mundo tivesse curvado a cabeça num momento de silêncio e nunca mais tivesse levantado. Ali também estava quieto demais. Os pelos na nuca de Ambrose se arrepiaram.

E então o inferno ergueu a mão retorcida através da estrada de terra batida e lançou fogo e estilhaços de metal sob os pneus do Humvee na frente do de Ambrose e Paulie, o que carregava Grant, Jesse e Beans — três garotos, três amigos, três soldados de Hannah Lake, Pensilvânia. E aquela era a última coisa de que Ambrose Young se lembrava, o último fragmento do Antes.

∽

Quando o telefone tocou na manhã de segunda-feira, a família Taylor se entreolhou com olhos turvos. Fern tinha passado a noite em claro, escrevendo, e estava ansiosa para se enfiar de volta na cama depois que comesse seu cereal. Joshua e Rachel tinham planos de ir à Universidade de Loch Haven para um simpósio nos próximos dias e queriam começar a viagem cedo. Fern mal podia esperar para ter a casa só para ela por alguns dias.

— São seis e meia da manhã! Quem será a esta hora? — indagou Rachel, perplexa.

Sendo Joshua o pastor local, telefonemas em horários estranhos não eram raros, mas os horários estranhos costumavam ser da meia-noite às três da madrugada. As pessoas costumavam estar cansadas demais às seis e meia da manhã para se meter em encrencas e incomodar o pastor.

Fern pulou, pegou o telefone e cantarolou um "alô" alegre, a curiosidade mais forte que ela.

Uma voz que soava oficial pediu para falar com o pastor Taylor, e Fern entregou o telefone ao pai com um encolher de ombros.

— Querem falar com o pastor Taylor — disse ela.

— Aqui é Joshua Taylor. Pois não? — disse rapidamente o pai de Fern, levantando-se e dando a volta para que não tivesse de esticar a espiral do telefone sobre a mesa. Os Taylor não tinham investido em algo tão sofisticado quanto um telefone sem fio.

Ele ficou ouvindo por dez segundos antes de se sentar novamente.

— Ah. Ai, meu Deus — ele gemeu e fechou os olhos, como uma criança tentando se esconder.

Rachel e Fern se entreolharam, alarmadas, o café da manhã esquecido.

— Todos eles? Como?

Outro silêncio.

— Entendo. Sim. Sim. Vou estar pronto.

Joshua Taylor se levantou mais uma vez e foi até a base na parede, desligando o telefone antigo de um jeito tão conclusivo que fez o coração de Fern estremecer no peito. Quando se virou em direção à mesa, seu rosto tinha uma cor acinzentada doentia e seus olhos estavam desolados.

— Era um homem chamado Peter Gary. Ele é capelão do exército, incumbido de assistência em baixas. Connor O'Toole, Paul Kimball, Grant Nielson e Jesse Jordan foram mortos por uma bomba no Iraque ontem.

— Ah, não! Ah, Joshua — a voz de Rachel saiu estridente e ela cobriu a boca, como se estivesse empurrando as palavras de volta, mas elas reverberaram por toda a cozinha.

— Eles estão mortos?! — Fern exclamou, incrédula.

— Sim, Fern. Estão. — Joshua olhou para a única filha, e sua mão tremia quando a estendeu para ela, querendo tocá-la, querendo consolá-la, querendo cair de joelhos e orar pelos pais que haviam perdido os filhos. Os pais aos quais ele teria de informar o acontecido em menos de uma hora. — Eles entraram em contato comigo porque sou o clérigo local. Querem que eu vá com os oficiais designados e dê a notícia às famílias. Um carro vai passar aqui em meia hora para me buscar. Preciso trocar de roupa — disse ele, sem saber o que fazer, olhando para o jeans e a camiseta favorita, que dizia: "O que Jesus faria?"

— Mas eles iam voltar para casa no mês que vem! Eu vi a Jamie Kimball no mercado ontem mesmo. Ela está contando os dias! — Fern disse, como se, por aquele motivo, a notícia não pudesse ser verdade. — E a Marley! A Marley está planejando o casamento. Ela e o Jesse vão se casar!

— Eles se foram, Fernie.

As lágrimas começaram a rolar, e o choque inicial se transformou num choro devastado. Os olhos do pastor Taylor foram tomados pelo sofrimento, e Rachel estava chorando baixinho. Fern, porém, estava sentada num silêncio atordoado, incapaz de sentir qualquer coisa além de pura descrença. Ela ergueu os olhos de repente, horrorizada, quando uma nova questão explodiu em sua mente.

— Pai? E o Ambrose Young?

— Não perguntei, Fern. Nem pensei. Eles não mencionaram o nome do Ambrose, então ele deve estar bem.

Fern estremeceu, aliviada, e imediatamente sentiu remorso pelo fato de a vida dele ser mais importante para ela que a dos outros. Pelo menos Ambrose estava vivo. Pelo menos Ambrose estava bem.

༺ঞ༻

Meia hora mais tarde, um Ford Taurus preto estacionou na frente da residência dos Taylor. Três oficiais de farda completa saíram do veículo agourento e caminharam até a casa. Joshua Taylor estava de terno e gravata, de banho tomado e investido de seu traje mais respeitável, quando abriu a porta para os três homens. Rachel e Fern andavam de um lado para o outro na cozinha, ouvindo a conversa surreal no cômodo ao lado.

Um homem, que Fern presumiu ser o capelão que havia ligado para seu pai, informou o protocolo ao pastor, dizendo o que ele sabia, pedindo conselho sobre a quem dar a notícia primeiro, sobre quem poderia ter família distante que precisaria ser reunida, quem precisaria de mais apoio. Quinze minutos depois, os quatro homens, incluindo o pastor Taylor, partiram.

Jamie Kimball foi a primeira a receber a notícia de que seu filho Paul estava morto. Em seguida, a família de Grant Nielson foi informada de que seu filho de vinte anos, o mais velho, o garoto com boas notas e assiduidade perfeita, voltaria para casa num caixão. Os pais de Jesse Jordan, que eram separados, foram notificados e, em seguida, tiveram a desagradável tarefa de escoltar os militares até a casa de seu netinho e dizer a Marley Davis que não haveria casamento no outono. Luisa O'Toole saiu correndo de sua casa, gritando, quando o suboficial, que falava espanhol fluentemente, ofereceu suas sinceras condolências. Seamus O'Toole chorou e se agarrou ao pastor Taylor.

A notícia se espalhou pela cidade como fogo descontrolado. Corredores matutinos e pessoas passeando com cachorros viram o carro preto com os homens fardados, e a fofoca e a especulação foram despejadas de bocas e entraram em ouvidos antes que a verdade, com suas pernas mais lentas, percorresse a cidade devastada. Elliott Young estava na padaria quando chegaram rumores da morte de Paul Kimball e Grant Nielson, e o carro preto ainda estava estacionado em frente à casa dos O'Toole. Ele se escondeu no freezer da padaria por meia hora, rezando pela vida do filho, rezando para que os homens uniformizados não o encontrassem... Com toda certeza, se não o encontrassem, não poderiam lhe dizer que seu filho também estava morto.

Contudo eles o encontraram. O sr. Morgan, dono do mercado, abriu a porta do freezer para lhe dizer que os oficiais estavam lá. Elliott Young tremia de frio e terror quando recebeu a notícia. E desabou nos braços de Joshua Taylor quando ouviu que seu filho estava vivo. Vivo, mas gravemente ferido. Ele havia sido levado de avião para a base aérea de Ramstein, na Alemanha, onde ficaria até que estivesse estável o suficiente para ser trazido de volta aos Estados Unidos. Se sobrevivesse por todo esse tempo.

※

O papel de um pastor e sua família numa comunidade é amar e servir em primeiro lugar. Essa era a filosofia do pastor Joshua. Assim, foi isso o que ele fez. E Rachel e Fern se esforçaram ao máximo para fazer o mesmo. Toda a cidade estava em estado de choque e luto, devastada pela perda. Era um estado de emergência, sem alívio à vista. Não haveria recursos federais para a reconstrução. Era morte. Era permanente. Portanto havia muito a fazer.

O corpo dos quatro rapazes foi levado para as famílias. Os serviços fúnebres foram organizados e realizados durante quatro dias seguidos, quatro dias de sofrimento inimaginável. Os municípios vizinhos uniram esforços e levantaram milhares de dólares para um memorial. Os garotos não seriam enterrados no cemitério da cidade, e sim numa pequena colina com vista para o colégio. Luisa O'Toole protestou de início, querendo ter o filho enterrado em alguma cidade fronteiriça remota no México, onde seus pais haviam sido sepultados. Porém, pelo menos uma vez, Seamus O'Toole se opôs à impetuosa esposa e insistiu que seu filho seria enterrado no país ao qual servia quando foi morto, na cidade que lamentava a sua perda, com os amigos que haviam perdido a vida ao lado dele.

Ambrose Young foi transportado para o Centro Médico Walter Reed, e Elliott Young fechou a padaria para ficar com ele. No entanto o estabelecimento foi reaberto pelo povo da cidade, que o manteve funcionando enquanto Elliott estava fora. Todo mundo sabia que ele não podia se dar ao luxo de perder o negócio ou a renda.

O nome de Ambrose enfeitou a marquise novamente. Só que agora simplesmente se dizia: "Rezem por Ambrose". E eles rezaram, cirurgia após cirurgia de reparação de seu rosto ferido. Circulavam rumores de que ele estava horrivelmente desfigurado. Alguns diziam que estava cego. Outros, que o jovem não conseguia mais falar. Nunca mais ia lutar. Que desperdício. Que tragédia.

Algum tempo depois, a súplica por orações foi removida, as bandeiras nas janelas foram recolhidas e a vida em Hannah Lake enfim foi retomada. Os habitantes da cidade estavam devastados, de coração partido. Luisa O'Toole boicotava a padaria, alegando que a culpa por seu filho estar morto era de Ambrose. Era culpa dele que todos estivessem mortos. Luisa cuspia sempre que alguém dizia o nome dele. As pessoas estalavam a língua e bufavam, mas algumas concordavam com ela em segredo. No fundo, perguntavam-se por que ele não tinha simplesmente ficado em casa. Por que todos eles não tinham ficado?

Elliott Young voltou a trabalhar, depois de hipotecar a casa pela segunda vez e vender tudo que possuía de valor. Mas ainda tinha seu filho, ao contrário dos outros, por isso não se queixava da dificuldade financeira. Elliott e a mãe de Ambrose se revezavam ao lado do filho, e, seis meses depois de ter sido levado do Iraque, o rapaz voltou para casa, em Hannah Lake.

Durante semanas, a conversa foi muita e a curiosidade correu desenfreada. Falou-se de desfile ou de cerimônia para comemorar o retorno de Ambrose, mas Elliott arranjava desculpa em cima de desculpa. Ambrose não estava disposto a celebrações de nenhum tipo. As pessoas aceitaram, embora com relutância. E esperaram um pouco mais antes de começar a perguntar de novo. Mais meses se passaram. Ninguém o viu. Os rumores sobre seus ferimentos recomeçaram, e alguns fizeram a pergunta. Se Ambrose estava realmente assim tão desfigurado, que tipo de vida poderia ter? Algumas pessoas se perguntavam se não teria sido melhor ele simplesmente ter morrido com os amigos. O treinador Sheen e Bailey tentaram vê-lo muitas vezes, mas foram recusados... muitas vezes.

Fern sofria pelo rapaz que sempre amara. Como seria a sensação de ser bonito e ter a beleza levada embora? Seria mais difícil do que nunca ter conhecido a beleza para começo de conversa? Muitas vezes Angie comentara que a doença de Bailey fora misericordiosa em um aspecto: havia acontecido lentamente ao longo da primeira infância, roubando a criança de sua independência antes que ela realmente a ganhasse. Muito diferente daqueles que ficavam paralisados por causa de um acidente e eram confinados a uma cadeira de rodas já adultos, sabendo muito bem o que haviam perdido, sabendo como era a independência.

Ambrose sabia como era ser saudável, ser perfeito, ser Hércules. Como era cruel cair subitamente de tal altura. A vida tinha dado outro rosto a Ambrose, e Fern se perguntava se ele seria capaz de aceitá-lo.

14
solucionar um mistério

Voltar para casa de bicicleta depois do trabalho era tão familiar para Fern quanto percorrer os corredores da própria casa no escuro. Ela havia feito aquilo uma centena de vezes: encontrar o caminho de casa, por volta da meia-noite, sem perceber as casas e as ruas familiares ao redor. Sua mente, muitas vezes, estava em outro lugar. Era a gerente noturna no Supermercado Jolley's. Começara a trabalhar lá ainda durante o segundo ano do ensino médio, empacotando as compras, varrendo o chão. Algum tempo depois se tornara caixa, e então, no ano anterior, o sr. Morgan lhe dera o cargo de gerente, um pequeno aumento e as chaves da loja, para que ela fechasse o estabelecimento cinco noites por semana.

Provavelmente ela estava pedalando rápido demais. Agora podia admitir, mas não esperava que um urso cinza gigante, correndo sobre as patas traseiras, aparecesse na esquina quando ela virou na rua de casa. Fern gritou, puxando o guidão para a esquerda, a fim de evitar uma colisão. A bicicleta voou sobre o meio-fio e subiu na grama antes de atingir um hidrante, e Fern foi arremessada por cima do guidão, caindo no gramado bem cuidado na frente da casa dos Wallace. Ela ficou caída ali por um instante, ofegando para recuperar o fôlego que havia sido arrancado de seu peito. Então se lembrou do urso. Ela ficou de pé, contraindo o rosto, e se virou para recuperar a bicicleta.

— Você está bem? — o urso rosnou atrás dela.

Fern gritou novamente e girou num movimento brusco, vendo-se a cerca de três metros de Ambrose Young. Seu coração afundou no peito como uma âncora de duas toneladas, deixando-a presa no lugar. Ele estava segurando sua bicicleta, que parecia um pouco retorcida por causa do impacto com o hidrante. Ele usava um moletom preto, com um capuz que lhe cobria parte da testa. Manteve o rosto virado enquanto falava com ela, e a luz da rua deixou sua face parcialmente escondida nas sombras, mas era Ambrose Young, não restava dúvida. Ele não parecia ferido. Ainda era enorme — a largura dos ombros, o comprimento dos braços e as pernas ainda impressionantemente musculosas, ao menos pelo que ela podia supor. Ele vestia uma calça preta de lã e tênis de corrida pretos. Correr era obviamente o que ele estava fazendo quando ela o confundiu com um urso no meio da rua.

— Acho que sim — respondeu ela, sem fôlego, sem acreditar em seus olhos. Ambrose estava ali, inteiro, forte, vivo. — E você? Eu quase te atropelei. Não estava prestando atenção. Me desculpa.

Os olhos dele encontraram o rosto dela brevemente e desviaram outra vez. Ambrose mantinha a cabeça virada de lado, como se mal pudesse esperar para seguir seu caminho.

— A gente frequentava a mesma escola, não é? — ele perguntou em voz baixa e mudou o peso do corpo de um pé para o outro, do jeito que um atleta faz quando está se preparando para uma corrida. Ele parecia nervoso, agitado.

Fern sentiu uma pontada de dor. A dor que vem quando a pessoa por quem a gente foi apaixonada a vida inteira reconhece que somos vagamente familiares, mas nada além disso.

— Ambrose, sou eu. A Fern — disse ela, hesitante. — Prima do Bailey, sobrinha do treinador Sheen... amiga da Rita.

O olhar de Ambrose Young disparou novamente para o rosto de Fern e se sustentou. Ele ficou olhando de canto de olho, mantendo um lado do rosto nas sombras. Fern se perguntou se ele havia machucado o pescoço, tornando o ato de virar a cabeça algo doloroso.

— Fern? — ele repetiu, hesitante.

— Hum, sim. — Agora foi a vez dela de desviar o olhar, com vontade de saber se ele também estaria se lembrando dos bilhetes de amor e do beijo no lago.

— Você está diferente — disse Ambrose, sem rodeios.

— Hum, obrigada. Isso é meio que um alívio — disse Fern sinceramente. Ambrose parecia surpreso e sua boca se curvou levemente. Fern se percebeu sorrindo com ele.

— A estrutura está um pouco torta. Seria bom você experimentar. Veja se consegue chegar em casa. — Ambrose empurrou a bicicleta na direção dela, e Fern agarrou o guidão, pegando-a da mão dele. Por um segundo, a luz da rua o iluminou em cheio no rosto. Fern sentiu os olhos se arregalarem e a respiração ficar presa na garganta. Ambrose devia tê-la ouvido ofegar, pois travou o olhar com o dela por um segundo antes de desviá-lo. Então se virou e saiu correndo com passos leves pela rua, o negror de suas roupas se dissolvendo na escuridão e obscurecendo-o de vista quase que imediatamente. Fern o observou se afastar, congelada onde estava. Ela não era a única que estava diferente.

༄༅

AGOSTO DE 2004

— *Pai, por que ninguém me deixa olhar no espelho?*
— *Porque agora parece pior do que realmente é.*
— *Você viu como eu estou... embaixo?*
— *Vi —* Elliott *sussurrou.*
— *E a minha mãe?*
— *Não.*

— Ela ainda não gosta de olhar pra mim, mesmo todo enfaixado.
— É doloroso para ela.
— Não. É assustador.

Elliott olhou para o filho, para o rosto envolto em gaze. Ambrose tinha se visto de ataduras e tentava se imaginar do ponto de vista de seu pai. Não havia muito para ver. Até o olho direito de Ambrose estava coberto. Seu olho esquerdo parecia quase alienígena no mar de branco, como uma múmia de Halloween com peças removíveis. Ele também soava como uma. Sua boca estava fechada, imobilizada, forçando-o a resmungar entre os dentes, mas Elliott o entendia se prestasse bastante atenção.

— Ela não está com medo de você, Ambrose — Elliott disse suavemente, tentando sorrir.

— Está, sim. Ser feio assusta a minha mãe mais do que qualquer outra coisa. — Ambrose fechou o olho, desligando-se do rosto exausto do pai e do quarto ao redor. Quando não estava com dor, estava em meio ao nevoeiro dos analgésicos. O nevoeiro era um alívio, mas também assustava. À espreita, na névoa, estava a realidade. E a realidade era um monstro de olhos vermelhos brilhantes e braços longos que o puxavam em direção ao enorme buraco negro que era o seu corpo. Seus amigos tinham sido devorados por aquele buraco. Ele achava que conseguia se lembrar dos gritos e do cheiro de carne queimada, mas se perguntava se era apenas sua mente preenchendo os espaços vazios entre o antes e o agora. Tanta coisa havia mudado que sua vida passara a ser tão irreconhecível quanto seu rosto.

— E o que te deixa mais assustado, filho? — perguntou o pai em voz baixa.

Ambrose quis rir. Ele não tinha medo de nada. Não mais.

— Absolutamente nada, pai. Eu costumava ter medo de ir para o inferno, mas, agora que estou aqui, o inferno não parece tão ruim. — A voz de Ambrose tinha ficado arrastada, e ele se sentia saindo do ar, porém precisava fazer mais uma pergunta. — Meu olho direito... já era... não é? Não vou mais enxergar com esse olho.

— Não, filho. O médico disse que não.

— Hum... Isso é bom, eu acho. — Ambrose sabia que não estava falando coisa com coisa, mas estava muito fora do ar para se explicar. No fundo, pensava ser justo que, se seus amigos tinham perdido a vida, ele também perdesse alguma coisa. — Minha orelha também já era.

— Sim. É verdade. — A voz de Elliott soava distante.

Ambrose dormiu por algum tempo e, quando acordou, o pai já não estava sentado na cadeira ao lado da cama. Ele não costumava sair muito dali. Devia estar providenciando algo para comer ou dormindo um pouco. A pequena janela no quarto do hospital mostrava uma noite negra. Devia ser tarde. O hospital dormia, embora o andar nunca ficasse completamente silencioso. Ambrose ergueu o corpo da cama, ajudando com as mãos, e, antes que pudesse se permitir reconsiderar, começou a desenrolar as longas camadas de gaze do rosto. Volta por volta, uma após a outra, fazendo uma pilha de ataduras manchadas de medicamentos em seu colo. Quando soltou a última faixa, desceu da cama cambaleando, segurando-se no suporte com rodinhas que sustentava as bolsas com antibióticos, fluidos e analgésicos que eram bombeados em seu corpo. Havia se levantado algumas vezes e sabia que conseguia andar. Seu corpo estava praticamente ileso. Apenas alguns estilhaços no ombro e na coxa direita. Nem mesmo um osso quebrado.

Não havia espelho no quarto. Não havia espelho no banheiro. Mas a janela, com suas finas cortinas, funcionaria quase tão bem quanto. Ambrose estendeu o braço, levantando as persianas com a mão esquerda, agarrando-se ao suporte de metal com a direita, liberando o vidro para que pudesse olhar para o rosto pela primeira vez. No começo, ele não conseguiu ver nada além das luzes tênues dos postes de rua, muito abaixo. O quarto estava escuro demais para refletir sua imagem no vidro da janela.

Então Elliott entrou pela porta e viu o filho de pé, na frente da janela, agarrando as persianas como se quisesse arrancá-las da parede.

— Ambrose? — sua voz se elevou com o choque. E então ele acendeu a luz. Ambrose olhou fixo e Elliott congelou, percebendo de imediato o que tinha feito.

Três faces olhavam para Ambrose do vidro. Ele registrou o rosto do pai em primeiro lugar, numa máscara de desespero, logo atrás de seu ombro direito, e então viu o próprio rosto, abatido e inchado, mas ainda reconhecível. No entanto, fundida à metade reconhecível de seu reflexo, havia uma bagunça polposa e disforme de pele arruinada, costurada como a de Frankenstein, faltando pedaços. Alguém que Ambrose não reconhecia de jeito nenhum.

❦

Quando Fern disse a Bailey que tinha visto Ambrose, os olhos dele se arregalaram com entusiasmo.

— Ele estava correndo? Que boa notícia! O Ambrose se recusou a ver todo mundo, até onde eu sei. Isso é definitivamente um progresso. E como ele estava?

— No começo eu não consegui ver nenhuma mudança — Fern respondeu com sinceridade.

O olhar de Bailey ficou pensativo.

— E? — ele pressionou.

— Um lado do rosto dele está cheio de cicatrizes — disse ela, em voz baixa. — Só vi por um segundo. Depois ele virou e voltou a correr.

Bailey assentiu.

— Mas ele estava correndo — repetiu. — E essa é uma notícia muito boa.

No entanto, boa notícia ou não, um mês se passou e depois mais um, sem que Fern visse Ambrose novamente. Ela mantinha os olhos abertos enquanto pedalava de volta para casa depois do trabalho, todas as noites, na esperança de vê-lo correndo pelas ruas escuras, mas nunca mais o vira.

Qual não foi sua surpresa quando, certa noite, ficou até mais tarde no mercado e avistou Ambrose por trás das portas vaivém da padaria. Ele também devia ter visto Fern, porque se abaixou e sumiu de vista no mesmo instante, deixando-a boquiaberta no corredor.

Ambrose tinha trabalhado na padaria com o pai durante todo o ensino médio. Afinal, era um negócio de família. Havia começado com o avô de Elliott, quase oitenta anos antes, quando ele fez sociedade com John Jolley, o proprietário original do único mercado da cidade.

Fern sempre havia gostado da contradição do grande e forte Ambrose Young trabalhando numa cozinha. Na época de colégio, ele havia trabalhado ali durante os verões e nos fins de semana, quando não estava lutando. Mas trabalhar no turno da noite, quando a maior parte dos pães e bolos era preparada, era o tipo de emprego no qual ele nunca seria visto se não quisesse, entrando às dez horas da noite, quando o mercado estava fechando, e saindo às seis da manhã, uma hora antes de reabrir. O horário, obviamente, convinha muito bem. Fern se perguntava quanto tempo fazia que Ambrose estava de volta à padaria e em quantas noites tinham se desencontrado por pouco ou ela apenas não percebera que ele estava lá.

Na noite seguinte, os caixas estavam sem sistema, e Fern não conseguia fazer o fechamento bater. À meia-noite, quando enfim terminou, o aroma de coisas maravilhosas começou a emanar da padaria, pairando e dobrando o corredor até o pequeno escritório onde ela trabalhava arduamente. Ela desligou o computador e espreitou pelo corredor, posicionando-se para que pudesse ver além das portas vaivém que levavam à cozinha. Ambrose estava de costas para ela, a camiseta branca lisa e a calça jeans parcialmente cobertas por um avental branco com a inscrição **PADARIA YOUNG** estampada em vermelho-vivo na frente. Elliott Young usava o mesmo avental desde que Fern conseguia se lembrar. Porém, de alguma forma, em Ambrose parecia totalmente diferente.

Fern podia ver agora que o longo cabelo não tinha crescido mais. Ela meio que esperava vê-lo chegando aos ombros. Pelo que podia notar, Ambrose estava sem cabelo algum. A cabeça estava coberta com uma bandana vermelha, amarrada firmemente na parte de trás, como se ele tivesse acabado de descer de uma Harley e decidido assar uma travessa de brownies. Fern riu para si mesma com a imagem de um motoqueiro fazendo brownies e estremeceu quando o riso saiu mais alto do que pretendia. Ambrose então se virou, dando-lhe uma visão do lado direito de seu rosto, uma imagem que ela só tinha visto de relance na escuridão. Fern recuou rapidamente, preocupada que ele a ouvisse e não compreendesse sua risada, mas, depois de um minuto, não conseguiu resistir e voltou para onde podia vê-lo enquanto ele trabalhava.

O volume do rádio de Ambrose estava alto o bastante para abafar a música ambiente que tocava o dia todo, todos os dias, no Jolley's. A boca dele se movia com a letra, e, por um minuto, Fern observou aqueles lábios com fascínio. A pele do lado direito do rosto de Ambrose estava enrugada, como fica a areia quando o vento sopra por ela e forma ondas. Quando não havia ondulações, havia marcas de pústulas; o lado direito do rosto e do pescoço tinha marcas pretas, como se alguém tivesse pregado uma peça e desenhado na bochecha dele com caneta marcadora enquanto ele dormia. Durante o tempo em que Fern observava, Ambrose levou a mão ao rosto e passou os dedos sobre as manchas em sua pele, coçando como se o incomodassem.

Uma cicatriz longa e grossa percorria seu rosto desde o canto da boca, subindo até a lateral da face e desaparecendo sob a bandana. O olho direito era vítreo e fixo, e uma cicatriz corria verticalmente sobre a pálpebra, estendendo-se acima do olho, atravessando a sobrancelha e abaixo do olho, numa linha reta até o nariz, cruzando a cicatriz que vinha do canto de sua boca.

Ambrose ainda era imponente, alto e firme, e seus ombros largos e braços longos ainda tinham músculos. Porém ele estava mais magro, ainda mais do que ficava durante a temporada de luta livre, quando os garotos perdiam tanto peso que suas bochechas ficavam encovadas e os olhos se tornavam fundos no rosto. Ele estava correndo na primeira noite em que Fern o vira. Ela se perguntou por um momento se Ambrose estava tentando recuperar a forma e, em caso afirmativo, por quê? Fern não amava exercícios físicos, por isso era difícil imaginá-la correndo pela alegria da atividade, embora tivesse certeza de que era uma possibilidade. Sua ideia de exercício era ligar o rádio e dançar pelo quarto, balançando o corpinho até que estivesse transpirando. E servia muito bem. Ela definitivamente não era gorda.

Fern desejou ter a ousadia de se aproximar, de falar com Ambrose, mas não sabia como. Não sabia se ele ia querer que ela fosse, por isso ficou escondida por mais alguns instantes, antes de se dirigir até a saída e seguir para casa.

15
fazer amizade com um monstro

Um pequeno quadro branco estava montado ao lado da porta da padaria, no corredor que levava ao escritório do sr. Morgan e à sala de descanso dos funcionários. Tinha estado ali desde sempre, e nunca houvera nada escrito nele desde que Fern se lembrava. Talvez Elliott Young tivesse pensado que seria um bom lugar para escrever horários ou lembretes, mas nunca levara o plano adiante. Fern decidiu que seria perfeito. Não poderia colocar alguma coisa sugestiva demais ali... mas sugestivo não era realmente o seu estilo, afinal de contas. Se escrevesse no quadro por volta das oito da noite, depois que a padaria estivesse oficialmente fechada e antes que Ambrose chegasse para iniciar os preparativos na cozinha, ele seria o único a ver o que estava escrito. E poderia apagar o quadro se não quisesse que ninguém mais visse.

O segredo era escrever algo que pudesse fazê-lo sorrir, algo que Ambrose soubesse que era para ele, sem que ninguém mais entendesse e sem que a fizesse passar por idiota. Fern se esforçou com as palavras por dois dias. Tudo, desde "Oi, que bom que você está de volta!" até "Não me interessa se o seu rosto não é mais perfeito, ainda quero ser a mãe dos seus filhos". Nada parecia certo. E então ela soube o que ia fazer.

Em grandes letras pretas, ela escreveu "PIPAS OU BALÕES" no quadro branco e, ao lado, com fita adesiva, prendeu um balão vermelho, a cor favorita de Ambrose. Ele ia saber que era Fern. Houve um dia em que eles haviam feito um ao outro um milhão de perguntas como aquela. Na verdade, Ambrose tinha sido o primeiro a fazer aquela pergunta em particular. *Pipas ou balões?* Fern tinha dito "pipas", porque, se ela fosse uma pipa, poderia voar, mas alguém não a deixaria ir embora. Ambrose tinha dito "balões": "Gosto da ideia de voar para longe e deixar o vento me levar. Acho que não quero ninguém me segurando". Fern se perguntava se a resposta dele seria a mesma de antes.

Quando Ambrose descobriu que era ela quem estava escrevendo as cartas, em vez de Rita, e a correspondência foi interrompida bruscamente, era de perguntas como aquela que Fern sentira mais falta. Nas respostas, às vezes com apenas uma palavra ou uma frase engraçada, ela havia começado a conhecer Ambrose e também a se revelar. E tinha revelado Fern, não Rita.

Fern observou o quadro branco por dois dias, mas as palavras continuavam ali, sem resposta. Então ela apagou e tentou novamente. "SHAKESPEARE OU EMINEM", escreveu. Ele tinha de se lembrar daquela. Na época, ela tinha certeza de que ele ia compartilhar de seu fascínio secreto pela habilidade com as rimas do rapper branco. A resposta de Ambrose fora, de forma surpreendente, Shakespeare. Ele então lhe enviara alguns dos sonetos de Shakespeare e dissera que o poeta teria sido um rapper incrível. Ela também descobrira que Ambrose era muito mais que um rostinho bonito. Era um atleta com alma de poeta, e os heróis dos romances de Fern nem se comparavam a ele. De jeito nenhum.

No dia seguinte, o quadro também não tinha nada escrito. Nada. Segundo round. Hora de ser um pouco mais direta. Ela apagou

"SHAKESPEARE OU EMINEM" e escreveu: "ESCONDER OU PROCURAR?" Ele era quem tinha feito aquela pergunta da primeira vez. E ela havia circulado "procurar"... pois não era isso o que ela estava fazendo? Procurando-o, descobrindo-o?

Fern se perguntou se devia escolher uma pergunta diferente, já que ele estava obviamente se escondendo. Mas talvez isso provocasse uma resposta. Quando ela chegou, às três da tarde do dia seguinte, olhou para o quadro ao passar, sem esperar muito, e parou onde estava. Ambrose tinha apagado a pergunta e escrito outra: "SURDO OU CEGO?"

Era uma pergunta que ela havia feito antes. Na época, ele escolhera "surdo". Fern concordou, mas listou todas as suas músicas preferidas na resposta, indicando do que teria de abrir mão em troca da visão. A lista de canções tinha incitado perguntas sobre country ou clássica, rock ou pop, canções de musical ou um tiro na cabeça. Ambrose havia afirmado que preferia levar o tiro, o que inspirou uma série de perguntas sobre maneiras de morrer. Fern não achava que usaria nenhuma daquelas perguntas na presente situação.

Ela circulou "surdo", assim como tinha feito na época. No dia seguinte, quando foi verificar o quadro, Ambrose tinha circulado as duas palavras. Tanto "surdo" quanto "cego". Ela havia se perguntado sobre o olho direito dele e agora sabia. Estaria ele surdo do ouvido direito, além de cego do olho direito? Ela sabia que ele não estava surdo dos dois ouvidos por causa da breve conversa na noite em que o atropelara de bicicleta. Abaixo das palavras circuladas, havia uma nova pergunta escrita por Ambrose. "ESQUERDO OU DIREITO?"

Aquela eles não tinham perguntado antes, e Fern suspeitava de que Ambrose estivesse se referindo ao próprio rosto. Lado esquerdo ou lado direito? Ela respondeu circulando tanto "esquerdo" quanto "direito", assim como ele tinha feito com "surdo" e "cego".

No dia seguinte, tudo estava apagado.

Dois dias se passaram e Fern decidiu adotar uma nova tática. Ela escreveu em letras cuidadosas:

Não é amor
O amor que muda quando encontra mudança,
Ou se move e remove em desamor.
Oh, não; o amor é marca eterna,
Que enfrenta tempestades e não se abala.

Shakespeare. Ambrose saberia por que ela havia escrito aquilo. Era um dos sonetos que ele afirmara ser seu favorito. Que ele fizesse o que quisesse com aquilo. Ele poderia resmungar e revirar os olhos, temendo que ela fosse segui-lo por aí com a língua de fora, mas talvez entendesse o que ela estava tentando dizer. As pessoas que gostavam dele continuavam gostando, o amor ou o afeto que tinham não mudaria só por causa de sua aparência. Poderia lhe trazer conforto saber que algumas coisas não haviam mudado.

Fern foi embora do trabalho naquela noite sem vê-lo, fechando o mercado sem um vislumbre sequer. Quando chegou no dia seguinte, o quadro estava limpo. O constrangimento surgiu em seu peito, mas ela o engoliu. A questão não era ela. Pelo menos Ambrose sabia que alguém se importava. Ela tentou novamente, continuando com o soneto 116, também um favorito seu desde que lady Jezabel o incluíra em uma carta para o capitão Jack Cavendish em um dos primeiros romances de Fern, *A dama e o pirata*. Ela usou caneta marcadora vermelha daquela vez, escrevendo as palavras em sua melhor letra cursiva.

O amor não é o bufão do Tempo,
Embora lábios e faces rosados
Quando chega a hora sejam ceifados;
O amor não muda com breves horas e semanas,
Mas se sustenta até o fim do mundo.

"NÃO AMAM QUE NÃO MOSTRAM SEU AMOR" — *Hamlet*. Era o que estava escrito no quadro branco, em letra de forma, na tarde seguinte.

Fern ponderou sobre aquilo o dia todo. Obviamente, Ambrose não se sentia recebido de braços abertos. Por quê? As pessoas quiseram fazer um desfile para ele, não quiseram? O treinador Sheen e Bailey tinham ido visitá-lo e foram dispensados. Talvez as pessoas quisessem vê-lo... mas tivessem medo. Ou talvez doesse muito. A cidade estava abalada. Ambrose não tinha visto a devastação logo após a notícia atingir Hannah Lake. Um tornado havia destruído tudo em seu caminho pelas ruas, deixando as famílias e os amigos arrasados. Talvez ninguém tivesse estado ao lado dele nas horas mais difíceis porque estavam enfrentando as próprias dores.

Fern passou seu intervalo de meia hora para o jantar procurando uma resposta adequada. Ambrose estava falando sobre ela? Certamente não queria vê-la. A possibilidade de que ele estivesse se referindo a ela lhe deu coragem para ousar na resposta. Ele podia duvidar da cidade, mas não podia alegar que ela não se importava. Era um pouco exagerado, mas era Shakespeare, afinal.

Duvida que as estrelas são fogo,
Duvida que o sol se move,
Duvida da verdade, que é mentira,
Mas não duvida jamais do meu amor.

E a resposta?

"ACHA QUE SOU MAIS FÁCIL DE TOCAR DO QUE UMA FLAUTA?"

— Shakespeare não disse isso. — Fern fez careta, falando sozinha e olhando para a resposta petulante. Mas, quando digitou a citação na internet, descobriu que sim. A citação era de *Hamlet* de novo. Grande surpresa. Aquilo não era bem o que ela tinha em mente quando começou a escrever mensagens. De jeito nenhum. Endireitando os ombros, tentou novamente. E esperava que ele entendesse.

Nossas dúvidas são traidoras
E nos fazem perder o bem que poderíamos conquistar
Pelo simples medo de tentar.

Fern ficou esperando por Ambrose aquela noite, se perguntando se ele ia responder de imediato. Ela verificou o quadro antes de ir embora. Ele havia respondido.

"INGÊNUA OU BURRA?"

Fern sentiu lágrimas inundarem seus olhos e se espalharem por seu rosto. Com as costas eretas e a cabeça erguida, caminhou até o caixa, pegou sua bolsa sob o balcão e saiu da loja. Ele podia estar se escondendo, mas ela estava cansada de procurar por Ambrose Young.

෴

Ambrose observou Fern sair e se sentiu um imbecil. Ele a havia feito chorar. Incrível. Ela estava tentando ser legal. Ele sabia disso, mas não queria gente sendo legal. Não queria ser encorajado e, com toda certeza, não queria continuar procurando citações de Shakespeare para escrever naquele maldito quadro. Era melhor afastá-la de imediato. Ponto-final.

Ele coçou a bochecha. Os estilhaços ainda enterrados em sua pele o deixavam louco. Coçava, e ele conseguia sentir os fragmentos saindo. Os médicos haviam dito que alguns dos estilhaços, os fragmentos enterrados fundo em seu braço e ombro direitos e aqueles em seu crânio, provavelmente nunca seriam expelidos sozinhos. Ele não poderia passar por nenhum detector de metal sem fazê-lo apitar. Não tinha problema, mas os estilhaços no rosto, os que ele conseguia sentir, aqueles o incomodavam, e ele tinha dificuldade para não tocá-los.

Seus pensamentos voaram de novo para Fern. Ambrose temia que, se a deixasse chegar muito perto, também pudesse ter dificuldade para não tocá-la. E tinha certeza de que ela não queria isso. Ele começara a trabalhar na padaria em tempo integral havia um mês. Trabalhava algumas horas durante a madrugada com o pai já havia algum tempo, mas fazia apenas um mês que assumira por completo o turno da noite, o mais importante para a padaria. Fazia tortas, bolos, biscoitos, rosquinhas, rocambole e pão. Seu pai o ensinara bem ao longo dos anos, e era um trabalho que ele sabia fazer. O serviço era reconfortante e tranquilo. Seguro. Seu pai fazia a decoração dos bolos e as encomendas especiais quando chegava, às quatro da manhã, e os dois trabalhavam juntos por uma ou duas horas antes de a padaria abrir. Ambrose saía sorrateiramente quando ainda estava escuro e ia para casa sem ser visto, do jeito que gostava.

Por muito tempo, ninguém soube que ele estava trabalhando na padaria de novo, mas Fern fechava o mercado cinco noites por semana, e, na maioria delas, por uma ou duas horas depois que ele começava o turno de trabalho, Ambrose e Fern ficavam sozinhos na loja. Um cliente ou outro aparecia para buscar um litro de leite ou para uma passada noturna pelo mercado, mas, entre as nove e as onze da noite, era tranquilo e devagar. Em pouco tempo, Fern o tinha visto na cozinha, embora ele tivesse tentado ficar longe da vista dela.

Ambrose vinha observando-a muito antes de ela perceber que ele estava lá. Fern era uma menina quieta; seu cabelo era o que tinha de mais gritante, uma coroa de fogo desenfreado num rosto que, não fosse por isso, seria discreto. Ela o tinha deixado crescer, desde que ele a vira pela última vez, e agora pendia em cachos longos até o meio das costas. E já não usava óculos. O cabelo longo e a ausência dos óculos o haviam desconcertado naquela noite em que a fizera bater a bicicleta. E, claro, ele tinha tentado não olhá-la diretamente, para que ela não o olhasse diretamente também.

Os olhos dela eram de um castanho profundo, suave, e uma pitada de sardas salpicava seu pequeno nariz. Sua boca era ligeiramente desproporcional ao resto do rosto. Durante o ensino médio, quando ela usava aparelho nos dentes, o lábio superior parecia quase cômico, como um bico de pato esticado sobre os dentes salientes. Agora sua boca era quase sensual, os dentes retos e brancos, e o sorriso era largo e despretensioso. Ela era discretamente adorável, modestamente bonita, completamente inconsciente de que, em algum ponto entre a adolescência desajeitada e a idade adulta, havia se tornado tão atraente. E, porque ela não se dava conta, tornava-se ainda mais atraente.

Ambrose tinha observado Fern noite após noite, posicionando-se onde podia olhá-la de um jeito discreto. E se perguntou mais de uma vez como podia tê-la descartado com tanta facilidade. Momentos como aquele o faziam ansiar pelo rosto que costumava ver quando olhava no espelho, um rosto que ele havia tomado como certo e garantido. Um rosto que havia facilitado as coisas mais de uma vez com uma garota bonita que chamasse sua atenção. Era um rosto que certamente atrairia Fern, da forma como ela havia sido atraída no passado. Mas era um rosto que ele nunca mais teria, e Ambrose se percebeu perdido sem ele. Assim, apenas observava.

Fern sempre tinha um romance enfiado na lateral do caixa e puxava os longos cachos sobre o ombro esquerdo, entrelaçando-os nos dedos enquanto lia. A hora avançada fazia os clientes rarearem, dando-lhe longos períodos no caixa com pouco a fazer, exceto virar as páginas e torcer os cachos ruivos.

Agora ela escrevia jogos de palavras e Shakespeare para Ambrose, assim como tinha feito no último ano do colégio, se passando por Rita. Ele ficara muito irritado quando descobriu. Mas Fern fora muito doce e havia mostrado pesar sincero quando pediu desculpas. Não foi difícil notar que Fern tinha uma grande queda por ele. É duro ficar com raiva de alguém que nos ama. E agora ela estava de volta, mas Ambrose não pensava nem por um minuto que Fern realmente gostasse dele. Ela ainda gostava do antigo Ambrose. Teria ela sequer olhado para ele? Olhado de verdade? Estava escuro na noite em que ela praticamente o atropelara de bicicleta. Ela havia perdido a respiração ao ver o rosto dele. Ele tinha ouvido, alto e claro. Então o que Fern estava tramando agora? Pensar a respeito apenas fazia a raiva voltar. Mas, antes que a noite acabasse, ele já estava se sentindo um imbecil. Então foi até o quadro branco e escreveu:

"BABACA OU IMBECIL?"

Pensou que seu pai pudesse se opor às palavras escritas no quadro da padaria, mas não encontrou forma melhor de se expressar. Shakespeare não funcionaria dessa vez. Além do mais, não fazia ideia se os personagens de Shakespeare alguma vez tinham pedido perdão a ruivas bonitas com o coração mole demais para o próprio bem. Ambrose foi para casa com um humor azedo, que azedou seu estômago e fez as barrinhas de cereais que havia comido parecerem pedras em suas entranhas. Quando chegou ao trabalho, às dez horas da noite seguinte, o quadro tinha sido limpo e nenhuma nova mensagem tinha sido escrita. Bom. Ele ficou aliviado. Mais ou menos.

16
beijar a ritã

Na padaria, Ambrose lançava olhares furtivos pela abertura que separava a vitrine e os balcões da cozinha, tentando captar um vislumbre de Fern, se perguntando se ela tinha finalmente decidido que não valia a perda de tempo. Nas últimas noites, quando ele chegava ao trabalho, Fern já tinha ido embora. Ele então começou a chegar cada vez mais cedo para poder vê-la — mesmo por trás da vitrine da padaria — antes que ela encerrasse o expediente. Ambrose arrumava desculpas para Elliott a respeito das coisas que precisavam ser feitas na padaria, mas seu pai nunca havia questionado. Era provável que estivesse contente em ver Ambrose fora de casa e fora de seu quarto de infância, embora não admitisse. Eram exatamente as ordens do médico.

A psicóloga, com quem o exército havia se certificado de que Ambrose se consultasse, dissera que ele precisava aprender a se adaptar à "nova realidade", a "aceitar o acontecido", a "encontrar novos objetivos e relações". O trabalho era um começo. Ambrose odiava admitir que, na verdade, a terapia estava ajudando. Ele também estava correndo e levantando peso. O exercício era a única coisa que o fazia sentir algo além de desespero; por isso, Ambrose se exercitava muito. E de repente ele se perguntou se espionagem se qualificava como "novo objetivo".

Sentia-se um maluco espionando Fern, mas espionava mesmo assim. Naquela noite, ela estava varrendo o chão, ouvindo "The Wind Beneath My Wings" e cantando junto, usando o cabo da vassoura como microfone. Ele odiava aquela música, mas se percebeu sorrindo ao vê-la balançar para frente e para trás, cantando num tom de soprano ligeiramente desafinado, mas não de todo desagradável. Ela varreu o montinho de sujeira até que ficasse bem em frente ao balcão da padaria. Ela o viu de pé, em plena vista, e parou. Ficou olhando para ele enquanto as últimas palavras soavam pela loja vazia. Fern deu um sorriso tímido, como se ele não a tivesse feito chorar apenas algumas noites antes, e Ambrose sentiu a recém-adquirida reação de estresse que o inundava sempre que alguém o olhava diretamente.

Fern havia aumentado o volume da música que saía do sistema de som da loja até que se parecesse mais com uma pista de patinação do que com um mercado. As músicas eram uma mistura benigna de hits suaves, escolhidos para colocar os clientes em estado de coma enquanto percorriam os corredores em busca de itens que provavelmente poderiam precisar. Ambrose de repente ansiou por um pouco de Def Leppard, incluindo os refrãos de alta potência cantados a plenos pulmões.

De súbito, Fern largou a vassoura e correu para as portas da frente. Ambrose saiu da cozinha e deu a volta no balcão um pouco alarmado, com receio de que algo estivesse errado. Fern estava destrancando as portas de correr e empurrando uma de lado para permitir que Bailey Sheen entrasse com sua cadeira de rodas. Em seguida, ela puxou a porta e trancou novamente enquanto conversava com Bailey.

Ambrose tentou não rir. Tentou de verdade. Mas Bailey estava usando um farolete enorme na cabeça, com elásticos grossos prendendo-o no lugar, como um daqueles antigos aparelhos dentários externos. Era o tipo de farolete que ele imaginava que mineiros usariam nas escavações dentro da terra. Era tão brilhante que Ambrose contraiu o rosto, cobriu o olho bom e se virou.

— Que diabos você está usando, Sheen?

A cabeça de Fern virou de repente, com evidente surpresa por Ambrose ter se aventurado para fora dos limites da padaria.

Bailey conduziu a cadeira para além de Fern e continuou indo em direção a Ambrose. Bailey não mostrou surpresa ao vê-lo ali e, embora seus olhos estivessem cravados no rosto de Ambrose, não reagiu a todas as mudanças em sua aparência. Em vez disso, ele revirou os olhos e franziu a testa, tentando olhar para cima, na direção da lâmpada amarrada na testa.

— Me ajuda aqui, cara. Minha mãe me faz usar essa maldita coisa sempre que saio à noite. Ela está convencida de que eu vou ser atropelado. Não consigo tirar sozinho.

Ambrose estendeu a mão, ainda fazendo careta para a ofuscante luz branco-azulada. Ele puxou o farolete da cabeça de Bailey e o apagou. O cabelo de Bailey estava levantado e, distraída, Fern o alisou depois de dar a volta na cadeira. Era um gesto carinhoso, até mesmo materno. Ela acariciou o cabelo de Bailey para colocá-lo no lugar, como se tivesse feito aquilo mil vezes antes, e Ambrose percebeu de repente que ela provavelmente tinha mesmo. Fern e Bailey eram amigos desde que Ambrose conseguia lembrar. Era óbvio que Fern tinha se acostumado a fazer por Bailey coisas que ele não conseguia fazer por si mesmo, sem que ele pedisse ou sequer percebesse.

— O que você está fazendo aqui? — ele perguntou a Bailey, surpreso que o garoto estivesse perambulando pelas ruas na cadeira de rodas às onze da noite.

— Karaokê, meu amigo.

— Karaokê?

— É. Faz tempo que eu não canto, e temos recebido queixas da seção de hortifrúti. Parece que as cenouras formaram um fã-clube do

Bailey Sheen. E esta noite é para os fãs. A Fern tem muitos seguidores na seção de congelados.

— Karaokê... Aqui? — Ambrose nem sequer abriu um sorriso... mas queria abrir.

— Isso. Depois que o mercado fecha, temos carta branca aqui. Tomamos conta do sistema de som, usamos o microfone de anúncios, colocamos nossos CDs e sacudimos o Supermercado Jolley's. É demais. Você devia se juntar a nós, mas tenho que te alertar: eu sou incrível e não largo o microfone nunca.

Fern riu, mas olhou para Ambrose, esperançosa. Ah, não. Ele não ia cantar no karaokê. Nem mesmo para agradar Fern Taylor, o que, surpreendentemente, ele queria fazer.

Ambrose balbuciou algo sobre bolos no forno e saiu direto para a cozinha. Foram apenas alguns minutos antes de a loja estar tomada por músicas de karaokê e Bailey estar fazendo uma péssima imitação de Neil Diamond. Ambrose ouvia enquanto trabalhava. Realmente não havia escolha. Era alto, e Bailey, de fato, não largava o microfone. Fern só se aventurava de vez em quando, soando como uma professora de jardim de infância tentando ser uma estrela pop, a voz doce completamente incompatível com as músicas que escolhia. Quando ela começou "Like a Virgin", da Madonna, Ambrose se percebeu rindo alto e parou de repente, surpreendido pela forma como o riso estremecia em seu peito e derramava de sua boca. Pensou no passado, sua mente percorrendo o último ano, desde o dia em que sua vida fora lançada num buraco negro. Não se lembrava de ter rido nem uma única vez em um ano inteiro. Não era de admirar que parecesse estar tentando dar partida em um caminhão de cinquenta anos de idade.

Em seguida, eles fizeram um dueto. E era um sucesso. "Summer Nights", do filme *Grease*. "Well-a well-a well-a huh" saía das caixas de som e as Pink Ladies imploravam para saber mais, enquanto Bailey e Fern cantavam os versos com gosto, ele resmungando em todas as partes sugestivas e ela rindo e errando a letra, inventando partes conforme cantava. Ambrose riu durante toda a hora seguinte, divertindo-se totalmente, se perguntando se Bailey e Fern nunca tinham pensado em formar uma dupla de humor. Eles eram hilários. Ele tinha acabado de enrolar uma assadeira de rocambole de canela quando ouviu seu nome ecoar por toda a loja.

— Ambrose Young? Eu sei que você sabe cantar. Que tal vir aqui e parar de fingir que não conseguimos te ver aí atrás, nos espionando. A gente consegue, você sabe. Você não é tão esperto quanto pensa. Eu sei que você quer cantar a próxima música. Espere! São os Righteous Brothers! Você tem que cantar essa. Não vou conseguir fazer justiça. Vem. A Fern está morrendo de vontade de te ouvir cantar desde o último ano do colégio, quando te ouvimos dar uma palhinha do hino nacional antes do jogo.

Será verdade?, Ambrose pensou, um tanto satisfeito.

— AAAAAMBROOOOSE YOUUUNG! — Bailey trovejou, obviamente apreciando o microfone da loja um pouco demais. Ambrose ignorou. Ele não ia cantar. Bailey o chamou várias outras vezes, mudando as táticas, até que finalmente a atração do karaokê o distraiu. Ambrose continuou trabalhando enquanto Bailey informava que ele tinha perdido o sentimento de amor, como Elvis em "You've Lost that Loving Feeling".

É. Ele tinha. Um ano antes, no Iraque. O sentimento de amor tinha sido completamente dizimado.

※

O olho esquerdo de Rita estava fechado por causa do inchaço, e o lábio, enorme e partido no meio. Fern se sentou ao seu lado e segurou o gelo no rosto dela, perguntando-se quantas vezes Rita tinha ficado daquele jeito e escondido dos amigos.

— Chamei a polícia. O Barry, tio do Becker, apareceu e o levou para a delegacia, mas não acho que ele vai ser indiciado — disse Rita, sem emoção. Naquele momento, ela parecia ter quarenta anos. Seu cabelo longo e loiro caía sem forma sobre os ombros, e o cansaço em seu rosto havia criado sombras e vincos que não deviam estar ali.

— Quer vir para a minha casa? Meus pais deixam você e o Ty ficarem o tempo que quiserem. — Lamentavelmente, Rita tinha ido e ficado outras vezes, mas sempre voltava para Becker.

— Dessa vez eu não vou embora. O Becker que vá. Eu não fiz nada de errado. — Rita fez beicinho, numa expressão de desafio, mas seus olhos se encheram de lágrimas, contradizendo as palavras corajosas.

— Mas... ele é perigoso — Fern argumentou delicadamente.

— Ele vai ficar bonzinho por um tempo. Vai chegar superarrependido e mostrar o seu melhor comportamento. E eu vou começar a fazer planos. Tenho economizado. Minha mãe e eu vamos pegar o Ty e fugir. Logo. E o Becker pode ir pro inferno.

Ty choramingou dormindo e aconchegou o rosto no peito da mãe. Era pequeno para uma criança de dois anos. O que era bom, pois Rita o carregava para toda parte, como se tivesse medo de colocá-lo no chão.

— Só tenho vinte e um anos, Fern! Como foi que eu me meti nessa situação? Como posso ter feito uma escolha tão terrível? — Não pela primeira vez, Fern estava grata por ter demorado a se desenvolver, tendo permanecido pequena, comum, ignorada. De certa forma, o estatuto de patinha feia fora como um campo de força, mantendo o mundo a distância para que ela pudesse crescer, se tornar ela mesma e descobrir que era mais do que sua mera aparência.

Rita continuou, sem esperar realmente que Fern respondesse:

— Sabia que eu costumava sonhar com o Bailey? Que encontrariam uma cura para que ele pudesse andar? Aí a gente ia se casar e viver felizes para sempre. Minha mãe se acabou cuidando do meu pai depois do acidente. E ele sofreu tanto. Sentia dor o tempo todo, e a dor fez dele uma pessoa cruel. Eu sabia que não era tão forte quanto a minha mãe. Por isso, mesmo amando o Bailey, eu sabia que não seria forte o suficiente se ele não pudesse andar. Então eu rezava para ele ser curado num passe de mágica. Eu beijei o Bailey uma vez, sabia?

Fern sentiu o queixo cair.

— Você beijou o Bailey?

— Ãrrã. Eu precisava ver se existia alguma química.

— E existia?

— Bom... sim. Existia. Quer dizer, o Bailey não tinha ideia do que estava fazendo. E ele foi pego de surpresa, eu acho. Mas, sim, tinha química. O bastante para eu considerar que talvez apenas poder beijar o Bailey fosse suficiente. Talvez estar com alguém que eu amava e que também me amava fosse suficiente, mas fiquei com medo. Eu não era forte o bastante, Fern.

— Quando? Quando isso aconteceu? — Fern perguntou, alarmada.

— No segundo ano. No feriado de Natal. A gente estava vendo filmes na casa do Bailey, lembra? Você se sentiu mal e foi para casa antes do filme acabar. O pai do Bailey tinha ajudado ele a sair da cadeira de rodas e sentar no sofá. A gente estava conversando e rindo e... eu segurei a mão dele. E antes que a noite terminasse... eu o beijei.

Fern estava perplexa. Bailey nunca tinha contado nada. Os pensamentos dela giravam e giravam como um ratinho numa roda, correndo em círculos, sem nunca chegar a lugar nenhum.

— Foi a única vez? — perguntou Fern.

— Foi. Eu fui para casa naquela noite e, quando vi o Bailey depois do feriado, ele agiu como se não tivesse acontecido nada. Achei que eu tinha estragado tudo. Achei que ele ia esperar que eu me tornasse namorada dele, mesmo que eu meio que quisesse, mas também estava com medo.

— Medo de quê?

— De magoar o Bailey, ou de fazer promessas que não podia cumprir.

Fern assentiu. Ela entendia, mas seu coração doía por Bailey. Se bem conhecia o primo, que de fato ela conhecia, o beijo tinha sido um momento definidor. Talvez para proteger Rita, talvez para se proteger, ele tinha guardado tudo para si.

— Aí apareceu o Becker. Ele foi muito insistente. E era mais velho, e eu meio que... me deixei levar, acho.

— Então você e o Bailey nunca mais conversaram sobre isso?

— Uma noite antes do meu casamento, o Bailey me ligou. Ele me disse para não fazer aquilo.

— Ele disse? — perguntou Fern. A noite estava cheia de surpresas.

— Disse, mas eu respondi que era tarde demais. De qualquer maneira, o Bailey é bom demais pra mim.

— Isso é papo-furado, Rita — Fern disparou.

Rita fez um movimento brusco, como se Fern tivesse lhe dado um tapa no rosto.

— Sinto muito, mas isso é apenas uma desculpa para quando não se quer fazer o que é difícil — disse Fern sem rodeios.

— Ah, é mesmo? — Rita retrucou. — Olha quem está falando. Você foi apaixonada pelo Ambrose a vida inteira. Agora ele está em casa com o rosto destruído e a vida arruinada, e eu não vejo você fazendo o que é difícil!

Fern não sabia o que dizer. Rita estava errada. O rosto de Ambrose não a afastava. Mas será que o motivo importava?

— Desculpa, Fern. — Rita suspirou, chorosa. — Você está certa. É papo-furado. A minha vida é uma droga, mas eu vou tentar mudar tudo isso. Eu vou ser melhor, você vai ver. Chega de escolhas ruins. O Ty merece coisa melhor. Eu só queria que o Bailey... Eu gostaria que as coisas fossem diferentes, sabe?

Fern começou a assentir com a cabeça, mas então pensou melhor e a balançou de um lado para o outro, discordando.

— Se o Bailey tivesse nascido sem a distrofia, ele não seria o Bailey. O Bailey que é inteligente e sensível e parece entender tantas coisas que a gente não entende. Você poderia nem ter notado o Bailey se ele tivesse crescido saudável, lutando na equipe do pai, agindo como qualquer outro cara que você já conheceu. Boa parte da razão pela qual ele é tão especial é porque a vida o esculpiu dessa forma incrível... talvez não por fora, mas por dentro. No interior, o Bailey parece o *Davi* de Michelangelo. E quando eu olho para ele, e quando você olha para ele, é isso que a gente vê.

17
tomar uma posição

Dois dias depois, Becker Garth entrou despreocupado no Jolley's, como se a esposa não estivesse ferida e a camisa dele não cheirasse a cadeia. Aparentemente, seus contatos na força policial de Hannah Lake estavam se mostrando úteis. Ele sorriu para Fern com atrevimento ao passar pavoneando pelo caixa.

— Você está bonita hoje, Fern. — Os olhos de Becker desceram até o busto dela e subiram novamente. Ele piscou e soprou uma bola de chiclete. Fern sempre havia considerado Becker um cara bonito, mas a beleza não chegava a cobrir a escória que transbordava e escorria em torno dele. Como estava acontecendo naquele momento.

Ele obviamente não esperava que ela respondesse, pois continuou andando, falando por cima do ombro.

— A Rita disse que você passou lá em casa. Obrigado pelo dinheiro. Eu precisava de cerveja. — Ele ergueu e acenou com a nota de vinte dólares que Fern tinha deixado sobre o balcão para Rita.

Becker foi andando tranquilamente em direção ao corredor onde ficavam as bebidas alcoólicas e desapareceu de vista. E Fern ficou furiosa. Não era uma garota propensa a raiva ou a atos imprudentes.

Até o momento. Ela ficou surpresa com a firmeza de sua voz quando falou no microfone do supermercado:

— Atenção, clientes do Supermercado Jolley's, hoje temos promoções maravilhosas. Banana a oitenta e cinco centavos o quilo. Suco de caixinha, o pacote com dez unidades, a um dólar. E, em nossa padaria, uma dúzia de biscoitos doces por três dólares e noventa e nove centavos. — Fern parou e cerrou os dentes, descobrindo que era incapaz de ficar quieta. — Também gostaria de chamar a atenção dos senhores para o imenso babaca no corredor dez. Tenho certeza que nunca viram um babaca maior do que esse, caros clientes. Ele bate na esposa regularmente e diz que ela é feia e gorda, apesar de ser a mulher mais bonita da cidade. Ele também gosta de fazer o bebê deles chorar e não consegue manter um emprego estável. Por quê? Adivinharam! Porque Becker Garth é um grandessíssimo de um creti...

— Sua vagabunda! — Becker veio rugindo pelo corredor dez, gritando, com uma caixa de cerveja debaixo do braço e raiva nos olhos.

Fern segurou o aparelho na frente dela, como se o microfone fosse proporcionar alguma defesa contra o homem a quem tinha insultado publicamente. Clientes olhavam boquiabertos, alguns riam da cena audaciosa feita por Fern, outros franziam o cenho em confusão. Becker jogou a caixa de cerveja, e várias latas caíram da embalagem danificada, espirrando bebida num bom pedaço de chão. Em seguida, ele correu em direção a Fern e pegou o microfone de suas mãos, puxando o fio espiralado até que ele se soltasse da base, chicoteando ao passar pelo rosto de Fern. Ela se abaixou por reflexo, certa de que Becker ia usar o objeto como arma e atingir tudo pelo caminho.

De repente, Ambrose estava ali, agarrando Becker pelo braço e pela parte de trás da camiseta, torcendo o tecido nas mãos até levantá-lo completamente do chão, as pernas se debatendo impotentes e a língua de fora. Becker estava sendo sufocado pela própria camiseta. E então Ambrose o lançou. Simplesmente o arremessou, como se Becker pesasse pouco mais que uma criança. Ele aterrissou quase de quatro, tendo girado como um gato ao cair, e se levantou como se tivesse a intenção de dar um salto de três metros, estufando o peito como um galo entre as galinhas.

— Ambrose Young! Sua cara está uma merda! É melhor correr antes que o povo da cidade te confunda com um ogro e vá atrás de você com tridentes! — Becker disparou, alisando a camiseta e dando pulinhos como um pugilista pronto para entrar no ringue.

A cabeça de Ambrose estava coberta por uma bandana vermelha, como um pirata enorme, do jeito que ele sempre usava quando estava trabalhando na padaria, longe dos olhares curiosos. Seu avental ainda estava amarrado firme em torno do tronco atlético, as mãos eram punhos cerrados ao lado do corpo, e os olhos fitavam Becker. Fern queria se atirar por cima do balcão e jogar Becker no chão; no entanto, sua breve impetuosidade é que tinha criado aquele caos, e ela não queria piorá-lo, especialmente por Ambrose.

Fern notou que os clientes da loja estavam paralisados no lugar, os olhos grudados no rosto de Ambrose. Ela percebeu que, provavelmente, nenhum deles o tinha visto desde que Ambrose partira para o Iraque, dois anos e meio antes. Houve rumores, como sempre havia em cidades pequenas com grandes tragédias. E os rumores haviam sido exagerados, alegando que Ambrose fora horrivelmente ferido, que ficara até mesmo grotesco. No entanto, muitos dos rostos registravam surpresa e tristeza, mas não repulsa.

Jamie Kimball, a mãe de Paul Kimball, estava na fila de outro caixa, o rosto pálido e aflito, enquanto seus olhos se prendiam à face cheia de cicatrizes de Ambrose. Ela não o via desde que ele tinha voltado? Nenhum dos pais dos garotos tombados em batalha o visitara? Ou talvez ele não tivesse permitido a entrada deles. Talvez fosse mais do que qualquer um deles poderia suportar.

— Você precisa ir embora, Becker — disse Ambrose, sua voz um resmungo suave no silêncio chocado do mercado.

Uma versão instrumental de "What a Wonderful World" tocava melodiosamente para os clientes do Jolley's, como se tudo estivesse bem em Hannah Lake, quando decididamente não estava. Ambrose continuou:

— Se você decidir ficar, eu vou te bater, como fiz no nono ano. Só que dessa vez vou deixar seus dois olhos roxos, e você vai perder mais do que apenas um dente. Não deixe a minha cara feia te enganar; não tem nada de errado com os meus punhos.

Becker gaguejou e se virou, olhando feio para Fern e apontando para o rosto dela ao pronunciar sua própria advertência:

— Você é uma vagabunda, Fern. Fique longe da Rita. Se você aparecer perto da minha casa, eu chamo a polícia. — Becker direcionou seu veneno para ela, ignorando Ambrose, tentando manter alguma dignidade ao se voltar para um adversário mais fraco, como sempre fazia.

Ambrose disparou para frente, agarrou Becker pela camiseta mais uma vez e o atirou na direção das portas de correr. As portas se abriram sozinhas, e Ambrose sibilou um aviso no ouvido de Becker:

— Se você chamar a Fern de vagabunda outra vez, ou ameaçá-la de qualquer forma, eu arranco a sua língua e dou para aquele cachorro feio que você tem amarrado no quintal, passando fome. O que late pra mim sempre que eu corro por lá. E, se você tocar em um fio de cabelo da Fern ou erguer a mão para a sua mulher ou para o seu filho, eu te acho e te machuco pra valer. — Ambrose deu um empurrão e Becker caiu estatelado no asfalto em ruínas na frente da loja.

୧ଓ

Duas horas mais tarde, quando o mercado estava vazio, a bagunça de cerveja tinha sido limpa e as portas trancadas, Fern foi até a padaria. O aroma de fermento, a doçura quente de manteiga derretida e o cheiro forte de açúcar a receberam quando ela empurrou a porta vaivém que separava Ambrose do resto do mundo. Ele levou um susto quando a viu, mas continuou sovando e amassando o monte gigante de massa sobre uma superfície polvilhada de farinha, posicionando-se de modo que o lado esquerdo de seu rosto, o lado bonito, estivesse de frente para Fern. Um rádio no canto fazia ecoar rock dos anos 80, com "Is This Love?", do Whitesnake. A música perguntava se era amor e Fern achava que poderia ser.

Os músculos nos braços de Ambrose ficavam tensos e relaxavam, mostrando volume enquanto ele abria a massa num grande círculo, ao começar a moldar biscoitos com um cortador enorme, que fazia oito por vez. Fern o observou fazer movimentos suaves e seguros e decidiu que gostava da imagem de um homem na cozinha.

— Obrigada — ela disse, enfim.

Ambrose a olhou rapidamente e deu de ombros, grunhindo algo ininteligível.

— Você realmente bateu no Becker no nono ano? Ele estava no último ano naquela época.

Outro grunhido.

— Ele é um homem mau... se é que a gente pode chamar de homem. Talvez ele não tenha crescido ainda. Talvez seja esse o problema dele. Quem sabe ele fique melhor quando crescer. Acho que podemos ter esperanças.

— Ele tem idade suficiente para saber o que é certo. Idade não é desculpa. Garotos de dezoito anos já são considerados com idade suficiente para lutar pelo país. Lutar e morrer pelo país. Um merdinha de vinte e cinco anos como o Becker não pode se esconder atrás dessa desculpa.

— Você fez isso pela Rita?

— O quê? — Os olhos dele dispararam para o rosto de Fern, em surpresa.

— Quer dizer... naquela época você gostava dela, não gostava? Você jogou o Becker para fora da loja hoje por causa da Rita?

— Eu fiz isso porque precisava ser feito — disse Ambrose, apenas. Pelo menos ele não estava mais grunhindo. — E não gostei de ele ter falado aquilo na sua cara. — Ambrose encontrou os olhos dela brevemente mais uma vez, antes de se virar para tirar uma assadeira enorme de biscoitos de açúcar do forno. — Mesmo que você tenha provocado... só um pouquinho.

Aquilo era um sorriso? Era! Fern sorriu de alegria. Os lábios de Ambrose se curvaram de um lado, só por um segundo, antes que ele começasse o processo de enrolar a massa de novo.

Quando Ambrose sorriu, um lado de sua boca, o lado danificado pela explosão, não se curvou muito, dando-lhe um sorriso torto. Fern achou adorável, mas, julgando pela raridade de seu sorriso, era provável que Ambrose não pensasse assim.

— Eu provoquei o Becker. Acho que nunca provoquei ninguém antes. Foi... divertido — disse Fern, com sinceridade.

Ambrose caiu na risada e pousou o rolo de massa, olhando para Fern e sacudindo a cabeça. E dessa vez ele não abaixou a cabeça nem se virou.

— Nunca provocou ninguém, hein? Parece que eu me lembro de você fazendo careta para o Bailey Sheen num torneio importante de luta livre. Era para ele estar anotando as parciais, mas você estava fazendo ele rir. O treinador Sheen chamou a atenção dele, o que era raro acontecer. Acho que isso se qualifica como provocação.

— Eu me lembro disso! O Bailey e eu estávamos fazendo uma brincadeira que a gente tinha inventado. Você viu aquilo?

— Vi. Vocês dois pareciam estar se divertindo... E eu me lembro de querer trocar de lugar com vocês... só por uma tarde. Fiquei com inveja.

— Inveja? Por quê?

— O treinador de Iowa estava naquele torneio. E eu fiquei tão nervoso que senti enjoo. Estava vomitando entre as lutas.

— Nervoso? Você ganhou todas as lutas. Nunca vi você perder. E o que te fez ficar tão nervoso?

— Ser invicto era pressão demais. E eu não queria decepcionar ninguém. — Ambrose deu de ombros. — Me conta sobre essa brincadeira. — Ele desviou discretamente o assunto de si. Fern guardou a informação para o futuro.

— É uma brincadeira que o Bailey e eu fazemos. É a nossa versão de mímica. O Bailey não consegue fazer mímica, por razões óbvias, então inventamos esse jogo, que chamamos de Caretas. É idiota, mas é divertido. A ideia é se comunicar estritamente por meio de expressões faciais. Olha, vou te mostrar. Eu faço uma cara e você me diz o que eu estou sentindo.

Fern deixou cair o queixo e arregalou os olhos de maneira teatral.

— Surpresa?

Ela assentiu com a cabeça, sorrindo. Então dilatou as narinas e enrugou testa, torcendo a boca com repulsa. Ambrose gargalhou.

— Algo está fedendo?

Fern deu risinhos e imediatamente mudou a expressão. Seu lábio inferior tremeu, seu queixo enrugou e estremeceu, e seus olhos se encheram de lágrimas.

— Cara, você é boa demais nisso! — Ambrose agora ria solto, e a massa foi esquecida enquanto Fern o distraía.

— Quer tentar? — Ela também estava rindo, enxugando as lágrimas que tinha fabricado para criar seu rosto triste.

— Nah. Acho que o meu rosto não ia ajudar — Ambrose respondeu baixo, mas não havia constrangimento em sua voz, nenhuma atitude defensiva, e Fern deixou o assunto morrer com um "tudo bem" baixinho.

A visita durou mais alguns minutos. Fern lhe agradeceu novamente e desejou boa noite. E tinha sido uma boa noite, apesar de Becker Garth. Ambrose havia falado com ela. Até mesmo rido. E Fern sentiu um lampejo de esperança se acender em seu coração.

&

No dia seguinte, quando Fern chegou ao trabalho, havia uma citação no quadro branco.

"Deus lhe deu um rosto e você arranja outro" — *Hamlet*.

Shakespeare novamente. *Hamlet* novamente. Ambrose parecia ter um quê pelo personagem atormentado. Talvez porque ele também fosse um personagem atormentado. Mas ela o havia feito rir. Fern sorriu, lembrando-se da invenção da brincadeira Caretas.

2001

— *Por que você está fazendo essa cara, Fern?* — perguntou Bailey.

— *Que cara?*

— *Essa, como se tivesse alguma coisa que você não entendeu. Suas sobrancelhas estão baixas e sua testa está enrugada. Você está franzindo a cara.*

Fern relaxou o rosto, percebendo que estava fazendo exatamente o que Bailey havia dito.

— *Eu estava pensando numa história que estou escrevendo. Não consigo decidir que fim dar. O que você acha que essa cara significa?* — Fern projetou o queixo para frente e ficou vesga.

— *Você parece um personagem retardado de desenho animado* — respondeu Bailey, rindo.

— *Que tal essa aqui?* — Ela apertou os lábios e ergueu as sobrancelhas enquanto estremecia.

— *Você está comendo algo superazedo!* — gritou Bailey. — *Deixe eu tentar uma.* — Ele pensou por um minuto e então afrouxou a boca e arregalou os olhos tanto quanto conseguiu. Sua língua caiu pelo canto da boca, como a de um cachorro grande.

— *Você está olhando para algo delicioso* — Fern tentou.

— *Seja mais específica* — disse Bailey e fez a cara de novo.

— *Humm. Você está olhando para um sundae enorme* — ela tentou novamente. Bailey colocou a língua de volta na boca e sorriu de modo atrevido.

— *Não. Essa é a cara que você faz toda vez que vê o Ambrose Young.*

Fern bateu em Bailey com o urso de pelúcia barato que tinha ganhado na feira da escola no quarto ano. O braço saiu voando e o enchimento escapou por todas as direções. Ela jogou o urso de lado.

— Ah, é? E você? Essa é a cara que você faz sempre que a Rita chega perto. — Fern baixou uma sobrancelha e sorriu, tentando replicar o olhar intenso de Rhett Butler em E o vento levou.

— Eu pareço constipado sempre que vejo a Rita? — perguntou Bailey, pasmo.

Fern fez um barulho alto, o riso explodindo pelo nariz, e logo pegou um lenço de papel para não se melecar.

— Eu não culpo você por gostar do Ambrose — disse Bailey, subitamente sério. — Ele é o cara mais legal que eu conheço. Se eu pudesse ser qualquer pessoa no mundo todo, seria Ambrose Young. Quem você seria?

Fern deu de ombros, perguntando-se, como sempre fazia, como seria ser bonita.

— Eu não ia achar ruim parecer com a Rita — ela respondeu honestamente. — Mas acho que ainda gostaria de ser eu mesma por dentro. Você não?

Bailey pensou por um minuto.

— É. Eu sou incrível, mas o Ambrose também é. Eu ainda trocaria de lugar.

— Eu só trocaria de rosto — disse Fern.

— Mas Deus te deu esse rosto — disse Rachel da cozinha. Fern revirou os olhos. Sua mãe tinha ouvido de tuberculoso; mesmo com sessenta e dois anos, ela não perdia uma palavra.

— Bom, se eu pudesse, faria outro — Fern retorquiu. — E aí talvez o Ambrose não seria bonito demais até para olhar para mim.

Naquela época, Fern não tivera a intenção de citar Shakespeare, mas Ambrose era, *de fato*, bonito demais para sequer olhar para ela.

Ela ficou pensando sobre a escolha de citação feita por ele, até que viu as vitrines na frente da padaria. Ela gritou como se fosse uma menina empolgada ao ver seu pop star favorito, e então começou a rir alto. As vitrines estavam cheias de biscoitos redondos de açúcar com alegres coberturas em tons pastel. Cada biscoito tinha um rosto simples. Curvas e linhas escuras criavam diferentes expressões em cada um: testas franzidas, sorrisos e rostos zangados. Emoticons comestíveis.

Fern comprou uma dúzia dos seus preferidos, perguntando-se como teria coragem de comê-los ou deixar que qualquer um comesse. Queria guardá-los para sempre e se lembrar da noite em que tinha feito Ambrose Young dar risada. Talvez ter uma cara engraçada não fosse tão ruim, afinal.

Fern encontrou uma caneta marcadora e escreveu "FAZER BISCOITOS OU FAZER CARETAS" logo abaixo da mensagem de Ambrose no quadro. Depois circulou "FAZER CARETAS", para que ele soubesse que ela tinha visto a vitrine. E colocou uma carinha sorridente.

18
comer panqueca todo dia

Na noite seguinte, quando Ambrose chegou para trabalhar, havia outra mensagem no quadro: "PANQUECAS OU WAFFLES?"

Ambrose circulou "PANQUECAS". Cerca de uma hora mais tarde, Fern estava na porta da padaria. Seu cabelo caía pelas costas numa desordem cacheada. Estava vestida numa camiseta rosa-claro, com jeans branco e sandálias. Havia tirado o avental azul-vivo do supermercado e passado um pouco de brilho nos lábios. Ambrose se perguntou se era brilho com sabor e desviou o olhar.

— Oi. Então... eu também gosto de panqueca. — Fern fez uma careta, como se tivesse dito algo extremamente constrangedor ou idiota.

Ambrose percebeu que ela ainda tinha um pouco de medo de falar com ele. E não a culpava. Afinal, ele não tinha sido muito amigável, além de ter uma aparência assustadora.

— Você não trabalha amanhã à noite, certo? A sra. Luebke não vem nas noites de sábado e domingo? — ela despejou as palavras, como se tivesse ensaiado.

Ele confirmou com a cabeça, esperando.

— Quer ir comer panqueca comigo e com o Bailey? Às vezes vamos ao Larry's à meia-noite. Comer panqueca depois da hora de ir para a cama nos faz sentir adultos. — Fern deu um sorriso encantador. Essa parte claramente não havia sido ensaiada, e Ambrose se deu conta de que Fern tinha uma covinha na bochecha direita. Ele não conseguia desviar os olhos daquele furinho na pele cor de creme. A covinha desapareceu quando o sorriso dela vacilou.

— Ah, claro — respondeu Ambrose, apressado, percebendo que tinha demorado muito para responder. Ele imediatamente se arrependeu das palavras. Não queria ir ao Larry's. Alguém ia vê-lo e seria estranho.

A covinha estava de volta. Fern sorriu e balançou o corpo para frente e para trás sobre os dedos dos pés.

— Tudo bem. Hum, eu te busco à meia-noite, pode ser? Temos que pegar a van da mãe do Bailey, porque, bom, você sabe... a cadeira de rodas. Então tá, tchau. — Fern se virou e saiu de maneira desajeitada, tropeçando pela porta. Ambrose sorriu ao ver a silhueta recuando. Ela era tão fofa. Ele sentiu como se tivesse treze anos, indo para o primeiro encontro no boliche.

❦

Existia algo muito reconfortante em comer panquecas à meia-noite. O cheiro de manteiga quente, calda de bordo e mirtilos atingiu Ambrose com a força de um vendaval, e ele gemeu com o simples prazer de alimentos não saudáveis tarde da noite. Era quase o suficiente para tirar o medo dos olhares curiosos e das tentativas que as pessoas faziam de fingir que não havia nada de errado com a aparência dele. Bailey abriu caminho pelo salão sonolento e se dirigiu até um nicho num canto, que funcionava para a cadeira de rodas. Fern seguiu e Ambrose veio na retaguarda, recusando-se a olhar para a direita ou para a esquerda, ou a contar o número de clientes presentes. Pelo menos as mesas ao redor deles estavam vazias. Fern fez uma pausa, deixando Ambrose escolher o assento, e ele deslizou com gratidão para o banco que permitia que o lado esquerdo de seu rosto ficasse voltado para o salão. Fern foi para o banco da frente e automaticamente deu pulinhos com o corpo, como faria uma criança sentada em um brinquedo com molas. As pernas dele eram muito compridas e ocupavam o espaço de Fern por baixo da mesa. Ele se mexeu, sentindo o calor da panturrilha fina dela tocando a sua. Ela não se afastou.

Bailey manobrou a cadeira até a ponta da mesa. Ficava na altura do peito, o que ele considerava perfeito. Com cuidado, Fern apoiou os braços dele sobre a mesa, de modo que, quando fosse servido, ele poderia meio que empurrar a comida para dentro da boca. Ela pediu pelos dois. Bailey, obviamente, confiava que Fern sabia o que ele queria.

A garçonete parecia tratar a situação com naturalidade. Sem dúvida eles formavam um trio estranho, Ambrose se deu conta. Era meia-noite e o local estava quase vazio, como Fern havia prometido, mas ele podia ver o reflexo que faziam nas janelas rodeando o nicho, e a imagem era cômica.

Ambrose tinha coberto a cabeça com um gorro preto de lã. A camiseta também era preta. Isso, combinado a seu tamanho e ao rosto estranho, o tornava mais que apenas um pouco assustador, e, se não tivesse acompanhado por um garoto de cadeira de rodas e uma pequena ruiva de maria-chiquinha, ele poderia ter passado por alguém saído de um filme de terror.

A cadeira de rodas de Bailey ficava mais baixa que os bancos do nicho, e isso o fazia parecer pequeno e curvado, ter menos que seus vinte e um anos. Ele usava um agasalho da Hoosiers e o boné virado para trás, cobrindo o cabelo castanho-claro. Fern usava o cabelo em dois rabos folgados que pendiam em cima dos ombros e ondulavam sobre os seios. A camiseta amarelo-limão era confortável e dizia: "Sou baixinha, mas sou legal". Ambrose se viu concordando plenamente com a camiseta e se perguntou brevemente quanto seria divertido beijar aquela boca sorridente e envolver os braços no corpo pequeno. Fern parecia Mary Ann de *A ilha dos birutas*, só que com a cor de cabelo de Ginger. Era uma combinação muito atraente. Ambrose deu em si mesmo um tapa mental e afastou o pensamento. Eles tinham saído para comer panquecas com Bailey. Não era um encontro. Não haveria nenhum beijo de boa noite ao final. Não naquela noite. Nem nunca.

— Mal posso esperar para comer. — Fern suspirou, sorrindo feliz quando a garçonete se afastou com os pedidos. — Estou morrendo de fome. — A iluminação que pendia sobre a cabeça de Ambrose não lhe permitiria esconder nada de Fern, que agora o encarava, mas não havia o que ele pudesse fazer a respeito. Poderia passar a refeição toda olhando pela janela, dando a Fern uma visão do lado não afetado do rosto. Mas ele também estava com fome... e cansado de se importar com tudo.

Ambrose não ia ao Larry's desde a noite após ter conquistado o campeonato estadual, no último ano do ensino médio. Naquela noite, estava cercado pelos amigos e eles tinham comido até passar mal. Qualquer lutador sabia que nada era tão gostoso quanto comer sem o medo da pesagem matinal. A temporada havia terminado oficialmente e a maioria deles nunca mais ia se pesar, pois a realidade do fim logo os atingiria. Porém, naquela noite, eles comemoraram. Como Bailey, ele não precisava olhar o cardápio.

Quando as panquecas chegaram, Ambrose fez um brinde silencioso com os amigos, deixando que a calda grossa batizasse a memória. A manteiga seguiu a calda pela lateral, e ele a colocou de volta no topo da pilha, observando-a perder a forma novamente numa cascata pelas laterais. Ele comeu sem contribuir para a conversa, mas Bailey falou o suficiente pelos três, e Fern parecia contente em fazer a sua parte quando o amigo precisava engolir. Bailey conseguia se alimentar muito bem, embora seus braços deslizassem de vez em quando e Fern tivesse de colocá-los de volta sobre a mesa. Quando ele terminou, ela o ajudou a pôr as mãos outra vez sobre os apoios da cadeira, apenas para ser informada sobre um novo problema.

— Fern, meu nariz está coçando meio forte. — Bailey estava tentando mexer o nariz para aliviar o desconforto.

Ela ergueu o braço de Bailey, apoiando o cotovelo e colocando a mão dele no nariz para que ele pudesse coçar o suficiente e aliviar seu coração. Em seguida, Fern colocou a mão de Bailey no colo.

Ela pegou Ambrose observando e explicou sem que houvesse necessidade:

— Quando eu coço para ele, nunca consigo direito. É melhor eu só ajudar, e aí ele coça por si mesmo.

— É isso aí. É a nossa versão de "não dê o peixe, ensine a pescar" — disse Bailey. — Acho que eu estava com calda de bordo nos dedos. Agora o meu nariz ficou grudento! — Ele riu e Fern revirou os olhos. Ela molhou a ponta do guardanapo no copo com água e limpou o nariz do primo.

— Melhor?

Bailey mexeu o nariz, tentando saber se havia resíduo de calda.

— Acho que você conseguiu. Ambrose, faz anos que tento lamber o nariz, mas não fui abençoado com uma língua muito comprida.

Bailey começou a mostrar a Ambrose quanto conseguia chegar perto de colocar a língua na narina esquerda. Ambrose se percebeu sorrindo por causa dos esforços de Bailey e da maneira como seus olhos ficavam vesgos quando ele focava a atenção no nariz.

— Então, Ambrose, você vem com a gente amanhã? Vamos a Seely ver dois filmes no cinema ao ar livre. A Fern vai levar as cadeiras de armar e os lanches, e eu vou levar o meu adorável ser. O que me diz?

Seely tinha um cinema ao ar livre antigo que ainda era a principal atração no verão. As pessoas viajavam algumas horas apenas para desfrutar de um filme deitadas na carroceria das caminhonetes ou sentadas nos bancos da frente de seus carros.

Estaria escuro. Ninguém o veria. Parecia... divertido. Ele podia ouvir os caras rindo dele. Estava saindo com Bailey e Fern. Ah, como as coisas tinham mudado.

☙

Ambrose descobriu que não conseguia manter a atenção na tela. O som era muito baixo, e os alto-falantes estavam mais próximos de seu ouvido ruim, tornando difícil entender o que estava sendo dito. Ele devia ter falado alguma coisa quando arrumaram as cadeiras, mas queria sentar à direita de Fern, para que seu lado esquerdo ficasse virado para ela, por isso não tinha se manifestado. Ela estava sentada entre ele e Bailey, certificando-se de que o primo tivesse tudo o que precisava, levando sua bebida até a boca, para que ele pudesse beber pelo canudinho, e mantendo um fluxo constante de pipoca. Ambrose enfim desistiu do filme e apenas se concentrou na sensação de estar sentado ao ar livre, o vento bagunçando o cabelo de Fern, o cheiro de pipoca flutuando em torno dele, o verão no ar. No verão anterior, ele estava no hospital. No verão antes daquele, no Iraque. Não queria pensar no Iraque. Não naquele instante. Afastou o pensamento e se focou na dupla ao seu lado.

Bailey e Fern estavam se divertindo para valer, rindo e ouvindo atentamente. Ambrose ficava maravilhado com a inocência deles e como apreciavam as menores coisas. Fern se divertiu tanto em determinada parte que até riu pelo nariz. Bailey gargalhou, fazendo o mesmo ruído de vez em quando, só para provocá-la. Ela se virou para Ambrose e fez uma careta, revirando os olhos, como se precisasse de apoio moral para combater o lunático à sua esquerda.

As nuvens se fecharam perto do fim do primeiro filme, fazendo a segunda exibição ser cancelada devido à tempestade que se anunciava. Fern se apressou em recolher as cadeiras e o lixo para então empurrar Bailey para dentro do carro pela rampa, enquanto um trovão ecoava e os primeiros pingos começavam a cair pesado sobre o para-brisa.

Já passava da meia-noite quando eles entraram num posto de gasolina nos arredores de Hannah Lake e, antes que Ambrose pudesse se oferecer, Fern já estava pulando para fora da van e batendo a porta contra a chuva torrencial, correndo para dentro da loja a fim de pagar a gasolina. Era a eficiência em pessoa, e Ambrose se perguntou se Fern pensava que precisava cuidar dele como cuidava de Bailey. O pensamento o fez se sentir enjoado. Era essa a imagem que ele projetava?

— A Fern tem a síndrome da garota feia — disse Bailey, do nada.

— Também conhecida como SGF.

— A Fern não é feia — Ambrose respondeu, as sobrancelhas se projetando sobre os olhos escuros, distraído momentaneamente de seus pensamentos depressivos.

— Não agora. Mas ela era — Bailey disse com naturalidade. — Tinha os dentes tortos e aqueles óculos fundo de garrafa. E sempre foi muito magricela e pálida. Nada bonita. De jeito nenhum.

Ambrose lançou um olhar de repulsa por cima do ombro para o primo de Fern, e Bailey o surpreendeu com uma risada.

— Não se bate num cara de cadeira de rodas, Ambrose. E eu estou brincando. Só queria ver o que você ia dizer. Ela não era tão ruim assim, mas cresceu acreditando que era feia. A Fern ainda não percebeu que deixou a feiura pra trás faz muito tempo. Agora ela é linda. E é tão bonita por dentro quanto por fora, o que é um efeito colateral da SGF. Veja só, as meninas feias, na verdade, precisam trabalhar a personalidade e o cérebro, porque não conseguem as coisas pela aparência, não como você e eu, sabe, pessoas bonitas. — Bailey sorriu maliciosamente e balançou as sobrancelhas. — A Fern não faz ideia de como é linda. Isso a faz impagável. Agarre a minha prima antes que ela perceba que é bonita, Brosey.

Ambrose lançou um olhar mortífero para Bailey. Não estava interessado em ser manipulado, nem mesmo por Bailey Sheen. Ele desceu da van, sem responder ao comentário, e deu a volta no carro até o lado do tanque de gasolina, sem querer que Fern ficasse na chuva abastecendo enquanto ele ficava sentado no banco do passageiro e era servido. Era início de junho e a chuva não estava fria, mas vinha com força, e Ambrose ficou encharcado quase instantaneamente. Fern saiu correndo da salinha do posto e o viu esperando perto das bombas.

— Eu posso fazer isso, Ambrose. Volta pra dentro! Você está ficando encharcado! — ela gritou, esquivando-se das poças enquanto percorria o caminho até ele.

Ele viu o crédito aparecer no visor da bomba de gasolina e no mesmo instante abriu a tampa do tanque e encaixou o bico. Fern se encolheu por perto, a água escorrendo pelo rosto, claramente sem querer deixá-lo molhado sozinho. Infelizmente, com a condição de Bailey, ela estava acostumada a ser quem fazia o trabalho pesado. Mas ele não era Bailey.

— Entre na van, Fern. Eu sei abastecer o carro — ele rosnou.

A blusa dela estava aderindo ao corpo, e Ambrose desfrutava de uma visão deliciosa. Cerrou os dentes e apertou mais o bico da bomba. Parecia que, sempre que estava perto de Fern, ele passava o tempo todo tentando não olhar para ela.

Uma caminhonete velha deslizou até o outro lado da bomba, e Ambrose abaixou a cabeça instintivamente. Uma porta bateu e uma voz familiar falou atrás dele:

— Ambrose Young. É você?

Ele se virou relutante.

— É você! Nossa, puxa vida! Como vai, rapaz? — Era Seamus O'Toole, pai de Beans.

— Sr. O'Toole — Ambrose fez um aceno rígido de cabeça, estendendo a mão que não estava bombeando gasolina.

Seamus O'Toole o cumprimentou e seus olhos percorreram o rosto de Ambrose, estremecendo um pouco com o que via. Afinal de contas, aquele rosto também havia sido vítima da bomba que levara seu filho. Seus lábios tremeram, e ele soltou a mão de Ambrose. Virando-se, Seamus se inclinou para dentro do carro e falou com a mulher sentada no banco do passageiro. A bomba estalou, indicando que o tanque estava cheio, e Ambrose desejou que pudesse virar e sair sorrateiramente, enquanto Seamus ainda estava de costas.

Luisa O'Toole saiu na chuva e caminhou até Ambrose, que tinha recolocado o bico na bomba e estava esperando com as mãos enfiadas nos bolsos. Ela era uma mulher pequena, alguns centímetros mais baixa que Fern, talvez 1,52 metro de altura, no máximo. Beans tinha herdado a altura — ou a falta dela — de sua mãe. Também estava presente nos traços finos dela. Ambrose sentiu uma náusea se agitando na barriga. Devia ter ficado em casa. Luisa O'Toole era tão impetuosa quanto o marido era calmo. Beans dizia que sua mãe era a razão de seu pai beber até conseguir um estado de espírito melhor a cada noite. Era a única maneira de lidar com ela.

Luisa passou pela bomba e parou em frente a Ambrose, levantando o rosto na chuva para poder olhar para ele. Ela não falou nada, e Ambrose também não. Fern e Seamus observavam, sem saber o que dizer ou fazer.

— Eu culpo você — disse Luisa finalmente, seu inglês com sotaque rudimentar e sombrio. — Eu culpo você por isso. Eu digo não vá. Ele vai. Por você. Agora ele morto.

Seamus gaguejou e pediu desculpas, pegando a esposa pelo braço, mas ela se livrou do aperto dele e voltou para a caminhonete, sem olhar para Ambrose ao subir no veículo e fechar a porta firmemente atrás de si.

— Ela só está triste, rapaz, sente falta dele. Ela não acha isso de verdade — Seamus tentou consertar gentilmente, mas ambos sabiam que era mentira. Ele deu um tapinha na mão de Ambrose e inclinou a cabeça para Fern. Em seguida, retornou para a caminhonete e foi embora sem encher o tanque.

Ambrose ficou paralisado no lugar, a camiseta encharcada, o gorro preto grudado na cabeça. Ele o tirou e arremessou pelo estacionamento, uma alternativa molhada e patética às coisas que queria fazer, à raiva que precisava pôr para fora. Ele se virou e começou a andar, afastando-se de Fern, afastando-se da cena terrível que acabara de acontecer.

Fern correu atrás dele, escorregando e deslizando, pedindo que ele esperasse. Mas Ambrose continuou andando, ignorando-a, precisando escapar. Ele sabia que ela não o seguiria. Bailey estava sentado na van ao lado das bombas, incapaz de chegar em casa por conta própria.

19
terminar um quebra-cabeça de mil peças

Ambrose andava havia cerca de meia hora, a caminho de casa, de costas para a chuva, deixando que ela escorresse pela parte de trás de sua camiseta e encharcasse o jeans. Seus pés dançavam nas botas molhadas a cada passo. Desejou que não tivesse atirado o gorro. Os ocasionais postes de luz brilhavam sobre sua cabeça lisa, e ele se sentia exposto e vulnerável, incapaz de se cobrir. A cabeça calva o incomodava quase mais que o rosto, fazendo-o se sentir mais como uma aberração do que as marcas e cicatrizes, por isso, quando as luzes de um carro surgiram atrás dele e diminuíram a velocidade, Ambrose ignorou, esperando que sua aparência assustasse quem quer que fosse, fazendo a pessoa pensar duas vezes antes de mexer com ele ou, pior, oferecer-lhe uma carona.

— Ambrose! — Era Fern, e ela parecia assustada e preocupada. — Ambrose? Eu levei o Bailey pra casa. Por favor, entre. Eu te levo aonde você quiser... está bem?

Ela havia trocado de carro depois de levar Bailey para casa. Estava dirigindo um sedã antigo que pertencia a seu pai. Ambrose via aquele carro estacionado na frente da igreja desde que podia se lembrar.

— Ambrose? Não vou te deixar aqui. Vou te seguir a noite toda se for preciso!

Ele suspirou e olhou para ela. Fern estava inclinada sobre o banco para poder espiar pela janela do lado do passageiro enquanto se aproximava dele. Seu rosto estava pálido e tinha rímel borrado sob os olhos. O cabelo estava grudado na cabeça, e a blusa ainda estava colada aos seios bonitos. Ela não tinha parado nem por um segundo para trocar a roupa molhada antes de sair atrás dele.

Algo no rosto de Ambrose devia ter denunciado que ela havia vencido, pois Fern foi diminuindo a velocidade até parar e destravou as portas quando ele esticou a mão para a maçaneta. O calor que explodia dos aquecedores parecia um cobertor elétrico contra a pele, e ele estremeceu involuntariamente. Fern estendeu as mãos e esfregou os braços de Ambrose com firmeza, como se ele fosse Bailey e ela o tivesse resgatado de uma nevasca sem estar, ela mesma, molhada até os ossos. Fern colocou o carro em ponto morto e se inclinou sobre o assento, procurando algo na parte de trás.

— Aqui. Enrole isso no corpo — disse, deixando cair uma toalha no colo dele. — Peguei quando troquei de carro.

— Fern, para. Eu estou bem.

— Você não está bem! Ela nunca devia ter lhe dito aquelas coisas! Eu odeio aquela mulher! Vou atirar pedras na casa dela e quebrar todas as janelas! — A voz de Fern falhou, e ele podia ver que ela estava à beira das lágrimas.

— Ela perdeu o filho, Fern — disse Ambrose suavemente. Sua própria raiva foi dissipada quando ele falou a simples verdade.

Ele pegou a toalha e a usou no cabelo dela, envolvendo e apertando, absorvendo a umidade, da maneira como costumava fazer no próprio cabelo. Ela ficou parada, obviamente não acostumada com mãos masculinas em seu cabelo. Ele continuou e ela ficou em silêncio, a cabeça pendendo para o lado, deixando que Ambrose continuasse.

— Eu não vi nenhum deles. Nem a família do Grant. Nem a do Jesse. Eu não vi a Marley ou o filho deles. A mãe do Paulie me mandou uma cesta de coisas quando eu estava no hospital, mas o meu maxilar estava amarrado e eu dei a maior parte. Ela também mandou um cartão me desejando melhoras. Ela é como o Paulie, eu acho. Doce. Perdoa. Mas também não a vi desde que voltei, mesmo ela trabalhando no balcão da frente da padaria. Hoje foi a primeira vez que eu tive qualquer contato com uma das famílias. Foi mais ou menos como eu esperava. E, francamente, era o que eu merecia.

Fern não discutiu. Ele teve a sensação de que ela queria discutir, mas então ela suspirou e pegou nos pulsos dele, tirando as mãos de Ambrose de seu cabelo.

— Por que você foi, Ambrose? Você não tinha uma grande bolsa de estudos? Quer dizer... eu entendo o patriotismo e querer servir o país, mas... você não queria continuar lutando?

Ele nunca tinha falado sobre aquilo com ninguém, nunca havia verbalizado os sentimentos que tinha na época. Ambrose decidiu começar pelo começo.

— Nós estávamos sentados no fundo do auditório, Beans, Grant, Jesse, Paulie e eu. Eles riram e fizeram piadas durante toda a apresentação do recrutador do exército. Não foi por falta de respeito... de jeito nenhum. Era porque eles sabiam que nada do que o exército pudesse atirar no nosso colo seria pior que os treinos de luta do treinador Sheen. Qualquer lutador sabe que não existe nada pior do que ficar com fome, cansado, dolorido, e ainda ouvir no final de um treino puxado que é hora de correr em volta da sala. E saber que, se a gente não se esforçar, os colegas de equipe vão ficar desapontados, porque o treinador vai fazer todo mundo correr ainda mais se não estiver levando a coisa a sério. Entrar para o exército não poderia ser mais difícil do que uma temporada de luta. Não mesmo. O alistamento não deixou a gente assustado. Não da forma como eu acho que assusta a maioria dos caras. Pra mim, parecia uma chance de fugir, de ficar com os meus amigos só mais um pouco. Na verdade, eu não queria ir para a faculdade. Ainda não. Senti como se a cidade inteira dependesse de mim e, se eu pisasse na bola ou não me desse bem na Universidade da Pensilvânia, eu deixaria todo mundo decepcionado. Gostei da ideia de ser um tipo diferente de herói. Sempre quis ser soldado, mas nunca contei pra ninguém. E, depois do 11 de Setembro, pareceu ser a coisa certa a fazer. Por isso eu convenci todos eles a se alistarem. O Beans, na verdade, foi o mais fácil de convencer. Depois ele continuou fazendo a cabeça dos outros. O Paulie foi o último a se juntar a nós. Ele tinha passado quatro anos lutando, fazendo o que a gente queria. E a luta nunca tinha sido uma paixão de verdade pra ele, mas ele era bom demais e não tinha o pai por perto. O treinador Sheen meio que preenchia esse papel. Ele queria ser músico e sair em turnê tocando guitarra. Mas era um bom amigo. Ele amava a gente. Então, no fim das contas, veio junto, como sempre fazia.

A voz de Ambrose tremeu e ele esfregou o rosto violentamente, como se estivesse tentando apagar o fim de sua história, para mudar o que aconteceu em seguida.

— Então todos nós fomos. Meu pai chorou, e eu fiquei com vergonha. O Jesse encheu a cara na véspera de irmos para o treinamento básico e engravidou a Marley. Ele nunca conheceu o filho. Eu realmente devia ir ver a Marley, mas não consigo. O Grant era o único que parecia levar a coisa a sério. Ele me disse que nunca rezou com tanto fervor como na noite antes de a gente ir para o Iraque. E aquele cara estava sempre rezando. É por isso que eu não rezo mais. Porque, se o Grant rezou tanto e mesmo assim morreu, então não vou perder o meu tempo.

— Deus poupou a sua vida — disse Fern, filha de pastor até o último fio de cabelo.

— Você acha que Deus salvou a minha vida? — Ambrose retrucou, seu rosto incrédulo. — Como você acha que a mãe do Paul Kimball se sente por causa disso? Ou os pais do Grant? Ou a namorada do Jesse, ou mesmo o filho dele, quando tiver idade para entender que tinha um pai que ele nunca vai conhecer? Sabemos como a Luisa O'Toole se sente sobre isso. Se Deus salvou a minha vida, por que não salvou a vida dos outros? A minha é tão mais valiosa assim? Então eu sou especial... e eles não?

— Claro que não é isso — Fern protestou, sua voz se elevando ligeiramente em resposta à veemência de Ambrose.

— Você não entende, Fern? É muito mais fácil lidar com a situação se Deus não tiver nada a ver com isso. Se Deus não tem nada a ver com isso, então eu posso aceitar que simplesmente a vida é assim. Ninguém é especial, mas ninguém também *não é* especial. Entende o que eu quero dizer? Eu posso me conformar com o que aconteceu, mas não posso aceitar que as suas preces foram atendidas e as deles não. Isso me deixa com raiva e sem esperança... desesperado mesmo! E não posso viver assim.

Fern assentiu e deixou que as palavras se assentassem no interior úmido do carro. Não discutiu, mas depois de um momento falou:

— Meu pai sempre cita uma passagem da Bíblia. É a resposta dele quando não entende alguma coisa. Já ouvi isso tantas vezes na vida que se tornou uma espécie de mantra — disse Fern. — "Porque os meus pensamentos não são os vossos pensamentos, nem os vossos caminhos os meus caminhos, diz o Senhor. Porque, assim como os céus são mais altos do que a terra, assim são os meus caminhos mais altos do que os vossos caminhos, e os meus pensamentos mais altos do que os vossos pensamentos."

— O que isso quer dizer, Fern? — Ambrose suspirou, mas seu fervor havia esmaecido.

— Acho que significa que não entendemos tudo, nem vamos entender. Talvez os porquês não sejam respondidos aqui. Não por não existirem respostas, mas porque a gente não ia entender se elas fossem ditas.

Ambrose ergueu as sobrancelhas, esperando.

— Talvez exista um propósito maior, um cenário maior, e a gente só contribua com uma parte. Sabe, como um daqueles quebra-cabeças de mil peças? Olhando para uma das pecinhas, não tem como a gente saber qual vai ser o resultado final. E não temos a imagem da caixa para dar uma ideia de como é.

Fern sorriu timidamente, hesitante, sem saber se o que estava dizendo fazia sentido. Quando Ambrose apenas esperou, ela continuou.

— Talvez todo mundo represente uma peça do quebra-cabeça. Todos nós nos encaixamos para criar essa experiência que chamamos de vida. Nenhum de nós consegue enxergar o papel que desempenha ou a forma como tudo vai acabar. Talvez os milagres que vemos sejam apenas a ponta do iceberg. E talvez a gente apenas não reconheça as bênçãos que resultam de coisas terríveis.

— Você é uma garota estranha, Fern Taylor — disse Ambrose baixinho, seus olhos nos dela; o direito cego, e o esquerdo tentando enxergar sob a superfície. — Já vi aqueles livros que você lê. Aqueles com garotas na capa com os peitos pulando pra fora e caras com a camisa rasgada. Você lê romances de sacanagem e cita a Bíblia. Não tenho certeza se consigo entender qual é a sua.

— A Bíblia me conforta, e os romances me dão esperança.

— Ah, é? Esperança de quê?

— Esperança de fazer mais do que citar a Bíblia com Ambrose Young num futuro muito próximo. — Fern corou furiosamente e olhou para as mãos.

Ele não sabia o que dizer. Depois de um silêncio tenso, ela engatou a primeira no carro e retornou para a estrada molhada.

Ambrose pensou no que Bailey havia dito, sobre Fern ter a síndrome da garota feia, a SGF. Talvez só estivesse dando em cima dele porque ele agora era feio e ela pensasse, por causa da SGF, que era o melhor que poderia conseguir. Talvez ele tivesse desenvolvido a síndrome do garoto feio e estivesse disposto a aceitar todas as migalhas que uma garota bonita estava jogando em seu caminho. Mas Fern não havia atirado migalhas. Havia jogado um biscoito inteiro e estava esperando que ele desse uma mordida.

— Por quê? — ele sussurrou, seus olhos fixo à frente.

— Por que o quê? — A voz dela parecia leve, mas ele percebeu um pouco de vergonha. Fern, obviamente, não estava acostumada a jogar biscoitos para homens, feios ou não.

— Por que você age como se eu fosse o antigo Ambrose? Você age como se quisesse que eu te beijasse. Como se nada tivesse mudado desde a época da escola.

— Algumas coisas não mudaram — disse Fern em voz baixa.

— Claro que mudaram, Fern! — Ambrose esbravejou, batendo a mão no painel do carro, fazendo-a dar um salto. — Tudo mudou! Você é linda, eu sou horroroso; você não precisa mais de mim, mas eu com certeza preciso de você!

— Você age como se beleza fosse a única coisa que faz as pessoas serem dignas de amor — Fern retrucou. — Eu não te am-amava só porque você era bonito! — Ela disse a palavra com A bem alto, embora tivesse tropeçado nela.

Fern diminuiu em frente à casa de Ambrose e colocou o carro em ponto morto bruscamente, antes que tivesse parado por completo, fazendo-o dar um tranco.

Ambrose sacudiu a cabeça como se não acreditasse nela. Procurou a maçaneta da porta, e os nervos de Fern entraram em colapso, o ímpeto da raiva obviamente lhe dando coragem para revelar coisas que ela, de outra maneira, nunca teria revelado. Ela agarrou o braço de Ambrose e exigiu que ele encontrasse o seu olhar.

— Eu sou apaixonada por você desde que você me ajudou a enterrar aquela aranha no meu jardim e cantou comigo como se estivéssemos cantando "Amazing Grace" em vez de "Dona Aranha". Eu te amo desde que você citou *Hamlet* como se o entendesse, desde que você disse que gostava mais de roda-gigante do que de montanha-russa, porque a vida não devia ser vivida a toda velocidade, mas ser apreciada com expectativa. Eu li e reli todas as suas cartas para a Rita, porque sentia como se você tivesse aberto uma pequena janela para a sua alma e a luz se derramava em cada palavra. Elas nem eram para mim, mas não importava. Eu amei cada palavra, cada pensamento, e eu te amei... tanto.

Ambrose estava prendendo a respiração e soltou o ar num silvo, seus olhos fixos nos de Fern. Ela continuou, sua voz baixando até se tornar um sussurro.

— Quando ouvimos a notícia... sobre a explosão no Iraque... Sabia que ligaram primeiro para o meu pai? Ele foi com os oficiais para informar as famílias.

Ambrose negou com a cabeça. Ele não sabia. Nunca havia se permitido pensar sobre aquele dia, o dia em que as famílias receberam a notícia.

— Eu só conseguia pensar em você. — Fern segurava as lágrimas, e sua tristeza fez o sofrimento aflorar também no peito dele. — Fiquei com o coração partido pelos outros... principalmente pelo Paulie. Mas eu só conseguia pensar em você. Não ficamos sabendo de imediato o que tinha acontecido com você. Prometi a mim mesma que, se você voltasse para casa, eu não teria medo de revelar os meus sentimentos. Mas ainda tenho medo, porque não consigo fazer você retribuir o meu amor.

Ambrose estendeu as mãos e a puxou em seus braços. O abraço foi um pouco desajeitado, com o câmbio despontando entre eles, mas Fern deitou a cabeça no ombro de Ambrose e ele passou a mão no cabelo dela, surpreso com quanto era melhor dar conforto do que recebê-lo. Ele sempre recebera apoio e cuidados de Elliott e da mãe, assim como da equipe do hospital por longos meses. No entanto, desde o ataque, nunca havia dado conforto, nunca tinha oferecido um ombro para chorar, nunca tinha carregado o fardo do sofrimento de outra pessoa.

Depois de um tempo, Fern se afastou, enxugando os olhos. Ambrose não havia falado, não havia revelado os próprios sentimentos nem respondido às declarações de amor. Ele tinha esperanças de que ela não esperasse isso. Ele não fazia ideia de como se sentia. Naquele momento, estava amarrado em um milhão de nós e não podia dizer coisas que não sentia de verdade só para tornar o momento mais fácil. Mesmo assim, Ambrose ficou admirado com a coragem dela em falar e, debaixo de sua confusão e desespero, ele acreditou. Acreditou que ela o amava. Foi algo que o encheu de humildade. Talvez um dia, quando os nós se desatassem, aquele momento o envolveria e o ligaria a ela. Ou talvez o amor de Fern simplesmente afrouxasse as amarras, libertando-o para partir.

20
arranjar um animal de estimação

ESTRANHAMENTE, COM A CONFISSÃO DE FERN, UMA NOVA PAZ SE assentou entre ela e Ambrose. Ele não tentava mais ocultar o rosto o tempo todo ou se esconder na cozinha. Sorria mais. Ria. E Fern descobriu que ele tinha um pouco de provocador. Havia noites em que, depois do fechamento da loja, ele até a procurava. Em uma dessas noites, ele a encontrou ainda no caixa, imersa numa cena de amor.

Fern lia romances desde que tinha treze anos. Havia se apaixonado por Gilbert Blythe de *Anne de Green Gables* e ficara ávida por se apaixonar daquele jeito repetidas vezes. E então havia descoberto os romances de banca. Sua mãe teria desmaiado de cara no chá de hortelã se soubesse quantos romances proibidos Fern havia consumido no verão antes do oitavo ano, e que ela tivera um milhão de namorados literários desde então.

Ambrose arrancou o livro das mãos de Fern e imediatamente abriu onde ela estava lendo. Ela o agarrou, o constrangimento inundando-a, sem querer que ele visse o que havia capturado sua atenção. Ele apenas segurou o livro na frente do rosto e envolveu um braço ao redor de Fern, conseguindo segurá-la como se ela tivesse cinco anos de idade. Ambrose era como um touro, imovível e musculoso, e todos os esforços de Fern, contorcendo-se para libertar os braços e recuperar o livro, se mostraram inúteis. Ela desistiu e abaixou a cabeça com desânimo. Calor irradiava de seu rosto, e ela prendeu a respiração, esperando que ele uivasse de tanto rir. Ambrose leu em silêncio por alguns minutos.

— Hum. — Ele soou um pouco desconcertado. — É... isso é interessante. — Seu braço afrouxou de leve, e Fern saiu por baixo dele, colocando um cacho atrás da orelha e olhando, inquieta, para tudo, menos para Ambrose.

— O que é interessante? — ela perguntou naturalmente, como se não tivesse sido arrasada pela vergonha havia apenas alguns segundos.

— Você lê muito esse tipo de coisa? — ele respondeu com uma nova pergunta.

— Ei, você não pode julgar sem saber o que é! — Fern respondeu suavemente e encolheu os ombros, como se não estivesse morrendo por dentro.

— Mas é isso. — Ambrose cutucou Fern na lateral do corpo com um dedo longo. Ela se encolheu de novo e deu um tapa na mão dele. — Você não sabe de verdade o que é... nada disso... sabe?

Os olhos de Fern dispararam para os dele e seus lábios se separaram com espanto.

— Sabe? — perguntou Ambrose, os olhos fixos nos dela.

— Sei o quê? — a voz de Fern era um sibilo chocado.

— Bom, deixe eu ver. — Ambrose folheou algumas páginas. — Que tal isso? — Ele começou a ler lentamente, sua voz profunda retumbando no peito, o som fazendo o coração de Fern palpitar como um baterista frenético. —"... ele a empurrou contra os travesseiros e passou as mãos por sua pele nua, os olhos acompanhando o caminho percorrido. Os seios dela se ergueram numa antecipação febril..."

Fern bateu a mão no livro, desesperada, e conseguiu derrubá-lo. Ele voou sobre vários caixas e aterrissou atrás de um carrinho de compras.

— Você já tentou aquilo? — A expressão de Ambrose era muito séria, os lábios apertados em consternação. Porém seu olho bom brilhava, e Fern sabia que ele estava rindo dela em silêncio.

— Já! — ela vociferou. — Já tentei! Muitas vezes, na verdade. É... é maravilhoso! Eu adoro! — Ela pegou um frasco de spray e um pano debaixo do balcão do caixa e imediatamente começou a esguichar e esfregar para limpar o espaço de trabalho que já estava impecável.

Ambrose se aproximou e sussurrou em seu ouvido, fazendo com que as mechas soltas do rabo de cavalo fizessem cócegas no rosto dela enquanto ele falava.

— Com quem?

Fern parou de esfregar e o olhou furiosamente, o rosto dele a centímetros do seu.

— Para com isso, Ambrose! Você está me deixando sem graça.

— Eu sei, Fern. — Ele riu, revelando seu sorriso adoravelmente desnivelado. — Eu não consigo evitar. Você fica uma gracinha assim.

No momento em que as palavras saíram de seus lábios, Ambrose endireitou o corpo, como se o flerte o tivesse surpreendido, e ele se virou, de repente também sem jeito. A música ambiente mudou para algo de Barry Manilow, e Fern no mesmo instante desejou não ter repreendido Ambrose. Ela devia ter simplesmente deixado que ele zombasse dela. Por um momento, ele havia parecido tão alegre, tão jovial, e agora estava rígido de novo, de costas, escondendo o rosto outra vez. Sem mais uma palavra, ele começou a andar na direção da padaria.

— Não vá, Ambrose — Fern chamou. — Desculpa. Você está certo. Eu nunca tentei nenhuma dessas coisas. Você foi o único que me beijou. E estava meio bêbado, então pode zombar de mim quanto quiser.

Ambrose fez uma pausa e se virou ligeiramente. Ele ponderou o que ela havia dito por alguns segundos e, em seguida, perguntou:

— Como é que uma garota como você... que adora romances e escreve cartas de amor incríveis... — o coração de Fern parou de bater — ... como é que uma garota como você conseguiu passar pela escola sem nunca ter sido beijada?

Ela engoliu em seco e seu coração retomou a cadência com um solavanco. Ambrose a observou, obviamente esperando por uma resposta.

— É fácil quando você tem cabelo cor de fogo, não é muito maior que uma criança de doze anos e usa óculos e aparelho nos dentes até o último ano do colégio — Fern disse ironicamente, confessando a verdade com facilidade, desde que levasse embora o olhar de desolação dos olhos dele. Ambrose sorriu de novo, e sua postura relaxou um pouco.

— Então aquele beijo no lago foi o seu primeiro? — ele perguntou, hesitante.

— Foi. Ganhei meu primeiro beijo do único e inigualável Ambrose Young. — Fern sorriu e balançou as sobrancelhas.

Mas Ambrose não riu. Não sorriu. Seus olhos vasculharam o rosto de Fern por um longo instante.

— Você está me zoando, Fern?

Ela sacudiu a cabeça desesperadamente, perguntando-se por que nunca conseguia dizer a coisa certa.

— Não! Eu só estava... sendo... boba. Eu só queria que você risse de novo!

— Acho que é engraçado mesmo — disse Ambrose. — O único e inigualável Ambrose Young... Sim. Não seria algo para se gabar? Um beijo de um filho da mãe horroroso que metade da cidade não suporta olhar. — Ele se virou e seguiu em direção à padaria sem olhar para trás. Barry Manilow chorou por uma garota chamada Mandy, e Fern teve vontade de chorar com ele.

※

Fern fechou a loja à meia-noite, como sempre fazia, de segunda a sexta. Nunca havia tido razão para se sentir nervosa ou mesmo para pensar duas vezes antes de trancar tudo à meia-noite e ir para casa com a bicicleta que ela deixava acorrentada na entrada de funcionários. Nem sequer olhou para o lado quando empurrou a porta pesada de saída e a trancou, sua mente já na volta para casa e no manuscrito que a esperava.

— Fern? — A voz dele veio da esquerda, e ela não teve chance de reagir antes que fosse empurrada de costas contra a lateral do prédio. Sua cabeça bateu na parede de blocos, e ela fez uma careta quando seus olhos dispararam para o rosto de seu agressor.

O estacionamento estava mal iluminado na frente, mas a luz na saída de funcionários era inexistente. Fern nunca sequer tinha pensado em reclamar. O pálido luar fazia pouco para iluminar ao redor, mas ela conseguia discernir os ombros largos de Ambrose e seu rosto sombreado.

— Ambrose?

As mãos dele a seguraram pela nuca, os dedos acariciando onde ele havia machucado com a batida na parede. A cabeça dela mal alcançava os ombros dele, e Fern a pressionou para trás, nas mãos dele, levantando o queixo para tentar discernir sua expressão. Porém a escuridão manteve os motivos ocultos, e Fern se perguntou brevemente se Ambrose era perigoso e se seus ferimentos iam além da pele. Mas o pensamento não teve tempo de progredir quando Ambrose abaixou a cabeça e, de leve, tocou seus lábios nos de Fern.

Choque e surpresa floresceram em seu peito, expulsando o breve momento de medo, e instantaneamente a atenção de Fern estava focada na sensação do toque da boca de Ambrose na sua. Ela registrou o espetar da barba por fazer na bochecha esquerda, o sussurro da expiração dele, o calor dos lábios macios e o toque de canela e açúcar, como se ele tivesse provado algo que havia preparado. Ambrose estava hesitante, sua delicadeza em desacordo com a aparição agressiva. Talvez pensasse que ela ia afastá-lo. Quando Fern não o fez, sentiu o suspiro dele fazer cócegas em seus lábios, e as mãos que seguravam sua cabeça relaxaram e deslizaram até os ombros, puxando-a para ele quando os lábios pressionaram os dela com mais firmeza.

Algo se desenrolou no baixo-ventre de Fern, um calor trêmulo girando e torcendo por seus membros atordoados e mãos crispadas. Ela reconheceu imediatamente. Era desejo. Anseio. Luxúria? Nunca tinha experimentado luxúria. Tinha lido o suficiente sobre o assunto, mas sentir desejo em primeira mão era uma experiência totalmente nova. Ela se esticou e segurou o rosto de Ambrose entre as mãos, mantendo-o perto dela, esperando que ele não recuperasse o juízo num futuro próximo. Ela percebeu o contraste entre a face esquerda e a direita, mas os sulcos e protuberâncias que marcavam o lado direito do rosto de Ambrose eram de pouca importância quando a linda boca dele estava explorando a sua.

Ele parou abruptamente, puxando o rosto das palmas de Fern e envolvendo os pulsos dela com as mãos grandes. Fern procurou algo em seu rosto na escuridão.

— Agora sim. Esse foi muito melhor que o primeiro — ele murmurou, com as mãos ainda fechadas em torno das dela.

Fern estava tonta por causa do contato, bêbada com a sensação, e completamente sem palavras. Ambrose soltou seus pulsos, deu um passo para trás e saiu andando até a entrada da padaria, sem nem um "até mais". Fern o observou ir, viu a porta se fechar atrás dele e sentiu o coração dar pulinhos como um cachorrinho doente de amor. Um beijo não ia ser nem perto de suficiente.

∽∂

Na noite seguinte, Bailey Sheen entrou na padaria à meia-noite como se fosse dono do lugar. Obviamente, Fern o tinha ajudado a entrar, mas não estava com ele. Ambrose disse a si mesmo que não estava decepcionado. Bailey, no entanto, tinha um gato. Ele corria ao seu lado como se fosse o coproprietário.

— Não pode entrar com animal aqui, Sheen.

— Estou numa cadeira de rodas, cara. Você vai dizer que eu não posso entrar com o meu gato-guia? Na verdade, ele pode ser o seu gato-guia, já que você está cego e tudo o mais. Uma das vantagens de ser uma figura patética é que eu costumo conseguir o que quero. Ouviu isso, Dan Gable? Ele te chamou de animal. Vai atrás dele, rapaz. Vai atrás dele!

O gato farejava uma das estantes altas de metal, ignorando Bailey.

— O seu gato se chama Dan Gable?

— É. Dan Gable Sheen. Eu tenho ele desde os treze anos. Minha mãe levou a gente para uma fazenda no meu aniversário, e a Fern e eu pudemos pegar um gatinho para cada. O meu eu chamei de Dan Gable, e a Fern chamou a dela de Nora Roberts.

— Nora Roberts?

— É. Parece que é uma escritora. A Fern ama essa mulher. Infelizmente para a Nora Roberts, ela ficou grávida e morreu no parto.

— A escritora?

— Não! A gata. A Fern nunca teve muita sorte com animais. Ela os enche de carinho e cuidado e eles agradecem batendo as botas. A Fern ainda não descobriu como se fazer de difícil.

Ambrose gostava daquilo a respeito de Fern. Não havia fingimento com ela, mas ele não ia dizer isso a Bailey.

— Tenho tentado ensinar alguns movimentos de luta para o Dan Gable, em honra ao xará dele, mas até agora tudo o que ele consegue fazer é se esticar. Mas, ei, se esticar é um dos movimentos básicos, e é mais do que eu posso fazer — disse Bailey com uma risada.

Dan Gable era um lutador que havia ganhado uma medalha de ouro olímpica. Na verdade, seus adversários não fizeram um único ponto durante todos os Jogos Olímpicos. Graduou-se na Universidade Estadual de Iowa, com apenas uma derrota, treinou os Iowa Hawkeyes e era uma lenda no esporte. Apesar disso, Ambrose não achava que ele ficaria especialmente honrado em saber que um gato tinha ganhado o seu nome.

Dan Gable, o gato, esfregou-se na perna de Ambrose, mas o abandonou imediatamente quando Bailey bateu levemente nos joelhos com a ponta dos dedos. O gato pulou em seu colo e foi recompensado com carinhos e elogios.

— Dizem que os animais são uma boa terapia. Na verdade, era para eu ter ganhado um cachorrinho. Sabe, o melhor amigo do homem, um cão para amar somente a mim, o garoto que não podia andar. Entram os violinos. Mas minha mãe disse que não. Ela se sentou comigo à mesa da cozinha e chorou quando eu pedi.

— Por quê? — perguntou Ambrose, surpreso. Até onde ele sabia, Angie Sheen era uma ótima mãe. Não parecia ser de seu feitio recusar um cachorro para o garoto que não podia andar, que precisava de um companheiro leal... Entram a iluminação suave e a casa de fazenda na manhã de Natal.

— Sabia que eu não consigo limpar a minha própria bunda? — disse Bailey, olhando Ambrose diretamente nos olhos. Ele não estava sorrindo.

— Hum. Tá — disse Ambrose, com desconforto.

— Sabia que, se eu me inclinar muito para pegar alguma coisa, não consigo endireitar as costas? Uma vez eu fiquei meia hora caído sobre os joelhos até que a minha mãe voltasse da rua e me colocasse sentado direito outra vez.

Ambrose ficou em silêncio.

— Sabia que a minha mãe, que pesa cinquenta quilos, consegue me levantar pelas axilas e me colocar na cadeira do chuveiro? Ela me lava, me veste, escova os meus dentes, penteia o meu cabelo. Tudo isso. À noite, ela e meu pai se revezam para me virar na cama, porque eu não consigo fazer isso sozinho e fico com dor se passar a noite toda de um lado só. Eles fazem isso desde que eu tinha uns catorze anos, noite após noite.

Ambrose sentiu um nó se formando na garganta, mas Bailey continuou.

— Então, quando eu disse que queria um cachorro, acho que algo meio que se partiu dentro dela. Ela simplesmente não podia tomar conta de mais ninguém. Por isso entramos num acordo. Gatos precisam de poucos cuidados, sabe? Tem comida de gato e uma caixa de areia na garagem. A Fern é quem alimenta o Dan Gable e troca a areia na maior parte do tempo. Acho que ela fez um acordo com a minha mãe quando pegamos os gatinhos, embora eu não consiga arrancar a informação de nenhuma das duas.

— Merda. — Ambrose passou as mãos sobre a cabeça calva, agitado e perturbado. Não sabia o que dizer.

— Quando é que você vai voltar a lutar, Brosey? — Bailey usou o nome pelo qual os rapazes o chamavam. Ambrose tinha a sensação de que ele havia feito aquilo de propósito. — Quero ver você lutar de novo. Ter um gato chamado Dan Gable não é suficiente. — Dan Gable miou e pulou do colo de Bailey, como se não tivesse gostado do comentário. — E sem mais nem menos ele abandona o aleijado. — Bailey suspirou tragicamente.

— Não consigo ver nem ouvir do lado direito, Bailey. Não consigo ver ninguém chegando! Porra, minhas pernas seriam imobilizadas tão rápido que eu nem saberia o que foi que me atingiu. Tirando isso, meu equilíbrio está uma merda. A perda auditiva deixou a luta impraticável, e eu realmente prefiro não ter uma arena inteira de gente olhando para mim.

— Então você só vai ficar fazendo cupcakes?

Ambrose olhou feio para Bailey, que sorriu de volta.

— Quanto peso você consegue levantar, Brosey?

— Quer parar de me chamar assim?

Bailey parecia genuinamente confuso.

— Por quê?

— Porque... esse... Só... me chama de Ambrose.

— Então, duzentos, duzentos e vinte quilos? Quanto?

Ambrose estava olhando feio outra vez.

— Não vá me dizer que não anda levantando peso — disse Bailey. — Eu sei. Seu físico pode ser bom naturalmente, mas você está trincado. Você ficou enorme e com o corpo sólido.

Aquilo vindo de um garoto que nunca tinha levantado peso na vida, Ambrose pensou, sacudindo a cabeça e colocando outra assadeira de cupcakes no forno. Sim, cupcakes.

— Então, qual é o sentido? Quer dizer, você tem esse corpo incrível, grande e forte. Vai manter tudo isso só pra você? Você precisa compartilhar isso com o mundo, cara.

— Se eu não soubesse a real, ia achar que você está me cantando — disse Ambrose.

— Você fica pelado na frente do espelho, flexionando os músculos todas as noites? Quer dizer, sério, pelo menos entre para a indústria de filmes adultos. Aí o seu corpo não vai ser um completo desperdício.

— Lá vem você de novo... falando de coisas que não faz nem ideia — disse Ambrose. — A Fern lê romances e de repente você é o Hugh Hefner. Acho que nenhum dos dois tem cacife pra me dar sermão.

— A Fern tem te dado sermão? — Bailey pareceu surpreso e nem um pouco ofendido por Ambrose ter basicamente dito que ele não sabia nada de nada porque estava numa cadeira de rodas.

— Ela tem me deixado citações motivacionais — disse Ambrose.

— Ahhh. Isso é mais a cara dela. Tipo o quê? Apenas acredite? Sonhe grande? Casa comigo?

Ambrose engasgou e depois se pegou dando risada, apesar de tudo.

— Vamos, Bros... Ambrose — Bailey corrigiu, seu tom conciliador, o rosto sério. — Você nem pensa nisso? Em voltar? Meu pai deixa a sala de luta aberta para o público no verão. Ele trabalharia com você. Droga, ele se mijaria todo se você dissesse que quer fazer uns treinos. Você acha que tudo isso não foi difícil pra ele? Ele amava vocês! Quando soube da notícia... o Jesse, o Beans, o Grant... o Paulie. Eles eram dele também. Não eram só seus, cara. Eles eram os garotos do meu pai. Ele também amava aqueles quatro! *Eu* também amava

— disse Bailey, a veemência fazendo sua voz tremer. — Alguma vez você pensou nisso? Você não foi o único que perdeu seus amigos.

— Você acha que eu não sei disso? Eu entendo! — Ambrose disse, incrédulo. — Esse é o problema, Sheen. Se eu fosse a única pessoa que tivesse perdido... se eu fosse o único sofrendo, seria mais fácil...

— Só que nós não perdemos apenas eles! — interrompeu Bailey. — Perdemos você! Você não acha que toda essa maldita cidade sofre por sua causa?

— Eles sofrem pela estrela do esporte. O Hércules. Eu não sou mais ele. Eu não acho que consigo lutar mais, Bailey. Eles querem o cara que ganha todas as lutas e tem perspectivas olímpicas. Eles não querem a aberração careca que não consegue ouvir o maldito apito se ele soar do lado ruim.

— Eu acabei de te explicar que não consigo ir ao banheiro sozinho, cara. Dependo da minha mãe para abaixar as minhas calças, assoar a droga do meu nariz, passar desodorante nas minhas axilas. E, para pior, quando eu fui para a escola, tinha que confiar em alguém para me ajudar lá também, com quase todas as malditas coisas. Foi embaraçoso. Foi frustrante. Mas foi necessário! Não me restou nenhum orgulho, Ambrose! Nenhum orgulho. Mas era o meu orgulho ou a minha vida. Eu precisei escolher. E você também precisa. Você pode ter o seu orgulho e ficar aqui sentado fazendo cupcakes, ficar gordo e velho, e ninguém vai dar a mínima depois de um tempo. Ou você pode trocar esse orgulho por um pouco de humildade e ter a sua vida de volta.

21
subir na corda

Bailey disse que nunca tinha ido ao memorial em homenagem a Paulie, Jesse, Beans e Grant. Ambrose entendia por quê. Envolvia um pouco de subida numa estrada de terra de mão dupla, íngreme demais para ser percorrida por uma cadeira de rodas. Elliott disse a Ambrose que a cidade estava trabalhando para pavimentar a estrada, mas aquilo ainda não tinha acontecido.

Quando Bailey contou sobre o lugar, Ambrose percebeu como o amigo tinha vontade de ir e disse a si mesmo que o levaria. Mas não agora. Naquele primeiro momento, Ambrose precisava ir sozinho. Tinha evitado desde a volta para casa, havia quase seis meses. Mas a conversa sobre cupcakes, humildade e a falta de orgulho de Bailey havia convencido Ambrose de que talvez fosse hora de dar pequenos passos. E assim ele deu um passo de cada vez e subiu a colina que levava ao mirante onde seus quatro amigos haviam sido enterrados.

Estavam em linha reta, quatro lápides brancas voltadas para a escola de ensino médio onde todos tinham lutado e jogado futebol americano, onde haviam crescido e ganhado maturidade. Havia um pequeno banco de pedra perto das sepulturas, onde familiares ou amigos podiam sentar um pouco, e árvores grossas além da clareira. Era um bom local, tranquilo e pacífico. Havia flores, alguns bilhetes e bichos de pelúcia ao redor das sepulturas, e Ambrose ficou feliz ao ver que as pessoas tinham visitado bastante o lugar, embora ele esperasse que ninguém aparecesse naquele dia. Precisava de um tempo sozinho com os amigos.

Paulie e Grant estavam no meio, Beans e Jesse nas pontas. Engraçado. Era mais ou menos assim em vida. Paulie e Grant eram a cola, os mais equilibrados; Beans e Jesse eram os protetores, os loucos. Os dois que reclamavam e resmungavam de você na sua cara, mas que no fim sempre davam cobertura. Ambrose se agachou ao lado de cada túmulo e leu as palavras esculpidas nas pedras.

CONNOR LORENZO "BEANS" O'TOOLE
* 8 de maio de 1984
† 2 de julho de 2004
Mi hijo, mi corazón

PAUL AUSTIN KIMBALL
* 29 de junho de 1984
† 2 de julho de 2004
Amado amigo, irmão e filho

GRANT CRAIG NIELSON
* 1º de novembro de 1983
† 2 de julho de 2004
Para sempre em nosso coração

JESSE BROOKS JORDAN
* 24 de outubro de 1983
† 2 de julho de 2004
Pai, filho, soldado, amigo

"A vitória está na batalha", estava escrito no banco de pedra. Ambrose traçou as palavras com o dedo. Era algo que o treinador Sheen dizia. Algo que ele sempre gritava da lateral da arena de luta. Para o treinador, nunca era o resultado final que importava. E sim lutar até o apito soar.

Ambrose se sentou no banco e olhou para o vale abaixo, para a cidade onde tinha vivido todos os dias de sua vida, todos os dias, exceto durante os anos em que tudo havia mudado. E falou com os amigos. Não porque acreditasse que pudessem ouvi-lo, mas porque havia coisas que ele sabia que precisava dizer.

Contou-lhes sobre o que Bailey havia dito. Sobre retomar sua vida. Ele não sabia o que aquilo significava. Às vezes não é possível retomar a vida. Às vezes a vida está morta e enterrada, e a única opção é fazer uma nova. Ambrose não sabia como essa nova vida seria.

O rosto de Fern flutuou em sua mente. Talvez ela fosse parte de uma nova vida, mas, estranhamente, Ambrose não queria falar com os amigos sobre ela. Parecia cedo demais. E ele descobriu que queria protegê-la, mesmo do fantasma de seus amigos mais próximos. Todos sempre riam demais da pequena ruiva, faziam muitas piadas à custa dela, faziam muitas provocações e zombavam vezes demais. Por isso, Ambrose manteve Fern para si mesmo, segura em um cantinho que crescia rapidamente em seu coração, onde apenas ele sabia que era o lugar dela.

Quando o sol começou a desvanecer e mergulhar atrás das árvores, Ambrose se levantou e seguiu o caminho de volta, descendo pela colina, aliviado por finalmente ter encontrado forças para subir.

༄

A sala de luta livre cheirava a suor, água sanitária e lembranças. Boas lembranças. Duas longas cordas pendiam dos cantos, cordas pelas quais Ambrose tinha subido e se balançado milhares de vezes. O tatame estava enrolado, grossas placas vermelhas de borracha com o círculo que marcava os limites da área de luta e as linhas no centro, onde a ação começava. O treinador Sheen estava limpando as folhas emborrachadas, algo que provavelmente tinha feito mais de mil vezes. Numa carreira de treinador de trinta anos, era possível que fosse até mais.

— Oi, treinador — disse Ambrose em voz baixa, sua mente voltada para todas as vezes em que tinha dispensado a visita do treinador depois de ter voltado para casa.

O treinador Sheen ergueu os olhos com surpresa, desperto de seus próprios pensamentos, não esperando companhia.

— Ambrose! — Seu rosto tinha uma expressão de alegria tamanha que Ambrose engoliu em seco, perguntando-se por que havia repelido o antigo treinador por tanto tempo.

Mike Sheen parou de limpar e cruzou as mãos no cabo do esfregão.

— Como vai, soldado?

Ambrose estremeceu com a forma de tratamento. Culpa e tristeza pendiam como correntes pesadas daquela palavra. Seu orgulho de ser soldado fora dizimado pela perda dos amigos e pela responsabilidade que sentia pela morte deles. Que heróis usassem a palavra. Ele se sentia indigno do título.

Os olhos de Mike se estreitaram no rosto de Ambrose, sem deixar de perceber como o rapaz havia se encolhido ao ser chamado de "soldado" ou como sua boca se apertava, como se ele tivesse algo a dizer, mas não diria. O treinador Sheen sentiu o coração tremer no peito. Ambrose Young havia sido um fenômeno, um monstro absoluto no esporte. Era o tipo de rapaz que todo treinador sonhava em treinar, não por causa da glória que a atividade traria, mas pela emoção de fazer parte de algo realmente inspirador e de ver a história se desenrolar diante de seus olhos. Ambrose Young era esse tipo de atleta. E talvez ainda pudesse ser. Mas, enquanto Ambrose hesitava na porta, seu rosto uma teia de cicatrizes, sua juventude desaparecida, o cabelo também, Mike Sheen teve suas dúvidas.

A ironia de o cabelo não estar mais lá não escapou ao treinador. Ambrose Young fora um excelente aluno, obediente na sala de luta, exceto quando se tratava de seu cabelo. Havia se recusado terminantemente a cortá-lo. O treinador gostava de seus garotos com os cabelos curtinhos, ao estilo militar. Mostrava respeito e disposição para o sacrifício. Mas Ambrose havia dito calmamente, em particular, que usaria o cabelo num rabo de cavalo apertado, para tirar os fios do rosto durante os treinos e quando lutasse, mas não o cortaria.

O treinador Sheen havia dito que permitiria se Ambrose se tornasse um líder em outros aspectos. Significava que, se todo o restante da equipe começasse a deixar o cabelo crescer, deixasse de levar os treinos a sério ou desrespeitasse o grupo ou a equipe técnica de qualquer jeito, ele consideraria Ambrose pessoalmente responsável, e então Ambrose teria de cortar o cabelo. O rapaz havia mantido sua parte do acordo. Havia liderado o time. Em dias de luta, ele vestia calça social, camisa e gravata para ir à escola e garantia que todos os outros garotos fizessem o mesmo. Era o primeiro a chegar no treino, o último a sair, o que trabalhava mais duro, o líder constante. Mike considerava o melhor acordo que já tinha feito.

Agora o cabelo de Ambrose não estava mais lá, assim como seu senso de direção, sua confiança, a luz de seus olhos. Um deles estava permanentemente apagado, e o outro percorria a sala com nervosismo. O treinador se perguntou se realmente existia algo como uma segunda chance. Não era a questão física que o preocupava. Era a carga emocional.

Ambrose caminhou em direção a seu antigo treinador, agarrando a bolsa de treino, sentindo-se um intruso no lugar que amava mais que qualquer outro no mundo.

— Falei com o Bailey. Ele disse que você estaria aqui.

— Ah, é? Bom, eu estou aqui. Você quer treinar? Sacudir a ferrugem? — Mike prendeu a respiração.

Ambrose assentiu, apenas uma vez, e o treinador Sheen soltou o ar dos pulmões.

— Está bem. Vamos treinar um pouco.

— Você podia fazer balé ou ginástica — sugeriu o treinador Sheen depois que Ambrose perdeu o equilíbrio e caiu no tatame pela décima vez. — É isso que costumamos sugerir a alguns jogadores de futebol americano quando precisam trabalhar o equilíbrio, mas imagino que você ficaria horrível de tutu, e as menininhas pensariam que era uma encenação de *A Bela e a Fera*.

Ambrose ficou um pouco atordoado com a constatação sem meias palavras de sua falta de beleza. Podia contar com o treinador Sheen para comentários sem papas na língua. Bailey era igual.

O treinador continuou:

— A única maneira de recuperar o equilíbrio é continuar praticando. É memória muscular. Seu corpo sabe o que fazer. Você só está duvidando de si mesmo. Droga, coloque um protetor auricular no outro ouvido e veja se ajuda não ouvir dos dois lados.

Na noite seguinte, Ambrose tentou. Não conseguir ouvir absolutamente nada na verdade equilibrava um pouco as coisas. A visão ruim não era um impedimento tão grande quanto a audição ruim. Ambrose sempre tinha sido um lutador que chegava ao oponente o tempo todo, fazendo contato constante. Havia lutadores cegos no mundo. Surdos, também. Havia lutadores sem pernas, inclusive. Não havia concessões, mas também ninguém era excluído. Se a pessoa conseguisse competir, teria permissão para lutar. Que ganhasse o melhor lutador. Era o tipo de esporte que celebrava o indivíduo. Venha como você é, transforme seus pontos fracos em vantagens, domine seu adversário. Ponto-final.

Contudo, Ambrose nunca tivera pontos fracos no tatame. Não daquele tipo. Era tudo novo. O treinador Sheen o fez partir para o ataque com uma perna, com as duas, agarramento e arremesso, manobras para o tornozelo, agachamento até suas pernas tremerem, e então o fez repetir do outro lado. Depois, ele puxou seu corpo grande para subir pela corda. Era uma coisa subir por uma corda se o lutador fosse magro, com 1,65 metro de altura, cinquenta e cinco quilos. Era uma questão completamente diferente quando se tinha 1,90 de altura e mais de noventa quilos. Ele odiava escalar a corda. Mas chegou ao topo. E repetiu na noite seguinte. E na próxima.

22
soltar fogos de artifício

"FOGOS DE ARTIFÍCIO OU DESFILES?"

— Você acha que o Sheen quer vir com a gente? — perguntou Ambrose quando Fern desceu os degraus na frente da casa dela.

Tinha ficado aliviado quando ela circulou "fogos de artifício" no quadro branco. Desfiles eram chatos e geralmente envolviam muita luz solar e um monte de gente encarando. Além disso, era o feriado de 4 de julho e a cidade de Hannah Lake sempre fazia um bom espetáculo de fogos de artifício no campo de futebol do colégio. Fern pareceu animada quando ele a convidou para ir.

— O Bailey está na Filadélfia.

Ambrose disfarçou o salto exultante de seu coração. Adorava Sheen, mas realmente queria ficar sozinho com Fern.

— Vamos a pé? — ela sugeriu. — O clima está bom e o campo não é longe.

Ele concordou. Atravessaram o gramado e se dirigiram para a escola de ensino médio.

— O que o Bailey está fazendo na Filadélfia? — ele perguntou depois de terem caminhado um bom tanto.

— Todos os anos, o Bailey, a Angie e o Mike vão passar o 4 de Julho na Filadélfia. Eles visitam o Museu de Arte, o Mike carrega o Bailey por aqueles setenta e dois degraus e eles repetem a cena de *Rocky*. A Angie ajuda o Bailey a levantar os braços e os três gritam: "Mais um ano!" O Bailey ama *Rocky*. É alguma surpresa?

— Não. Não é — respondeu Ambrose, com um torcer irônico dos lábios.

— Eles fizeram a primeira viagem em família para a Filadélfia quando o Bailey tinha oito anos. Ele subiu os degraus sozinho. Eles têm uma foto dele lá com os braços erguidos, fazendo uma dancinha.

— Eu já vi — disse Ambrose, agora compreendendo o significado da imagem que tinha visto em um lugar de destaque na sala de estar dos Sheen.

— Eles se divertiram tanto que voltaram no ano seguinte, e o Bailey subiu os degraus outra vez. Foi ficando cada vez mais significativo com o passar dos anos. No verão em que o Bailey tinha onze anos, ele não conseguiu subir sozinho, nem mesmo alguns degraus. Então o tio Mike o carregou.

— Mais um ano?

— É. O Bailey já está desafiando as probabilidades. A maioria das pessoas com distrofia muscular de Duchenne não chega à idade dele. E, se ainda estão vivas, não se parecem com o Bailey. Não são tão saudáveis. Os vinte e um anos sempre foram uma espécie de grito de guerra para o Bailey. Quando ele completou vinte e um, este ano, fizemos uma grande festa. Estamos todos convencidos de que ele vai bater recordes.

Ambrose estendeu a manta no fim do gramado, longe das pessoas que se reuniam para assistir à exibição. Fern se acomodou ao lado dele e não demorou muito para que os primeiros fogos de artifício fossem disparados no céu. Ambrose se deitou, estendendo-se para que pudesse ver sem dobrar o pescoço. Fern deitou de costas, um pouco tímida. Nunca tinha deitado numa manta com um garoto. Podia sentir o corpo firme de Ambrose à sua direita, a silhueta grande ocupando mais da metade da pequena manta. Ele tinha escolhido aquela lateral do cobertor para que o lado direito de seu rosto não ficasse virado para ela, como de costume. Ela e Ambrose não se deram as mãos, e ela não apoiou a cabeça no ombro dele. Mas queria.

Fern sentia como se tivesse passado a maior parte da vida querendo Ambrose, de um jeito ou de outro, querendo que ele a enxergasse... realmente enxergasse. Não o cabelo vermelho ou as sardas no nariz. Não os óculos que faziam seus olhos castanhos ficarem enormes. Nem o aparelho nos dentes ou a infantilidade de seu corpo.

Quando aquelas coisas se transformaram e, em algum momento, desapareceram — bem, exceto as sardas —, ela desejou que ele *notasse*. Desejou que ele *visse* seus olhos castanhos livres dos óculos. Desejou que ele *visse* que seu corpo finalmente tinha ganhado curvas e estava mais cheio, *visse* que seus dentes estavam brancos e retos. Mas, fosse ela sem graça ou bonita, ainda se via desejando.

O anseio de Fern por Ambrose fazia tanto parte dela que, quando as músicas patrióticas que acompanhavam a queima de fogos soaram pelo campo de futebol, ela se sentiu incrivelmente agradecida. Agradecida porque, naquele momento, Ambrose Young estava a seu lado. Por ele a conhecer. Aparentemente gostava dela e tinha voltado para ela, para a cidade, para si mesmo.

A gratidão a fez chorar, e lágrimas escorreram pelo canto de seus olhos, formando riachos mornos sobre as bochechas. Ela não queria enxugá-las, pois chamaria atenção para elas. Assim, ela as deixou fluir, observando a explosão de cores crepitar e espalhar no ar, os anéis de luzes vibrando sobre sua cabeça.

Fern se perguntou de repente se o som lembrava a guerra e esperou que Ambrose estivesse ali com ela, e não em algum lugar no Iraque, com a lembrança de bombas de beira de estrada e amigos que não voltariam para casa. Com receio de que ele precisasse de alguém para ancorá-lo ali, na celebração, ela estendeu a mão e pegou a dele, que envolveu a sua.

Ele não entrelaçou os dedos nos dela, da maneira que os casais fazem quando andam. Em vez disso, segurou a mão dela dentro da sua, como um pássaro ferido em sua palma. E eles assistiram à exibição até o fim, sem falar, com a cabeça inclinada em direção à luz, apenas suas mãos se tocando. Fern lançou um olhar furtivo para o perfil de Ambrose, notando que, na escuridão, no intervalo entre as cascatas de luz, o rosto dele era lindo, tão lindo como sempre fora. Mesmo o liso de sua cabeça careca não tirava a força de suas feições. De alguma maneira, tornava-as mais fortes, mais memoráveis.

Com a última e frenética explosão do encerramento, as famílias e os casais começaram a se levantar e a deixar o campo. Ninguém tinha notado Fern e Ambrose lá no canto, além do círculo da pista, atrás da baliza. Quando o campo ficou sem seus ocupantes e o resíduo enfumaçado da celebração se dissipou no ar, os sons da noite voltaram ao normal. Grilos cricrilavam, o vento sussurrava baixinho nas árvores ladeando o campo, e Fern e Ambrose continuaram imóveis. Nenhum deles desejava romper o silêncio ou a sensação de pausa que os rodeava.

— Você ainda é lindo — Fern disse suavemente, o rosto voltado para o dele. Ele ficou em silêncio por um instante, mas não se afastou nem resmungou ou negou o que ela havia dito.

— Acho que essa afirmação é mais um reflexo da sua beleza do que da minha — disse Ambrose enfim, virando a cabeça para olhar para ela. O rosto de Fern estava tocado pelo brilho da lua, a cor de seus olhos e o vermelho de seus cabelos eram indecifráveis sob o banho de luz pálida, mas suas feições eram claras: as piscinas de seus olhos expressivos, o nariz pequeno e a boca macia. A inclinação sincera de sua sobrancelha, indicando que ela não entendia a resposta.

— Sabe aquilo que as pessoas sempre dizem, sobre a beleza estar nos olhos de quem vê?

— Sei.

— Eu sempre achei que significa que todos nós temos gostos diferentes, preferências diferentes... sabe? Alguns caras se concentram nas pernas, alguns preferem as loiras, alguns gostam de mulheres de cabelos longos, esse tipo de coisa. Eu nunca pensei sobre isso, na verdade, não antes deste momento, mas talvez você veja beleza em mim porque *você* é bonita, não porque eu sou.

— Bonita por dentro?

— É.

Fern ficou em silêncio, pensando no que ele havia dito. Então, em voz baixa, ela sussurrou:

— Entendo o que você está dizendo... e fico agradecida. De verdade. Mas eu gostaria muito se, apenas uma vez, eu pudesse ser bonita para você por fora.

Ambrose riu e parou. A expressão no rosto dela o fez pensar que Fern não estava brincando, não estava flertando. Ah. A síndrome da garota feia outra vez. Ela não achava que ele a considerasse bonita.

Não sabia como fazê-la entender que ela era muito mais que apenas bonita. Assim, ele se inclinou e pressionou a boca na dela. Com muito cuidado. Não como na outra noite, quando ele teve medo, foi impulsivo e bateu a cabeça dela contra a parede em sua tentativa de beijá-la. Ele a beijou agora para lhe dizer como se sentia. E se afastou quase que imediatamente, sem dar a si mesmo a chance de relaxar e se entregar. Queria mostrar a Fern que ele a valorizava, não que queria rasgar a roupa dela. E ele também não tinha certeza, quando parou para pensar, se ela queria ser beijada por um filho da mãe horroroso. Fern era o tipo de garota que o beijaria para não ferir seus sentimentos. O pensamento encheu Ambrose de desespero.

Fern soltou um suspiro de frustração e se sentou, passando as mãos pelos cabelos. Os fios corriam por entre os dedos e caíam nas costas, e Ambrose desejou poder enterrar as mãos nas mechas, enterrar o rosto nos cachos pesados e sentir o perfume. Mas ele evidentemente a deixara incomodada.

— Desculpa, Fern. Eu não devia ter feito isso.

— Por quê? — ela retrucou, assustando-o o suficiente para que ele estremecesse. — Por que você sente?

— Porque você ficou incomodada.

— Fiquei incomodada porque você se afastou! Você é tão cuidadoso que chega a ser frustrante!

A honestidade de Fern foi um baque para Ambrose, e ele sorriu, instantaneamente lisonjeado. Mas o sorriso desapareceu quando ele tentou se explicar.

— Você é tão pequena, Fern. Delicada. E tudo isso é novo pra você. Tenho medo de ir com força demais. E, se eu te decepcionar ou te machucar, não vou sobreviver a isso, Fern. Não vou. — Esse pensamento era pior que a possibilidade de perdê-la, e ele estremeceu por dentro. Não ia sobreviver. Já tinha machucado pessoas demais. Perdido pessoas demais.

Fern se ajoelhou na frente dele, seu queixo tremia, seus olhos estavam inflamados de emoção. Quando falou, segurando o rosto dele entre as mãos, sua voz foi inflexível, e, quando ele tentou se afastar para que ela não sentisse as cicatrizes, ela continuou segurando firme, forçando seu olhar.

— Ambrose Young! Eu esperei a vida inteira pra você me querer. Se você não me abraçar forte, não vou acreditar na sua sinceridade, então vai ser pior do que nem ser abraçada. É melhor você me fazer acreditar que quer mesmo isso, ou com certeza vai me decepcionar.

— Não quero te machucar, Fern — ele sussurrou, a voz rouca.

— Então não machuque — ela sussurrou de volta, confiando nele. Porém havia muitas maneiras de causar dor. E Ambrose sabia que era capaz de machucá-la de mil maneiras.

Ele parou de tentar afastar o rosto, entregando-se à sensação de ser tocado. Não permitia que ninguém o tocasse havia um longo tempo. As mãos dela eram pequenas, como o resto de seu corpo, mas as emoções que despertavam nele eram enormes, gigantescas, consumindo tudo. Ela o fazia tremer, o fazia sacudir por dentro, o fazia vibrar como os trilhos de um trem que se aproxima.

As mãos dela deixaram o rosto de Ambrose e desceram pela lateral de seu pescoço. Um lado liso, o outro áspero, cheio de cicatrizes e enrugado, onde a pele fora danificada. Ela não se afastou; em vez disso, sentiu cada marca, memorizou cada ferida. E então se inclinou e pressionou os lábios no pescoço dele, logo abaixo do queixo. E depois, novamente do outro lado, do lado que não tinha cicatrizes, comunicando que o beijo não era de compaixão, mas de desejo. Era uma carícia. E o controle dele se rompeu.

Fern agora estava de costas sobre a manta, com o grande corpo de Ambrose pressionando-a, segurando seu rosto entre as mãos, enquanto sua boca tomava a dela, sem delicadeza, sem restrições e sem cogitações. Ele apenas tomou. E ela ofereceu, abrindo-se para ele, acolhendo o deslizar da língua na sua, o aperto das mãos no seu rosto, no cabelo e nos quadris. Ele sentiu as mãos dela deslizarem por baixo da camiseta e subirem com cuidado por suas costas, e foi tão gostoso que ele prendeu a respiração, perdendo contato com a boca de Fern por uma fração de segundo, enquanto fechava os olhos e deixava a cabeça afundar para acariciar a doçura do pescoço dela. O peito de Fern subia e descia depressa, como se ela também tivesse perdido o controle. Ela beijou-lhe a cabeça, da forma como uma mãe acalma o filho, e acariciou a pele nua dele enquanto Ambrose lutava para manter o controle. No entanto, ele o perdeu mais uma vez, e sua mão deslizou para cima para sustentar um seio na palma da mão, o polegar acariciando o volume cheio da parte de baixo, o que o fazia ansiar para tirar a blusa de Fern e ver se a aparência era tão boa quanto o toque.

Mas ela era uma garota que mal tinha sido beijada e que precisava de muitos mais beijos, merecia muitos mais. E assim, com pesar, ele deslizou a mão de volta para a cintura. Fern arqueou o corpo e protestou a perda do toque com um suspiro doce que fez o sangue de Ambrose arder nas veias e seu coração golpear as costelas. Ele a beijou novamente, comunicando sua própria necessidade. Os lábios dela receberam os de Ambrose, se movendo suaves, procurando, saboreando, e Ambrose Young se sentiu escorregar, deslizar, se apaixonando, sem ter como evitar, e com muito pouca resistência, por Fern Taylor.

⁂

— Olha quem está aqui! — Bailey cantarolou quando manobrou a cadeira e atravessou as portas de correr do Supermercado Jolley's. Rita seguia atrás, com o filho pequeno no quadril e um grande sorriso no rosto. Fern gritou e correu para a amiga, pegando no colo o garotinho de cabelos loiríssimos e enchendo sua carinha de beijos. Ao que parecia, Becker estava fora da cidade e Rita voltava de carro da casa da mãe quando viu Bailey pilotando a cadeira pela rua, a caminho do mercado. Ele a convencera de que karaokê e dança eram exatamente o que ela precisava.

Em pouco tempo, Bailey havia colocado música em alto volume e estava com o filho de Rita, Ty, no colo, andando para cima e para baixo pelos corredores, fazendo o menino dar gritinhos de alegria. Rita corria ao lado deles, com o rosto distendido em sorrisos pela felicidade do filho. Como Fern, Rita tinha mudado desde o colegial. Ambrose se perguntava como alguns poucos anos podiam ter alterado cada um deles de maneira tão drástica, apesar de que, pelo que tinha visto de Becker Garth, este não tinha mudado nada. Ainda era um valentão, e sua esposa agora era o alvo principal. Rita ainda era bonita, mas parecia abatida e nervosa e não parecia à vontade olhando para ele, por isso Ambrose se retirou para a padaria não muito tempo depois de ela e Bailey terem chegado.

— Ambrose? — Fern estava sorrindo para ele da porta, e ele sorriu de volta, gostando da forma como ela o olhava, como se não tivesse nada errado com seu rosto, como se sua mera presença a fizesse feliz. — Você tem que vir, só por um minuto.

— Tenho? Acho que gosto mais daqui — disse ele em tom suave.

— Estamos tocando o CD *Os grandes sucessos de Taylor e Sheen*, com todas as nossas músicas dançantes favoritas, e quero dançar com você.

Ambrose gemeu e riu ao mesmo tempo. Lógico que Bailey e Fern teriam um CD com suas músicas preferidas. E ele ficaria feliz em dançar com Fern, ficaria feliz em fazer quase tudo com ela, mas preferia ficar na cozinha e dançar onde ninguém estava olhando.

Fern começou a puxar a mão dele, envolvendo-a com as suas, sorrindo e persuadindo ao tirá-lo de sua caverna.

— A próxima música é a minha preferida de todos os tempos.

Ambrose suspirou e deixou que ela ganhasse. Além disso, ele queria ouvir qual era a música favorita de todos os tempos de Fern. Ele descobriu que queria saber tudo sobre Fern.

— Eu disse ao Bailey que, se eu morrer antes dele... o que era o maior desejo dele quando tínhamos dez anos... é melhor ele dar um jeito de tocar essa música no meu funeral. E eu quero que todo mundo dance. Escuta! Me diz se você já não se sente melhor só de ouvir essa música.

Ela esperou com expectativa, e Ambrose ouviu com atenção. Os primeiros compassos ressoaram pela loja, e Bailey e Fern deram um gemido em uníssono, com Prince, e entraram numa dança entusiasmada. Rita riu e deu gritinhos, juntando-se a eles no mesmo instante, com Tyler apoiado no quadril. Ambrose não dançou... mas gostou do show.

Fern não tinha ritmo, e Bailey não era muito melhor, mas a falta de habilidade não era exatamente culpa dele. Ele movia a cadeira para frente e para trás, numa paródia do simples "um pra lá, dois pra cá", ao qual todos recorriam nas escolas de dança. Balançava a cabeça no ritmo da música, e seu rosto tinha uma expressão que dizia "É isso aí!", mesmo que seu corpo dissesse "De jeito nenhum". Rita dançava em volta da cadeira de Bailey, mas seus movimentos eram tímidos demais, contidos demais para permitir que ela realmente se divertisse ou para que qualquer um gostasse de ficar assistindo. Fern balançava os quadris e dobrava os braços como se fossem asas de passarinho, batia palmas e se movimentava aleatoriamente, mas havia tanta alegria desinibida, uma entrega selvagem, um prazer no fato de que, embora Ambrose estivesse rindo dela — sim, rindo *dela* —, Fern também estava rindo de si mesma.

Ela dançou mesmo assim, sabendo que dançava mal, sabendo que não havia nada em seu desempenho que fosse atrair Ambrose ou o fizesse querê-la. E mesmo assim ela dançava, só pelo divertimento. Contudo, de alguma forma, de repente ele quis. Ele a quis. Desesperadamente. Sua luz, sua delicadeza, seu entusiasmo pelas coisas simples. Toda ela. Tudo. Ele queria pegá-la no colo, tirar seus pés da pista de dança, deixá-la com as pernas balançando acima do solo e beijá-la até que ficassem sem fôlego, com paixão em vez de riso.

— *And your kiss!* — Fern cantou as palavras finais e assumiu uma pose desajeitada, respirando com dificuldade e rindo. — A. Música. Mais. Legal. De. Todos. Os. Tempos. — Ela suspirou, abrindo os braços, ignorando a próxima música no CD de sucessos de Taylor e Sheen.

— Você precisa vir comigo um minuto. Eu preciso te mostrar uma coisa na... hã... na cozinha — disse Ambrose com firmeza, agarrando Fern pela mão e puxando-a, como ela havia acabado de fazer com ele minutos antes. Bailey e Rita estavam dançando novamente, "Under Pressure", de David Bowie e Queen, retomando o som de onde Prince havia parado.

— O-o quê? Mas depois dessa vai começar uma música lenta, e eu quero muito dançar uma música lenta com você — Fern protestou, resistindo, puxando o braço. Então Ambrose a pegou, levantando-a do chão, exatamente como havia imaginado, e entrou pelas portas vaivém da cozinha sem vacilar um passo. Ele apagou as luzes da padaria, para que o lugar ficasse banhado em escuridão, e engoliu o suspiro de Fern. Sua boca grudou na dela, uma das mãos deslizando sob o traseiro de Fern para apertá-la junto dele, enquanto a outra a segurava na nuca, controlando o ângulo do beijo. E toda a resistência cessou.

23
en.con.trar
o lado bom.

Bailey era mais pesado do que Ambrose tinha imaginado, mais magro e mais difícil de segurar, mas ele o ergueu nos braços e caminhou com passos firmes trilha desgastada acima, posicionando os pés com cuidado, sem pressa. Tinha corrido quilômetros de uniforme militar completo com setenta quilos nas costas muitas vezes, e poderia levar Bailey até o topo da colina e trazê-lo de volta.

Estavam a caminho para visitar o túmulo dos quatro soldados mortos. Ambrose, pela segunda vez; Bailey, pela primeira. O caminho era íngreme e estreito, e levar a cadeira de rodas até o topo com Bailey em cima seria mais difícil que carregá-lo; no entanto, carregá-lo seria demais para Mike Sheen ou qualquer outra pessoa do círculo íntimo de Bailey. Assim, ele não pudera visitar o local de descanso de seus amigos. Quando Ambrose descobriu o fato, prometeu a Bailey que o levaria até o memorial e, naquela tarde, apareceu sem avisar, pronto para cumprir sua promessa.

Angie Sheen ofereceu a van para Ambrose, mas ele recusou, pegando Bailey nos braços e colocando-o no lado do passageiro de sua caminhonete velha, prendendo o cinto de segurança de modo confortável. Bailey começou a cair de lado, incapaz de se manter ereto sem o apoio de sua cadeira, mas Ambrose firmou um travesseiro entre o assento e a porta para que ele pudesse se apoiar.

Ele percebia que Angie estava um pouco preocupada de deixá-los ir sem a cadeira de rodas, mas ela se despediu com um aceno e um sorriso apertado, e Ambrose cuidou de todos os detalhes. Não iriam muito longe, mas Bailey parecia gostar de poder ir no banco do passageiro e insistiu que Ambrose aumentasse o som do rádio e abrisse as janelas.

Quando chegaram ao topo da colina, Ambrose sentou Bailey cuidadosamente no banco de pedra e se acomodou ao lado dele, apoiando-o, certificando-se de que ele não ia tombar.

Ficaram sentados em atitude reverencial por um tempo, Bailey lendo as palavras em cada lápide, Ambrose olhando para além das sepulturas, sua mente pesada com as lembranças que desejava poder extinguir.

— Eu gostaria de poder ser enterrado aqui com eles. Sei que é um memorial de guerra. Mas eles podiam me enterrar aqui perto do banco. Podiam colocar um asterisco na minha lápide.

Ambrose riu, como Bailey esperava, porém a aceitação simplista que Bailey tinha da própria morte o incomodava.

— Mas eu vou ser enterrado no cemitério da cidade. Meus avós estão lá, e alguns outros Sheen de gerações anteriores. Já tenho o meu lugar escolhido — disse Bailey tranquilamente, até mesmo de modo confortável. Ambrose não conseguiu mais segurar a língua.

— Como você aguenta, Bailey? Olhar para a morte de frente por tanto tempo?

Bailey deu de ombros e olhou para ele com curiosidade.

— Você age como se a morte fosse a pior coisa.

— E não é? — Ambrose não conseguia pensar em nada pior que perder seus amigos.

— Não penso assim. A morte é fácil. Viver é que é a parte difícil. Lembra daquela menininha de Clairmont County, que foi sequestrada há uns dez anos, quando a família dela foi acampar? — Bailey perguntou, estreitando os olhos no rosto de Ambrose. — Os pais da Fern e os meus foram voluntários na busca. Eles pensaram que ela pudesse ter caído no riacho ou apenas se perdido, mas havia campistas o suficiente naquele fim de semana para também existir a possibilidade de que alguém a tivesse levado. Depois de quatro dias de busca, minha mãe disse que a mãe da menina estava rezando para que encontrassem o corpo da filha. Ela não estava rezando para que a encontrassem viva. Estava rezando para que a filha tivesse morrido depressa e por acidente, porque as alternativas eram bem mais terríveis. Você consegue imaginar, saber que o seu filho está em algum lugar, sofrendo horrivelmente, e você não pode fazer nada a respeito?

Ambrose olhou para Bailey, os olhos turbulentos.

— Você se sente culpado porque sobreviveu e eles morreram. — Bailey inclinou a cabeça em direção às quatro lápides. — Talvez o Beans, o Jesse, o Grant e o Paulie estejam olhando para baixo e sacudindo a cabeça pra você, dizendo: "Pobre Brosey. Por que ele teve que ficar?"

— O sr. Hildy me disse que os sortudos são os que não voltam — lembrou Ambrose, seus olhos no túmulo dos amigos. — Mas eu não acho que eles estão olhando para mim de algum paraíso celestial. Eles estão mortos. Foram embora. E eu estou aqui. Ponto-final.

— Acho que, bem lá no fundo, você não acredita realmente nisso — disse Bailey em voz baixa.

— Por que eu, Bailey? — Ambrose retrucou, com a voz alta demais para o cenário sóbrio.

— Por que *não* você, Ambrose? — Bailey retrucou no mesmo instante, fazendo Ambrose se assustar, como se o amigo o tivesse acusado de um crime. — E por que eu? Por que eu estou numa maldita cadeira de rodas?

— E por que o Paulie e o Grant? Por que o Jesse e o Beans? Por que coisas terríveis acontecem com pessoas tão boas? — perguntou Ambrose.

— Porque coisas terríveis acontecem com todo mundo, Brosey. Ficamos tão voltados para os nossos próprios problemas que não vemos toda a merda em que as pessoas estão chafurdando.

Ambrose não tinha resposta para aquilo, e Bailey pareceu contente em deixá-lo se debater com seus próprios pensamentos por um momento. Enfim Bailey falou de novo, incapaz de se sentar em silêncio por muito tempo.

— Você gosta da Fern, não gosta, Brosey? — O olhar de Bailey estava apreensivo, sua voz grave.

— Sim. Eu gosto da Fern — Ambrose assentiu, distraído, seus pensamentos ainda nos amigos.

— Por quê? — Bailey exigiu saber no mesmo instante.

— Por que o quê? — Ambrose ficou confuso com o tom de Bailey.

— Por que você gosta da Fern?

Ambrose gaguejou um pouco, não muito certo de aonde Bailey queria chegar, e um pouco irritado que ele pensasse que tinha o direito de saber o motivo.

Bailey se apressou em dizer:

— É só que ela não é realmente o tipo de garota que você costumava escolher. A gente estava conversando outro dia. A Fern parece pensar que não é boa o suficiente pra você... que você fica com ela porque, nas palavras dela, "ela se jogou em cima de você". Não consigo imaginar a Fern se jogando em cima de ninguém. Ela sempre foi muito tímida quando se trata de garotos.

Ambrose pensou na noite dos fogos de artifício, quando ela beijou suas pálpebras, seu pescoço, sua boca e deslizou as mãos por baixo de sua camiseta. Não tinha sido tímida naquele momento, mas ele preferiu manter a informação para si mesmo.

Bailey continuou:

— Acho que é por isso que a Fern sempre gostou tanto de ler. Os livros permitem que as pessoas sejam quem elas querem ser, para escapar de si mesmas por um tempo. Você sabe como a Fern gosta de ler esses livros de romance, não sabe?

Ambrose assentiu e sorriu, lembrando como Fern ficara constrangida quando ele lera uma passagem do livro dela em voz alta. Ele se perguntou, por um breve instante, se os romances eram o que fazia Fern ser tão apaixonada e sensível. Só pensar nela já o fazia ansiar, e ele reprimiu o desejo imediatamente.

— Sabia que ela também escreve?

Ambrose girou a cabeça bruscamente para encontrar o sorriso de Bailey.

— Sério?

— É. Acho que ela deve estar no sexto romance. Ela envia os livros para as editoras desde que tinha dezesseis anos. Até agora não conseguiu um contrato de publicação, mas vai acabar conseguindo. São realmente muito bons. Um pouco sentimentais e doces para o meu gosto, mas a Fern é assim. Ela escreve usando um nome falso. Os pais dela nem sabem.

— Um nome falso? Qual é?

— Nah. Você vai ter que conseguir essa informação dela. A Fern vai me matar por ter te contado sobre os livros.

Ambrose balançou a cabeça, sua atenção fixa em como faria para persuadi-la a lhe contar todos os seus segredos. O desejo por ela acordou novamente, e Ambrose quase gemeu em voz alta.

— Eu sempre gostei de ler, mas prefiro um tipo um pouco diferente de livro. Romance é uma tortura para mim, sabe? — acrescentou Bailey.

Ambrose confirmou com a cabeça, mas sua mente estava nos fogos de artifício, na sensação de ficar ao lado de Fern enquanto as luzes explodiam acima deles, em sua doçura, no cheiro de sua pele e no volume macio de seus cabelos. Ele entendia a tortura.

— Então, me conta, cara. Qual é o lance? Não posso chutar a sua bunda, mas com certeza vou saber se você mentir pra mim. A Fern está certa? Você só está pegando o que está disponível?

— Porra, Bailey! Você me lembra o Beans... — Ambrose se encolheu com a dor que o atravessou, como se tivesse pressionado o dedo numa ferida recente, o ardor afiado silenciando-o imediatamente, mas o silêncio só alimentou os temores de Bailey.

— Se você está iludindo a minha prima e não está loucamente apaixonado por ela, eu vou encontrar uma maneira de chutar a sua bunda! — Bailey foi ficando agitado, e Ambrose colocou a mão em seu ombro para acalmá-lo.

— Eu amo a Fern — ele admitiu, a voz abafada, o olhar pesado com a confissão. O choque da verdade veio num frisson. Ele a amava mesmo. — Eu penso nela o tempo todo. Quando não estou com ela, me sinto péssimo... mas quando estamos juntos eu também me sinto péssimo, porque sei que é a Fern quem está fazendo concessões. Olha pra mim, Bailey! A Fern poderia ter quem ela quisesse. Eu? Não sou lá grande coisa.

Bailey riu e grunhiu alto.

— Buá-buá! Seu bebezão! Você espera que eu tenha pena de você, Ambrose? Porque eu não tenho. Isso me faz lembrar de um livro que acabei de ler em um curso online de literatura que estou fazendo. Tem um cara, Cyrano de Bergerac, que nasceu com um nariz enorme. Quem diabos se importa? Aí o Cyrano nunca ficou com a garota que ele amava porque ele era feio. Essa é a coisa mais idiota que eu já ouvi na vida! Ele deixou que a tromba enorme o afastasse dela!

— Esse Cyrano... Não era ele que escrevia cartas de amor no lugar do cara bonito? Não virou filme?

— Esse mesmo. Isso te lembra alguém? Parece que eu me lembro de alguém escrevendo cartas de amor pra você e assinando como Rita. Assim como o Cyrano. É uma ironia, não é? A Fern não achava que era boa o suficiente pra você naquela época, e você não acha que é bom o suficiente pra ela agora. E os dois estão errados... e é tão idiota! Idioootaaa! — Bailey arrastou a palavra com desgosto. — Eu sou feia! Eu não mereço amor, buááá! — Bailey os imitou com uma voz chorosa, estridente, depois sacudiu a cabeça como se estivesse completamente decepcionado.

Parou por um instante, preparando-se para um novo discurso.

— E agora você está me dizendo que tem medo de amar a Fern porque não tem mais cara de estrela de cinema? Pô, cara! Você ainda parece uma estrela de cinema... só que uma que passou por uma zona de guerra, só isso. As mulheres adoram isso! Fico pensando que talvez a gente pudesse cair na estrada dizendo que se conheceu no caminho e que somos veteranos de guerra. Você ganhou o rosto arruinado, e os meus ferimentos de guerra me colocaram na cadeira de rodas. Você acha que as garotas iam acreditar? Talvez assim eu conseguisse alguma ação, mas o problema é: como vou conseguir apalpar um par de peitos se não consigo levantar os braços?

Ambrose engasgou de tanto rir da irreverência de Bailey, mas este apenas continuou, sem se abalar.

— Eu daria qualquer coisa pra trocar de lugar com você, Ambrose. Trocar de corpo apenas por um dia. Eu não perderia um segundo sequer. Bateria na porta da Rita, daria uns murros no Becker, jogaria a Rita em cima do ombro e só pararia para recuperar o fôlego quando nenhum de nós dois conseguisse se mexer. É isso que eu ia fazer.

— Rita? Você gosta da Rita?

— Eu amo a Rita. Sempre amei. E ela está casada com um imbecil, o que na verdade é meio que reconfortante, de uma maneira muito egoísta. Se ela fosse casada com um cara legal, gentil, incrível, eu ficaria ainda mais arrasado.

Ambrose se percebeu rindo de novo.

— Você é uma figura, Bailey! Sua lógica é impagável.

— Até que é engraçado. Engraçado no sentido irônico, quer dizer. A Fern sempre disse que a Rita passou a vida inteira sendo perseguida pelos garotos. E, por causa disso, ela nunca teve a chance de parar de correr por tempo suficiente para descobrir quem ela era e que tipo de cara deveria deixar que a pegasse. É meio irônico que a Rita e eu sejamos amigos, já que eu nunca fui capaz de persegui-la. Talvez esse seja o lado bom. Eu não podia persegui-la, então ela nunca precisou correr de mim.

Depois de um tempo, Ambrose pegou Bailey nos braços mais uma vez e, juntos, eles desceram a colina do memorial, perdidos nos próprios pensamentos sobre vida e morte e lados bons.

24
fazer algo desaparecer

Tio Mike pareceu surpreso quando viu Fern entrar na sala de luta com Bailey, no sábado à noite. Ele olhou de novo, como se não acreditasse, parecendo confuso, e então encarou Fern, franzindo a testa um pouco. Mas Ambrose sorriu quando a viu sentada num emborrachado enrolado, ao lado da cadeira de Bailey, e seu sorriso eliminou a expressão franzida do treinador.

Bailey estava vidrado na ação no centro da sala. Fern também, embora não pelas mesmas razões. Para Bailey era o cheiro do tatame, o movimento, o lutador que poderia estar prestes a fazer um retorno. Para Fern era o cheiro do homem, seus movimentos, o lutador que finalmente tinha voltado. Bailey tinha aparecido de forma inesperada em algumas das sessões de treino entre o pai e Ambrose durante as últimas semanas, mas aquela era a primeira noite de Fern. Ela tentou não roer as unhas, um hábito que havia proibido a si mesma, especialmente porque tinha passado esmalte naquela manhã, e ficou assistindo, esperando que realmente não tivesse problema em ela estar ali.

Ambrose pingava de suor. A camiseta cinza estava encharcada no peito e nas costas, e ele enxugou a cabeça nua com uma toalha de mão.

Mike Sheen o desafiou para outra série de exercícios, incentivando, corrigindo, mas, quando Ambrose desabou no tatame no final da prática, o treinador franziu a testa e continuou mordendo o lábio, mastigando-o com óbvia preocupação.

— Você precisa de um parceiro. Precisa de alguns caras pra bater, de outros pra bater em você... Treinar movimentos é uma coisa, mas você precisa de luta de verdade ou não vai voltar à forma em que precisa estar... Não para a luta, pelo menos. Lembra como o Beans ficou arrasado quando não pôde competir até o meio da temporada no primeiro ano? Ele treinou com a equipe, mas não entrou em combate real, então quase morreu nos primeiros encontros depois que voltou. Droga, o Grant imobilizou o Beans no torneio da Big East, e ele nunca tinha conseguido isso. Lembra como ele ficou irritado?

As palavras do treinador Sheen ecoaram pela sala. Mencionar Grant, Beans e morte juntos, em qualquer contexto, criou um eco estranho que ficou ricocheteando nas paredes. Ambrose endureceu, Bailey abaixou a cabeça e Fern cedeu e roeu as unhas. Mike Sheen percebeu o que tinha dito e passou a mão pelo cabelo curto. Continuou como se as palavras não tivessem sido ditas.

— Vamos trazer uns caras aqui, Brose. Tenho uns alunos grandes na equipe do ensino médio que podem treinar com você. Seria bom para eles e útil para você.

— Não. Não faça isso. — Ambrose balançou a cabeça, sua voz um rosnado baixo quando ele se levantou e começou a enfiar o equipamento numa bolsa de ginástica. — Não estou aqui pra isso, treinador. Não quero que pense que estou. Eu senti falta da sala de treino, foi só isso. Só senti falta da sala. Mas não vou lutar... nunca mais.

O rosto de Mike Sheen mostrou decepção, e Bailey suspirou ao lado de Fern. Ela apenas esperou, observando Ambrose, percebendo a maneira como as mãos dele tremiam quando desamarrou as sapatilhas de luta, como ele deu as costas para o antigo treinador, para não ver a reação dele à sua firme recusa.

— Tudo bem — disse gentilmente o treinador. — Acabamos por hoje?

Ambrose assentiu, sem desviar os olhos dos sapatos, e Mike remexeu as chaves dentro do bolso.

— Você vai pra casa com a Fern, Bailey? — ele perguntou ao filho, observando o abatimento em sua postura.

— Ela veio andando e eu rolando, pai — Bailey brincou, tentando, como sempre, aliviar uma situação desconfortável com humor. — Mas vou voltar pra casa com você, se não se importa... Você está de van, né?

— Eu levo a Fern — disse Ambrose, mantendo o olhar nos cadarços. Não havia se movido de onde estava agachado, ao lado da bolsa, então ergueu os olhos para as três pessoas focadas nele. Parecia tenso e ansioso para ser deixado em paz, e Fern se perguntou por que ele queria que ela ficasse para trás, mas não disse nada e deixou que seu tio e Bailey saíssem sem ela.

— Tranquem tudo e apaguem as luzes — disse calmamente o treinador Sheen, segurando a porta aberta para Bailey passar. Em seguida, a pesada porta se fechou, e Fern e Ambrose ficaram sozinhos.

Ambrose tomou um longo gole da garrafa de água, sua garganta trabalhando conforme engolia com avidez. Ele derramou um pouco no rosto e na cabeça e enxugou com a toalha, porém ainda sem fazer nenhum movimento para se levantar. Tirou a camiseta molhada, agarrando o tecido da parte atrás do pescoço com uma das mãos e puxando-o sobre a cabeça, da maneira como os rapazes sempre fazem. Ele não parou para deixar que Fern olhasse, embora os olhos dela houvessem percorrido sua pele, tentando absorver cada detalhe. Se exibir não era a intenção de Ambrose, e uma camiseta azul limpa substituiu a cinza encharcada quase instantaneamente. Ele calçou os tênis de corrida e os amarrou, mas ainda assim continuou sentado, com os braços em volta dos joelhos, a cabeça curvada contra o brilho das lâmpadas fluorescentes no teto.

— Você pode apagar a luz, Fern? — A voz era tão baixa que ela não teve certeza de ouvi-lo direito, mas se virou e caminhou na direção da porta e dos interruptores alinhados na lateral direita, esperando que ele a seguisse.

— Você vem? — perguntou ela, com a mão no interruptor.

— Só... apague a luz.

Fern fez o que ele pediu, e a sala de luta livre desapareceu diante de seus olhos, mergulhando na escuridão. Fern parou incerta, se questionando se ele queria que ela o deixasse no escuro. Mas então por que ele tinha dito que a levaria para casa?

— Você quer que eu vá embora? Posso ir andando... Não é tão longe.

— Fica. Por favor.

Fern ficou ali parada, querendo saber como faria para voltar até Ambrose no escuro. Ele estava agindo de modo estranho, muito desamparado e distante, mas queria que ela ficasse. Era o suficiente para Fern. Ela caminhou em direção ao meio da sala, colocando cuidadosamente um pé na frente do outro.

— Fern?

Apenas um pouco para a esquerda. Ela se apoiou sobre as mãos e os joelhos e foi engatinhando em direção ao som da voz.

— Fern? — Ele devia tê-la ouvido se aproximar, porque sua voz era suave, parecia mais de boas-vindas do que uma pergunta. Ela parou, estendeu a mão e sentiu os dedos tocarem o joelho erguido de Ambrose. Ele apertou os dedos dela imediatamente e, em seguida, subiu a mão por seu braço, puxando-a para ele e depois descendo-a até o tatame, onde se estirou ao lado dela, a extensão de seu corpo criando uma parede de calor do lado esquerdo de Fern.

Era uma sensação estranha o toque dele no escuro. A sala de luta não tinha janelas, e a escuridão era absoluta, aguçando seus sentidos pela falta de visão. O som da respiração de Ambrose era tanto erótico quanto casto. Erótico porque ela não sabia o que viria em seguida;

casto porque ele estava apenas respirando, inspirando e expirando, um sopro morno sobre a face de Fern. Então a boca dele se aproximou e o que era morno ficou quente nos lábios entreabertos dela. E o calor se tornou a pressão da boca dele mergulhando na sua.

Ele beijou Fern como se estivesse se afogando, como se ela fosse o ar, como se ela fosse a terra sob seus pés; porém talvez aquela fosse apenas a maneira como ele beijava, como sempre tinha beijado quem quer que fosse. Talvez fosse a maneira como ele havia beijado Rita. Mas Fern só havia sido beijada por Ambrose e não tinha nada com que comparar, nenhuma análise segura do que era bom ou ruim, habilidoso ou não. Tudo o que ela sabia era que, quando Ambrose a beijava, ele a fazia sentir como se estivesse a ponto de implodir, como uma daquelas demolições programadas em que o edifício simplesmente desabava num monte organizado de escombros, sem perturbar nada nem ninguém ao redor.

Nada em torno de Fern entraria em colapso. A sala não explodiria em chamas, o tatame não iria derreter debaixo dela, mas, quando Ambrose terminasse, ela seria uma pilha incandescente do que costumava ser Fern Taylor, e não haveria como voltar atrás. Ela seria transformada de forma irreversível, incapaz de desejar qualquer outra pessoa. E ela sabia, com a mesma certeza que se tivesse sido beijada por mil homens.

Ela gemeu na boca de Ambrose, um suspiro arrancado do animalzinho selvagem dentro dela, que ansiava rasgar a roupa dele e afundar as garras minúsculas em sua pele, apenas para garantir que ele fosse absolutamente real e absolutamente dela, mesmo que apenas naquele instante. Ela se apertou contra ele, respirando o suor que se enroscava com o cheiro do algodão recém-lavado da camiseta. Ela lambeu e beijou o sal na pele dele. As ondulações de seu rosto cheio de cicatrizes eram um contraste com a linha de seu maxilar, áspera por causa da barba. Então, simples assim, um pensamento penetrou seu cérebro febril, uma lasca venenosa de insegurança envolta num momento de verdade.

— Por que você só me beija no escuro? — ela sussurrou, seus lábios pairando acima dos dele.

As mãos de Ambrose se moviam avidamente, envolvendo seus quadris, subindo pela curva de sua cintura fina e roçando de leve os lugares que ele mais queria explorar, e Fern tremeu, agarrando a necessidade de continuar, a necessidade de ser tranquilizada.

— Você tem medo que alguém nos veja? — ela sussurrou, sua cabeça caindo sobre o peito de Ambrose. O cabelo fez cócegas na boca e no pescoço dele, solto em torno de seus braços.

O silêncio pareceu gelo deslizando por suas costas, e Fern então se afastou, distanciando-se na escuridão.

— Fern? — Ele pareceu perdido.

— Por que você só me beija no escuro? — ela repetiu, sua voz pequena e apertada, como se estivesse tentando evitar que seus sentimentos vazassem das palavras. — Você tem vergonha de ser visto comigo?

— Eu não te beijo só no escuro... beijo?

— Sim... beija. — Mais silêncio. Fern podia ouvir a respiração de Ambrose, ouvi-lo pensando. — Então é isso? Quer dizer, você sente vergonha?

— Não, Fern. Não tenho vergonha de ser visto com você. Tenho vergonha de ser visto. — A voz de Ambrose falhou, e suas mãos encontraram as dela no escuro novamente.

— Por quê? — Ela sabia por quê... mas não sabia. Não de verdade. A mão de Ambrose encontrou o queixo de Fern, e os dedos dele traçaram a maçã de seu rosto levemente, descendo, encontrando suas feições, parando em sua boca. Ela se afastou para não agarrá-lo. — Nem eu? — ela disse. — Você não quer nem que eu te veja?

— Eu não quero que você pense na minha aparência quando estou te beijando.

— Você pensa na minha aparência quando me beija?

— Penso. — A voz dele foi áspera. — Penso no seu cabelo ruivo comprido, na sua boca doce e na sensação de ter o seu corpo pressionado no meu, e em quanto eu tenho vontade de pôr as mãos em você. Em todos os lugares. E aí eu esqueço que sou feio, sozinho e confuso pra caramba.

Chamas lamberam as laterais da barriga de Fern e ela engoliu em seco, tentando conter o calor que subia, queimava sua garganta e encharcava seu rosto na emoção do choque. Tinha lido nos livros sobre os homens dizerem coisas assim para as mulheres que desejavam, mas não sabia que as pessoas realmente diziam aquilo na vida real. Ela nunca pensou que alguém pudesse dizer essas coisas para ela.

— Você me faz sentir seguro, Fern. Me faz esquecer. E, quando eu te beijo, só quero continuar te beijando. Todo o resto desaparece. É a única paz que eu encontrei desde... desde...

— Desde que o seu rosto ficou cheio de cicatrizes? — ela terminou suavemente, ainda distraída pelas coisas que ele havia dito sobre sua boca, seu cabelo e seu corpo. Ainda confiante, mas com medo; ansiosa, mas relutante.

— Desde que os meus amigos morreram, Fern! — Ele xingou violentamente, uma bofetada verbal feroz, e Fern se encolheu. — Desde que os meus quatro melhores amigos morreram bem na minha frente! Eles morreram e eu sobrevivi. Eles se foram e eu estou aqui! Eu mereço essa cara! — Ambrose não estava gritando, mas sua angústia era ensurdecedora, como andar de trem através de um túnel; as reverberações faziam doer a cabeça de Fern e seu coração falhar no peito.

O praguejar de Ambrose era chocante, e seu desespero negro e absoluto era ainda pior. Fern queria correr até a porta e encontrar o interruptor de luz, pondo fim àquele confronto bizarro que se desenrolava na escuridão. Mas ela estava desorientada e não queria bater contra uma parede de tijolos.

— No escuro, com você, eu esqueço que o Beans não vai entrar aqui e interromper a gente. Ele sempre trazia meninas aqui escondido. Eu esqueço que o Grant não vai subir voando por aquela corda, como se ele não pesasse nada, e que o Jesse não vai tentar o máximo para me derrotar a cada maldito dia, porque, em segredo, ele pensava que era melhor do que eu. Quando entrei aqui hoje, quase esperava encontrar o Paulie dormindo, encolhido no canto, tirando um cochilo no tatame. Ele nunca ia a outro lugar quando queria matar aula. Se ele não estava na classe, estava aqui, dormindo pesado. — Um soluço profundo e forte se agitou e explodiu no peito de Ambrose, como se tivesse enferrujado ali ao longo do tempo, esperando para ser liberado. Fern se perguntou se Ambrose já tinha chorado. O som era de partir o coração, desesperado, desolado. E Fern chorou com ele.

Ela estendeu a mão na direção do som daquela dor, e seus dedos roçaram os lábios de Ambrose. E então ela estava em seus braços novamente, o peito junto do seu, as bochechas molhadas coladas uma na outra, as lágrimas se fundindo e escorrendo para o pescoço dos dois. E ali eles ficaram sentados, confortando e sendo confortados, deixando que a escuridão espessa absorvesse a tristeza e escondesse o sofrimento, se não um do outro, pelo menos de vista.

— Era aqui que eu era mais feliz. Aqui nessa sala fedida, com os meus amigos. A questão nunca foram as lutas. Nunca foram os troféus. Era essa sala. Era o jeito como eu me sentia quando estava aqui. — Ambrose enterrou o rosto no pescoço de Fern e se esforçou para falar. — Não quero que o treinador traga um monte de caras pra substituir os meus amigos. Não quero mais ninguém aqui... ainda não... não quando eu estiver aqui. Eu consigo sentir cada um deles quando estou aqui, e dói demais, mas a dor é gostosa... porque é sinal de que eles não desapareceram realmente se eu ainda posso ouvir a voz deles. Se consigo sentir o que sobrou da gente aqui nessa sala.

Fern acariciou as costas e os ombros de Ambrose, querendo curá-lo, como o beijo de uma mãe num joelho esfolado, o curativo num machucado. Mas não era isso o que ele queria. Ele ergueu a cabeça, sua respiração fazendo cócegas nos lábios dela, o nariz tocando o dela. E Fern sentiu o desejo afogar a tristeza.

— Me dá sua boca, Fern. Por favor. Faça tudo desaparecer.

25
boiar sobre o lago hannah

— Você vai precisar me ajudar a tirar a roupa, você sabe, né? E não acho que o Ambrose vai aguentar. Leva algum tempo para se acostumar com a visão do meu glorioso corpo nu.

Ambrose, Bailey e Fern estavam no lago Hannah. Fora um passeio espontâneo, motivado pelo calor e pelo fato de que Fern e Ambrose tinham tirado o dia (e a noite) de folga. Tinham passado num drive-thru para comprar comida e bebidas, mas não voltaram para casa para pegar as roupas de banho.

— Você não vai ficar pelado, Bailey. Para. Você está assustando o Ambrose. — Fern piscou para Ambrose e disse: — Você só vai precisar me ajudar a levar o Bailey até a água, Ambrose. Chegando lá, eu seguro ele debaixo d'água.

— Ei! — Bailey interrompeu com indignação fingida. Fern começou a rir e deu um tapinha no rosto do primo.

Ambrose ficou atrás de Bailey e o pegou por baixo dos braços, erguendo-o para que Fern pudesse puxar suas calças pelos quadris e pelos pés.

— Muito bem. Pode deixar ele sentado por um instante.

Bailey parecia um velho frágil, com um pouco mais de volume no meio do tronco. Ele bateu na barriga com bom humor.

— Esse bebezinho me ajuda a flutuar. E também me impede de tombar pra frente na cadeira de rodas.

— É verdade — disse Fern, puxando os sapatos e as meias do primo. — O Bailey tem sorte por ser gordinho. Dá um pouco de apoio ao tronco. E ele flutua mesmo. Fica olhando.

Fern colocou os sapatos de Bailey arrumadinhos do lado e tirou os próprios tênis. Ela estava de shorts e regata azul-turquesa e não fez nenhum movimento para tirá-los, infelizmente. Ambrose desamarrou as botas e abriu o zíper da calça jeans. Fern desviou o olhar, um tom rosado subindo por seu pescoço e tomando conta de suas bochechas.

Quando ele ficou em pé, de cueca boxer, pegou Bailey nos braços sem dizer uma palavra e começou a caminhar em direção à água.

Fern foi atrás dando pulinhos, disparando instruções sobre como segurar Bailey, como soltá-lo para que não caísse para frente e não conseguisse se levantar.

— Fern. Está tudo sob controle, mulher! — disse Bailey quando Ambrose o soltou. Bailey emergiu quase numa posição sentada, o traseiro para baixo e os pés flutuando para cima, cabeça e ombros bem acima da superfície. — Estou livre! — ele gritou.

— Ele grita isso toda vez que entra na água. — Fern deu uma risadinha. — Deve se sentir incrível flutuando sem ninguém segurar.

— Pipas ou balões? — Ambrose perguntou suavemente, observando Bailey flutuar sem ninguém segurá-lo. Eram as palavras que ele usara quando Fern fizera a pergunta tanto tempo antes. Que tolo havia sido. Que graça tinha voar se ninguém estivesse do outro lado do fio? Ou boiar quando não havia ninguém para ajudá-lo a voltar para terra firme? Ambrose tentou boiar, mas não conseguia impedir que suas pernas afundassem como âncoras. Ele se contentou em ficar numa posição vertical e bater as pernas, e o simbolismo não lhe escapou.

Bailey se gabou:

— Músculos demais? Pobre Brosey. Receio que Bailey Sheen tenha vencido essa rodada.

Fern tinha encontrado o ponto exato e estava concentrada em se manter flutuando, as unhas cor-de-rosa de seus pés aparecendo na superfície da água, seus olhos fixos nas nuvens.

— Estão vendo o Corvette? — Ela levantou o braço para fora da água e apontou para um conglomerado fofo. Imediatamente começou a afundar, e Ambrose deslizou a mão sob suas costas antes que seu rosto afundasse na água.

Bailey torceu o nariz, tentando encontrar um carro nas nuvens. Ambrose encontrou, mas, assim que o viu, as nuvens tinham mudado e se pareciam mais com um Fusca.

— Estou vendo uma nuvem que parece o sr. Hildy! — Bailey riu. Ele não conseguia apontar, por isso Fern e Ambrose olharam para cima insistentemente, tentando captar o rosto antes que ele se dissolvesse em outra coisa.

— Humm. Estou vendo o Homer Simpson — Fern murmurou.

— Mais para o Bart... ou talvez a Marge — disse Ambrose.

— É engraçado como cada um vê algo diferente — disse Fern.

Os três continuaram olhando enquanto a imagem ficava mais solta, menos definida e flutuava para longe. Ambrose se lembrou de outro momento em que tinha flutuado de costas, olhando para o céu.

— *Por que você acha que o Saddam tem a cara estampada na cidade inteira? Para todo lugar onde a gente olha, vê a cara feia dele. Estátuas, cartazes, faixas em cada maldito lugar!* — disse Paulie.

— *Porque ele é suuuperlindo* — disse Ambrose com ironia.

— *Intimidação e controle da mente* — Grant, sempre o estudioso, deu a resposta. — *Ele queria ter a imagem de um deus, para controlar a população com mais facilidade. Quem vocês acham que o povo teme mais? Deus ou Saddam?*

— Você quer dizer Alá — Paulie corrigiu.

— Isso, Alá. Saddam queria que o povo pensasse que ele e Alá eram a mesma coisa — disse Grant.

— O que você acha que o Saddam pensaria se visse a gente nadando na piscina dele agora? E, devo dizer, que maravilha de piscina. — Jesse estava imerso até o peito, com os braços abertos na superfície da água, olhando para a fonte ornamentada na beira da outra margem.

— Ele não se importaria. Ele é supergeneroso e nos convidaria para voltar sempre que a gente quisesse — respondeu Ambrose. As brincadeiras envolvendo Saddam Hussein vinham acontecendo havia dias.

Toda a unidade estava se esbaldando na piscina enorme localizada no Palácio Republicano, agora nas mãos dos Estados Unidos. Estar molhado assim era um raro e confortável prazer, e os garotos da Pensilvânia não poderiam ter ficado mais felizes se estivessem em casa, em seu próprio lago Hannah, ladeado por árvores e pedras em vez de fontes ornamentais, palmeiras e construções abobadadas.

— Acho que o Saddam exigiria que a gente beijasse os anéis dele e depois ia cortar a nossa língua — Beans entrou na conversa.

— Não sei, Beans, no seu caso isso pode ser uma melhora — disse Jesse. Beans se lançou sobre o amigo, e o que se seguiu foi uma rodada de luta livre aquática. Ambrose, Paulie e Grant riram e os encorajaram, mas todos estavam muito gratos pelo indulto molhado para desperdiçá-lo entrando na brincadeira de mão. Em vez disso, boiaram, olhando para o céu, que não parecia muito diferente do céu sobre o lago Hannah.

— Vi tanto o rosto do Saddam que consigo ver até quando fecho os olhos, como se a imagem estivesse gravada nas minhas retinas — Paulie reclamou.

— Fique feliz que o treinador Sheen não use os mesmos métodos de intimidação durante a temporada de luta. Já imaginou? O rosto dele em todos os lugares por onde a gente fosse, olhando feio para nós? — Grant riu.

— É estranho, quando eu tento realmente imaginar o rosto dele, ou o rosto de qualquer um, não consigo. Tento lembrar os detalhes, sabe, e...

não consigo. E só estamos fora desde março — disse Ambrose, balançando a cabeça para a irrealidade de tudo aquilo.

— Os meses mais longos da minha vida. — Paulie suspirou.

— Você não consegue visualizar o rosto da Rita... mas aposto que consegue imaginar ela pelada, não é? — Beans tinha parado de lutar por causa do comentário de Jesse a respeito de sua língua e já estava usando-a de forma ferina outra vez.

— Eu nunca vi a Rita pelada — disse Ambrose, sem se importar se seus amigos acreditavam nele ou não.

— Até parece! — disse Jesse em descrença.

— Não vi. A gente só saiu por um mês.

— Isso é tempo suficiente! — disse Beans.

— Alguém aqui está sentindo cheiro de bacon? — Paulie cheirou o ar, lembrando a Beans que ele estava sendo um porco outra vez. Beans jogou água no rosto de Paulie, mas não atacou. A menção a bacon deixou o estômago de todos roncando.

Com um último olhar para o céu, os cinco saíram da piscina imponente e foram pingando até as fardas empilhadas. Não havia nuvens no céu, nenhum rosto para reconstruir em filme branco, nada para preencher os buracos na mente de Ambrose. Espontaneamente, um rosto surgiu em sua cabeça. Fern Taylor, com o queixo empinado, os olhos fechados, os cílios molhados, espessos sobre as faces sardentas. A boca cor-de-rosa e macia, machucada e tremendo. Do jeito que ela estava depois que ele a havia beijado.

— Alguma vez vocês já olharam para uma pintura por tanto tempo que as cores borraram e vocês não conseguiam mais saber o que estavam olhando? Sem contorno, sem rosto, sem forma, apenas cores e espirais de tinta? — Fern falou de novo, e Ambrose deixou seus olhos pousarem no rosto que um dia havia preenchido sua memória num lugar distante, um lugar que agora, na maioria dos dias, ele desejava esquecer.

Bailey e Ambrose ficaram em silêncio, procurando novos rostos nas nuvens.

— Acho que as pessoas são assim. Quando a gente olha de verdade para elas, para de ver um nariz perfeito ou dentes retos. A gente para de ver as cicatrizes de acne, o furinho no queixo. Essas coisas começam a se confundir, e de repente você vê as cores, a vida dentro da casca, e a beleza assume um significado totalmente novo. — Fern não desviou o olhar do céu enquanto falava, e Ambrose deixou os olhos se demorarem em seu perfil. Ela não estava falando dele. Só estava refletindo, ponderando as ironias da vida. Estava apenas sendo Fern.

— Só que funciona nos dois sentidos — Bailey contribuiu para o assunto. — O feio é o que o feio faz. O Becker não é feio por causa da cara dele. Assim como eu não tenho essa beleza devastadora só por causa da minha aparência.

— Grande verdade, meu amigo flutuante. Grande verdade — disse Fern, a sério. Ambrose mordeu a língua para não rir. Eram dois nerds. Um parzinho peculiar. E ele teve a súbita vontade de chorar. Mais uma vez. Estava se transformando numa daquelas mulheres de meia-idade que adoram fotos de gatinhos com frases inspiradoras. O tipo de mulher que verte lágrimas até durante os comerciais de cerveja. Fern o transformara num verdadeiro chorão. E estava louco por ela. E por seu amigo flutuante também.

— O que aconteceu com o seu rosto, Brosey? — Bailey perguntou alegremente, mudando de assunto do jeito que sempre fazia, sem aviso prévio. Certo, talvez Ambrose não fosse tão louco pelo amigo flutuante.

— Explodiu — ele respondeu lacônico.

— Literalmente? Quer dizer, eu quero os detalhes. Você passou por um monte de cirurgias, não foi? O que eles fizeram?

— O lado direito da minha cabeça foi decepado, incluindo a orelha direita.

— Bem, isso é bom, não é? Aquela orelha parecia uma couve-flor, se bem me lembro.

Ambrose riu, sacudindo a cabeça com a audácia de Bailey. Orelha de couve-flor era o que acontecia com os lutadores quando não usavam protetor de cabeça. Ambrose nunca tivera orelha de couve-flor, mas apreciava o humor de Bailey.

— Essa orelha é uma prótese.

— Mentira! Deixa eu ver! — Bailey balançou com força e Ambrose o segurou antes que ele caísse de cara na água.

Ambrose tirou a orelha protética dos ímãs que a prendiam no lugar, e Fern e Bailey exclamaram em uníssono:

— Legal!

É, nerds. Mas Ambrose não podia negar que ficava aliviado com a resposta de Fern. Ele lhe havia dado todos os motivos para fugir dele gritando. O fato de que ela nem sequer havia pestanejado aliviou algo em seu peito. Ele inspirou, apreciando a sensação de respirar mais fundo.

— É por isso que o seu cabelo não cresce? — foi a vez de Fern de ser curiosa.

— É. Tem muito tecido cicatricial desse lado. Enxertos demais. Tem uma placa de aço na lateral da minha cabeça que liga os ossos da face ao maxilar. A pele do meu rosto foi arrancada aqui e aqui — Ambrose indicou as longas cicatrizes que cruzavam seu rosto. — Na verdade eles conseguiram colocar no lugar, mas eu fui atingido por muitos estilhaços antes do pedaço grande que arrancou a lateral da minha cabeça. A pele que eles colocaram no lugar parecia queijo suíço, e eu tinha estilhaços enterrados no tecido mole do meu rosto. É por isso que a pele ficou tão irregular e cheia de marcas. Alguns dos estilhaços ainda estão sendo expelidos.

— E o seu olho?

— Fui atingido por um pedaço grande de estilhaço também no olho. Eles salvaram o globo ocular, mas não a visão.

— Você tem uma placa de metal na cabeça? Isso é bem intenso. — Os olhos de Bailey estavam arregalados.

— É. Pode me chamar de Homem de Lata — disse Ambrose baixinho, a memória dos apelidos e a antiga dor tornando novamente difícil respirar.

— Homem de Lata, hein? — disse Bailey. — Você está *mesmo* bem enferrujado. Aquele double leg de ontem foi pa-té-ti-co.

A mão de Fern escorregou na de Ambrose, e seus pés encontraram apoio no fundo de rocha do lago, ao lado dos dele. E, simples assim, a memória perdeu a intensidade. Ele passou o braço pela cintura dela e a puxou para si, sem se importar se Bailey fosse achar ruim. Talvez o Homem de Lata estivesse voltando à vida. Talvez ele tivesse um coração, afinal.

Eles nadaram por cerca de uma hora. Bailey flutuou alegremente, e Fern e Ambrose o cercavam, rindo e jogando água um no outro, até Bailey afirmar que ia se transformar em uma uva-passa. Então Ambrose o carregou até a cadeira de rodas e Fern deitou nas pedras, deixando que o sol secasse suas roupas, com Ambrose a seu lado. Fern era quem estava mais vestida e, definitivamente, mais molhada. Além disso, seus ombros e nariz começavam a mostrar sinais de queimaduras de sol, e suas coxas estavam ganhando um tom de rosa suave. Seu cabelo secou formando cachos vermelho-vivos, caindo pelas costas e olhos enquanto ela sorria para Ambrose, sonolenta, meio adormecida sobre a grande rocha morna. Ele sentiu uma estranha sensação de queda no peito e levantou a mão para esfregar o local logo acima do coração, como se pudesse acalmar o sentimento e mandá-lo para longe. Estava acontecendo com mais e mais frequência, quando ele ficava perto dela.

— Brose? — a voz de Bailey interrompeu seu devaneio.

— Sim?

— Preciso ir ao banheiro — Bailey informou.

Ambrose congelou, as implicações eram claras.

— Você pode me levar pra casa nesse minuto ou me acompanhar até aquela floresta — Bailey acenou com a cabeça em direção às árvores ao redor do lago Hannah. — Espero que tenha trazido papel higiênico. De qualquer forma, você vai ter que parar de olhar para a Fern como se quisesse engolir a menina, porque está me dando fome, e eu não respondo por mim quando estou com fome e preciso ir ao banheiro.

E assim o clima se quebrou.

26
inventar uma máquina do tempo

22 DE NOVEMBRO DE 2003

Querida Marley,

 Eu nunca te escrevi uma carta de amor, escrevi? Sabia que o Ambrose ficou trocando cartas de amor com a Rita Marsden no último ano da escola, só para descobrir que não era a Rita quem escrevia? Era a Fern Taylor, a ruivinha que anda com o filho do treinador, o Bailey. No começo, o Paulie deu ao Ambrose a ideia de usar poesia, mas acho que o Ambrose estava realmente se divertindo, até que a Rita deu um pé na bunda dele e disse que tinha sido a Fern o tempo todo. O Ambrose não demonstra muito os sentimentos, mas ficou bem bravo. A gente tirou sarro dele pelo resto do ano por causa da Fern Taylor. É muito engraçado pensar nele com a Fern. Mas ele não pensa assim. Ainda fica todo quieto se a gente sequer menciona o nome dela. Isso me fez pensar que eu nunca fui muito bom em me comunicar e me lembrou de como algumas pessoas vão longe para passar uma mensagem.

 Paramos num entreposto para fazer a segurança de alguns presos antes de serem transferidos para fora de Bagdá. Às vezes leva algumas semanas antes de termos um lugar para enviar todos eles. É incrível até onde os prisioneiros iraquianos chegam para se comunicar uns com os outros. Eles fazem argila misturando chai (que é um chá) com terra e areia. Depois escrevem pequenas mensagens em pedaços de guardanapo ou de pano e colocam dentro da bola de argila (chamamos de pedras chai) e deixam secar. Aí jogam as pedras chai que fizeram em diferentes celas, quando os guardas não estão olhando. Não consegui imaginar nada para escrever hoje, por isso fiquei pensando: Se eu tivesse só uma tirinha de papel para lhe dizer como me sinto, o que eu diria? "Eu te amo" parece meio sem originalidade. Mas eu amo. Eu te amo e amo o pequeno Jesse, embora não o tenha conhecido. Mal posso esperar para voltar para casa e ser um homem melhor, porque acho que eu posso ser, e prometo que vou tentar. Então aqui está a sua primeira carta de amor oficial. Espero que goste. O Grant garantiu que eu usasse boa gramática e escrevesse tudo certo. É bom ter amigos inteligentes.

Com amor,
Jesse

༄

Ambrose estava do lado de fora da casa de Fern e se perguntava como entraria. Poderia atirar pedras na janela — a dela ficava no piso térreo, do lado esquerdo, nos fundos. Poderia fazer uma serenata e acordar a vizinhança... e os pais dela, o que também não o ajudaria muito. E ele realmente queria entrar. Era uma hora da manhã, e, infelizmente, suas horas de trabalho na padaria tinham bagunçado seu padrão de sono, tornando impossível descansar nas noites em que não trabalhava. Ambrose não dormia bem, de qualquer forma. Nunca. Não desde o Iraque. A psicóloga havia dito que pesadelos eram normais e que ele tinha transtorno de estresse pós-traumático. Não brinca, Sherlock.

Mas era a necessidade de ver Fern que estava mexendo com a sua capacidade de dormir naquela noite. Fazia algumas horas que ela o tinha deixado em casa e levado Bailey. Apenas algumas horas, mas ele sentia falta dela.

Ele pegou o celular, uma opção muito mais lógica do que avisar de sua presença jogando pedrinhas ou bancando o Romeu. Mandou uma mensagem, esperando, rezando que o celular dela estivesse ao lado da cama.

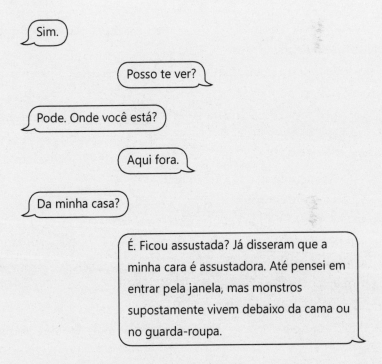

Brincar com seu rosto agora era muito mais fácil. Fern tinha tornado aquilo mais fácil. Ela não respondeu à última mensagem, mas sua luz de repente acendeu. Alguns minutos se passaram, e Ambrose se perguntou se ela estava se fazendo apresentável. Talvez dormisse sem roupa. Droga. Ele devia ter entrado pela janela de fininho.

Segundos depois, a cabeça de Fern apareceu pela janela e ela o chamou com um aceno, dando risinhos enquanto segurava a persiana para que ele pudesse subir pela abertura estreita e ficando de lado enquanto Ambrose encontrava apoio no chão e se endireitava, enchendo o ambiente com seus ombros e sua altura. As cobertas na cama dela estavam afastadas, e uma pressão ainda marcava o travesseiro com o contorno da cabeça dela. Fern saltava na ponta dos pés, como se estivesse feliz da vida em vê-lo, e seu cabelo pulava junto, anéis escarlates que caíam por suas costas e em volta dos ombros, dançando sobre a regata laranja-vivo que ela vestia, combinando com um shorts folgado de cores desconexas, fazendo-a parecer um palhaço em trajes de baixo.

Palhaços nunca o tinham deixado sem fôlego antes, então por que ele estava com falta de ar, desesperado para abraçá-la? Ele encheu os pulmões e estendeu a mão, enlaçando os dedos aos dela e puxando-a para si.

— Sempre sonhei que um cara gostoso fosse entrar pela minha janela — Fern sussurrou de modo teatral, aconchegando-se junto dele e envolvendo os braços ao redor da cintura de Ambrose, como se não pudesse acreditar que ele era real.

— O Bailey me contou — ele respondeu com outro sussurro.

— O quê? Que fofoqueiro! Ele quebrou o código do melhor amigo, de não revelar fantasias secretas! Agora fiquei com vergonha. — Fern deu um longo suspiro, na verdade sem parecer sentir um pingo de vergonha. — Você podia ter usado a porta da frente — ela murmurou depois de um longo silêncio. Fern ficou na ponta dos pés e beijou Ambrose no pescoço, depois no queixo, o mais alto que podia alcançar.

— Sempre quis entrar pela sua janela, mas nunca tive um bom motivo. Também pensei que era um pouco tarde demais pra bater na sua porta. Eu queria te ver.

— Você já me viu hoje, no lago. E tenho uma queimadura de sol para provar.

— Eu queria te ver de novo — Ambrose sussurrou. — Não consigo ficar longe.

Fern corou, o prazer das palavras dele se derramando sobre seu corpo como chuva quente. Ela queria ficar com ele a cada minuto; pensar que ele pudesse sentir o mesmo era alucinante.

— Você deve estar exausto — disse ela, sempre cuidadosa, ao puxá-lo para sua cama e encorajá-lo a sentar.

— Trabalhar à noite na padaria não me deixa dormir nem nas noites de folga — Ambrose admitiu. Não contou sobre os pesadelos que tornavam o sono ainda mais difícil. Depois de um breve silêncio, acrescentou: — Quer compartilhar alguma outra fantasia enquanto me tem aqui? Talvez me amarrar na sua cama?

Fern riu.

— Ambrose Young, na minha cama. Não acho que as minhas fantasias podem superar isso.

Os olhos de Ambrose eram quentes ao estudarem Fern nas sombras projetadas pelo pequeno abajur de cabeceira.

— Por que você sempre diz o meu nome completo? Você sempre me chama de Ambrose Young.

Fern pensou por um momento, deixando seus olhos se fecharem conforme ele acariciava suas costas em círculos com dedos delicados.

— Porque você sempre foi Ambrose Young pra mim... não Ambrose, não Brose, nem Brosey. Ambrose Young. Superestrela, galã. Como um ator. Eu também não chamo o Tom Cruise pelo primeiro nome. Eu o chamo de Tom Cruise. Will Smith, Bruce Willis. Pra mim, você sempre esteve no nível deles.

Era aquele negócio de Hércules de novo. Fern olhou para Ambrose como se ele pudesse matar dragões e enfrentar leões, e, de certa forma, mesmo ele estando com o orgulho esfarrapado e a antiga imagem demolida como as estátuas tombadas de Saddam Hussein, ela não havia mudado o discurso.

— Por que seus pais te chamaram de Ambrose? — ela perguntou em voz baixa, embalada pelos dedos que a acariciavam.

— Ambrose é o nome do meu pai biológico. Foi a maneira que a minha mãe encontrou de tentar fazer com que ele me reconhecesse.

— O modelo de cuecas? — perguntou Fern, sem fôlego.

Ele deu um gemido.

— As pessoas nunca vão esquecer isso. É, ele era modelo. E minha mãe nunca o esqueceu, mesmo tendo um homem como o Elliott, que achava que ela podia andar sobre as águas e teria feito qualquer coisa para fazê-la feliz, até se casar com ela quando estava grávida de mim. Até deixar que ela me desse o nome do Homem Cueca.

Fern deu uma risadinha.

— Não parece te incomodar.

— Não. Não incomoda. Minha mãe me deu o Elliott. Ele é o melhor pai que eu poderia ter.

— Então foi por isso que você ficou quando ela foi embora?

— Eu amo a minha mãe, mas ela está perdida. E eu não queria ficar perdido com ela. Pessoas como o Elliott nunca estão perdidas. Mesmo quando o mundo desaba na cabeça dele, ele sabe exatamente quem é. Ele me faz sentir seguro. — Fern era como Elliott naquele aspecto, Ambrose percebeu de repente. Ela tinha os pés no chão, era sólida, um refúgio.

— Eu recebi esse nome por causa da menina de *A teia de Charlotte* — disse Fern. — Você conhece a história, né? A menininha, Fern, salva o porquinho de ser morto, porque ele é fraquinho. O Bailey acha que os meus pais deviam ter me chamado de Wilbur, porque eu também era meio fraquinha. Ele até me chamava de Wilbur quando queria me irritar. Eu falei pra minha mãe que eles deviam ter me chamado de Charlotte, em homenagem à aranha. Charlotte é um nome bonito. E a Charlotte era muito sábia e bondosa. Além disso, é o nome de uma bela e jovem dama em um dos meus romances favoritos de todos os tempos.

— O Grant tinha uma vaca chamada Charlotte. Eu gosto de Fern. Ela sorriu.

— O nome do Bailey é em homenagem a George Bailey, de *A felicidade não se compra*. A Angie ama esse filme. Você precisa ver a imitação que o Bailey faz do James Stewart. É hilária.

— Falando de nomes e romances favoritos, o Bailey me disse que você escreve usando um pseudônimo. Fiquei muito curioso pra saber.

Fern gemeu alto e sacudiu o punho na direção da casa de Bailey.

— Maldita boca enorme, Bailey Sheen. — Ela olhou para Ambrose com nervosismo. — Você vai pensar que eu sou algum tipo de maluca, totalmente obcecada, mas você precisa lembrar que inventei esse alter ego quando tinha dezesseis anos e *estava* mesmo um pouco obcecada. Tudo bem, eu ainda sou um pouco obcecada.

— Com o quê? — Ambrose estava intrigado.

— Com você — a resposta de Fern saiu abafada quando ela enterrou a testa no peito dele, mas Ambrose ainda estava ouvindo.

Ele riu e forçou o queixo dela para cima, para que pudesse ver seu rosto.

— Ainda não entendo o que isso tem a ver com o seu pseudônimo.

Fern suspirou.

— É Amber Rose.

— Ambrose?

— Amber Rose — ela corrigiu.

— Amber Rose? — ele balbuciou.

— É — disse Fern num fiozinho de voz. E Ambrose riu por muito, muito tempo. Quando sua risada se tornou um ruído e parou, ele apoiou Fern nos travesseiros e beijou sua boca gentilmente, esperando que ela respondesse, sem querer tomar o que ela não queria oferecer, sem querer avançar rápido demais. Mas Fern correspondeu de forma ardente, abrindo a boca para ele, subindo as mãos pequenas por baixo de sua camiseta para contornar o abdome, o que o fez gemer e desejar uma cama maior. O gemido disparou uma reação em Fern, que puxou a camisa de Ambrose por cima da cabeça, sem perder um segundo, ansiosa, como sempre, para estar o mais próximo possível dele. Seu ardor fazia Ambrose se perder no perfume, nos lábios macios e nos suspiros ainda mais suaves, até que ele bateu a cabeça na cabeceira da cama, o que devolveu um pouco de senso a seu cérebro embriagado de amor. Ele se levantou e pegou a camiseta do chão.

— Preciso ir, Fern. Não quero que o seu pai me pegue no quarto da filha dele, na cama da filha dele, com a camiseta no chão. Ele vai me matar. E o seu tio e meu ex-treinador vai ajudar. Ainda tenho medo do treinador Sheen, mesmo que eu tenha o dobro do tamanho dele.

Fern choramingou em protesto e estendeu a mão para Ambrose, agarrando-o pelos passadores de cinto, puxando-o de novo. Ele riu e foi com pernas incertas, estendendo a mão para se apoiar na parede do quarto. Sua mão resvalou numa tachinha que prendia um papel, o que a fez cair em algum lugar atrás da cama. Ambrose conseguiu agarrar o papel para que não caísse também. Olhou para a folha e sua mente devorou as palavras antes que tivesse chance de se perguntar se era algo que não deveria ver.

```
Se Deus faz todos os rostos, Ele riu quando me fez?
Ele faz pernas que não podem andar e olhos que não podem ver?
Ondula os cabelos na minha cabeça numa rebelde insensatez?
Fecha os ouvidos do surdo para que ele precise depender?

Minha aparência é coincidência ou ironia do destino?
Se Ele me fez assim, posso culpá-Lo pelo que odeio?
Pelos defeitos que parecem piorar a cada vez que olho no espelho,
Pela feiura que vejo em mim, pelo ódio e pelo medo.

Ele nos esculpe para o Seu prazer, por uma razão que não posso ver?
Se Deus faz todos os rostos, Ele riu quando me fez?
```

Ambrose leu as palavras de novo, em silêncio, e sentiu uma onda crescer dentro dele. Era uma onda de compreensão e de ser compreendido. Aquelas palavras eram seus sentimentos. Agora ele sabia que eram os dela também. E seu coração doeu por Fern.

— Ambrose?

— O que é isso, Fern? — ele sussurrou, segurando o poema para que ela visse.

Ela olhou para ele com nervosismo, sentindo-se pouco à vontade, a expressão perturbada.

— Eu escrevi. Muito tempo atrás.

— Quando?

— Depois do baile de formatura. Lembra daquela noite? Eu estava lá com o Bailey. Ele pediu que todos vocês dançassem comigo. Um dos momentos mais constrangedores da minha vida, mas ele teve boa intenção. — Um sorriso triste levantou os cantos de sua boca.

Ambrose lembrava. Fern estava bonita — quase linda — e o havia deixado confuso. Ele não a tirara para dançar. Tinha se recusado. Tinha até mesmo se afastado de Bailey quando ele pediu.

— Eu te magoei, não é, Fern?

Ela encolheu os ombros magros e sorriu, mas o sorriso era vacilante, e seus olhos ficaram brilhantes. Ainda assim, depois de mais de três anos, era fácil ver que a memória doía.

— Eu te magoei — ele repetiu, remorso e consciência tingindo sua voz de arrependimento.

Fern estendeu a mão e tocou o rosto cheio de cicatrizes.

— Você simplesmente não me via, só isso.

— Naquela época eu estava cego. — Ele tocou uma mecha encaracolada na testa dela.

— Na verdade... você está meio cego agora — Fern provocou baixinho, procurando aliviar a culpa dele com uma brincadeira. — Talvez seja por isso que gosta de mim.

Ela estava certa. Ele estava parcialmente cego; porém, apesar disso, talvez por causa disso, estava vendo as coisas mais claramente do que jamais vira.

245

27
fazer uma tatuagem

IRAQUE

— Me deixa ver a sua tatuagem, Jess — Beans insistiu, enlaçando o braço no pescoço do amigo e apertando um pouco mais forte do que poderia ser considerado afetuoso. Jesse tinha passado um pouco de seu tempo livre daquela manhã com um oficial médico que se aventurava como tatuador, mas tinha mantido silêncio sobre o resultado e parecia mais reservado que o habitual.

— Cala a boca, Beans. Droga, por que você tem que saber de tudo? Está sempre se metendo nos meus assuntos — disse Jesse, empurrando o amigo inoportuno, que insistia em ver o que estava tatuado em seu peito.

— É porque eu te amo. Eu só preciso ter certeza que você não tatuou alguma coisa idiota de que vai se arrepender depois. É um unicórnio? Ou uma borboleta? Você não fez o nome da Marley em volta de uma rosa, fez? Ela pode não estar mais interessada quando você voltar pra casa, cara. Ela pode estar pendurada em algum outro garanhão. É melhor não gravar o nome dela na sua pele.

Jesse xingou e empurrou Beans com força, derrubando o soldado menor no chão. Beans estava de pé numa fração de segundo, com o humor exaltado e soltando uma série de obscenidades que saiu pegando fogo, e Grant, Ambrose e Paulie se apressaram para se colocar entre os dois. O calor estava deixando todos loucos. Somado à tensão que nunca diminuía, era incrível que eles não tivessem se virado uns contra os outros antes.

— Eu tenho um filho! Eu tenho um menino! Um bebê que eu nunca vi, e a Marley é a mãe dele! Então não vem falar merda da mãe do meu filho, seu cretino, ou eu acabo com a sua raça e ainda cuspo na sua bunda mole quando eu terminar.

Beans imediatamente parou de tentar bater em Jesse, e a raiva drenou de seu rosto tão rapidamente como tinha surgido. Ambrose o soltou no mesmo instante, reconhecendo que o perigo tinha passado.

— Jess, cara. Desculpa. Eu só estava zoando. — Beans apoiou as mãos com os dedos entrelaçados na cabeça e se virou, xingando-se dessa vez. Ele se voltou de novo, e sua expressão estava pesada de remorso. — É uma merda, cara. Estar aqui quando você tem isso acontecendo em casa. Foi mal. Eu só falo demais.

Jesse deu de ombros, mas sua garganta trabalhava rapidamente, como se estivesse tentando engolir um comprimido especialmente amargo, e, se não estivesse usando proteção para os olhos, assim como todos eles, poderia não ter sido capaz de esconder as lágrimas que ameaçavam se derramar, tornando a situação ainda mais difícil para todos eles. Sem dizer uma palavra, ele começou a tirar as proteções do corpo, com dedos seguros e rápidos. Era algo que faziam várias vezes ao dia. Usavam os aparatos cada vez que deixavam a base, e eram tão familiares para os dedos quanto amarrar os sapatos.

Ele levantou a armadura do peito e a atirou no chão. Depois soltou a aba de velcro da camisa e abriu o zíper, deixando-a entreaberta para puxar a camiseta para fora da calça, levantando-a para expor o abdome negro definido e o peito musculoso. Jesse era tão bonito quanto Ambrose, o que ele ressaltava o tempo todo. Ali, no peitoral esquerdo, escritas sobre o coração, em letras pretas cuidadosas, estavam as palavras:

Meu Filho
Jesse Davis Jordan
8 de maio de 2003

Ele segurou a camiseta cáqui embolada logo abaixo do queixo por alguns segundos, deixando seus amigos olharem para a nova tatuagem que havia sido relutante em mostrar. Então, sem comentários, puxou a camiseta para baixo, fechou a camisa, colocou a roupa para dentro do cinto e vestiu de novo a proteção do peito.

— Ficou legal, Jess — Beans sussurrou com a voz vazia e oca, como se tivesse levado um tiro no peito. Todos os outros concordaram com a cabeça, mas ninguém conseguia falar. Estavam todos lutando contra a emoção do momento, sabendo que não podiam dizer nada para Jesse se sentir melhor. Nem Beans, aliás. Retomaram a caminhada de volta à base, em silêncio.

Paulie acertou o passo com Jesse e jogou o braço em volta dos ombros do amigo. Jesse não o repeliu, como fizera logo antes com Beans. Em seguida, com as palavras girando ao redor deles, no calor escaldante do deserto, Paulie começou a cantar.

Escrevi seu nome no meu coração
Para não esquecer
Como me senti quando você nasceu
Antes de a gente se conhecer.

Escrevi seu nome no meu coração
Para sua batida soar com a minha
E, quando mais sinto a sua falta,
Percorro cada volta e cada linha.

Escrevi seu nome no meu coração
Para silenciar meu lamento

Para ter você perto de mim
E te guardar a todo momento.

As palavras pairaram no ar quando Paulie terminou. Se qualquer outra pessoa tivesse tentado cantar, não teria funcionado, mas Paulie tinha um coração doce e uma forma de se comunicar com que todos haviam se acostumado. O fato de que ele usara uma canção para confortar o amigo não incomodava nenhum deles.

— Você que compôs, Paulie? — Grant perguntou, e havia um tremor em sua voz que todos perceberam, mas, com tato, ignoraram.

— Não. É só uma canção popular antiga que a minha mãe costumava cantar. Nem lembro de quem é. Só que tinham cabelo de hippie e usavam sandália com meia. Mas eu sempre gostei da música. Mudei o primeiro verso um pouco, para o Jesse.

Caminharam em silêncio um pouco mais até que Ambrose começou a cantarolar a melodia, e Jesse pediu:

— Canta de novo, Paulie.

༄

— Que tipo de tatuagem eu devia fazer? Quer dizer, sério. A palavra "mãe" dentro de um coração? Isso é simplesmente patético. Não consigo pensar em absolutamente nada que seja legal e não ridículo para um cara de cadeira de rodas — Bailey reclamou.

Os três, Ambrose, Bailey e Fern, estavam a caminho de Seely, rumo a um estúdio de tatuagem chamado Ink Tank. Bailey implorava a Fern que o levasse para fazer uma tatuagem desde que tinha dezoito anos, e havia trazido o assunto à tona alguns dias antes, no lago. Quando Ambrose disse que iria, Fern oficialmente se tornou minoria. Agora ela estava ao volante, a motorista complacente, como de costume.

— Ei, você podia fazer uma clava, Brosey, como a do Hércules. Seria legal — Bailey sugeriu.

Ambrose suspirou. Hércules estava morto, e Bailey não parava de ficar tentando trazê-lo de volta à vida.

— Bailey, você podia fazer um s, um s de Super-Homem, dentro de um escudo. Lembra como você amava o Super-Homem? — Fern se animou com a lembrança.

— Eu achei que fosse o Homem-Aranha — Ambrose disse, lembrando o alarde que Bailey fizera sobre a aranha morta quando tinham dez anos.

— Eu desisti do veneno de aranha bem rápido — disse Bailey. — Percebi que eu provavelmente já tinha sido mordido por um milhão de mosquitos, por isso insetos não deviam ser a resposta. Quando o veneno de aranha perdeu o apelo, abandonei o Homem-Aranha e entrei na do Super-Homem.

— O Bailey se convenceu de que a distrofia muscular era um resultado direto de ter sido exposto a kryptonita e pediu para a mãe dele fazer uma capa vermelha comprida com um s grande na parte de trás. — Fern riu e Bailey bufou.

— Vou ser enterrado com aquela capa. Eu ainda tenho. Aquela coisa é incrível.

— E você, Fern? Mulher Maravilha? — Ambrose brincou.

— A Fern decidiu que super-heróis não eram para ela — disse Bailey da parte de trás. — Ela decidiu que ia ser uma fada, porque gostava de poder voar sem a responsabilidade de salvar o mundo. Ela fez um par de asas de papelão, cobriu com glitter e fez tiras de fita adesiva para usar as asas nas costas como se fosse uma mochila.

Fern deu de ombros.

— Infelizmente eu não tenho mais as asas. Usei aquilo até acabar.

Ambrose ficou quieto, e as palavras de Bailey ressoaram em sua mente. *Porque gostava de poder voar sem a responsabilidade de salvar o mundo.* Talvez ele e Fern fossem mesmo almas gêmeas. Ele entendia o sentimento perfeitamente.

— A tia Angie vai deixar a gente de castigo, Bailey? — Fern se preocupou, fazendo beicinho. — Acho que eles não querem que você faça uma tatuagem enorme.

— Nah. É só eu jogar a carta "faça o último desejo do garoto moribundo" — disse Bailey, filosoficamente. — Funciona sempre. Fern, você devia fazer uma samambaia no ombro, em homenagem ao seu nome. Não a palavra, uma samambaia de verdade. Sabe, com folhas e tal. Já que Fern é samambaia em inglês.

— Humm. Acho que não tenho coragem suficiente para uma tatuagem. E, se tivesse, não seria uma samambaia.

Eles estacionaram em frente ao estúdio de tatuagem. Estava tranquilo. Ao que parecia, meio-dia não era um horário popular para tatuagens. Bailey ficou em silêncio de repente, e Ambrose se perguntou se ele estava reconsiderando. No entanto, assim que Fern abriu o cinto de segurança, Bailey manobrou a cadeira para descer a rampa, sem hesitar.

Fern e Bailey observaram tudo atentamente no interior da pequena loja, e Ambrose se preparou, como sempre fazia, para os olhares curiosos furtivos e os descarados. Porém o homem que os abordou tinha o rosto tão coberto por desenhos intrincados que Ambrose, com suas marcas e cicatrizes, parecia comum ao lado dele. O tatuador olhou para as cicatrizes de Ambrose com um olhar profissional e se ofereceu para adicionar alguns enfeites. Ambrose recusou, mas imediatamente se sentiu mais à vontade.

Bailey queria a tatuagem no alto do ombro direito, onde não esfregasse no encosto de sua cadeira. Ele escolheu a frase "A vitória está na batalha", as mesmas palavras gravadas no banco de pedra no memorial, aquelas que seu pai tinha repetido centenas de vezes, que eram um testemunho da própria vida de Bailey e uma homenagem ao esporte que ele amava.

E então Ambrose fez o próprio pedido, surpreendendo Fern e Bailey, tirando a camisa e dizendo ao homem tatuado o que desejava que fosse feito. Não demorou muito. Não era um desenho complicado, que exigisse grandes habilidades ou mistura de cores. Ele escreveu o que queria, claramente, certificando-se de que a ortografia estivesse certa, e entregou ao artista. Escolheu a fonte, e as letras foram aplicadas em sua pele com estêncil para depois, sem alarde, o tatuador começar o processo.

Fascinada, Fern observou como, um após o outro, o nome dos amigos de Ambrose, os tombados em batalha, foi marcado do lado esquerdo de seu peito. Paulie, Grant, Jesse, Beans, um ao lado do outro, em letras de forma simples, numa fileira solene. No fim, Fern traçou os nomes com a ponta do dedo, cuidando para não tocar a pele sensível. Ambrose estremeceu. As mãos dela pareciam um bálsamo sobre a ferida, bem-vindo e ao mesmo tempo doloroso.

Eles pagaram, agradeceram o tatuador e estavam a caminho de casa quando Bailey perguntou em voz baixa:

— A tatuagem faz você se sentir mais próximo deles?

Ambrose olhou pela janela, para a paisagem que passava: árvores, céu e casas tão familiares para ele como seu próprio rosto... ou o rosto que costumava ver quando olhava no espelho.

— O meu rosto está arruinado. — Seus olhos encontraram os de Bailey no retrovisor, e ele estendeu a mão para traçar a cicatriz mais longa, a que ia do couro cabeludo até a boca. — Eu não escolhi essas cicatrizes. Meu rosto é um lembrete diário da morte deles. Acho que eu só queria algo que me lembrasse da vida deles. O Jesse fez uma tatuagem. Fazia algum tempo que eu estava com vontade de fazer também.

— Que legal, Brosey. Isso é muito legal. — Bailey sorriu melancolicamente. — Acho que essa é a pior parte. O pensamento de que ninguém vai se lembrar de mim quando eu me for. Claro, meus pais vão. A Fern vai. Mas como alguém feito eu continua existindo? No fim das contas, eu tive importância?

O silêncio na antiga van azul estava repleto de chavões vazios e certezas sem sentido que imploravam para ser pronunciadas, mas Fern amava Bailey demais para dar um tapinha em suas costas quando ele precisava de algo mais.

— Vou te adicionar à minha lista — Ambrose prometeu de repente, seus olhos sustentando os de Bailey no espelho. — Quando chegar a hora, vou escrever o seu nome no meu coração com os outros.

Os olhos de Bailey se encheram de lágrimas e ele piscou rapidamente, mas, por vários minutos, não falou nada. Fern olhou para Ambrose com tanto amor e devoção no rosto que ele teria se oferecido para escrever um epitáfio inteiro nas costas.

— Obrigado, Brosey — Bailey sussurrou. E Ambrose começou a cantarolar.

⁂

— Canta de novo, por favor? — Fern implorou, traçando a cicatriz mais longa na face direita de Ambrose, e ele deixava, nem mesmo se importando com a lembrança de que ela estava ali. Quando Fern tocava seu rosto, ele sentia o carinho. As pontas dos dedos dela o acalmavam.

— Você gosta quando eu canto? — perguntou ele, sonolento, sabendo que não tinha muito mais tempo antes de precisar se arrastar para o trabalho. Fern tinha o dia de folga, mas ele não. A viagem ao estúdio de tatuagem tinha tomado toda a tarde e, quando a noite caiu, ele e Fern tinham se despedido de Bailey, mas lutavam para se despedir um do outro. Acabaram vendo o sol de verão se pôr deitados na cama elástica no quintal de Fern. Agora estava escuro e silencioso, e o calor tinha ido embora de fininho, assim como o sol, tornando Ambrose sonolento ao cantar a canção de ninar que Paulie havia ensinado a eles nos primeiros meses da campanha no Iraque. Na época, o filho de Jesse havia acabado de nascer, e a campanha ainda se estendia diante deles, poeira interminável e intermináveis dias antes que pudessem voltar para casa.

— Adoro quando você canta — respondeu Fern, sacudindo-o de seus devaneios. Ela começou a cantar a música, parou quando esqueceu um pedaço da letra e deixou que Ambrose preenchesse os espaços vazios até que a voz dela foi sumindo e ele terminou de cantar sozinho.

— "Escrevi seu nome no meu coração para silenciar meu lamento, para ter você perto de mim e te guardar a todo momento." — Ele já tinha cantado três vezes.

Quando Ambrose cantou a última nota, Fern se aconchegou junto dele, como se ela também precisasse de um cochilo. A cama elástica balançou um pouco debaixo deles, inclinando Fern para o vale formado pelo corpo grande de Ambrose, fazendo-a se apoiar em seu peito. Ele acariciava-lhe o cabelo conforme as respirações dela se tornavam mais profundas.

Ambrose se perguntou, melancolicamente, como seria a sensação de dormir ao lado dela o tempo todo. Talvez assim as noites não fossem tão difíceis. Talvez assim a escuridão que tentava consumi-lo quando ele estava sozinho fosse embora para sempre, vencida pela luz de Fern. Ele havia feito uma sessão de terapia com a psicóloga no dia anterior. Ela ficara perplexa com as "melhoras na saúde mental". E era tudo graças a uma pequena pílula chamada Fern.

Ambrose não tinha nenhuma dúvida de que Fern concordaria se ele pedisse para fugirem juntos. Embora tivessem de levar Bailey. Mesmo assim. Ela se casaria com ele num piscar de olhos... O coração de Ambrose bateu entusiasmado com essa ideia. Fern devia estar sentindo o aumento do ritmo da pulsação dele sob sua bochecha.

— Você já ouviu a piada sobre o homem que tinha de escolher a esposa? — perguntou Ambrose em voz baixa.

Fern sacudiu a cabeça.

— Não. — Ela bocejou delicadamente.

— Um cara tem a chance de se casar com uma mulher linda ou com outra de voz maravilhosa, mas que não é muito bonita. Ele pensa e decide que vai se casar com a que sabe cantar. Afinal uma voz bonita deve durar muito mais do que um rosto bonito, certo?

— Certo. — A voz de Fern soava mais desperta, como se ela achasse o assunto muito interessante.

— Então o cara se casa com a mulher feia. Eles fazem uma cerimônia e todas as coisas divertidas da noite de núpcias.

— Isso é uma piada?

Ambrose continuou, como se ela não o tivesse interrompido.

— Na manhã seguinte, o cara se vira, vê a mulher e dá um grito. Ela acorda e pergunta o que aconteceu. Ele cobre os olhos e grita: "Canta! Pelo amor de Deus, canta!"

Fern gemeu, indicando que a piada era péssima. Mas então começou a rir, e Ambrose riu junto, sacudindo ao lado dela na cama elástica no quintal do pastor Taylor, como duas crianças. Porém, no fundo de sua mente, Ambrose se perguntou, um pouco desconfortável, se não chegaria um momento em que Fern olharia para ele e pediria que ele cantasse.

28
ser um herói

Bailey tinha muito pouca independência. No entanto, em sua cadeira, com a mão sobre os controles, ele podia cortar pelo posto de gasolina na esquina e ir ao Jolley's para ver Fern depois do trabalho, ou à igreja, caso quisesse atormentar seu tio Joshua com hipóteses teológicas. O pastor Joshua costumava ser muito paciente e disposto a conversar, mas Bailey tinha certeza de que ele gemia quando o via chegando.

Ele sabia que não devia sair tão tarde como saía, mas também era parte da emoção. Homens de vinte e um anos não deviam ter hora para chegar em casa. A única coisa com que ele se sentia culpado era que, quando voltava para casa, precisava acordar a mãe ou o pai para ajudá-lo a deitar na cama, o que tirava um pouco da diversão de seus passeios noturnos. Além disso, ele queria ir até o mercado para ver Fern e Ambrose. Aqueles dois precisavam de um acompanhante. As coisas tinham começado a pegar fogo sempre que eles estavam juntos, e Bailey tinha certeza de que não demoraria muito para que ele começasse a ser a roda sobrando na cadeira de rodas. Ele riu consigo mesmo. Adorava jogos de palavras. E adorava que Fern e Ambrose tivessem se encontrado. Ele não duraria para sempre. Agora que Fern tinha Ambrose, ele não se preocupava mais tanto com ela.

Não estava vivendo perigosamente naquela noite. Tinha tentado fugir sem o farolete na testa, mas sua mãe saíra correndo atrás dele. Talvez fosse conveniente esquecer o apetrecho no mercado. Ele odiava aquela coisa. Bailey sorriu, sentindo-se um rebelde. Ficou na calçada, e os postes de luz o guiaram pelo caminho. Ele realmente não achava que precisasse de uma lanterna na testa. A loja de conveniência de Bob estava em seu caminho, e Bailey decidiu parar, só porque podia. Esperou pacientemente até que o próprio Bob saísse de trás do caixa e abrisse a porta.

— E aí, Bailey? — Bob piscou e tentou não olhar diretamente para a luz ofuscante do farolete.

— Pode desligar, Bob. É só apertar o botão em cima — Bailey instruiu. Bob tentou, mas, quando apertou o botão, a luz continuou brilhando, como se algo tivesse se soltado lá dentro. Bob virou o elástico do farolete, de modo que a luz apontasse para a parte de trás da cabeça de Bailey e então pudesse olhar para ele sem ficar cego.

— Acho que assim resolve, Bailey. Em que posso ajudar? — Bob se prontificou, como sempre fazia, sabendo das limitações de Bailey.

— Preciso de uma caixa com doze e alguma coisa pra mascar — disse Bailey, sério. Bob ficou ligeiramente boquiaberto e se mexeu com desconforto.

— Hum. Tudo bem. Você está com a sua identidade aí?

— Estou.

— Certo. Bom... de que tipo você quer?

— As balas Starburst vêm em caixas com doze, não vêm? E eu prefiro mascar Wrigley's. De menta, por favor.

Bob riu, sacudindo a barriga grande em cima da fivela enorme. Ele balançou a cabeça.

— Por um minuto você me fez acreditar que queria uma caixa de cerveja e fumo, Sheen. Imaginei você descendo a rua mastigando tabaco e com uma caixa de Bud no colo.

Bob seguiu Bailey pelos corredores, pegando as compras. O garoto parou na frente dos preservativos.

— Também vou precisar disso, Bob. A maior caixa que você tiver.

O homem arqueou uma sobrancelha, mas dessa vez não caiu na piada. Bailey riu e seguiu em frente.

Dez minutos mais tarde, Bailey estava de volta à rua, as compras acomodadas a seu lado na cadeira, e Bob ria enquanto se despedia com um aceno, depois de ter sido completamente entretido. Ele percebeu, tarde demais, que não tinha arrumado o farolete na cabeça de Bailey.

Bailey escolheu ir pela Center e pegar a Main, em vez de cortar pela 2nd East. Era uma rota mais longa até o mercado, mas a noite estava amena e o ar estava gostoso no rosto. E ele tinha tempo. Daria aos pombinhos uns dez ou quinze minutos extras juntos antes que a diversão chegasse. O silêncio era bem-vindo, a solidão ainda mais bem-vinda. Desejou que tivesse pensado em colocar os fones de ouvido para poder ouvir Simon e Garfunkel a todo volume, mas tinha se envolvido numa tentativa frustrada de escapar sem o farolete.

O comércio ao longo da Main estava vazio e escuro, e as vitrines refletiam sua imagem enquanto ele, de cadeira de rodas, passava em frente à loja de ferragens, ao dojo de caratê e à imobiliária. O Mi Cocina, o restaurante mexicano de Luisa O'Toole, também estava fechado, com suas luzes piscantes e as pimentas habanero amarradas balançando ao vento leve, batendo contra o tapume amarelo-mostarda. Mas o prédio ao lado do de Luisa não estava fechado. Assim como a loja de conveniência de Bob, o Jerry's Joint — o bar local — nunca fechava. Uma luz laranja neon anunciava que o local estava aberto, e algumas caminhonetes velhas estavam estacionadas na porta.

Bailey podia ouvir a música fraca que ecoava para o lado de fora do estabelecimento. Ele prestou atenção, tentando reconhecer a música, mas ouviu algo mais. Choro. Um bebê? Bailey olhou em volta, confuso. Não havia uma única alma à vista.

Avançou, cruzando a entrada pavimentada que dava para o bar, passando os primeiros veículos estacionados na longa fila. Choro de novo. Estacionado logo atrás do bar, no cascalho que circundava o prédio, estava o 4 x 4 preto de Becker Garth, com rodas elevadas e uma caveira com ossos cruzados na janela traseira. Muito original. Bailey revirou os olhos. Que cara ridículo.

Mais choro. Sem dúvida um bebê. Bailey saiu da calçada e passou pelo cascalho, indo em direção ao veículo. Podia ouvir sua pulsação nas têmporas e sentiu náusea. O choro vinha da caminhonete de Becker.

A porta do passageiro estava entreaberta e, quando Bailey chegou mais perto, viu um cabelo loiro estendido na borda do assento.

— Ah, não. Não. Rita! — Bailey gemeu enquanto manobrava a cadeira ao lado da porta aberta. Teve medo de fechá-la sem querer. Se fizesse isso, não seria capaz de abrir novamente.

Ele alinhou a cadeira para que sua mão, sobre o apoio de braço, ficasse a apenas alguns centímetros da beirada da porta. Levantou a mão tão alto quanto podia e a enfiou pela abertura. Empurrou o mais forte que conseguiu, a porta se moveu um pouco e depois se abriu lentamente. A mão de Bailey caiu de novo sobre o apoio de braço, e seu coração foi parar nos pés. Rita estava inconsciente no banco da caminhonete. Sua cabeça loira estava pendurada na beirada do assento, e sua mão, apoiada na porta. Parecia que ela havia aberto a porta, mas não tinha conseguido fazer mais nada. Tyler Garth, de dois anos, estava de pé no vão entre o banco e o painel. Uma de suas mãos estava na boca e a outra no rosto da mãe.

— Rita! — gritou Bailey. — Rita! — Ela não se mexeu.

Ty choramingou, e Bailey teve vontade de fazer o mesmo. Em vez disso, baixou a voz e tentou de novo, conversando com Rita, pedindo que ela respondesse. Não havia sangue que ele pudesse ver, mas Bailey não tinha dúvida de que Becker Garth fizera algo com a esposa. Bailey não podia ajudá-la, mas podia cuidar de Ty. Era o que Rita ia querer que ele fizesse.

— Ty. Oi, amigo — Bailey começou, tentando não deixar transparecer seu terror. — Sou eu, o Bailey. Quer uma carona na minha cadeira? Você gosta de andar na cadeira do Bailey, não gosta?

— Mama — a criança choramingou em volta dos dedos.

— A gente vai bem rápido. Vamos mostrar à mamãe como a gente anda rápido. — Bailey não conseguia pegar Ty e colocar no colo. Por isso, acenou para o menino com os dedos curvados. — Segura a minha mão e sobe na cadeira do Bailey. Você lembra como fazer, né?

Ty tinha parado de chorar e olhou para a cadeira de Bailey com grandes olhos azuis. Bailey movimentou a cadeira até a abertura, conseguindo abrir um pouco mais a porta com ela. Ele estava tão perto que Ty poderia literalmente engatinhar até seu colo. Se quisesse.

— Vamos, Ty. Tenho uma surpresa. Você vai ganhar uns doces, e o Bailey vai te levar num passeio de cadeira. Deixe a mamãe tirar uma soneca. — A voz de Bailey falhou, mas a menção aos doces foi suficiente. Ty se ajoelhou no assoalho do carro e subiu no apoio de braço de Bailey, depois no colo. Enfiou a mão pequena no saquinho de supermercado branco e tirou o Starburst de modo triunfante.

Bailey se afastou da porta, se afastou de Rita. Precisava pedir ajuda. E estava com muito medo de que, a qualquer minuto, Becker Garth saísse correndo do bar e o visse. Ou pior, fosse embora de carro com Rita morrendo no banco da frente.

— Segura no Bailey, Ty.

— Vai rápido?

— Sim. A gente vai rápido.

୧୨

Ty não entendia o conceito de segurar. Bailey precisava da mão direita para conduzir a cadeira de rodas e da esquerda para ligar para a emergência, usando o celular que estava preso ao outro apoio de braço. Ele discou, ligou o viva-voz e, em seguida, colocou o braço esquerdo em torno de Ty, tentando segurá-lo ao cruzar novamente o cascalho e subir na calçada. O operador atendeu e Bailey começou a despejar os detalhes, gritando na direção do apoio de braço e tentando girar. Ty começou a chorar.

— Sinto muito, senhor. Não consigo ouvir.

— Tem uma mulher chamada Rita Marsden... Rita Garth. Ela está inconsciente no veículo do marido. Ele já bateu nela antes, e acho que fez alguma coisa com ela. A caminhonete está estacionada em frente ao Jerry's Joint, na Main. O nome do marido é Becker Garth. O filho de dois anos estava lá com ela. Eu ouvi ele chorar. O garoto está comigo, mas não me atrevo a ficar com a Rita, porque o marido poderia sair a qualquer momento. E eu não quero que ele fuja e leve o bebê.

— A mulher está com pulsação?

— Não sei! — gritou Bailey, impotente. — Não consegui alcançá-la. — Ele percebia que o atendente estava confuso. — Olha, eu uso cadeira de rodas. Não consigo levantar os braços. Tenho sorte de ter conseguido tirar a criança da caminhonete. Por favor, mande a polícia e uma ambulância!

— Qual é a placa do veículo?

— Não sei! Não estou mais lá! — Bailey diminuiu a velocidade e virou a cadeira um pouco, se perguntando se poderia voltar para conseguir as respostas que o operador estava pedindo. O que ele viu fez seu coração apertar no peito. Estava talvez a dois quarteirões de distância do bar, mas havia luzes saindo do estacionamento. Parecia a caminhonete de Becker. — Ele está vindo! — gritou Bailey, aumentando a velocidade, descendo para a rua o mais rápido possível.

Ele precisava atravessar, mas isso o colocaria na direção dos faróis de Becker. E os faróis estavam se aproximando. Tyler estava gritando, sentindo o pânico de Bailey. O atendente da emergência estava tentando fazer mais perguntas e lhe pedindo para manter a calma.

— Ele está vindo! Meu nome é Bailey Sheen e estou segurando Tyler Garth no colo. Estou numa cadeira de rodas, descendo a Main em direção à Center, em Hannah Lake. Becker Garth feriu a esposa e está vindo atrás de nós. Eu preciso de ajuda!

De algum jeito, milagrosamente, Becker Garth passou reto por Bailey. Obviamente, não esperava que o cara na cadeira de rodas fosse algum tipo de ameaça. Claro, ele sempre o subestimara. O coração de Bailey deu um salto de alívio. E então Becker pisou no freio e virou a caminhonete.

Ele acelerou de volta na direção de Bailey, que sabia que não tinha como Becker não notar a criança no colo dele. Bailey disparou para o outro lado da rua de duas pistas, dando uma guinada para a direita, na frente da caminhonete que se aproximava, sabendo que sua única chance era chegar à loja de Bob e à relativa segurança.

Pneus cantaram logo atrás, quando a caminhonete passou voando por ele outra vez e tentou frear, sem prever a manobra selvagem de Bailey.

— Vou virar na Center, em direção à loja de conveniência do Bob! — Bailey gritou, esperando que o atendente da emergência estivesse ouvindo o que ele dizia. Ty tinha bons pulmões e estava apavorado. Pelo menos estava agarrado a Bailey como um chimpanzé bebê, tornando mais fácil segurá-lo.

Com certeza não havia como Bailey se esconder. Os gritos de Ty iam entregá-los. Não havia tempo de qualquer maneira. Becker Garth tinha virado e estava descendo a Center, capturando-os outra vez com seus faróis. O 4 x 4 preto emparelhou do lado esquerdo de Bailey. E ele podia ver que a janela do lado do passageiro estava aberta, mas não olhou para Becker. Sua atenção continuou voltada para a rua adiante.

— Sheen! Onde diabos você pensa que está indo com o meu filho?

Bailey continuou apertando os controles, voando pela rua escura, rezando para não atingir nenhum buraco. Hannah Lake tinha mais buracos que postes de luz, e a combinação era perigosa, especialmente em uma cadeira de rodas.

— Encosta, seu merda!

Bailey continuou avançando.

O 4 x 4 deu uma guinada e se aproximou, e Bailey gritou e apertou com tudo os controles. A cadeira sacudiu descontrolada, e Bailey teve a certeza de que ia tombar, mas se endireitou de novo.

— Ele está tentando me tirar da pista! — gritou para o operador da emergência. — Estou segurando o filho dele, e o maldito está tentando me jogar para fora da pista!

O atendente estava gritando alguma coisa, mas Bailey não conseguia ouvir através do rugido em seus ouvidos. Becker Garth estava bêbado ou louco, ou os dois, e Bailey sabia que ele e o pequeno Ty estavam em sérios apuros. Dessa ele não ia escapar.

Então, em meio ao medo, uma sensação de calma tomou conta de Bailey. Deliberadamente, com cuidado, ele diminuiu a velocidade da cadeira de rodas e avançou devagar. Sua tarefa era manter Ty seguro pelo maior tempo possível. Já que ele não tinha como correr mais do que Becker, podia muito bem andar numa velocidade mais segura. Becker pareceu confuso pela repentina decisão de Bailey de diminuir o ritmo e passou por ele em alta velocidade mais uma vez, antes de pisar nos freios, fazendo a caminhonete girar sobre o cascalho do acostamento da via. Bailey não queria pensar no que a forma como Becker estava dirigindo faria com Rita, inconsciente e sem cinto de segurança do lado do passageiro.

Becker estava vindo em sua direção novamente, dessa vez de ré, com os faróis traseiros estreitos como os olhos do demônio, vindo direto para ele. Bailey deu outra guinada para a direita, mas a pista acabou e sua cadeira colidiu e deslizou pelo declive enlameado em direção à vala de irrigação que corria paralela à pista. Não estava indo muito rápido, mas isso foi irrelevante quando a cadeira inclinou, sacudiu e então caiu com tudo na água turva que havia no fundo do canal. Tyler foi lançado de seus braços e caiu em algum lugar na grama espessa, do lado oposto ao aterro estreito.

Bailey se viu de cara na água, com as mãos cruzadas abaixo do peito. O dedo mindinho direito estava preso e virado para trás. A dor o surpreendeu, tornando-o hiperconsciente de seus batimentos cardíacos, uma pulsação que fazia eco com o latejar em seu dedo. Porém Bailey sabia que um dedo quebrado era o menor de seus problemas. Só havia trinta centímetros de água na vala. Trinta centímetros no máximo, mas que cobriam sua cabeça. Ele lutou, tentando se levantar com as mãos, mas não conseguia se virar. Não conseguia sentar nem sair.

Pensou ter ouvido Ty chorando. O som estava distorcido pela água, mas a reação de Bailey foi de alívio. Se Ty estava chorando, ainda estava vivo. E, em seguida, uma porta bateu e os gritos de Ty ficaram distantes e desapareceram. O barulho da caminhonete de Becker, o rugido alto e envenenado, que soava um pouco como o oceano nos ouvidos de Bailey, também recuou. Seus pulmões gritavam, seu nariz e sua boca se encheram de lama enquanto ele tentava respirar. E o latejar em seu dedo desapareceu com as batidas de seu coração.

29
andar numa viatura de polícia

Dois carros de polícia e uma ambulância dispararam pela rua, as sirenes ligadas, enquanto Fern pedalava para casa por volta da meia-noite. Sua mente estava em Ambrose, como de costume, quando a cacofonia de veículos de emergência passou zunindo.

— Dan Gable deve ter ficado preso numa árvore de novo — disse ela para si mesma. Riu com o pensamento, embora uma ambulância para um gato pudesse ser algo inédito, mesmo em Hannah Lake. Da última vez, fora o caminhão de bombeiros. Bailey apreciara demais cada minuto e tinha elogiado Dan Gable durante dias depois daquilo. Talvez fosse por isso que Bailey não tivesse aparecido na loja. Fern voou pela 2nd East e virou na Center, se perguntando onde era a comoção. Para sua surpresa, havia mais carros de polícia ao longo da rua do que ela já vira de uma só vez. Policiais estavam espalhados pela via, com lanternas na mão. As luzes oscilavam de um lado para o outro, num movimento pendular determinado, como se os policiais estivessem fazendo uma busca por algo na área. Ou por alguém, ela supôs, curiosa.

Enquanto Fern seguia pela rua, um grito ecoou e os policiais começaram a correr na direção do chamado.

— Encontrei ele! Encontrei ele!

Fern desacelerou e desceu da bicicleta, não querendo estar nem perto de quem quer que "ele" fosse, como se a polícia tivesse acabado de capturar alguém perigoso. A ambulância passou freneticamente e, antes mesmo de parar por completo, as portas traseiras se abriram e dois paramédicos desceram correndo e seguiram para o aterro, além da linha de visão de Fern.

Ela esperou, os olhos fixos no local onde a equipe médica havia desaparecido. Ninguém voltou por vários minutos. Então, quando Fern havia quase se convencido a subir de novo na bicicleta e se retirar da cena em caráter permanente, um policial puxou algo da vala. Era uma cadeira de rodas.

— Que estranho — Fern pensou alto, franzindo o nariz com ceticismo. — Achei que usariam uma maca.

Mas a cadeira estava vazia, e estava subindo pelo aterro, não descendo.

E então ela soube. Ela soube que era a cadeira de Bailey. Fern deixou cair a bicicleta e correu, gritando o nome dele, alheia às reações chocadas ao seu redor, aos oficiais que se agitavam para avaliar a ameaça, aos braços que a alcançavam para retirá-la da cena.

— Bailey! — ela gritou, lutando contra um mar de braços uniformizados para chegar até o primo.

— Senhorita! Pare! A senhorita precisa se afastar!

— Ele é meu primo! É o Bailey, não é? — Fern olhou depressa de um rosto para outro e parou em Landon Knudsen. Landon era o novo recruta estridente na delegacia de Hannah Lake. Suas bochechas rosadas e os cachos loiros lhe davam uma aparência angelical, completamente em desacordo com o uniforme duro e o coldre em sua cintura. — Landon! Ele está bem? O que aconteceu? Por favor, eu posso ver o Bailey? — Fern não esperava que ele respondesse a uma pergunta antes de fazer a próxima, precisando de respostas, mas sabendo que, quando ele falasse, ela desejaria que nunca tivesse perguntado.

E então os paramédicos estavam empurrando a maca morro acima, correndo para as portas abertas da ambulância à espera. Havia gente demais ao redor da maca, e Fern ainda estava longe demais para discernir quem a ocupava. Seus olhos encontraram os de Landon novamente.

— Fala!

— Não temos certeza do que exatamente aconteceu. Mas, sim, Fern. É o Bailey — disse Landon, com o rosto repleto de um pedido de desculpas.

৵৩

Landon Knudsen e outro oficial que Fern não conhecia, um homem mais velho que obviamente era o parceiro superior de Landon, a levaram até a casa de Bailey e lá informaram a Mike e a Angie que o garoto havia sido levado de ambulância para o Hospital de Clairmont County. Já passava da meia-noite. Angie estava de pijama e Mike estava com a cara amassada de ter pegado no sono na poltrona reclinável, mas ambos estavam na antiga van azul em dois minutos. Fern entrou com eles e ligou para os pais no caminho. Os Taylor não estariam muito atrás. E depois ela ligou para Ambrose. Em poucas palavras, simples e abreviadas, porque Angie e Mike estavam ouvindo, ela disse que algo tinha acontecido com Bailey e que eles estavam indo para o hospital em Seely.

A polícia não deu detalhes, mas os acompanhou até o hospital, cerca de meia hora ao norte de Hannah Lake, com as sirenes acionadas, apressando a viagem. Mesmo assim, foi a meia hora mais longa da vida de Fern. Os três não falaram. Especular era assustador demais, por isso ficaram em silêncio, Mike Sheen ao volante, Angie segurando a mão direita do marido, Fern tremendo no banco de trás, individual, posicionado atrás do espaço vazio projetado para a cadeira de Bailey. Fern não lhes disse que tinha visto a cadeira de rodas. Não disse que ela estava na vala de irrigação. Não disse que achava que era tarde demais. Só disse a si mesma, de novo e de novo, que estava errada.

Quando entraram correndo na emergência do hospital e se identificaram, com dois policiais seguindo-os de perto, foram levados a uma sala vazia. Um homem de trinta e poucos anos, com roupa hospitalar verde e "Dr. Norwood" escrito em seu crachá, com olheiras sob os olhos e uma expressão vencida no rosto, informou que Bailey tinha partido.

Bailey estava morto. Fora declarado o óbito assim que ele deu entrada no hospital.

Fern foi a primeira a desabar. Tivera mais tempo para processar a possibilidade, e ela sabia. No fundo, soube no instante em que viu a cadeira. Angie estava em estado de choque, e Mike exigia, com raiva, que fosse levado ao filho. O médico concordou e puxou a cortina de lado.

O rosto e o cabelo de Bailey estavam molhados e emaranhados com lama. A área ao redor do nariz e da boca havia sido parcialmente limpa durante as tentativas de ressuscitamento. Ele parecia diferente longe da cadeira, como alguém que Fern não conhecia. Um dos dedos de Bailey estava dobrado num ângulo estranho, e alguém tinha colocado seus braços finos ao lado do corpo, fazendo-o parecer ainda mais estranho. Bailey dizia que tinha braços de tiranossauro rex — completamente inúteis e desproporcionais em relação ao resto do corpo. Suas pernas eram igualmente finas, e o sapato do pé direito estava faltando. A meia estava encharcada de lama, assim como o resto do corpo, e o farolete estava ao lado dele na maca. A luz ainda estava acesa. Fern não conseguia tirar os olhos dela, como se a lâmpada fosse a culpada. Ela estendeu a mão e tentou desligá-la, mas o botão estava quebrado, pressionado permanentemente, e não soltava.

— Foi a luz que nos ajudou a encontrá-lo tão rápido — Landon Knudsen comentou. Mas não havia sido rápido o suficiente.

— Ele estava usando a luz! Ele estava usando o farolete, Mike! — Angie desabou na cadeira ao lado de Bailey e apertou a mão sem vida. — Como isso foi acontecer?

Mike Sheen se voltou para os oficiais, para Landon Knudsen, a quem ele havia treinado e ensinado, e para o oficial superior, cujo filho tinha comparecido a seu acampamento de jovens no verão anterior. Com lágrimas nos olhos e uma voz que tinha feito seus lutadores sentarem e ouvi-lo por três décadas, o treinador Sheen disse:

— Eu quero saber o que aconteceu com o meu filho.

E, com muito pouca resistência, sabendo exatamente que era contra o protocolo, eles disseram o pouco que sabiam.

O departamento de emergência da polícia tinha recebido um telefonema de Bailey. Tinham uma ideia geral de sua localização e do fato de que ele estava sendo perseguido. O departamento tinha enviado todas as unidades disponíveis para o local, e, dentro de alguns minutos, alguém tinha visto a luz de seu farolete.

Curiosamente, o elástico do farolete estava virado, de modo que a luz estava na parte de trás da cabeça de Bailey, da maneira como alguns garotos às vezes usavam o boné com a aba para trás. Se a luz tivesse voltada para frente, teria sido submersa na água e na lama. Bailey tinha sido encontrado na vala com o farolete brilhando para o céu, marcando o local onde ele estava. Os policiais não confirmaram que Bailey havia se afogado. Nem o médico. Ambos simplesmente diziam que uma autópsia seria realizada para determinar a causa da morte, e, com uma expressão de tristeza pela perda, os pais de Bailey e Fern foram deixados a sós atrás da divisória fina, confrontados com a morte enquanto a vida se movimentava em torno deles.

෴

Sarah Marsden não dormia bem. Havia anos que não dormia bem. Depois do falecimento de seu marido, Danny, ela estava certa de que também ia dormir como se estivesse morta, livre do esforço e do trabalho duro de cuidar de alguém que não podia fazer muito por si mesmo e que agia com raiva e maltratava qualquer um que tentasse ajudá-lo.

Danny Marsden ficara paralisado do peito para baixo num acidente de carro, quando sua filha, Rita, tinha seis anos de idade. Durante cinco longos anos, Sarah fizera o seu melhor para cuidar dele e da filha pequena e, durante cinco longos anos, ela se perguntava a cada dia como poderia seguir em frente. A carência de Danny e seu sofrimento afetaram a todos e, quando ele faleceu, um dia antes do décimo primeiro aniversário de Rita, foi difícil sentir qualquer coisa além de alívio. Alívio por ele e por si mesma, alívio por sua filha, que só tinha visto o pai em seu pior, mas, se Sarah fosse ser sincera, Danny Marsden não era um bom homem nem antes do acidente.

Ainda assim, Sarah não dormia bem. Nem naquela época nem agora, mais de dez anos depois. Talvez fosse preocupação com a filha e com o neto pequeno, pois Rita tinha escolhido um homem igual ao pai. A diferença era que Becker era capaz de infligir dor física, além de dor emocional. Era com a agressão física que Sarah mais se preocupava. Então, quando o telefone tocou à meia-noite, ela ficou imediatamente alerta e alcançou o telefone.

— Alô? — atendeu, esperando que Rita só precisasse conversar.

— Ela não está acordando! — alardeou a voz de Becker, fazendo-a estremecer ao mesmo tempo em que apertava o telefone com mais firmeza contra a orelha.

— Becker?

— Ela não está acordando! Entrei para tomar uma cerveja no Jerry's e, quando voltei para a caminhonete, ela estava deitada lá, como se tivesse desmaiado. Mas ela não estava bêbada!

O medo estapeou Sarah no rosto e a deixou ali, tentando se recuperar do golpe. Cambaleando, ela se apoiou na mesinha de cabeceira e manteve a voz firme:

— Becker? Onde você está?

— Estou em casa! O Ty não para de gritar, e eu não sei o que fazer. Ela não acorda! — Ele soava como se tivesse tomado mais que uma cerveja no Jerry's, e o medo de Sarah a golpeou novamente, pegando-a no estômago e fazendo-a dobrar o corpo.

— Becker, estou a caminho! — Sarah estava enfiando os pés nos chinelos e pegando a bolsa enquanto corria para a porta. — Ligue para a emergência, ok? Desligue o telefone e ligue para a emergência!

— Ela tentou se matar! Eu sei! Ela quer me deixar! — Becker estava uivando ao telefone. — Não vou deixar que ela me abandone! Rita...

O telefone ficou mudo, e Sarah tremeu e rezou ao se enfiar no carro e sair da garagem cantando pneus. Ela digitou no teclado do celular e tentou manter o controle ao dar ao operador do serviço de emergência o endereço de Rita e repetir as palavras de Becker:

— O marido diz que ela não está acordando.

30
chegar aos vinte e um anos

Ambrose chegou alguns minutos depois dos pais de Fern, e os três foram levados para a emergência do hospital, ao mesmo tempo em que a maca com Rita Garth foi empurrada através das portas da unidade, com um socorrista falando sobre os sinais vitais e informando as medidas que haviam sido tomadas durante o caminho. Um médico gritou por uma ressonância magnética, e a equipe médica se voltou para a nova paciente enquanto o pastor Taylor e sua esposa ficavam estupefatos com a chegada de um segundo ente querido, ainda sem saber da condição do primeiro. E, em seguida, Sarah Marsden entrou correndo pelas portas, com o pequeno Tyler, de pijama manchado de lama, em seus braços. Becker se escondia atrás dela, parecendo perturbado e pouco à vontade. Quando viu Ambrose, ele ficou para trás, medo e repugnância curvando seus lábios. Ele enfiou as mãos nos bolsos e desviou o olhar com desdém, enquanto Ambrose focava na conversa que se desenrolava.

— Sarah! O que aconteceu? — Joshua e Rachel a cercaram. Rachel pegou o bebê enlameado dos braços dela, e Joshua passou o braço em volta de seus ombros trêmulos.

Sarah tinha muito pouco a lhes dizer, mas Rachel se sentou com ela e com Becker na sala de espera, enquanto Joshua e Ambrose iam verificar o estado de Bailey. O pastor Joshua não notou o medo que invadiu o rosto de Becker e a forma como os olhos dele deslizaram para a saída assim que o nome de Bailey foi mencionado. Ele também não percebeu os dois policiais posicionados à porta da sala de emergência e a viatura que havia acabado de estacionar no meio-fio, além das portas de vidro da sala de espera. Mas Ambrose percebeu.

Quando Joshua e Ambrose foram levados à pequena sala onde Bailey estava, viram os pais dele junto à cabeceira, Fern encolhida no canto e Bailey deitado com os olhos fechados na maca de hospital. Alguém tinha trazido a Angie Sheen uma pequena banheira de plástico cheia de água e sabão e, com carinho, a mãe de Bailey lavava a lama e a sujeira do rosto e do cabelo dele, prestando cuidados ao filho pela última vez. Era óbvio, pelo sofrimento de todos ali, que Bailey não estava apenas descansando.

Ambrose nunca tinha visto um cadáver antes. O homem estava deitado numa pilha do lado de fora da entrada sul do complexo. A unidade de Ambrose tinha tarefa de patrulha naquela manhã, e Paulie e Ambrose deram de cara com ele primeiro. Seu rosto era uma massa inchada de preto e azul, o sangue estava seco nos cantos da boca e debaixo das narinas. Não teria sido reconhecido se não fosse pelo cabelo. Quando perceberam quem era, Paulie se afastou do morto que todos eles conheciam e vomitou o café da manhã que consumira apenas uma hora antes.

Eles o chamavam de Cosmo — uma massa de cabelos cacheados que despontavam no alto de sua cabeça, tornando-o idêntico a Cosmo Kramer, da popular série de comédia americana Seinfeld. Estava trabalhando com os americanos, passando dicas aqui e ali, dando-lhes informações sobre as idas e vindas de certas pessoas de interesse. Era rápido para sorrir e difícil de assustar, e sua filha, Nagar, tinha a mesma idade de Kylie, a irmã de Paulie. Kylie tinha até escrito algumas cartas a Nagar, que respondera com fotos e palavras básicas em inglês, que seu pai havia lhe ensinado.

Primeiro tinham encontrado sua bicicleta. Também havia sido jogada fora da base, as rodas girando, o guidão enterrado na areia. Observaram por pouco tempo e olharam em volta, tentando avistá-lo, surpresos de que ele a tivesse simplesmente abandonado no meio da estrada que circundava o perímetro além do arame farpado. E então encontraram Cosmo. Seus dedos mortos haviam sido envoltos numa bandeira americana. Era uma daquelas pequenas, baratas, numa varetinha de madeira, do tipo que as pessoas usavam para acenar em desfiles do 4 de Julho. A mensagem era clara. Alguém tinha descoberto a disposição de Cosmo para ajudar os americanos. E o tinham matado.

Paulie era o mais abalado de todos eles. Não entendia o ódio. Os sunitas odiavam os xiitas. Os xiitas odiavam os sunitas. Ambos odiavam os curdos. E todos eles odiavam os americanos, embora os curdos fossem um pouco mais tolerantes e reconhecessem que a América podia ser sua única esperança.

— Lembra quando aquela igreja foi incendiada em Hannah Lake? Lembra que o pastor Taylor ajudou a organizar uma festa beneficente e todo mundo meio que colaborou para a igreja ser reconstruída? Não era nem a igreja do pastor Taylor. Era uma igreja metodista. Metade das pessoas que deram dinheiro ou ajudaram a reconstruir não eram metodistas. Droga, mais da metade nunca tinha posto os pés em igreja nenhuma — Paulie disse, incrédulo. — Mas todo mundo ajudou mesmo assim.

— Também existem vermes nos Estados Unidos — Beans lembrou em tom suave. — Podemos não ter encontrado nenhum em Hannah Lake, mas nem por um segundo acredite que não existe mal em todos os lugares.

— Não assim — Paulie sussurrou, sua inocência tornando-o resistente à verdade.

Ambrose não viu os amigos após a explosão que os matou. Não os viu deitados pacificamente na morte, como Bailey estava agora.

Eles não tinham sido expostos. Nada de caixão aberto para soldados retornando da guerra, para soldados que tinham morrido por causa de um artefato explosivo improvisado que explodira um Humvee de duas toneladas pelos ares e tirara outro de combate. Também não teriam se parecido com Bailey, como se estivessem dormindo. A julgar pelo dano em seu próprio rosto, eles deviam ter sido devastados, ficado irreconhecíveis.

No Walter Reed, Ambrose viu soldados sem os membros. Viu pacientes com queimaduras e soldados com ferimentos faciais muito piores que os dele. Então seus sonhos foram preenchidos com braços, pernas e sangue e soldados sem rosto, cambaleando numa tempestade de fumaça preta e carnificina nas ruas de Bagdá. Ele havia sido assombrado pelo rosto dos amigos, havia se perguntado o que tinha acontecido com eles após a explosão. Tinham morrido imediatamente? Ou tinham percebido o que estava acontecendo? Teria Paulie, com sua sensibilidade para as coisas do espírito, sentido a morte levá-lo? E Bailey?

Mortes tão desnecessárias, tão trágicas. O sofrimento apertou a garganta de Ambrose enquanto ele olhava fixo para Bailey Sheen, a sujeira em seu cabelo emaranhado e a lama seca que Angie Sheen delicadamente limpava do rosto redondo do filho. A criança que Rachel Taylor havia pegado dos braços da mãe de Rita estava suja com a mesma lama negra. Bailey estava morto, Rita estava inconsciente, e as barras da calça de Becker Garth ainda estavam úmidas e cobertas de terra. Ele havia feito algo com a esposa. E havia feito algo com Bailey, Ambrose percebeu num crescente horror. Havia mal em toda parte, Ambrose pensou consigo mesmo. E ele estava notando sua presença ali em Hannah Lake.

Saiu da sala, a fúria palpitando em suas têmporas, percorrendo suas veias. Ele cruzou o saguão da emergência, empurrou as portas duplas que separavam a sala de espera do centro de trauma, fazendo com que as poucas pessoas que se amontoavam sofrivelmente nas cadeiras de metal, à espera de atendimento ou de notícias sobre entes queridos, erguessem os olhos, alarmadas, para o gigante irado e cheio de cicatrizes que disparava pelas portas.

Mas Becker não estava lá. Rachel Taylor ainda esperava ao lado de Sarah Marsden, e Ty havia se rendido à exaustão sobre o peito dela. Rachel ainda não tinha visto Bailey, ainda não sabia que o sobrinho havia sido morto. Ela olhou para ele com questionamento, os olhos arregalados num rosto que lembrava o de sua filha, lembrava que Fern estava devastada na sala onde Bailey repousava e que ele precisava ficar com ela. Ambrose se virou e voltou através das portas que acabara de cruzar. Landon Knudsen e outro policial que Ambrose não conhecia estavam na porta da sala de emergência.

— Knudsen! — Ambrose gritou quando empurrou as portas de entrada.

O policial deu um passo para trás e seu parceiro se adiantou e colocou a mão no coldre.

— Onde está o Becker Garth? — Ambrose exigiu saber.

Os ombros de Knudsen relaxaram quando as costas de seu parceiro ficaram rígidas, reações opostas quase cômicas. Landon Knudsen não conseguia tirar os olhos do rosto de Ambrose. Era a primeira vez em três anos que ele via o lutador que idolatrava na escola.

— Não sabemos — Landon admitiu, balançando a cabeça e tentando esconder sua reação à mudança na aparência de Ambrose. — Estamos tentando entender que diabos está acontecendo. Tínhamos outra viatura aqui, mas não estávamos vigiando todas as entradas e saídas. Ele conseguiu fugir.

Ambrose não deixou de perceber a incerteza nos olhos de Landon, o desconforto e a pena que coloriam seu olhar, mas estava muito transtornado para se importar. O fato de que estavam observando Becker Garth confirmava suas suspeitas. Em poucas palavras, ele falou sobre a lama que tinha visto na criança e na roupa de Bailey, bem como sobre a "coincidência" de que Bailey e Rita tivessem sido trazidos para a emergência do hospital num intervalo de meia hora. Os policiais não pareciam surpresos com o relato, embora ambos estivessem vibrando com a adrenalina. Aquele tipo de coisa não acontecia em Hannah Lake.

Porém tinha acontecido, e Bailey Sheen estava morto.

⁂

Rita recuperou a consciência horas depois de sua cirurgia. Estava confusa e chorosa, com uma dor de cabeça digna do livro dos recordes, mas, com a pressão em seu cérebro aliviada e o inchaço sob controle, era capaz de se comunicar e queria saber o que tinha acontecido. Sua mãe contou o que sabia, revivendo a ligação de emergência de Becker. A viagem ao hospital com o pequeno Ty quase inconsolável nos braços do pai. Sarah disse que Becker não tinha conseguido fazer com que ela despertasse.

— Eu passei mal — disse Rita fracamente. — Minha cabeça doía e eu estava muito zonza. Eu não queria ir até o Jerry's. Tinha dado banho no Ty e vestido o pijama nele. Eu só queria ir para a cama, mas o Becker não me deixou em paz. Ele encontrou o meu esconderijo, mãe; o Becker descobriu que eu estava planejando ir embora. Ele colocou na cabeça que eu tenho alguma coisa com o Ambrose Young. — A voz de Rita se tornou mais comedida quando os analgésicos começaram a sedá-la. — Mas a Fern ama o Ambrose... e eu acho que ele também ama a minha amiga.

— Você bateu a cabeça? — Sarah puxou Rita de volta ao presente. — Os médicos disseram que você sofreu uma lesão na parte de trás da cabeça, o que causou um sangramento interno lento... um hematoma subdural, o médico disse. Eles fizeram um furinho no seu crânio para aliviar a pressão.

— Eu disse para o Becker que queria o divórcio. Eu disse, mãe. Ele olhou pra mim como se quisesse me matar. Fiquei assustada e saí correndo. Ele veio atrás de mim e eu caí com tudo no piso da cozinha. Doeu muito. Acho que eu desmaiei, porque o Becker me soltou bem rápido. Fiquei com um galo grande... mas não sangrou.

— Quando foi isso?

— Na terça-feira, eu acho.

Era sexta-feira à noite quando Rita fora trazida ao hospital. Agora era manhã avançada de sábado. Rita tinha sorte de estar viva.

— Sonhei com o Bailey — a voz de Rita saiu arrastada, e Sarah não interrompeu, sabendo que ela ia apagar rapidamente. — Sonhei que o Ty estava chorando e que o Bailey vinha, pegava meu filho e levava para um passeio na cadeira de rodas. Ele dizia: "Deixe a mamãe tirar uma soneca". Fiquei feliz, porque eu estava muito cansada. Não conseguia nem levantar a cabeça. Sonho engraçado, né?

Sarah apenas acariciou a mão de Rita e tentou não chorar. Teria de contar a ela sobre Bailey, mas não ainda. Agora tinha algo mais importante a fazer. Quando teve certeza de que a filha estava dormindo e não sentiria sua falta, ela chamou a polícia.

31
sempre ser grato

A janela estava aberta. Como sempre estava. O vento fazia as cortinas esvoaçarem de leve, e as persianas batiam contra o parapeito de vez em quando, sempre que uma rajada imprudente fazia uma tentativa de entrar. Não era muito tarde, logo após o escurecer, mas Fern, acordada havia trinta e seis horas, desabou na cama, precisando do sono que viria aos trancos e barrancos, intercalado com o choro que fazia sua cabeça doer e sua respiração ficar impossível.

Depois que saíram do hospital, que deixaram Bailey nas mãos dos que fariam a autópsia para então o transferirem para o necrotério, Fern e seus pais passaram o dia com Angie e Mike, na casa deles, atuando como uma barreira atenuante entre os que vinham prestar homenagens e os pais em luto, aceitando comida e condolências com gratidão e certificando-se de oferecer conforto em troca. Ambrose voltou para a padaria a fim de ajudar o pai, e Fern e Rachel ficaram com Ty, para que Sarah pudesse ficar com Rita. Becker havia fugido e ninguém sabia onde ele estava.

Angie e Mike pareciam exaustos pelo choque, mas estavam compostos e acabaram dando mais conforto que recebendo. As irmãs de

Bailey tinham estado lá também, com marido e filhos. O clima era tanto de sofrimento como de celebração. Celebração de uma vida bem vivida e de um filho amado, e tristeza pelo fim que chegara sem aviso prévio. Lágrimas foram derramadas, mas também houve riso. Mais riso do que provavelmente era apropriado, algo de que Bailey teria gostado. Fern também rira, cercada pelas pessoas que mais tinham amado Bailey, confortada pelo vínculo que compartilhavam.

Quando Sarah veio pegar Ty naquela noite, dizendo que Rita ia ficar bem, Fern foi para o quarto se sentindo grata, tropeçando nas próprias pernas, em busca de conforto na solidão. Mas, quando finalmente ficou sozinha, a verdade da ausência de Bailey começou a quebrar suas defesas, crivando seu coração com a dor perfurante de lembranças preciosas — palavras que ele nunca mais diria, expressões que não cruzariam seu rosto novamente, lugares aonde não iriam outra vez, o tempo que não passariam mais juntos. Ele tinha partido. E ela estava sofrendo. Mais do que pensou que fosse possível. Fern se preparou para dormir às nove horas, escovando os dentes, vestindo uma regata e calça de pijama, lavando os olhos inchados com água fria só para sentir o calor da emoção se derramar de dentro deles mais uma vez ao enterrar o rosto na toalha, como se ela pudesse extinguir o conhecimento que pulsava em suas têmporas.

Mas o sono não vinha e sua dor era ampliada pela solidão. Desejou alívio, mas não encontrou nenhum na escuridão de seu quarto pequeno. Quando as persianas bateram ruidosamente e uma nesga de luz da lâmpada de rua lá fora dançou em sua parede, ela não se virou na direção da janela, mas suspirou e manteve os olhos fechados com força.

Quando sentiu a mão alisar o cabelo que repousava sobre seus ombros, ela se encolheu, mas a onda de medo foi quase imediatamente substituída por uma enxurrada de boas-vindas.

— Fern?

Ela conhecia a mão que a tocava. Ficou parada, deixando Ambrose acariciar seu cabelo. A mão dele era quente e grande, e o peso do toque lhe dava a sensação de amparo. Fern virou para ele na cama estreita e encontrou seus olhos na escuridão. Sempre na escuridão. Ele estava agachado ao lado da cama, com o tronco delineado contra o retângulo pálido da janela, e seus ombros pareciam incrivelmente largos em contraste com o pano de fundo suave.

A mão de Ambrose vacilou quando ele viu os olhos inchados e o rosto manchado de lágrimas. Mas então ele retomou o cuidado, alisando os fios cor de fogo sobre as bochechas de Fern, pegando as lágrimas na palma da mão.

— Ele se foi, Ambrose.

— Eu sei.

— Não vou aguentar. Dói tanto que eu também quero morrer.

— Eu sei — ele repetiu baixinho, com a voz firme.

E Fern sabia que ele compreendia. Ele entendia, talvez melhor do que ninguém.

— Como sabia que eu precisava de você? — Fern sussurrou, a voz entrecortada.

— Porque eu preciso de você — Ambrose confessou sem artifícios, e sua voz era cheia de dor.

Fern se sentou, e os braços dele a envolveram, puxando-a para si quando ele se ajoelhou. Ela era pequena e ele maravilhosamente grande, envolvendo-a contra o peito. Ela se aninhou, enlaçando os braços em volta do pescoço dele e afundando em seu colo como uma criança que estivesse perdida e depois fosse encontrada, reunindo-se com quem mais amava.

Era uma prova do amor de Ambrose por ela, o tempo em que ele ficou ajoelhado no chão duro com Fern nos braços, deixando que a tristeza dela o percorresse e o atravessasse. Seus joelhos doíam em compasso com a dor forte em seu peito, mas era uma dor diferente daquela que havia sentido quando perdera Beans, Jesse, Paulie e Grant no Iraque. Aquela dor fora infundida de culpa e choque, e não havia compreensão para temperar a agonia. Essa dor, essa perda, ele podia carregar nos ombros, e a carregaria por Fern o melhor que pudesse.

— Não doeria tanto se eu não o amasse tanto. Essa é a ironia da situação — disse Fern depois de um tempo, com a voz rouca e arrastada por causa das lágrimas. — A felicidade de conhecer o Bailey, de amá-lo, agora faz parte da dor. Não dá pra ter um sem o outro.

— O que você quer dizer? — Ambrose sussurrou, seus lábios no cabelo dela.

— Pense nisso. Não existiria a tristeza se não tivesse existido a alegria. Eu não sentiria a perda se não tivesse existido o amor. Não dá para levar a minha dor embora sem tirar o Bailey do meu coração. Prefiro sentir essa dor agora do que nunca ter conhecido o Bailey. Só preciso continuar me lembrando disso.

Ambrose se levantou com ela nos braços e acomodou os dois na cama, as costas contra a parede, acariciando os cabelos dela enquanto a deixava falar. Acabaram um nos braços do outro, Fern na beirada do colchão, mas apoiada pelos braços de Ambrose, envoltos com firmeza em torno dela.

— Você pode fazer essa dor passar, Ambrose? Só por um instante? — ela sussurrou com os lábios no pescoço dele.

Ele ficou imóvel. O significado das palavras era tão claro quanto a devastação em sua voz.

— Você me disse que, quando me beija, toda a dor vai embora. Eu também quero que a minha dor vá embora — Fern continuou com sofrimento na voz, sua respiração provocando cócegas na pele dele.

Ele beijou-lhe as pálpebras, o alto das maçãs do rosto, o pequeno lóbulo de sua orelha, o que fez Fern estremecer e amassar a camisa dele nas mãos. Ele afastou o cabelo dela do rosto, reunindo-o nas mãos para que pudesse senti-lo deslizar entre os dedos quando encontrou a boca de Fern e fez o seu melhor para afastar as memórias da cabeça e a tristeza do coração dela, mesmo que apenas por um momento, como ela fazia por ele.

Ambrose sentiu os seios dela contra o peito, as coxas finas entrelaçadas às suas, a pressão de seu corpo, o deslizar de suas mãos, incentivando-o a ir em frente. No entanto, embora seu corpo uivasse e implorasse e seu coração gritasse no peito, ele beijou, tocou e nada mais, guardando o ato final para um momento em que a tristeza tivesse aliviado seu jugo e Fern não estivesse fugindo dos sentimentos, mas se deleitando com eles.

Ambrose não queria ser um alívio temporário. Queria ser a cura. Queria estar com ela em circunstâncias inteiramente diferentes, num lugar diferente, num momento diferente. Por enquanto, a presença de Bailey parecia grande, preenchendo todos os espaços, cada cantinho de Fern, e Ambrose não queria dividi-la, não quando fizessem amor. Por isso, ele ia esperar.

Quando Fern adormeceu, Ambrose saiu da cama com cuidado e puxou os cobertores ao redor dos ombros dela, parando para olhar o vermelho profundo dos cabelos sobre o travesseiro, a forma como a mão se curvava sob o queixo. *Não doeria tanto se eu não o amasse tanto.* Ele queria ter entendido aquilo quando estava num hospital cheio de soldados feridos, preenchido de dor e sofrimento, incapaz de aceitar a perda de seus amigos e os danos em seu rosto.

Enquanto olhava para Fern, Ambrose foi atingido pela verdade que ela parecia compreender intuitivamente. Como Fern tinha dito, ele poderia tirar os amigos do coração, mas, ao expurgar a memória, tomaria de si mesmo a alegria de tê-los amado, de tê-los conhecido, de ter aprendido com eles. Se não entendesse a dor, não apreciaria a esperança que começava a sentir novamente, a felicidade a que ele se agarrava com as duas mãos para que ela não escapasse.

ೂ

No dia do funeral, Fern estava na porta de Ambrose às nove horas da manhã. Não tinha nenhuma razão para estar lá. Ambrose havia dito que a buscaria às nove e meia, mas ela ficou pronta cedo demais, inquieta e ansiosa. Assim, dissera aos pais que encontraria com eles na igreja e saiu da casa.

Elliott Young abriu a porta depois de uma breve batida.

— Fern! — Ele sorriu como se ela fosse seu novo melhor amigo. Ambrose tinha, obviamente, contado ao pai sobre ela. Era um bom sinal, não era? — Oi, querida. O Ambrose está vestido, eu acho. Pode entrar. Ambrose! — ele chamou pelo corredor ao lado da porta da frente. — A Fern está aqui, filho. Vou sair, preciso passar na padaria no caminho. Vejo vocês na igreja. — Ele sorriu para Fern, pegou as chaves e saiu pela porta da frente. A cabeça de Ambrose apareceu de uma porta aberta, a camisa social branca enfiada no cós da calça azul-marinho, fazendo-o parecer ao mesmo tempo convidativo e intocável.

Seu rosto estava com espuma de um lado, o lado intocado pela violência.

— Fern? Está tudo bem? Eu perdi a hora?

— Não. Eu só... Eu estava pronta. E não consegui ficar parada.

Ele assentiu, como se entendesse, e pegou-lhe a mão quando ela se aproximou.

— Como você está, baby?

O carinho era novo, protetor, e confortou Fern como nada mais poderia ter confortado. Também fez seus olhos se encherem de lágrimas. Ela se agarrou à mão de Ambrose e tentou reprimir o pranto. Tinha chorado sem parar nos últimos dias. Quando sentia que não podia mais, era surpreendida e as lágrimas vinham novamente, como chuva que não parava. Naquela manhã, tinha aplicado maquiagem mais pesada que o habitual, delineando os olhos castanhos e passando uma camada grossa de rímel à prova d'água, apenas porque se sentiu mais forte com aquilo, uma espécie de armadura contra a dor. Agora, porém, ela se perguntava se deveria ter vindo sem.

— Deixe que eu faço isso. — Fern estendeu a mão para a gilete que ele empunhava. Tinha a necessidade de fazer algo para se distrair. Ele lhe entregou o instrumento e se sentou no balcão, puxando Fern entre as pernas.

— Só cresce do lado esquerdo. Nunca vou poder deixar a barba ou o bigode crescerem.

— Que bom. Gosto de homem barbeado — Fern murmurou, passando a lâmina sobre a grossa espuma branca com habilidade.

Ambrose a observou enquanto ela trabalhava. O rosto de Fern estava branco demais, e seus olhos tinham olheiras, mas o vestido preto justo valorizava sua silhueta esbelta e fazia seu cabelo parecer ainda mais vermelho. Ambrose amava o cabelo dela. Era tão Fern, tão autêntico, como todo o restante dela. Ele deslizou as mãos em volta da cintura dela, e os olhos de Fern dispararam de encontro aos dele. Uma corrente zuniu entre eles, então Fern parou e respirou de modo profundo, não querendo que o calor líquido em seus braços e pernas a fizesse deslizar e cortar o queixo de Ambrose.

— Onde você aprendeu a fazer isso? — ele perguntou quando ela terminou.

— Eu ajudei o Bailey a se barbear. Muitas vezes.

— Sei. — Seu olho cego camuflava suas palavras, mas o olho esquerdo permaneceu apontado para o rosto de Fern enquanto ela pegava uma toalha de mão e limpava o resíduo de espuma. Em seguida, ela passou a mão no rosto de Ambrose para se certificar de que tinha conseguido o barbear mais rente e suave. — Fern... Eu não preciso que você faça isso.

— Eu quero.

E ele queria que ela o barbeasse, simplesmente porque gostava da sensação do toque das mãos dela em sua pele, a sensação do corpo entre suas coxas, como o cheiro dela o fazia fraquejar. Mas ele não era Bailey, e Fern precisava se lembrar disso.

— Vai ser difícil pra você... tentar não cuidar de mim — disse Ambrose com cuidado. — É isso que você faz. Você cuidou do Bailey.

Fern parou de limpar e suas mãos caíram ao lado do corpo.

— Mas eu não quero que você cuide de mim, Fern. Tudo bem? Se importar com alguém não significa ter que cuidar da pessoa. Você entende?

— Às vezes significa — ela sussurrou, protestando.

— Sim. Às vezes significa, mas não dessa vez. Não comigo.

Fern pareceu perdida e evitou o olhar de Ambrose, como se estivesse sendo repreendida. Ele virou o queixo dela em sua direção e se inclinou para um beijo leve e tranquilizador. As mãos dela se arrastaram de volta para seu rosto, e Ambrose esqueceu por um minuto o que precisava dizer com a boca rosa se movendo contra a sua. E deixou o assunto descansar, sabendo que ela precisava de tempo, sabendo que sua dor era muito intensa.

32
lutar

A igreja ficou em silêncio quando Ambrose se levantou e caminhou até o púlpito. Fern não conseguia respirar. Ambrose odiava que os olhares estivessem sobre si, e ali ele era o centro das atenções. Pessoas demais sentadas na igreja lotada o estavam vendo pela primeira vez. Luz penetrava através dos vitrais e criava padrões ao redor do púlpito, fazendo com que Ambrose parecesse marcado por uma graça divina especial.

Ele olhou para a plateia, e o silêncio foi tão ensurdecedor que ele quase se questionou se sua audição o havia abandonado em ambos os ouvidos. Ele era tão bonito, Fern pensou. Para ela, ele era. Não no sentido tradicional... não mais, mas porque sua postura era ereta e seu queixo estava empinado. Ele se mostrava forte e em forma em seu terno azul-marinho. Seu corpo era a prova da sua tenacidade e do tempo passado com o treinador Sheen na sala de luta livre. Seu olhar era firme e sua voz era forte quando ele começou a falar:

— Quando eu tinha onze anos, Bailey Sheen me desafiou para um duelo de luta. — Risinhos irromperam pela igreja, mas Ambrose não sorriu. — Eu conhecia o Bailey porque a gente frequentava a mesma escola, claro, mas ele era filho do treinador Sheen. O treinador de luta livre. O treinador que eu esperava impressionar. Eu tinha ido a cada um dos acampamentos de luta do treinador Sheen desde os sete anos, assim como o Bailey, mas ele nunca lutou nos acampamentos. Ele andava pelo tatame e estava sempre no meio das coisas, mas nunca lutou. Eu pensava que era porque ele não queria ou algo assim. Eu não fazia ideia de que ele tinha uma doença. Então, quando o Bailey me desafiou para uma luta, eu realmente não soube o que pensar. Só que eu tinha notado algumas coisas. Notei que ele tinha começado a andar na ponta dos pés e suas pernas não eram retas e fortes. Seu passo vacilava, e seu equilíbrio estava bem comprometido. Ele caía aleatoriamente. E pensei que ele era apenas desajeitado.

Mais risinhos, dessa vez mais tímidos.

— Às vezes, meus amigos e eu fazíamos piadas sobre o Bailey. A gente não sabia. — A voz de Ambrose era quase um sussurro, e ele parou para se recompor. — Então, lá estávamos, Bailey Sheen e eu. Ele me encurralou no fim de um dia de acampamento e perguntou se eu lutaria com ele. Eu sabia que podia vencê-lo com facilidade, mas fiquei pensando se deveria... Talvez deixasse o treinador Sheen louco da vida, e eu era muito maior do que o Bailey. Eu era muito maior do que todos os meninos. — Ambrose sorriu um pouco ao dizer isso, e a congregação relaxou com sua autodepreciação. — Não sei por que concordei com aquilo. Talvez tenha sido a maneira como ele me olhou. Ele estava muito esperançoso e não parava de olhar na direção do pai, que conversava com alguns alunos do ensino médio que estavam ajudando no acampamento. Decidi que ia só brincar um pouco, sabe, deixar que ele atacasse algumas vezes, do jeito que os garotos maiores do ensino médio me deixavam fazer com eles. Mas, antes que eu percebesse, o Bailey tinha partido pra cima de mim com um single leg e grudou os braços na minha perna. Ele me pegou de surpresa, mas eu sabia o que fazer. Abaixei imediatamente, mas ele me seguiu para baixo, girando atrás de mim, do jeito que se deve fazer, para subir nas minhas costas. Se tivesse um árbitro ali, ele teria marcado um takedown, dois pontos para o Sheen. Ele me deixou um pouco envergonhado, e eu me desvencilhei, tentando com um pouco mais de empenho que antes. A gente estava de frente um para o outro de novo, e eu podia perceber, pelo rosto do Bailey, que ele estava animado. Ele avançou de novo, mas naquele momento eu estava preparado. Joguei o Bailey no tatame com força. Abaixei com ele e comecei a tentar imobilizá-lo. Ele estava se contorcendo e tentando se levantar, e eu estava rindo porque o garoto era realmente muito bom. Eu me lembro de pensar, antes do seu pai me tirar de cima dele: *Por que o Bailey não luta?*

Ambrose engoliu em seco e seus olhos dispararam para o fim do banco, onde Mike Sheen estava sentado, com lágrimas escorrendo pelo rosto. Angie Sheen tinha o braço enlaçado no dele, a cabeça no ombro do marido. Ela também estava chorando.

— Nunca vi o treinador Sheen com tanto medo e tão irritado. Não antes e nem depois. Ele começou a gritar comigo, um garoto do ensino médio me empurrou, e eu fiquei morrendo de medo. Mas o Bailey estava ali, sentado no tatame, respirando com dificuldade e sorrindo.

A plateia então caiu na gargalhada, e as lágrimas que tinham começado a fluir diminuíram com o humor muito necessário.

— O treinador Sheen pegou o Bailey do tatame e foi passando as mãos de cima a baixo pelo corpo dele, acho que para ter certeza de que eu não tinha causado nenhum estrago. O Bailey ignorou aquilo e, olhando para mim, disse: "Você estava tentando de verdade, Ambrose? Você não me deixou simplesmente te derrubar, né?"

Mais sorrisos, mais risadas. Porém Ambrose parecia lutar contra a emoção, e a multidão se acalmou imediatamente.

— O Bailey só queria lutar. Ele queria uma chance de provar a si mesmo. E aquele dia no ginásio, quando ele me derrubou, foi um grande momento para ele. O Bailey amava a luta. Ele teria sido um lutador incrível se a vida tivesse lhe dado um conjunto diferente de cartas, mas não foi assim que aconteceu. E o Bailey não era uma pessoa amarga. Não era uma pessoa cruel. E não sentia pena de si mesmo. Quando cheguei em casa, vindo do Iraque, o treinador Sheen e o Bailey foram me ver. Eu não queria ver ninguém, porque estava amargo, e fui cruel, e estava sentindo pena de mim mesmo.

Ambrose enxugou as lágrimas que escorriam por seu rosto.

— O Bailey não nasceu com as coisas que eu tomava como certas todos os dias da minha vida. Eu nasci com um corpo forte, livre de doenças, e mais do que o meu quinhão de talento atlético. Sempre fui o mais forte e o maior, e muitas oportunidades vieram até mim por causa disso. Mas eu não dei valor. Me sentia muito pressionado e ressentido com as expectativas e as altas esperanças que as pessoas depositavam em mim. Eu não queria decepcionar ninguém, só queria provar a mim mesmo. Há três anos, eu deixei a cidade. Queria seguir o meu próprio caminho... mesmo que fosse apenas por um tempo. Achei que fosse voltar em determinado momento, e provavelmente lutaria e faria tudo o que as pessoas queriam que eu fizesse. Só que não foi assim que aconteceu — Ambrose falou —, não é? O Bailey me disse que eu devia voltar para a sala de treino, que a gente devia começar a malhar. Eu ri, porque ele não podia malhar, e eu não enxergo com um dos olhos nem ouço com um dos ouvidos. Sem contar que lutar era a última coisa que eu queria fazer. Na verdade eu só queria morrer, e pensava que, porque o Paulie, o Grant, o Jesse e o Connor estavam mortos, era exatamente isso que eu merecia.

Havia um sentimento de luto na audiência que superava a tristeza pela morte de Bailey. Quando Ambrose falou o nome de seus quatro amigos, uma angústia percorreu o ar, uma angústia que não tinha sido exorcizada, uma dor que não tinha diminuído. A cidade não fora capaz de lamentar a sua perda, não inteiramente. Também não fora capaz de celebrar o retorno de um dos seus. A incapacidade de Ambrose de enfrentar o acontecido com ele e com seus amigos tornara impossível para qualquer outra pessoa também superar o fato.

Fern virou a cabeça e encontrou a mãe de Paul Kimball na plateia. Ela apertou a mão da filha, e sua cabeça estava inclinada, baixa com a emoção que permeava o ar. O treinador Sheen cobriu o rosto com as mãos; seu amor pelos quatro soldados mortos era quase tão profundo quanto o amor que sentia pelo filho. Fern desejou virar e encontrar o rosto de cada ente querido, para olhar em seus olhos e reconhecer seu sofrimento, mas talvez fosse o que Ambrose estava fazendo. Talvez ele reconhecesse que era a hora... e que aquilo dependia dele.

— Dois dias depois da morte do Bailey, fui ver o treinador Sheen. Pensei que ele estaria de coração partido. Pensei que estaria se sentindo como eu me senti no ano passado, com a falta dos meus amigos, perguntando a Deus por quê, morrendo de raiva, praticamente fora de mim. Mas ele não estava assim. O treinador Sheen me disse que, quando o Bailey recebeu o diagnóstico de distrofia, foi como se o mundo inteiro tivesse parado de girar. Como se ele tivesse congelado no lugar. Disse que ele e a Angie não sabiam se voltariam a ser felizes de novo. Eu me perguntei a mesma coisa ao longo do ano passado. Mas o treinador disse que, olhando para trás, o que parecia ser a pior coisa que poderia acontecer com eles acabou se revelando um presente incrível. Ele disse que o Bailey o ensinou a amar e a ver as coisas por um novo ângulo, viver o presente, dizer "eu te amo" com frequência e ser sincero. E a ser grato por cada dia. O Bailey lhe ensinou paciência e perseverança. Ensinou que existem coisas mais importantes que a luta.

O treinador Sheen sorriu em meio às lágrimas, e ele e Ambrose compartilharam um momento particular sob os olhos de toda a cidade.

— Ele também me disse que o Bailey queria que eu falasse no funeral dele. — Ambrose fez uma careta e o público riu de sua expressão. Ele esperou que ficassem quietos antes de continuar. — Vocês sabem que eu amo a luta livre. A luta me ensinou a me esforçar, a ouvir conselhos, a perder como um homem e a vencer como um também. A luta fez de mim um soldado melhor. Mas, como o treinador Sheen, eu aprendi que existem coisas mais importantes que a luta. Ser um herói no tatame não é nem de perto tão importante quanto ser um herói fora dele, e Bailey Sheen era um herói para muitos. Ele era um herói para mim e para todos na equipe de luta. Shakespeare disse: "O roubado que sorri rouba algo do ladrão". — Os olhos de Ambrose dispararam para Fern, e ele sorriu suavemente para a garota que o tinha feito citar Shakespeare mais uma vez. — O Bailey é uma prova disso. Ele estava sempre sorrindo e, de muitas maneiras, ele derrotou a vida, e não o contrário. Nem sempre podemos controlar o que acontece com a gente. Quer se trate de um corpo deficiente ou de um rosto cheio de cicatrizes. Quer seja a perda de pessoas que amamos e que não queremos viver sem.

A voz de Ambrose sumiu.

— Fomos roubados. Nos roubaram a luz do Bailey, a doçura do Paulie, a integridade do Grant, a paixão do Jesse e o amor pela vida do Beans. Fomos roubados. Mas eu decidi sorrir, como o Bailey fez, e roubar algo do ladrão. — Ambrose olhou pela congregação enlutada, a maioria da qual ele conhecia pela vida inteira, e chorou abertamente. Porém sua voz ficou clara quando ele concluiu seu discurso. — Tenho orgulho do meu serviço no Iraque, mas não tenho orgulho de como eu saí de lá nem de como cheguei em casa. De muitas maneiras, eu decepcionei meus amigos... e não sei se algum dia vou me perdoar totalmente por tê-los perdido. Devo algo a eles e devo algo a vocês. Então vou fazer o meu melhor para representar vocês e eles também, lutando pela Universidade da Pensilvânia.

Suspiros repentinos ricochetearam pelo salão, mas Ambrose continuou, apesar da resposta exaltada.

— O Bailey acreditava que eu conseguiria, e podem ter certeza que vou fazer o meu melhor para provar que ele estava certo.

1995

— Quantos pontos você levou? — Fern queria que Bailey tirasse a gaze presa ao queixo, para que ela pudesse ver com os próprios olhos. Ela havia corrido diretamente para lá ao ouvir a notícia.

— Vinte. E foi bem profundo. Vi o osso da minha mandíbula. — Bailey parecia animado com a gravidade do ferimento, mas sua expressão murchou quase que imediatamente. Ele tinha um livro no colo, como de costume, mas não estava lendo. Estava encostado em sua cama. A cadeira de rodas havia sido empurrada de lado, temporariamente abandonada. Os pais de Bailey tinham comprado a cama numa loja de suprimentos médicos, poucos meses antes. Tinha barras nas laterais e botões que elevavam a parte superior do corpo, para que a pessoa pudesse ler, ou os pés, se a pessoa quisesse fingir que estava num foguete, disparando para o espaço. Fern e Bailey tinham brincado na cama algumas vezes, até que Angie dissera firmemente que aquilo não era brinquedo e que nunca mais queria pegá-los brincando de nave espacial em cima da cama.

— Dói? — perguntou Fern. Talvez fosse por isso que Bailey estava tão triste.

— Não. Ainda está dormente da anestesia. — Ele cutucou o ferimento para mostrar.

— Então o que foi, amigo? — Fern pulou para cima da cama, ajeitou seu corpo pequeno junto ao dele e empurrou o livro de lado para abrir mais espaço.

— Eu não vou mais andar, Fern — disse Bailey, o queixo trêmulo, fazendo o curativo de gaze mexer para cima e para baixo.

— Você ainda consegue caminhar um pouco, não consegue?

— Não. Eu não consigo. Tentei hoje e caí. Bati o queixo bem forte no chão. — O curativo no queixo de Bailey balançou novamente, prova do que ele estava dizendo.

Durante um tempo, Bailey só tinha usado a cadeira de rodas quando chegava em casa, depois da escola, preservando as forças para que pudesse deixar a cadeira em casa durante o dia. Só que passar o dia na escola começou a ser muito, de forma que Angie e Mike mudaram de tática. Mandavam-no para a escola na cadeira e o deixavam andar em casa, à noite, quando as forças permitiam. Porém lentamente, aos poucos, a liberdade noturna se tornou cada vez mais limitada, e o tempo na cadeira aumentou. Agora, ao que parecia, ele já não conseguia mais andar.

— Você se lembra do seu último passo? — perguntou Fern baixinho, não experiente o bastante, aos onze anos, para evitar perguntas diretas que pudessem ser dolorosas de responder.

— Não, não lembro. Eu escreveria no meu diário se lembrasse, mas não sei.

— Aposto que a sua mãe queria poder colocar isso no seu livro do bebê. Ela escreveu o seu primeiro passo, não escreveu? Ela deve ter vontade de escrever o último também.

— Talvez ela tenha pensado que eu daria mais passos. — Bailey engoliu em seco, e Fern percebeu que ele estava tentando não chorar. — Eu pensei que daria mais passos, mas acho que gastei todos eles.

— Eu te daria um pouco dos meus se pudesse — Fern ofereceu, seu queixo também começando a tremer. Choraram juntos por um minuto, duas pequenas figuras desoladas numa cama de hospital, cercados por paredes azuis, pelas coisas de Bailey.

— Talvez eu não possa mais dar passos, mas posso rodar com a cadeira. — Bailey limpou o nariz e deu de ombros, abandonando a autopiedade, então seu otimismo subiu à superfície da maneira que sempre subia.

Fern concordou com a cabeça, lançando um olhar para a cadeira de rodas, com uma enxurrada de gratidão. Ele ainda podia rodar. E então ela sorriu.

— Você não pode andar, mas pode deitar e rolar. — Fern deu um gritinho, pulou da cama e foi ligar uma música.

— Definitivamente, posso deitar e rolar. — Bailey riu. E ele o fez, cantando a plenos pulmões enquanto Fern caminhava, dançava e pulava o suficiente pelos dois.

33
não ter medo de morrer

O LUGAR DO DESCANSO FINAL DE BAILEY aninhava-se à esquerda de vovô Sheen, avô de Fern também. A avó, Jessica Sheen, estava um pouco além; ela havia morrido de câncer quando o filho, Mike, tinha apenas nove anos. Rachel, mãe de Fern, tinha dezenove anos quando a mãe morreu. Ela morava na casa dos pais e ajudou o pai a criar o irmão, Mike, até que ele se formasse no colegial e saísse de casa para fazer faculdade. Como resultado, a ligação entre Rachel e Mike era mais parecida com a de mãe e filho do que de irmão e irmã.

Vovô James Sheen tinha setenta e poucos anos quando Fern e Bailey nasceram e faleceu quando eles tinham cinco. Fern se lembrava vagamente dele, a massa de cabelo branco e os olhos azuis brilhantes que ele tinha passado aos filhos, Mike e Rachel. Bailey também tinha herdado aqueles olhos, vivos, intensos. Olhos que viam tudo e absorviam tudo. Fern tinha os olhos do pai, um castanho cálido e profundo que confortava e consolava, um marrom profundo da cor da terra empilhada ao lado do buraco fundo no chão.

Fern encontrou os olhos do pai quando ele começou a falar, com a voz um pouco rouca e reverente no ar suave, a convicção fazendo sua fala tremer. Enquanto ouviam a dedicação sincera, Fern sentiu

Ambrose estremecer, como se as palavras tivessem encontrado repouso dentro dele.

— Não acho que obtemos respostas para todas as perguntas nem chegamos a conhecer todos os porquês. Mas acredito que vamos olhar para trás no fim da vida, se fizermos o nosso melhor, e vamos ver que as coisas que imploramos a Deus que tirasse de nós, as coisas pelas quais O amaldiçoamos, as coisas que nos fizeram virar as costas para Ele ou para qualquer crença Nele, foram as maiores bênçãos, as maiores oportunidades de crescimento. — O pastor Taylor fez uma pausa, como se para reunir os pensamentos finais. Então procurou pelo rosto da filha entre os enlutados. — O Bailey era uma bênção... e acredito que voltaremos a vê-lo. Ele não se foi para sempre.

No entanto, por ora Bailey tinha partido, e restavam dias intermináveis sem ele. Sua ausência era como o buraco no chão: escancarado e impossível de ignorar. E o buraco que Bailey havia deixado levaria muito mais tempo para ser preenchido. Fern se agarrou à mão de Ambrose e, quando seu pai disse "amém" e as pessoas começaram a se dispersar, ela ficou onde estava, incapaz de se mover, de sair, de virar as costas para a vala no solo. Uma a uma, as pessoas se aproximaram, afagando sua mão, abraçando-a, até que finalmente apenas Angie e Mike permaneceram com ela e Ambrose.

A luz do sol salpicava o chão, desviando da vegetação e encontrando a terra, criando rendas feitas de luz e mortalhas delicadas sobre a cabeça dos quatro que ali permaneciam. Angie foi até Fern e elas se agarraram uma à outra, tomadas pela dor da separação e pela agonia da despedida.

— Eu te amo, Fern. — Angie segurou o rosto da sobrinha entre as mãos quando beijou suas bochechas. — Obrigada por amar o meu menino. Obrigada por servi-lo, por nunca sair do lado dele. Você é uma bênção em nossa vida.

Angie olhou para Ambrose Young, seu corpo forte e as costas retas, para a mão que envolvia a de Fern. Deixou os olhos descansarem no rosto sóbrio, marcado por sua própria tragédia, e falou:

— Sempre me espanta como as pessoas são colocadas na nossa vida exatamente no momento certo. É assim que Deus trabalha, é como Ele cuida dos Seus filhos. Ele deu a Fern ao Bailey. E agora a Fern precisa do seu próprio anjo. — Angie colocou as mãos nos ombros largos de Ambrose e o olhou diretamente nos olhos, sem vergonha de sua própria emoção, exigindo que ele ouvisse. — O anjo é você, amigo.

Fern engasgou e corou até a raiz de seu cabelo vermelho-vivo, e Ambrose sorriu, uma curva lenta em sua boca torta. Mas Angie não tinha concluído e tirou uma das mãos do ombro de Ambrose para que pudesse puxar Fern para dentro do círculo. Ambrose olhou por sobre a cabeça loira de Angie e travou o olhar com o de seu antigo treinador. Os olhos azuis de Mike Sheen estavam vermelhos, seu rosto molhado pela dor, e ele inclinou a cabeça, como se mostrasse concordância com os sentimentos da esposa.

— O Bailey provavelmente estava mais preparado para morrer do qualquer pessoa que eu já conheci. Ele não estava ansioso por isso, mas também não estava com medo — disse Angie com convicção. Ambrose desviou o olhar do treinador e ouviu as palavras de uma sábia mãe. — Ele estava pronto para partir, por isso temos de deixá-lo partir. — Ela beijou Fern novamente e as lágrimas rolaram mais uma vez. — Não tem problema em deixar que ele parta, Fern.

Angie respirou fundo e deu um passo para trás, soltou as mãos e os liberou do seu olhar. Em seguida, com uma aceitação nascida de anos de provações, ela pegou a mão do marido e, juntos, eles deixaram o local tranquilo, onde os pássaros cantavam e um caixão esperava para ser coberto de terra, firmes na fé de que não era o fim.

Fern caminhou até a vala e, agachando-se, pegou um punhado de pedras dos bolsos de seu vestido preto. Cuidadosamente, ela formou as letras AB aos pés da sepultura.

— Aranha Bonita? — Ambrose disse baixinho, um pouco além do ombro esquerdo de Fern, e ela sorriu, surpresa que ele lembrasse.

— Amo o Bailey. E vou amar para sempre.

— Ele queria que você ficasse com isso. — Mike Sheen colocou um grande livro nas mãos de Ambrose. — O Bailey estava sempre indicando para quem ficariam as coisas dele. Tudo no quarto dele tem um proprietário especificado. Está vendo? Ele escreveu seu nome dentro.

De fato, "Para Ambrose" estava escrito no interior da capa. Era o livro sobre mitologia que Bailey estava lendo naquele dia, havia muito tempo, no acampamento de verão de luta livre, quando apresentou Hércules a Ambrose.

— Vou deixar vocês dois aqui por um minuto. Acho que estou bem... mas aí venho aqui e percebo que ele realmente se foi. E aí não estou mais bem. — O pai de Bailey tentou sorrir, mas a tentativa fez seus lábios tremerem. Ele se virou e fugiu do quarto impregnado com a memória do filho. Fern dobrou as pernas e encostou o queixo nos joelhos, fechando os olhos contra as lágrimas que Ambrose podia ver vazarem pelo canto dos olhos. Os pais de Bailey tinham pedido que eles viessem, pois o filho tinha pertences que deixara para eles. No entanto, aquilo podia esperar.

— Fern? Podemos ir. Não precisamos fazer isso agora — Ambrose sugeriu.

— Estar aqui é doloroso, mas não estar também é. — Ela encolheu os ombros e piscou rapidamente. — Estou bem. — Fern enxugou o rosto e apontou para o livro nas mãos de Ambrose. — Por que ele queria que você ficasse com esse livro?

Ele folheou as páginas, sem parar no poderoso Zeus ou nas ninfas de seios grandes. Com o livro pesando nas mãos e a memória pesando em seu coração, ele continuou virando as páginas até encontrar a imagem na qual tinha pensado muitas vezes desde aquele dia.

A face de um herói. Ambrose entendia muito melhor agora. A tristeza no rosto de bronze, a mão sobre o coração partido. A culpa era um fardo pesado, mesmo para um campeão mitológico.

— Hércules — disse Ambrose, sabendo que Fern entenderia.

Ergueu o livro para que ela pudesse ver as páginas que ele observava atentamente. Quando o segurou na posição vertical, as páginas grossas tombaram para frente, virando antes que ela conseguisse segurá-las no lugar, e uma folha de papel dobrado caiu no chão.

Fern se inclinou para pegá-la e a abriu, querendo avaliar sua importância. Seus olhos se moveram de um lado para o outro, e seus lábios formavam as palavras enquanto lia.

— É a lista dele — ela sussurrou, surpresa colorindo sua voz.

— Que lista?

— A data diz 22 de julho de 1994.

— Onze anos atrás — disse Ambrose.

— A gente tinha dez anos. O último verão do Bailey — Fern lembrou.

— Último verão?

— Antes de ele começar a usar cadeira de rodas. Tudo aconteceu naquele verão. A doença do Bailey se tornou muito real.

— O que tem aí? — Ambrose cruzou o quarto até Fern e sentou ao lado dela, olhando para a folha de papel pautado ainda com as rebarbas da espiral, onde Bailey tinha arrancado do caderno. A letra era juvenil, os itens listados numa longa coluna com detalhes indicados ao lado.

— "Beijar a Rita? Casar?" — Ambrose gargalhou. — Mesmo com dez anos, o Bailey já estava apaixonado.

— Sempre. Desde o primeiro dia. — Fern deu uma risadinha.

— "Comer panqueca todo dia, inventar uma máquina do tempo, domar um leão, fazer amizade com um monstro." Dá para ver que ele tinha dez anos, hein? — Ambrose riu também, seus olhos percorrendo os sonhos e desejos de um Bailey criança. — "Derrotar um valentão, ser uma superestrela ou um super-herói, andar numa viatura de polícia, fazer uma tatuagem." Moleque típico.

— "Viver. Ter coragem. Ser um bom amigo. Sempre ser grato. Cuidar da Fern" — ela sussurrou.

— Talvez não tão típico — disse Ambrose, a garganta fechando com a emoção. Eles ficaram em silêncio por um longo instante, com as mãos entrelaçadas, a página ficando embaçada enquanto lutavam contra a umidade nos olhos.

— Ele fez muitas dessas coisas, Ambrose. — A voz de Fern sumiu. — Talvez não da maneira típica, mas fez... ou ajudou alguém a fazer. — Ela entregou a folha de papel a Ambrose. — Aqui. O lugar dela é dentro do seu livro. O número quatro diz "Conhecer Hércules" — Fern apontou para a lista. — Para ele, você era o Hércules.

Ambrose fechou o documento precioso entre as páginas do capítulo sobre Hércules e uma palavra saltou da folha. "Lutar." Bailey não tinha explicado a palavra, não tinha acrescentado nada a ela. Apenas a escreveu na linha e prosseguiu para o próximo item da lista de coisas a fazer antes de morrer. Ambrose fechou o livro nas páginas dos sonhos de outrora e de campeões antigos.

Hércules tinha tentado se redimir, equilibrar a balança, para expiar o assassinato da esposa e dos três filhos, quatro vidas que ele havia tirado. E, embora alguns dissessem que ele não era o culpado, que era uma loucura temporária enviada por uma deusa ciumenta, ele ainda era o responsável. Por um tempo, Hércules tinha até mesmo sustentado o peso dos céus sobre os ombros, convencendo Atlas a entregar o fardo do mundo em suas costas dispostas.

Mas Ambrose não era um deus com força sobre-humana e não vivia na mitologia antiga. E havia dias em que ele temia mais parecer um monstro que um herói. Quatro vidas pelas quais ele se sentia responsável tinham se perdido, e nenhuma quantidade de trabalho ou penitência as traria de volta, mas ele poderia viver. E poderia lutar, e, se existisse um lugar além desta vida, onde jovens permaneciam vivos e heróis como Bailey andavam novamente, quando o apito soasse e o tatame tremesse, eles sorririam e saberiam que Ambrose lutava por eles.

34
pegar um vilão

FERN VOLTOU A TRABALHAR ALGUNS DIAS DEPOIS DO FUNERAL DE Bailey. O sr. Morgan a tinha substituído por quase uma semana e precisava que ela voltasse. Era mais fácil do que ficar em casa deprimida, e Ambrose estaria lá no fim do expediente. Às dez da noite, Fern estava exausta. Ambrose olhou para ela e lhe disse para ir embora. O que levou Fern às lágrimas e à insegurança, o que levou a beijos e garantias de Ambrose, o que levou a paixão e frustração, o que levou Ambrose a lhe dizer para ir para casa. E o ciclo se repetiu.

— Fern. Não vou fazer amor com você no chão da padaria, baby. E é isso o que vai acontecer se você não levar seu bumbum bonito pra fora daqui. Vai! — Ambrose deu um beijo no nariz sardento dela e a afastou de si. — Vai.

Ela ainda estava pensando em sexo suado no chão da padaria quando saiu pela entrada de funcionários, nos fundos do mercado. Quase não conseguia suportar deixá-lo. Estar distante havia se tornado uma tortura. Logo Ambrose iria para a faculdade. Sem Bailey e com Ambrose longe, Fern não sabia o que faria.

O pensamento causou uma enxurrada de emoções que a fez dar meia-volta em direção à porta pela qual acabara de sair, ansiosa para voltar e ficar ao lado do namorado. Fern se perguntou o que Ambrose faria se ela fosse com ele. Poderia se inscrever numa faculdade e conseguir um empréstimo estudantil. Poderia morar nos dormitórios universitários, frequentar algumas aulas, escrever à noite e segui-lo para todo lugar como um cachorrinho, da forma como havia feito a vida toda.

Ela sacudiu a cabeça com firmeza, respirou fundo e caminhou em direção à bicicleta. Não. Não ia fazer isso. Nos últimos dias, vinha pensando sobre o que aconteceria com eles dali em diante. Fern tinha declarado seus sentimentos. Amava Ambrose. Sempre havia amado. E, se Ambrose a quisesse em sua vida de forma permanente, não apenas como uma distração temporária ou uma rede de segurança, ele é quem teria de dizer as palavras. Ele é quem teria de pedir.

Fern se ajoelhou ao lado da bicicleta acorrentada a uma canaleta e ajustou a combinação do cadeado distraidamente. Sua mente estava longe, envolta em Ambrose e na ideia de perdê-lo outra vez, e sua reação foi lenta quando o repentino barulho de passos veio por trás. Braços de aço a envolveram e a empurraram para o chão, fazendo com que ela perdesse o controle sobre a bicicleta, que balançou e caiu a seu lado.

Seu primeiro pensamento foi que era Ambrose. Ele a havia surpreendido no escuro antes, ali mesmo, na entrada de funcionários. Porém não era ele. Ele nunca a machucaria. Os braços que a agarravam eram mais finos, o corpo menos rígido de músculos, mas, quem quer que fosse, ainda era muito maior que Fern. E tinha a intenção de machucá-la. Ela se desvencilhou freneticamente do peso que pressionava seu rosto contra a calçada.

— Onde ela está, Fern? — Era Becker. Seu hálito fedia a cerveja, vômito e dias sem uma escova de dentes. A imagem imaculada de Becker Garth estava caindo por terra, o que assustava Fern mais do que qualquer coisa. — Eu fui até a casa da mãe dela, mas está tudo escuro. Estou vigiando faz dois dias, e ela não está em casa! Não posso nem entrar na minha própria casa, Fern!

— Elas foram embora, Becker. — Fern ofegou, tentando manter o terror sob controle. Becker soava histérico, como se tivesse perdido a sanidade quando jogou Bailey para fora da pista. A polícia achava que ele não sabia que eles tinham a chamada de Bailey para a emergência. Talvez ele pensasse que poderia simplesmente voltar para casa, agora que a poeira havia baixado, e que ninguém saberia do acontecido.

— ONDE ELES ESTÃO?! — Becker agarrou o cabelo de Fern e esfregou sua bochecha na calçada. Ela estremeceu e tentou não chorar quando sentiu a queimadura do rosto arranhando no concreto.

— Não sei, Becker — ela mentiu. De maneira alguma diria a Becker Garth onde a esposa estava. — Elas só disseram que iam sair por alguns dias para descansar um pouco. Elas vão voltar. — Outra mentira.

Assim que Rita recebeu alta do hospital, entregou o apartamento ao proprietário, e Sarah colocou sua casa à venda com um corretor de imóveis local, pedindo que seu contato fosse mantido em sigilo. Rita ficou devastada com a morte de Bailey, e elas estavam com medo. Com Becker desaparecido, não se sentiam seguras em casa nem na cidade, então liquidaram tudo o que podiam e decidiram ir embora até que Becker não fosse mais uma ameaça, se é que esse dia chegaria.

O pai de Fern tinha organizado para que os pertences delas fossem vendidos, e o que restou foi mantido num depósito de propriedade da igreja. Ele dera a elas dois mil dólares em dinheiro, e Fern recorrera a sua própria conta poupança. Em menos de uma semana elas foram embora. Fern sentira muito medo por Rita. Não tinha pensado que precisava temer por si mesma.

Ela ouviu um clique e sentiu algo frio e afiado deslizar contra sua garganta. Seu coração parecia um cavalo de corrida a toda velocidade, ecoando no ouvido pressionado à calçada.

— Você e o Bailey colocaram a Rita contra mim! Você vivia dando dinheiro pra ela. E o Sheen tentou levar o meu filho! Você sabia disso?

Fern apenas apertou os olhos e rezou por salvação.

— Ela está com o Ambrose?

— O quê?

— Ela está com o Ambrose? — ele gritou.

— Não! O Ambrose está comigo! — Logo do outro lado da porta da padaria. E, mesmo assim, tão longe.

— Com você? Você acha que ele te quer, Fern? Ele não te quer! Ele quer a Rita. Ele sempre quis a Rita. Mas agora está com o rosto ferrado! — Becker cuspiu as palavras no ouvido dela.

Fern sentiu o fio da lâmina contra a pele, e Becker moveu a faca da garganta para o rosto dela.

— E eu vou te cortar pra ficar combinando. Se você me disser onde a Rita está, eu só vou cortar um lado, assim você vai ficar igualzinha ao Ambrose.

Ela fechou os olhos, ofegando com o pânico, rezando por salvação.

— Me fala onde ela está! — Becker se enfureceu com o silêncio de Fern e bateu com as costas da mão no rosto dela. A cabeça de Fern zuniu, seus ouvidos estalaram e, por um momento, ela perdeu contato consigo mesma, flutuando para fora e além, um alívio momentâneo para o terror que se apoderava dela. Em seguida, Becker estava de pé e arrastando-a pelos longos cabelos ruivos antes que ela pudesse firmar os pés debaixo do corpo, puxando-a pelo meio-fio, atravessando a rua e seguindo através do campo que terminava nas árvores escuras atrás do mercado. Fern cambaleou, gritando com a dor no couro cabeludo, tentando ficar em pé. E gritou por Ambrose.

෴

Está sentindo isso?

As palavras vieram à mente de Ambrose, como se Paulie estivesse logo atrás de seu ombro e as falasse em seu ouvido. No ouvido surdo. Ele esfregou a prótese e se afastou da batedeira. Ele a desligou e se virou, esperando que alguém estivesse ali com ele, mas a padaria estava silenciosa e vazia. Ele prestou atenção nos sons, o silêncio expectante. E sentiu. Uma sensação de algo errado, um sentimento de mau presságio. Algo para o qual ele não tinha nome e que não conseguia explicar.

"Está sentindo isso?", Paulie havia dito antes que a morte separasse os amigos para sempre.

Ambrose saiu da padaria em direção à porta dos fundos, por onde Fern tinha saído havia menos de dez minutos. E então ouviu o grito. Ele voou porta afora, adrenalina pulsando em seus ouvidos e negação martelando em sua cabeça.

A primeira coisa que viu foi a bicicleta de Fern tombada de lado, a roda da frente apontando para o ar, os pedais fazendo apoio numa ligeira inclinação, deixando a roda girar um pouco com o vento. Como a bicicleta de Cosmo. O sorridente Cosmo, que queria sua família a salvo e seu país livre do terror. Cosmo, que morreu nas mãos de homens maus.

— Fern! — Ambrose gritou em terror. E ele viu, talvez a uns cem metros de distância, Fern lutando contra alguém que a segurava pelo pescoço com a curva do braço e a estava arrastando pelo campo atrás do mercado. Ambrose correu, disparando pelo terreno irregular, seus pés mal tocando a terra, raiva se derramando em suas veias. Ele diminuiu a diferença em segundos, e, quando o viu chegando, Becker deu um tranco em Fern contra si, fazendo-a de escudo. Com a mão que tremia como alguém sob efeito de drogas e além da razão, ele apontou a faca na direção de Ambrose, que disparava em sua direção, aproximando-se depressa.

— Ela vem comigo, Ambrose! — ele gritou. — Ela vai me levar até a Rita!

Ambrose não diminuiu a velocidade, não deixou que seus olhos parassem em Fern. Becker Garth já era. Ele tinha matado Bailey Sheen, deixando-o largado numa vala, sabendo muito bem que ele não poderia se salvar. Tinha maltratado a esposa, aterrorizado a ela e ao filho, e agora estava segurando a mulher que Ambrose amava como se fosse uma boneca de pano, protegendo-se da ira envolta em vingança que aguardava por ele.

Becker xingou violentamente, percebendo que a faca não evitaria a colisão com Ambrose. Largou Fern, para que pudesse escapar, e gritou ao se virar para correr. Fern também gritou. Seu medo por Ambrose ficou evidente na maneira como ela se colocou em pé sobre pernas incertas e abriu os braços como que para impedi-lo de se atirar contra a faca de Becker.

Becker havia corrido aos trancos e barrancos apenas alguns passos antes que Ambrose estivesse em cima dele, jogando-o no chão, assim como Becker tinha jogado a esposa. A cabeça dele colidiu com a terra, assim como a cabeça de Rita tinha colidido com o piso da cozinha. Então Ambrose se entregou, punhos voando, esmurrando Becker como tinha feito no nono ano, quando ele intimidou Bailey Sheen no vestiário masculino da escola.

— Ambrose! — Fern gritou de algum lugar atrás dele, chamando-o para ela, para o presente, fazendo com que ele diminuísse a velocidade de seus punhos e acalmasse seus ataques movidos à raiva. Em pé, ele agarrou o cabelo comprido de Becker, o cabelo como os antigos fios de Ambrose, e o arrastou, da maneira como Becker tinha arrastado Fern, até onde ela estava vacilando sobre os próprios pés, tentando não desabar. Ele soltou Becker e puxou Fern em seus braços. Becker caiu num amontoado.

— Não deixe ele fugir. Ele não pode encontrar a Rita! — Fern gritou, sacudindo a cabeça e agarrando-se a ele. Mas Becker não ia a lugar nenhum. Ambrose pegou Fern nos braços e a levou de volta para o mercado, onde a bicicleta estava, a roda dianteira ainda girando de leve, insensível ao drama que se desenrolara nas proximidades.

O pescoço de Fern estava ensanguentado, e sangue escorria do ferimento na bochecha. Seu olho direito já estava fechado com o inchaço. Ambrose a colocou sentada suavemente, encostada no prédio, prometendo que voltaria logo. Ele agarrou o cadeado que prendia a bicicleta à canaleta e, discando no celular, ligou para a emergência. Enquanto dizia calmamente ao operador o que havia acontecido, amarrou Becker Garth com o cadeado da bicicleta de Fern, para o caso de ele recuperar a consciência antes que os policiais chegassem. Ambrose esperava que sim, esperava que Becker acordasse logo. Queria que ele soubesse como era ficar preso de costas na escuridão, sem conseguir se mexer, sabendo que não poderia se salvar. Da maneira que Bailey devia ter se sentido no nono ano, num vestiário escuro, deitado na cadeira caída, à espera de resgate. Da maneira que Bailey devia ter se sentido de bruços numa vala, sabendo que suas tentativas de ajudar a amiga lhe custariam a vida.

Então Ambrose voltou para Fern, caiu de joelhos ao lado dela e a puxou para seu colo, envolvendo-a em seus braços com cuidado, com humildade. E sussurrou o agradecimento nos cabelos dela, seu corpo começando a tremer.

— Obrigado, Paulie.

35
cuidar da fern.

BAILE DE FORMATURA, 2002

Fern estava mexendo em seu decote pela centésima vez e alisava a saia do vestido como se de repente ela tivesse se amassado de novo desde os últimos quatro segundos, quando tentara alisá-la pela última vez.

— Estou com batom nos dentes, Bailey? — ela sussurrou para o primo, contorcendo o rosto numa paródia de sorriso para que ele pudesse ver as duas linhas brancas de dentes perfeitos, retos, pelos quais ela havia sofrido durante três longos anos com aparelho.

Bailey suspirou e balançou a cabeça negativamente.

— Você está ótima, Fern. Está linda. Relaxa.

Ela respirou fundo e, no mesmo instante, começou a morder, com nervosismo, o lábio que havia acabado de cobrir com uma nova camada de batom vermelho-coral.

— Droga! Agora eu sei que estou com batom nos dentes! — lamentou numa voz aguda, apenas para os ouvidos dele. — Já volto, tá? Vou ao banheiro por um segundo. Você fica bem sem mim?

Bailey levantou as sobrancelhas, como se dissesse: "Está brincando comigo, mulher?"

Não fazia nem cinco segundos que Fern tinha saído e Bailey estava disparando pela pista de dança, em direção ao grupo de lutadores com quem estava querendo falar desde que chegara ao baile com Fern.

Ambrose, Paulie e Grant tinham ido ao baile sem acompanhantes. Bailey não sabia por quê. Se tivesse a chance de convidar uma garota para o baile, segurá-la nos braços, sentir o cheiro de seu cabelo, ficar sobre as próprias pernas e dançar, ele não deixaria a oportunidade passar.

Beans e Jesse tinham companhia, mas as garotas estavam um pouco compenetradas demais numa discussão séria sobre sapatos, cabelos e vestidos — os próprios e os de todas as outras presentes.

Os cinco amigos viram Bailey vindo em alta velocidade na cadeira de rodas, costurando pelas pessoas que dançavam na pista, como um homem numa missão, e sorriram em saudação. Eram caras legais e sempre o faziam sentir como se não se importassem de tê-lo por perto.

— Tá bonito, Sheen. — Grant assobiou.

Paulie endireitou a gravata-borboleta de Bailey apenas um milímetro, e Ambrose caminhou ao redor da cadeira, dando uma boa olhada.

— Veio solteiro também, que nem a gente? — perguntou ele, parando na frente de Bailey e se agachando, assim Bailey não precisaria entortar o pescoço para fazer contato visual.

— Fale por você, cara. Eu estou com a adorável Lydia — cantarolou Beans, com os olhos em sua acompanhante.

Lydia era bonita, mas meio que deixava tudo à mostra, e Bailey pensou que ela ficaria mais bonita se tivesse um pouco do segredo de Rita. Rita mostrava apenas o suficiente para sugerir que as coisas só melhoravam sob suas roupas. Lydia mostrava tanto que a pessoa até se perguntava por que ela havia se importado em sair vestida. Mas Beans parecia gostar daquilo.

— A Marley está bonita — Bailey elogiou a garota de Jesse, que balançou as sobrancelhas.

— Ela está mesmo, Sheen. Está mesmo.

O vestido de Marley também revelava bastante, mas ela não era tão voluptuosa como Rita ou Lydia, o que dava a impressão de ser mais discreta. Era esguia como Fern, mas tinha longos cabelos negros e um toque exótico nos olhos e nas maçãs do rosto. Ela e Jesse estavam juntos desde o segundo ano do ensino médio e formavam um casal bonito.

— Estou com a Fern — Bailey foi direto ao ponto, não querendo que Fern voltasse e o visse mobilizar os rapazes em nome dela. Ambrose se ergueu no mesmo instante, e Bailey suspirou internamente. Ambrose agia como se Fern fosse uma espiã russa que o ludibriara a revelar os segredos do país, em vez de uma menina que lhe tinha escrito algumas cartas de amor e assinado com o nome de outra pessoa. Sua reação fez Bailey se perguntar se talvez ele não nutrisse sentimentos por Fern, afinal. As pessoas não ficavam tão irritadas com algo que não importava.

Bailey olhou para Paulie e Grant e seguiu em frente, esperando que Ambrose fosse ouvi-lo.

— Vocês que estão sem acompanhante, poderiam convidar a Fern para dançar? Ela está sempre cuidando de mim, mas seria bom se ela pudesse dançar com alguém além do primo no baile de formatura.

Ambrose deu alguns passos para trás e, em seguida, virou-se e foi embora sem dizer uma palavra. Grant e Paulie o observaram sair e mostraram expressões de espanto combinando.

Beans caiu na gargalhada, e Jesse deu um assobio baixo e lento, balançando a cabeça.

— Por que ele sempre age assim quando alguém diz uma palavra sobre a Fern? — Grant perguntou, com os olhos ainda nas costas do amigo que se afastava.

Bailey de repente sentiu o rosto ficar quente e o colarinho apertado. Era preciso muito para deixar Bailey envergonhado. Orgulho era algo que um garoto como ele não podia se dar ao luxo de ter, em nenhum campo da vida, mas a recusa de Ambrose o havia constrangido.

— Qual é o problema dele? — perguntou Bailey, perplexo.

— Acho que ele tem uma queda pela Fern — Beans disse, como se aquilo fosse a coisa mais ultrajante de todos os tempos.

Bailey disparou um olhar para Beans que o fez interromper o que estava falando e limpar a garganta, engolindo a risada.

— Eu realmente agradeceria se vocês dançassem com a Fern. Se acharem que são bons demais para ela, então esqueçam. Vocês é que vão sair perdendo, definitivamente, não ela — disse Bailey, o calor do constrangimento se transformando em raiva.

— Ei, Bailey, não tem problema, cara. Eu convido a Fern pra dançar. — Grant deu um tapinha tranquilizador no ombro de Bailey.

— É, eu topo. Eu gosto da Fern e adoraria dançar com ela — Paulie concordou, confirmando com a cabeça.

— Eu também. Eu adoro a Fern — Beans entrou na conversa, seus olhos brilhando com o riso. Bailey decidiu deixar passar. Beans era assim, não podia evitar.

— Você sabe que estou com você, Sheen, mas, se eu dançar com a Fern, ela vai saber que tem alguma coisa acontecendo — disse Jesse com pesar. — Eu estou com a Marley, todo mundo sabe.

— Tudo bem, Jess. Você tem razão. Não quero que pareça óbvio demais. — Bailey deu um suspiro de alívio.

— E o que você vai fazer enquanto a gente mantém a Fern ocupada? — Beans provocou.

— Vou dançar com a Rita — respondeu ele, sem titubear.

Os quatro lutadores irromperam em gargalhadas e gritinhos enquanto Bailey dava um sorriso maroto e girava a cadeira. Fern tinha acabado de voltar para o ginásio e estava olhando de um lado para o outro, procurando por ele.

— Vocês cuidam da Fern. Eu vou cuidar da Rita — ele disse por cima do ombro.

— A gente toma conta dela. Não se preocupa — tranquilizou Grant, fazendo um aceno de despedida.

— A gente cuida dela — Paulie repetiu. — E eu vou cuidar do Ambrose. Ele também precisa de quem cuide dele.

❧

— Posso ficar? — Ambrose pigarreou. Era muito difícil pedir, mas ele não podia ir embora. Não naquele momento. Tinham passado a maior parte da noite em claro, e o alvorecer estava a apenas uma hora de distância. Elliott Young tinha assumido o turno na padaria, e Joshua e Rachel Taylor tinham corrido para o lado da filha quando receberam o telefonema. Fazia apenas duas semanas que tinham sido acordados no meio da noite para que fossem ao hospital sem que soubessem o que tinha acontecido com Bailey. Ficava claro, olhando para os rostos em pânico e para as lágrimas de gratidão, que eles haviam esperado o pior.

Fern e Ambrose foram questionados longamente pelos policiais enviados ao local, e Becker Garth foi levado ao hospital numa ambulância e depois detido. Fern havia se recusado a ir ao hospital, mas permitira que a polícia tirasse fotos de seus ferimentos. Ela estava machucada e arranhada, e estaria dolorida de manhã, mas no momento dormia em sua própria cama, e Ambrose estava parado na porta da frente, com a mão na maçaneta, pedindo a Joshua Taylor se poderia passar a noite ali.

— Eu não quero ir embora. Toda vez que fecho os olhos, vejo aquele cretino arrastando a Fern para longe... Desculpa, senhor. — Ambrose se desculpou, embora realmente não tivesse certeza de que outra palavra poderia ter usado para descrever Becker Garth.

— Tudo bem, Ambrose. Tirou a palavra da minha boca. — Joshua Taylor deu um sorriso pálido. Seus olhos percorreram o rosto de Ambrose, e ele sabia que não era por causa das cicatrizes. Eram os olhos de um pai, tentando verificar as intenções de um homem que estava claramente apaixonado por sua filha. — Vou preparar uma cama pra você aqui na sala. — Ele assentiu com a cabeça uma vez e se virou, afastando-se da porta e fazendo sinal para Ambrose o seguir. O pastor caminhava como se tivesse envelhecido uns dez anos durante a última semana, e Ambrose percebeu, de repente, quantos anos Joshua Taylor tinha na realidade. Ele devia ser uns vinte e cinco anos mais velho que Elliott, o que o colocaria na casa dos setenta. Era verdade que Ambrose nunca tinha pensado sobre os pais de Fern, nunca tinha olhado de verdade para eles, da maneira que nunca tinha olhado de verdade para Fern até aquela noite no lago.

Deviam ter certa idade quando Fern nasceu. Como seria a sensação de descobrir que você teria um filho quando nunca tinha pensado que fosse possível? Como a vida dava voltas! Uma alegria imensurável em dar as boas-vindas a um milagre no mundo; uma dor indescritível quando a mesma criança era retirada do mundo. Naquela noite, Joshua Taylor quase tinha perdido seu milagre, e Ambrose tinha presenciado um.

O pastor tirou lençol, travesseiro e uma colcha rosa velha de dentro de um armário de roupa de cama, entrou na sala e começou a arrumar o sofá como se tivesse feito aquilo uma centena de vezes.

— Pode deixar, senhor. Por favor. Eu faço isso. — Ambrose se apressou em liberá-lo da tarefa, mas o pai de Fern o dispensou com um aceno e continuou prendendo firme o lençol nas almofadas do sofá, dobrando-o no meio para que Ambrose pudesse se enfiar ali como o recheio de um taco.

— Pronto. Você vai ficar confortável aqui. Às vezes, quando estou com a cabeça cheia e não quero acordar a Rachel, eu venho aqui. Passei muitas noites nesse sofá. Você é mais alto que eu, mas acho que vai ficar bem.

— Obrigado, senhor.

Joshua Taylor assentiu e deu um tapinha no ombro de Ambrose. Ele se virou como que para sair, mas depois fez uma pausa, olhando para o velho tapete ao pé do sofá onde Ambrose ia dormir.

— Obrigado, Ambrose — disse ele, e sua voz falhou com a emoção súbita. — Muitas vezes fiquei preocupado, pensando que, quando o Bailey morresse, algo aconteceria com a Fern. É um medo sem sentido, eu sei, mas a vida deles sempre foi tão entrelaçada, tão ligada. A Angie e a Rachel até descobriram que estavam grávidas no mesmo dia. Fiquei preocupado, achando que Deus tivesse enviado a Fern com uma finalidade específica, uma missão específica, e que, quando ela fosse cumprida, Ele ia levá-la embora.

— O Senhor dá e o Senhor toma?
— É... algo assim.
— Eu sempre odiei essa passagem.
Joshua Taylor pareceu surpreso, mas continuou.
— Esta noite, quando você ligou... antes mesmo de falar, eu sabia que algo tinha acontecido. E eu me preparei para ouvir a notícia. Nunca falei sobre isso com a Rachel. Não queria que ela tivesse medo também. — Joshua olhou para Ambrose, e seus grandes olhos castanhos, tão parecidos com os de Fern, se encheram de emoção. — Você me deu esperança, Ambrose. Talvez tenha restaurado um pouco da minha fé.
— Restaurei a minha também — Ambrose admitiu.
Joshua Taylor pareceu surpreso mais uma vez e então pediu esclarecimentos.
— Como assim?
— Eu não teria ouvido o grito da Fern. Não tinha como. Eu estava com o rádio ligado. E a batedeira. Além disso, eu não ouço tão bem assim, pra começo de conversa. — Ambrose sorriu, apenas um toque irônico em seus lábios, porém não era momento para piada e ele imediatamente retomou o ar sério. — Eu ouvi o Paulie, o meu amigo Paulie. O senhor se lembra do Paul Kimball?
Joshua Taylor assentiu uma vez, uma breve afirmação.
— Foi como se ele estivesse ao meu lado, falando no meu ouvido. Ele me avisou, me disse para escutar. O Paulie sempre dizia isso.
Os lábios de Joshua Taylor começaram a tremer e ele levou a mão à boca, claramente abalado pelo relato de Ambrose.
— Desde o Iraque, tem sido... duro... acreditar que existe alguma coisa depois desta vida. Ou, pra falar a verdade, algum propósito na vida. Nascemos, sofremos, vemos as pessoas que amamos sofrer e aí morremos. Tudo parece tão... tão sem sentido. Tão cruel. E tão definitivo.
Ambrose fez uma pausa, deixando a memória da voz de Paulie aquecê-lo e encorajá-lo a prosseguir.

— Mas, depois de hoje, eu não posso mais dizer isso. Tem muita coisa que eu não entendo... mas não entender é melhor que não acreditar. — Ambrose parou e apertou a ponte do nariz. Olhou para Joshua Taylor esperando confirmação. — Faz algum sentido?

O pastor alcançou o braço da poltrona mais próxima e se sentou com tudo, como se as pernas não pudessem mais suportar seu peso.

— Sim. Sim. Faz todo o sentido — disse em voz baixa, afirmando com a cabeça. — Todo o sentido.

Ambrose também se sentou, o velho sofá acolhendo seu corpo cansado nos recôncavos.

— Você é um bom homem, Ambrose. E a minha filha te ama. Eu percebo.

— Eu amo a Fern — disse Ambrose, mas se deteve antes de dizer mais.

— Mas...? — o pastor Taylor perguntou. Os muitos anos ouvindo os problemas das pessoas faziam dele bastante consciente de quando alguém estava guardando algo para si.

— Mas a Fern gosta de cuidar das pessoas. Fico preocupado, achando que a minha... hã... a minha... — Ambrose não conseguia encontrar as palavras.

— Carência? — Joshua Taylor sugeriu delicadamente.

— A minha cara feia — Ambrose corrigiu de súbito. — Fico preocupado que a minha desfiguração faça a Fern querer cuidar de mim. Não sou exatamente bonito, pastor. E se um dia ela me enxergar como sou na realidade e decidir que meu amor por ela não é suficiente?

— Seu pai veio me ver um dia, muito tempo atrás. Ele estava preocupado com a mesma coisa. Achava que, se tivesse outra aparência, a sua mãe não teria ido embora.

Ambrose sentiu uma descarga imediata de dor pelo pai e um lampejo correspondente de raiva pela mulher que o havia descartado por causa de um anúncio retocado de cueca.

— Posso sugerir a você o mesmo que sugeri a ele? — perguntou Joshua Taylor suavemente. — Às vezes a beleza, ou a falta dela, se torna um obstáculo para realmente se conhecer uma pessoa. Você ama a Fern porque ela é bonita?

Ambrose amava a aparência de Fern, mas de repente se perguntou se amava sua aparência porque amava a forma como ela ria, como dançava, como boiava de costas e fazia comentários filosóficos sobre as nuvens. Ele sabia que amava seu altruísmo, seu humor e sua sinceridade. E essas coisas a tornavam bonita para ele.

— Existem muitas mulheres mais bonitas fisicamente do que a Fern, imagino. Mas você ama a Fern.

— Eu amo a Fern — Ambrose concordou prontamente, mais uma vez.

— Existem vários rapazes mais carentes... e mais feios... do que você nesta cidade, e ainda assim você é o único pelo qual a Fern já demonstrou qualquer interesse. — O pastor Taylor riu. — Se a questão é altruísmo, por que a Fern não está por aí tentando fundar um abrigo para homens feios desviados?

Ambrose também riu e, por um momento, Joshua Taylor olhou para ele com carinho, o adiantado da hora e o quase encontro com a morte dando à conversa um toque surreal que convidava à franqueza.

— Ambrose, a Fern já enxerga quem você realmente é. É por isso que ela te ama.

36
ir para a universidade da pensilvânia

Fern estava cabisbaixa enquanto ajudava Ambrose a fazer as malas. Tinha andado cabisbaixa durante toda a semana. O trauma da morte de Bailey e o ataque de Becker tinham feito a sua parte, e agora, com a partida de Ambrose, ela não sabia como as coisas ficariam quando acordasse no dia seguinte, completamente sozinha pela primeira vez na vida. Ambrose tinha ajudado a atenuar a perda de Bailey, mas quem atenuaria a perda de Ambrose?

Ela se percebeu redobrando as camisas, enrolando de novo as meias, mexendo com as coisas que ele havia colocado em um lugar, colocando em outro involuntariamente, de maneira que, quando ele virava para pegá-las, tinham desaparecido.

— Desculpa — disse Fern pela décima vez na última meia hora. Ela se afastou das malas abertas antes que pudesse causar mais dano e começou a arrumar a cama de Ambrose, simplesmente porque não tinha nada melhor para fazer.

— Fern?

Ela continuou ajeitando, alisando e afofando e não olhou para Ambrose quando ele disse seu nome.

— Fern, para. Deixa isso. Vou deitar de novo daqui a poucas horas — disse Ambrose.

Ela não conseguia parar. Precisava continuar fazendo algo, se mantendo ocupada. Ela saiu pelo corredor, procurando o aspirador de pó para limpar o quarto. Elliott estaria trabalhando na padaria durante parte da tarde e da noite, cobrindo o turno de Ambrose em sua última noite antes de viajar, e a casa estava em silêncio. Não demorou muito para que ela encontrasse o aspirador, um pano para tirar a poeira e o limpador multiuso.

Andou de um lado para outro pelo quarto meio vazio, caçando amontoados de poeira e limpando todas as superfícies disponíveis até que Ambrose suspirasse profundamente, fechasse a última mala e virasse para ela com as mãos nos quadris.

— Fern.

— Sim? — respondeu ela, olhando para uma parte da parede onde a pintura parecia clara de um jeito suspeito. Ela havia esfregado forte demais.

— Larga esse produto e sai devagar — Ambrose ordenou. Fern revirou os olhos, mas parou, temendo que estivesse fazendo mais mal do que bem. Ela colocou o limpador sobre a mesa de Ambrose. — O pano também — ele acrescentou. Ela dobrou o pano, deixando-o ao lado do produto, e depois colocou as mãos nos quadris, imitando a postura dele. — Mãos para o alto, onde eu possa ver.

Fern colocou as mãos para cima e depois enfiou os polegares nos ouvidos, balançando os dedos. Ela ficou vesga, estufou as bochechas e colocou a língua para fora. Ambrose começou a rir, depois a pegou no colo como se ela tivesse cinco anos e a jogou na cama. E foi atrás, rolando de forma que a prendesse parcialmente sob seu corpo.

— Sempre fazendo careta. — Ele sorriu, passando o dedo ao longo do nariz de Fern, sobre os lábios e pelo queixo. O sorriso dela desapareceu quando o dedo cruzou sua boca, e o desespero que Fern estava tentando evitar desabou sobre ela. — Espera... que cara é essa?

— Ambrose perguntou suavemente, observando a expressão de sorriso sumir do resto dela.

— Estou tentando muito, muito ser corajosa — disse Fern baixinho, fechando os olhos para se esconder do olhar de Ambrose. — Então essa é a minha cara corajosa e triste.

— É uma cara bem triste. — Ambrose suspirou, e seus lábios encontraram os dela, brevemente acariciando a boca antes de se afastar outra vez. E ele observou o rosto de Fern se entristecer mais e irromper em lágrimas que começaram a escorrer sob as pálpebras fechadas.

Ela o empurrou, desvencilhando-se de seus braços, lutando para chegar até a porta e evitar que Ambrose se sentisse mal, tornando a partida mais difícil. Ela sabia que ele precisava ir. Tanto quanto ela precisava que ele ficasse.

— Fern! Para.

Era a noite no lago tudo de novo, Fern correndo para que ele não a visse chorar. Mas ele foi mais rápido que ela e sua mão disparou, prendendo a porta fechada para que Fern não conseguisse sair. Seus braços a envolveram, puxando-a contra si, de costas em seu peito, enquanto ela baixava a cabeça e chorava na palma das mãos.

— Calma, baby. Calma — disse Ambrose. — Não é para sempre.

— Eu sei — ela chorou, e ele a sentiu respirar fundo e enfrentar, ganhando controle sobre si mesma, tentando fazer as lágrimas diminuírem. — Eu queria te mostrar uma coisa — Fern disse de repente, enxugando o rosto apressada, tentando remover o resíduo de sua dor. Ela se virou para ele e suas mãos subiram para a abertura de sua blusa. Ela começou a abrir a linha de botões brancos.

A boca de Ambrose imediatamente ficou seca. Tinha pensado sobre aquele momento inúmeras vezes, mas, com todo o tumulto e a perda, ele e Fern só tinham flertado com o precipício, como se temessem cair. E privacidade era difícil de conseguir enquanto os dois morassem na casa dos pais, o tipo de privacidade que ele queria ter com Fern, o tipo de que ele precisava com ela. Assim, a paixão tinha sido refreada, e beijos tinham sido roubados, embora Ambrose estivesse achando aquilo mais difícil a cada dia.

No entanto, ela só chegou ao quinto botão antes de parar, deslizando a abertura da blusa sobre o seio esquerdo, logo acima da renda do sutiã. Ambrose olhou para o nome marcado em letras muito pequenas, numa fonte simples sobre o coração de Fern. *Bailey.*

Ambrose estendeu a mão e tocou a palavra. Um arrepio eriçou a pele de Fern quando os dedos dele a tocaram. A tatuagem era nova e levemente contornada de rosa, ainda não cicatrizada. Tinha, talvez, uns três centímetros, uma pequena homenagem a um amigo muito especial.

Fern talvez tenha se sentido confusa com a expressão de Ambrose.

— Eu me senti uma rebelde fazendo a tatuagem, mas não fiz isso para parecer durona. Só fiz porque eu queria… queria manter o Bailey perto de mim. E achei que eu devia ser a pessoa… a escrever o nome dele sobre o coração.

— Você tem uma tatuagem, um olho roxo, e acabei de ver o seu sutiã. Você está começando a ser muito durona, Fern — Ambrose brincou de leve, embora o olho roxo que voltava ao normal fizesse o sangue dele ferver toda vez que olhava para ela. — Você podia ter me contado. Eu teria ido com você — disse ele ao puxar a camiseta cinza-claro sobre a cabeça, e então o olhar de Fern ficou mais agudo, assim como o dele tinha ficado momentos antes. — Parece que nós dois quisemos fazer surpresa um para o outro — acrescentou ele, suavemente, enquanto ela o observava.

Os nomes estavam espaçados de maneira uniforme numa fileira, exatamente como as sepulturas brancas no topo da pequena colina do memorial. Bailey não chegou a ser enterrado com os soldados, mas agora estava com eles, seu nome assumindo uma posição no final da linha.

— O que é isso? — perguntou Fern, os dedos pairando acima de uma fronde verde comprida com folhas delicadas que agora envolvia os cinco nomes.

— É uma samambaia.

— Você tatuou... uma samambaia? — O lábio inferior de Fern começou a tremer novamente, e, se Ambrose não tivesse ficado tão tocado pela emoção dela, teria rido do rosto de menina com beicinho que ela fez. — Mas... é permanente — ela sussurrou, perplexa.

— Sim, é. Assim como você — Ambrose falou devagar, deixando as palavras se assentarem sobre ela.

Os olhos de Fern encontraram os dele, e tristeza, descrença e euforia lutaram pelo domínio. Estava claro que ela queria acreditar nele, mas não tinha certeza se acreditava de fato.

— Eu não sou o Bailey, Fern. E nunca vou substituí-lo. Vocês eram inseparáveis. Isso me preocupa um pouco, porque você vai ter um buraco do tamanho do Bailey na sua vida por um longo tempo... Talvez para sempre. Eu entendo como é isso. Neste último ano, eu me senti como um daqueles flocos de neve que a gente costumava fazer na escola. Aqueles que a gente dobra o papel de uma certa maneira e vai cortando toda a folha. É assim que eu me sinto, um floco de neve de papel, todo vazado. E cada buraco tem um nome. E ninguém, nem você, nem eu, pode preencher os buracos que alguém tenha deixado. Tudo o que gente pode fazer é tentar se proteger de cair nos buracos e nunca mais voltar. Eu preciso de você, Fern. Não vou mentir. Preciso de você, mas não do mesmo jeito que o Bailey precisava. Preciso de você porque dói quando estamos separados. Preciso de você porque você me faz ter esperança. Você me faz feliz. Mas não preciso de você para me barbear, pentear meu cabelo ou limpar calda do meu nariz. — O rosto de Fern se entristeceu com a memória, com a lembrança de Bailey e do jeito como ela havia carinhosamente cuidado dele.

Fern cobriu os olhos para esconder a angústia, e seus ombros tremeram quando ela chorou, incapaz de continuar controlando a emoção.

— O Bailey precisava disso, Fern. E você deu o que ele precisava, porque você o amava. Você acha que eu preciso de você, mas não está convencida de que eu te amo. Por isso está tentando cuidar de mim.

— O que você *quer* de mim, Ambrose? — Fern gritou atrás das mãos. Ele puxou os pulsos dela, querendo ver seu rosto, enquanto enumerava.

— Quero o seu corpo. Quero a sua boca. Quero o seu cabelo vermelho nas minhas mãos. Quero a sua risada e as suas caretas. Quero a sua amizade e os seus pensamentos inspiradores. Quero Shakespeare e os romances de Amber Rose e as suas memórias do Bailey. E quero que você venha comigo quando eu for.

As mãos de Fern caíram de seu rosto e, embora suas bochechas ainda estivessem molhadas de lágrimas, ela estava sorrindo, os dentes mordendo o lábio inferior. Os olhos chorosos e a boca sorridente eram uma combinação particularmente adorável. Ambrose se inclinou para frente e puxou o lábio inferior de Fern com os dentes, mordendo de leve, beijando suavemente. Porém logo se afastou outra vez, determinado no assunto que discutiam.

— Só que, da última vez que eu implorei para alguém que eu amava vir comigo, quando eles não queriam de verdade, eu os perdi. — Ambrose enrolou uma mecha do cabelo ruivo de Fern em torno do dedo, com a testa franzida, a boca voltada para baixo numa expressão melancólica.

— Você quer que eu vá para a faculdade com você? — perguntou Fern.

— Mais ou menos.

— Mais ou menos?

— Eu te amo, Fern. E quero que você se case comigo.

— Você quer? — Fern guinchou.

— Quero. Não tem como ficar melhor do que Fern Taylor.

— Não? — ela deu um gritinho.

— Não. — Ambrose não pôde deixar de rir do rostinho incrédulo. — E, se você me aceitar, vou passar o resto da vida tentando te fazer feliz e, quando você se cansar de olhar pra mim, prometo que vou cantar.

Fern riu, um som aguado, soluçante.

— Sim ou não? — perguntou Ambrose, sério, pegando-lhe a mão, deixando a questão definitiva de seu jogo de perguntas e respostas pairar no ar entre eles.

— Sim.

37
casar

As arquibancadas estavam repletas de azul e branco, e Fern se sentiu um pouco perdida, sem uma cadeira de rodas para acomodar e se sentar ao lado, mas eles tinham bons assentos. Ambrose havia se certificado disso. Seu tio Mike estava à sua esquerda; Elliott Young, à direita e, ao lado dele, Jamie Kimball, a mãe de Paulie. Jamie trabalhava no balcão da padaria havia anos, e Elliott tinha finalmente encontrado coragem de convidá-la para sair. Por enquanto, tudo bem. Outra luz no fim do túnel. Eles precisavam um do outro, porém o mais importante: eles mereciam um ao outro.

Era o último duelo da temporada para os Nittany Lions, da Universidade da Pensilvânia, e Fern estava tão nervosa que teve de se sentar sobre as mãos para não retomar o hábito de roer as unhas. Ela se sentia assim toda vez que assistia a uma luta de Ambrose, mesmo que ele ganhasse muito mais que perdesse. Ela se perguntava como Mike Sheen aguentava aquele tipo de tortura, ano após ano. Se a pessoa amasse o lutador, e Fern amava, então luta livre era algo absolutamente angustiante de assistir.

Ambrose não tinha vencido todas as lutas. Tivera um ano impressionante, especialmente considerando sua longa ausência do esporte e as desvantagens com as quais tinha começado a temporada. Fern tinha feito Ambrose prometer se divertir, e ele sinceramente tentava. Não mais tentando ser o Mister Universo, o Hércules, o Homem de Ferro ou nada além de Ambrose Young, filho de Elliott Young, noivo de Fern Taylor. Ela respirou fundo e tentou adotar seu próprio conselho. Era filha de Joshua e Rachel, prima de Bailey, namorada de Ambrose. E não trocaria de lugar com ninguém.

Ela não seguiu junto quando Ambrose foi para a faculdade. Os dois sabiam que não seria possível de imediato. Fern havia finalmente assinado um contrato para três livros com uma respeitada editora de romances e tinha prazos a cumprir. Seu primeiro romance seria lançado na primavera. Ambrose se convencera de que tinha de matar seus dragões por conta própria, sobre seus dois pés. Nada de escudos metafóricos ou capangas para lhe fazerem companhia.

Ambrose teve medo e admitia. O desconforto dos olhares curiosos, os sussurros atrás de mãos, as explicações a que as pessoas sentiam que tinham direito — tudo aquilo o desgastava. No entanto, também não tinha problema. Ele afirmava que as perguntas lhe davam uma oportunidade de esclarecer tudo, e em pouco tempo os rapazes na equipe de luta nem viam mais as cicatrizes. Assim como Fern nunca via a cadeira de rodas de Bailey. Assim como Ambrose finalmente tinha olhado além do rosto de uma garota comum de dezoito anos e enxergado Fern pela primeira vez.

O treinador-chefe da Universidade da Pensilvânia não tinha feito promessas a Ambrose. Não havia bolsa de estudos quando ele chegou. Dissera a Ambrose que ele poderia treinar com a equipe e que iam ver como as coisas aconteceriam. Ambrose tinha chegado em outubro, um mês depois de todos os outros, mas, dentro de algumas semanas, os treinadores da universidade estavam impressionados. Assim como seus novos companheiros de equipe.

Fern e Ambrose começaram a escrever cartas novamente, e-mails longos, cheios de perguntas e respostas, tanto carinhosas quanto bizarras, criadas para fazer a distância parecer trivial. Fern sempre fazia questão de encerrar suas cartas com seu nome em negrito e em maiúsculas, só para ter certeza de que Ambrose sabia exatamente de quem elas eram. As cartas de amor os mantinham rindo, chorando e sentindo saudades até chegarem os fins de semana, quando um deles fazia a viagem entre Hannah Lake e a Universidade da Pensilvânia. E às vezes eles se encontravam em algum lugar no meio do caminho e se perdiam um no outro por dois dias, aproveitando ao máximo cada segundo, pois segundos se tornavam minutos e minutos se tornavam preciosos quando a vida poderia ser levada num piscar de olhos.

Quando Ambrose entrou correndo no tatame, com a equipe, o coração de Fern saltou e ela acenou loucamente para que ele pudesse ver todos ali. Ele os encontrou depressa, pois sabia em que área estariam sentados, e sorriu aquele sorriso torto que ela amava. Depois ele mostrou a língua, cruzou os olhos e fez uma careta. Fern repetiu a ação e o viu rir.

Ambrose então esfregou o peito, onde estavam escritos os nomes, e Fern sentiu a emoção subir por sua garganta e também tocou o nome sobre o seu coração. Bailey teria gostado de ver aquilo. Se existia um Deus e uma vida além desta, Bailey estava presente, não havia dúvida na mente de Fern. Ele estaria lá embaixo observando a disputa, fazendo registros e anotando nomes. Paulie, Jesse, Beans e Grant também estariam ali, enfileirados no tatame, observando o grande amigo fazer o seu melhor para viver sem eles e encorajando-o, como sempre tinham feito. Até mesmo Jesse.

Fern e Ambrose se casaram no verão de 2006. A pequena igreja, a que Joshua e Rachel Taylor haviam dedicado a vida, estava lotada, e Rita foi a dama de honra de Fern. Ela estava bem, tinha conseguido o divórcio e voltado a viver em Hannah Lake, agora com Becker na prisão, aguardando julgamento, acusado de vários delitos em três casos diferentes.

Rita se jogou de cabeça no planejamento do casamento da amiga, que seria lembrado pelos próximos anos. E se superou. Foi perfeito, mágico, mais até do que Fern poderia ter imaginado.

Mas as flores, a comida, o bolo, até mesmo a beleza da noiva e a dignidade do noivo não seriam o assunto sobre o qual as pessoas falariam quando tudo acabasse. Naquele casamento, havia uma sensação no ar. Algo doce e especial que fazia mais do que um convidado parar e se maravilhar:

— Está sentindo isso?

A família de Grant estava lá, e Marley e Jesse Jr. também. Com Fern a seu lado, Ambrose tinha finalmente visitado todas as famílias de seus amigos tombados em batalha. Não era fácil para nenhum deles, mas o processo de cicatrização tinha começado, embora Luisa O'Toole ainda culpasse Ambrose e tivesse se recusado a atender a porta quando ele foi, e também não tivesse comparecido ao casamento. As pessoas lidavam com a dor de formas diferentes, e Luisa teria de entrar em acordo com sua dor a seu tempo. Jamie Kimball se sentou ao lado de Elliott e, por suas mãos unidas e olhares quentes, era fácil prever que poderia haver outro casamento logo, logo.

O pequeno Ty estava crescendo depressa e às vezes ainda gostava de subir na cadeira de Bailey e exigir um passeio; no entanto, no casamento, ninguém se sentou na cadeira de Bailey. Eles a colocaram no final do primeiro banco, em um lugar de honra. E, quando Fern percorreu o caminho até o altar, de braço dado com a mãe, seus olhos se desviaram para a cadeira de rodas vazia. Em seguida, Ambrose se adiantou para pegar a mão dela, e Fern não conseguia ver mais nada além dele. O pastor Taylor cumprimentou a filha com um beijo e colocou a mão no rosto cheio de cicatrizes do homem que havia prometido amá-la e ser fiel a ela até que a morte os separasse.

Quando promessas foram feitas, votos foram professados e um beijo foi dado, fazendo a plateia se perguntar se o casal ficaria para a festa depois, Joshua Taylor, com lágrimas nos olhos e um nó na garganta, dirigiu-se aos ali reunidos, maravilhando-se com a beleza do casal que tinha chegado tão longe e sofrido tanto.

— A verdadeira beleza, aquela que não se desvanece ou se esvai, precisa de tempo, de pressão, precisa de uma resistência incrível. É o gotejamento lento que faz a estalactite, o tremor da Terra que cria as montanhas, o constante bater das ondas que quebra as rochas e suaviza as arestas. E da violência, do furor, da ira dos ventos, do rugido das águas emerge algo melhor, algo que de outra forma nunca existiria. E assim suportamos. Temos fé na existência de um propósito. Temos esperança em coisas que não podemos ver. Acreditamos que há lições na perda e poder no amor, e que temos dentro de nós o potencial para uma beleza tão magnífica que o nosso corpo não pode contê-la.

epílogo

— ... e Hércules, com muita dor e sofrimento, implorou que seus amigos acendessem uma enorme fogueira que atingisse os céus. Depois ele se jogou no fogo, desesperado para extinguir a agonia do veneno que tinha sido esfregado sobre sua pele. Do alto do monte Olimpo, o poderoso Zeus olhou para seu filho e, vendo o tormento de seu descendente heroico, virou-se para a esposa vingativa e disse: "Ele já sofreu o suficiente. Provou a si mesmo". Hera, olhando para baixo, na direção de Hércules, sentiu pena e concordou, enviando-lhe do céu sua biga em chamas para levantar Hércules e levá-lo para o seu lugar entre os deuses, onde o amado herói vive até hoje — Ambrose disse em tom suave e fechou o livro com firmeza, na esperança de que não houvesse súplicas por mais.

Mas o silêncio saudou o fim triunfante, e Ambrose olhou para seu filho, perguntando-se se, em algum lugar entre o décimo segundo trabalho e o final, o menino de seis anos tinha adormecido. Cachos ruivos vívidos dançavam em volta do rosto animado de seu filho, mas os grandes olhos escuros estavam arregalados e sóbrios, em pensamento.

— Papai, você é tão forte quanto o Hércules?

Ambrose reprimiu um sorriso, pegou seu pequeno sonhador nos braços e o colocou na cama. A contação de histórias tinha sido longa, já havia passado muito da hora de dormir, e Fern estava em algum lugar na casa sonhando sua própria história. Ambrose tinha toda a intenção de interrompê-la.

— Papai, você acha que eu posso ser um herói como o Hércules um dia?

— Você não precisa ser como o Hércules, filho. — Ambrose apagou a luz e parou na porta. — Existem vários tipos de heróis.

— É, acho que sim. Boa noite, papai.

— Boa noite, Bailey.

agradecimentos

A cada livro, a lista de pessoas que merecem agradecimentos e elogios cresce de forma exponencial. Primeiro, preciso agradecer ao meu marido, Travis. Ele pratica luta livre, e estou convencida de que esse esporte constrói bons homens. Obrigada por seu apoio, T. Obrigada por tornar possível que eu seja mãe e escritora.

Aos meus filhos, Paul, Hannah, Claire e o pequeno Sam. Sei que não é fácil quando estou perdida em pensamentos, brincando com meus personagens. Obrigada por me amarem mesmo assim. A minha família ampliada — tanto os Sutorius quanto os Harmon. Mãe e pai, obrigada por me deixarem ficar escondida no porão escrevendo, fim de semana após fim de semana. Amo muito vocês.

Um agradecimento especial a Aaron Roos, primo do meu marido, que sofre de distrofia muscular de Duchenne. Aaron acabou de completar vinte e quatro anos e continua forte! Obrigada, Aaron, por sua sinceridade, seu otimismo e por passar a tarde comigo. Bailey realmente ganhou vida por sua causa. A David e Angie (Harmon) Roos, os pais de Aaron — vocês me comovem e tenho muito respeito pelos dois. Obrigada pela força e pelo exemplo.

A Eric Shepherd, pelo serviço militar e por cuidar do meu irmão mais novo no Iraque. E por me dar um vislumbre de como é realmente para os soldados quando estão longe de casa e quando voltam.

A Andy Espinoza, sargento da polícia reformado, pela ajuda com o procedimento policial. Você foi maravilhoso nos dois últimos livros. Obrigada!

Ao Cristina's Book Reviews e ao Vilma's Book Blog. Vilma e Cristina, vocês são minhas Thelma e Louise! Obrigada por conquistarem o precipício comigo e promoverem *Beleza perdida* com tanto entusiasmo e elegância. E ao Totally Booked Blog — Jenny e Gitte, vocês fizeram *A Different Blue* chegar ao topo, e serei eternamente grata por acreditarem em mim e por darem suas opiniões sinceras.

Há também muitos leitores fiéis e blogueiros para agradecer, e saibam como sou grata a todos vocês pelo apoio que verdadeiramente me enche de humildade.

A Janet Sutorius, Alice Landwehr, Shannon McPherson e Emma Corcoran, por serem minhas primeiras leitoras. A Karey White, autora e editora extraordinária (confiram *My Own Mr. Darcy*), por editar *Beleza perdida*. A Julie Titus, formatadora e amiga, por sempre encontrar tempo para mim. A minha agente, Chris Park, por acreditar em mim e me levar adiante.

E, finalmente, a meu Pai Celestial, por tornar bonitas até as coisas feias.

Este livro foi composto na tipografia
Adobe Jenson Pro, em corpo 12,8/16,6, e impresso em
papel off-white no Sistema Digital Instant Duplex
da Divisão Gráfica da Distribuidora Record.